Corina Bomann

I sogni di Sophia

I colori della bellezza

Traduzione di
Rachele Salerno

GIUNTI

Titolo originale:
Die Farben der Schönheit – Sophias Träume

Published in 2020 by Ullstein Paperback Verlag.

Traduzione: Rachele Salerno per Studio editoriale Littera, Rescaldina (MI)

www.giunti.it

Via Bolognese 165 – 50139 Firenze – Italia
Via G. B. Pirelli 30 – 20124 Milano – Italia

Prima edizione: luglio 2021

1

1929

Il cielo di gennaio incombeva plumbeo sul mare. Solo all'orizzonte un'ombra rosata faceva capolino qua e là tra le nuvole. Il vento gelido mi sferzava il viso e si insinuava sotto il mio cappotto.

Me ne sarei potuta stare al caldo nella mia cabina, ma lì dentro mi sentivo oppressa e non avevo nemmeno voglia di andare nel salotto comune, dove sicuramente si stavano già accalcando gli altri passeggeri. Volevo soltanto arrivare e iniziare le mie ricerche.

Eravamo in mare da quasi una settimana. La sera prima, a cena, si era diffusa la voce che avremmo raggiunto Dover nel giro di due giorni. Da lì avrei preso un traghetto per Calais, e poi il treno per Parigi.

Non riuscivo a capacitarmi del fatto che madame Rubinstein intraprendesse quel viaggio più di una volta all'anno. Come faceva? Non avevo dimenticato la nostra prima traversata oceanica insieme. Era un sogno che si avverava: un'imprenditrice di successo che mi dava l'opportunità di produrre cosmetici per aiutare le donne a sentirsi più belle e sicure di sé, offrendomi un posto come chimica in uno dei suoi laboratori. Era stato il primo barlume di speranza in un periodo tristissimo.

Dal mio licenziamento, poche settimane prima, non avevo

più sue notizie. Era riuscita a salvare il suo matrimonio? Dopotutto aveva deciso di vendere la quota americana della Rubinstein Inc. proprio per poter tornare con il marito, il signor Titus. Ero curiosa di sapere come fosse andata, e a bordo di una nave le notizie arrivano in modo piuttosto irregolare. Per i giornali bisogna aspettare di attraccare in un porto, ma noi eravamo nel bel mezzo dell'oceano, nel reame dell'inconsapevolezza.

Posai la mano sulla tasca del cappotto. Non mi separavo mai dalla misteriosa lettera che affermava, in poche righe battute a macchina, che mio figlio fosse ancora vivo. Potevo concedermi quella speranza?

Continuavo a ripercorrere mentalmente i giorni passati in ospedale dopo la sua nascita. La notizia della sua morte, la depressione. Mi era sfuggito qualcosa? Qualcosa di cui mi sarei dovuta accorgere? Nella mia memoria si spalancava un abisso di oscurità. Per quanto mi sforzassi, però, non riuscivo a rischiarare quel buio.

«Una vista straordinaria, non trova?» suggerì una voce. Tolsi la mano dalla tasca e mi voltai. L'uomo, che era spuntato alle mie spalle senza che me ne accorgessi, aveva gli zigomi sporgenti e uno sguardo penetrante. Gli occhi erano neri come il carbone e la fronte alta gli donava un'aria da intellettuale. Sul naso portava un paio di occhialini con le lenti rotonde.

Era il tipo di uomo che in passato non mi avrebbe mai notata. Il suo sorriso chiariva in modo inequivocabile le sue intenzioni.

«Sì, magnifica» risposi, fredda. «Ma preferirei godermela da sola, se non le dispiace.»

La storia con Darren era finita da poco e il ricordo dell'ultima serata insieme era ancora doloroso. Il mio cuore non era pronto ad accettare delle avances.

L'uomo ridacchiò, un po' risentito, e giocherellò imbarazzato con l'anello che portava al dito. Una fede. Il gesto mi fece rabbrividire e mi riportò indietro nel passato. Anche Georg, il mio amante, era sposato. Aveva dichiarato di volersi separare dalla moglie, ma poi non lo aveva fatto e mi aveva abbandonata, nonostante fossi incinta.

«Mi scusi, è solo che ha attirato la mia attenzione. Una donna come lei...»

«Come me?» replicai, aggressiva. «Cosa significa "una donna come me"?» Inspirai a fondo. Era un estraneo che non avrei mai più rivisto. Non dovevo sfogare la mia rabbia per Georg su di lui.

«Giovane, carina... E con forza di volontà e determinazione evidenti.»

In passato erano stati discorsi simili a indurmi a credere che Georg avesse intenzioni serie. Era un mio docente all'università, eppure mi aveva ingannata e messa incinta. Non avrei commesso lo stesso errore una seconda volta.

«Viene qui tutti i giorni alla stessa ora» continuò lo sconosciuto. A quanto pareva non era disposto ad arrendersi tanto facilmente. «E ci siamo incrociati un paio di volte anche in sala da pranzo, ma non ha fatto caso a me.»

In effetti no, non l'avevo proprio notato. Perché avrei dovuto? I miei pensieri erano quasi tutti per mio figlio. Mi aiutava a dimenticare il rifiuto di Darren. E poi non ero il tipo di donna che alla fine di una storia d'amore ne cerca subito un'altra.

Lo sconosciuto capì di non avere speranze e si schiarì la gola. Ero quasi dispiaciuta per lui, ma la mia inflessibilità era la corazza che mi proteggeva dalla disperazione. Anche se lo trovavo attraente, non ero disposta a lasciarlo avvicinare. Era sposato. Mi rifiutavo di costruire la mia felicità sull'infelicità di un'altra donna. Soprattutto, però, non volevo precipitare di nuovo nell'abisso.

«È perché ho tante cose per la testa al momento» risposi.

«Non ha nessuno con cui condividere i suoi pensieri? O forse non vuole?»

Guardai negli occhi lo sconosciuto. Avevo attirato la sua attenzione, ma non si poteva dire lo stesso di lui. Il suo viso era uguale a quello di tutti gli altri uomini da quando era finita la relazione con Darren: un'ombra priva di interesse.

«Sì, qualcuno ci sarebbe» risposi. «Ma non è qui con noi in mezzo all'oceano. E certi pensieri non si condividono facilmente, nemmeno con gli amici.»

«E con un estraneo, invece?»

Scossi la testa. «Un estraneo non capirebbe.»

Avevo parlato della mia situazione con Kate, la governante del signor Parker. Sedute al tavolo della cucina, avevamo discusso se dare credito alla lettera. A Darren, invece, non avevo detto niente del bambino e della cicatrice che deturpava il mio corpo da quando era nato, e così avevo rovinato tutto.

Un estraneo mi avrebbe sicuramente giudicata per il mio comportamento. Per la mia ingenuità. Non avevo colpa per la morte di mio figlio eppure, in un certo senso, non riuscivo a perdonarmelo. Sempre che fosse morto davvero.

L'uomo mi rivolse ancora il suo sorriso vagamente irritato. «Capisco. Chissà, magari cambierà idea. Sono sempre disponibile ad ascoltare storie interessanti. Anche se non la conosco, credo che dentro di lei ci sia qualcosa che meriterebbe di essere raccontato.» Fece una breve pausa, poi aggiunse: «Se dovesse ripensarci, chieda di James Joyce. Tanto staremo qui insieme ancora per un paio di giorni, no?». Si voltò e si diresse verso il lato opposto della nave.

Lo guardai allontanarsi. Doveva essere uno scrittore, probabilmente il signor Titus lo conosceva. Ma era meglio lasciar perdere e non dire niente. Non avrebbe comunque potuto aiutarmi.

Tramontato il sole, sul ponte iniziò a fare troppo freddo, così mi ritirai nella mia cabina. Accesi la luce, mi sfilai il cappotto e mi avvolsi nella coperta che tenevo sul letto. Poi mi sedetti alla piccola scrivania.

Il mio taccuino era pieno di appunti in cui ripercorrevo i miei ricordi del periodo a Parigi. Ero in cerca di indizi, e così avevo ordinato e classificato tutto meticolosamente, come se si fosse trattato di un compito per la scuola.

Ero partita dai luoghi. Avevo descritto l'ospedale nei minimi dettagli. Poi le strade e l'ambulatorio della levatrice Marie Guerin, da cui mi ero fatta visitare. Non aveva voluto sapere il mio nome, ma mi aveva proposto un'adozione. La pensione di madame Roussel, dove avevo preso la decisione di andare in America. Alcuni di quei luoghi li avevo classificati come innocui, altri come sospetti: avevo disegnato un cerchio intorno all'ospedale e all'ambulatorio di Marie Guerin.

Dopo i luoghi, avevo descritto le persone. Semplici conoscenze, come la donna che mi aveva messa sul taxi per l'ospedale, oppure monsieur Jouelle, l'amante della mia amica Henny, che mi detestava senza un vero motivo. Il personale della struttura: il dottor Marais, l'infermiera Sybille, Aline DuBois, l'ostetrica, e anche le altre infermiere, di cui non ricordavo il nome ma ero certa che le avrei riconosciute se le avessi riviste.

Naturalmente c'era anche la possibilità che uno sconosciuto si fosse introdotto in reparto e avesse rubato il mio bambino. E che la clinica, in imbarazzo per l'accaduto, mi avesse fatto credere alla morte di Louis. Ma l'istinto mi diceva che non era così.

Quando gli occhi iniziarono a bruciarmi mi sdraiai sul letto. Ormai mi ero abituata al dondolio della nave. I primi giorni era stato difficile, tanto più che il mare era agitato. A differenza della prima traversata oceanica, avevo sempre una leggera nausea. Probabilmente la presenza di Madame allora mi aveva distratta.

Avrei voluto che fosse con me anche questa volta, per distogliermi dai ricordi dei miei genitori che continuavano ad affiorare nella mia mente. Nella piccola cabina buia, strisciavano fuori dagli angoli più reconditi del mio cervello e mi riempivano della stessa rabbia e delusione che avevo provato anni prima. Non avevo più alcun contatto con loro da tempo. Non si erano fatti sentire nemmeno dopo che li avevo informati della morte di mio figlio.

Non sarebbe stato difficile, da Parigi, prendere un treno per Berlino e andare a trovarli, e per un momento avevo seriamente preso in considerazione l'idea di farlo, ma poi ci avevo ripensato. Era inutile, sarebbe stato tempo perso. Meglio concentrarsi sulla ricerca di Louis.

2

Parigi non era cambiata. L'attività frenetica per le strade non era nemmeno lontanamente paragonabile a quella di New York, ma mi sentivo a casa. Gli edifici erano splendidi ed eleganti come sempre, nonostante fosse pieno inverno e i colori quasi del tutto attenuati; sapevo che sarebbero tornati intensi non appena il sole avesse ricominciato a splendere con l'arrivo della primavera. Le aiuole nei giardini e i vasi sui balconi si sarebbero riempiti di nuovo di fiori, e alle finestre aperte avrebbero sventolato tende variopinte.

Nonostante la sensazione di familiarità, in taxi ebbi modo di pensare a quanto fossi cambiata dalla mia partenza per Dover insieme alla signora Rubinstein.

Ero partita per il nuovo mondo con dei vestiti logori e troppo larghi. Da studentessa di buona famiglia, mi ero trasformata in una nullatenente che era riuscita a sopravvivere a Parigi soltanto grazie al sostegno di un'amica.

Meno di due anni dopo, della ragazza sfortunata non era rimasto nulla, almeno all'apparenza. I vestiti che indossavo non erano più logori. Ero diventata una donna che attirava l'attenzione. Nessuno aveva più visto la cicatrice, e anzi, per quanto mi riguardava, poteva non vederla più nessuno per sempre.

Guardai i passanti fuori dal finestrino della macchina e sentii affiorare un senso di gioiosa aspettativa. Avrei rivisto Henny, la mia amica, quella che mi aveva salvata dopo la catastrofe con Georg! Mi ero rifugiata a casa sua, dopo essere stata cacciata da mio padre, e poi l'avevo seguita a Parigi, dove aveva fatto carriera, riuscendo a mantenere entrambe.

Nell'incertezza che mi attanagliava, il pensiero di Henny era un raggio di luce che scaldava il cuore. Chissà come stava. Le nostre lettere erano diventate meno frequenti, quindi sicuramente aveva molto da fare ed era presa dal suo fidanzato.

La vista di edifici meno lussuosi mi avvertì che ci stavamo avvicinando a Rue du Cardinal Lemoine. Era persino più malandata di come la ricordavo, alcune pietre del lastricato si erano rotte ed erano raggruppate ai lati della strada. Il tassista fece del suo meglio per aggirare le buche, ma non riuscì a evitarmi qualche scossone.

Avrei potuto alloggiare in un albergo, ma preferivo stare con persone che conoscevo. Non Henny, ormai non abitava più lì da tempo, ma madame Roussel e Geneviève. Di loro mi fidavo.

Pochi minuti dopo il taxi si fermò di fronte alla pensione. La facciata era rimasta identica, a eccezione di due nuove crepe che si erano formate sotto le finestre. La padrona, evidentemente, continuava a non ritenere necessaria una ristrutturazione.

Pagai la corsa e presi il mio bagaglio. Mentre la macchina si allontanava, entrai nel cortile interno e mi guardai intorno. Si sentiva della musica. A quanto pareva uno dei pensionanti aveva un grammofono nella sua stanza. Mi tornò in mente il vicino di casa dei miei genitori, il signor "Cavaliere del Lavoro", ma mi affrettai ad allontanare il ricordo. La porta era aperta, come sempre, nonostante madame Roussel non smettesse mai di ricordare agli ospiti di chiuderla se non volevano essere derubati.

Entrai e fissai le scale da cui ero salita e scesa un'infinità di volte. Poi sentii una porta che sbatteva.

Riconobbi immediatamente i passi della proprietaria.

Quando mi vide restò di sasso.

«Santo cielo, sei già arrivata?»

Nel mio telegramma ero stata piuttosto vaga sulla data e sull'orario di arrivo. Non si poteva mai sapere come sarebbe stato il tempo sull'oceano, e le tempeste in quella stagione erano frequenti.

«Sì, il mare era più calmo di quanto mi aspettassi» risposi, tendendole la mano. Madame Roussel la ignorò e mi abbracciò, avvolgendomi con il suo profumo di sapone alla rosa.

«È bello rivederti, ragazza! Ma guardati, sei in gran forma! Hai fatto fortuna in America, eh?»

In effetti sì. Ma ora quella fortuna mi appariva incerta. Tra le tante strade aperte che mi si presentavano dovevo scegliere quella giusta. Trovare mio figlio.

«Per caso la stanza in cui abitavo con Henny è libera?» chiesi.

«Non pensarci nemmeno! Ho qualcosa di meglio per te.»

Mi accompagnò nell'edificio accanto, dove si trovavano gli alloggi più "signorili". Il grammofono, nel frattempo, non suonava più.

«Geneviève abita ancora qui?» domandai mentre salivamo le scale.

«Sì, ogni tanto si fa vedere» rispose madame Roussel. «Ma credo che abbia lasciato perdere la sua professione. Sono mesi che viene a trovarla sempre lo stesso uomo.»

Possibile che Geneviève avesse finalmente trovato la felicità? Glielo auguravo ed ero impaziente di rivederla. Mi aveva aiutata nei primi tempi a Parigi, e mi era stata vicina alla morte di mio figlio. Era stata lei a consigliarmi la dottoressa che mi aveva salvata dall'oscurità in cui stavo sprofondando.

«Eccoci» annunciò la donna, indicando la porta di fronte alla quale ci eravamo fermate. Come tutte le altre affacciate su quel corridoio, era verniciata di rosso scuro e contrassegnata da un numero. Era la nove.

La padrona della pensione estrasse un mazzo di chiavi dalla tasca e aprì. La stanza era incredibilmente spaziosa, con un letto a baldacchino al posto del vecchio letto in metallo a cui ero abituata. Il davanzale della finestra era ricolmo di piante e c'era spazio anche per una scrivania e un armadio.

«Normalmente chiedo cinque franchi a settimana per questa stanza. Tu puoi averla per tre» dichiarò, poi corse ad aprire la finestra. «Purtroppo nemmeno qui sei al riparo dagli effluvi dello svuotalatrine, ma la finestra si chiude meglio, e c'è più aria!»

«Grazie, madame Roussel, è molto gentile da parte sua.» Mi guardai intorno. La stanza in effetti era all'altezza del mio alloggio di New York, e sembrava una reggia rispetto alla cameretta angusta in cui avevo vissuto insieme a Henny.

«Immagino che ricorderai le regole...»

«Certo» risposi. Ma probabilmente avrei finito per comportarmi come tutti gli altri dimenticando di chiudere la porta del cortile interno.

«Ah, le signore del vicinato mi hanno chiesto quando ricomincerai a fare le creme. Gliel'ho detto che vivi in America, che lavori per Helena Rubinstein e che le tue creme possono comprarle ai grandi magazzini, ma non la smettono.»

«Al momento non faccio creme.»

«E cosa? Profumi?»

«Non lavoro più per madame Rubinstein. La signora... ha

avuto dei problemi con il marito e ha venduto la sede americana dell'azienda. Tante persone hanno perso il lavoro, me compresa.»

Madame Roussel mi fissò allibita. «E cosa pensi di fare?»

«Ancora non lo so. Per il momento sono qui perché ho ricevuto questa» risposi mostrandole la lettera anonima.

«Lei non mi conosce e probabilmente non ci incontreremo mai» lesse ad alta voce. «Voglio dirle una cosa: suo figlio è vivo. Non so dove lo abbiano portato, ma l'ultima volta che l'ho visto era vivo e respirava. Non posso dirle altro.»

Si portò una mano alla bocca, inorridita. «Ecco perché!» Rifletté un attimo, poi chiese: «Credi davvero che sia possibile? Che tuo figlio sia ancora vivo?».

«Non lo so» dissi. «Ma devo scoprire da dove viene questa lettera. Devo sapere se in ospedale è successo qualcosa che mi hanno tenuto nascosto.»

La donna annuì. «Non sarà facile. Quando si commette un errore si è sempre restii ad ammetterlo. Ma ti auguro buona fortuna.»

«Grazie, lo apprezzo molto.» Le sorrisi, e lei per un momento mi fissò pensierosa.

«Fammi sapere se hai bisogno della cucina, d'accordo?» concluse, e si voltò.

«Certo, madame Roussel.» Chiusi la porta. Mi sarei riposata un po' e poi sarei andata a trovare Henny.

3

Un'ora dopo ero all'indirizzo indicato come mittente nelle lettere di Henny. L'edificio Jugendstil era elegante, con piccoli aggraziati balconi che in estate si riempivano di fiori colorati. Su una ringhiera si vedevano dei rami di pino, evidentemente un residuo delle decorazioni natalizie, benché il Natale fosse passato da più di un mese.

Non si intuiva soltanto dall'edificio che lì abitassero i parigini benestanti: l'intero quartiere era ben tenuto, con giardini in perfetto ordine nonostante fosse inverno. Chissà com'era la fioritura in primavera…

Ne aveva fatta di strada Henny, non c'era che dire. Non era più la giovane ballerina costretta a vivere in squallidi alberghi e miseri monolocali. Ormai era una signora, almeno finché monsieur Jouelle continuava a essere innamorato di lei.

A essere onesta, l'assistente del direttore del Folies Bergère non mi piaceva per niente. Mi aveva trattata malissimo fin dall'inizio riuscendo a convincere Henny che la stavo sfruttando. Mi aveva dato della scroccona e aveva cercato di allontanarla da me.

Ma Henny alla fine non glielo aveva permesso. Quanto mi sarebbe piaciuto vedere la faccia di Jouelle mentre lei gli raccontava della mia nuova vita piena di successi in America!

Eppure la prospettiva di incontrarlo mi innervosiva.

A quell'ora in genere il fidanzato di Henny era in teatro, ma l'idea di suonare il campanello mi metteva a disagio.

Alla fine mi convinsi a salire i pochi scalini fino al portone d'ingresso e scorrere la lista di nomi sul campanello. Trovai Jouelle al centro. Inspirai a fondo e premetti.

Attesi la risposta con il cuore che martellava. Alzai lo sguardo, ma non sapevo quale finestra corrispondesse alla casa di Henny.

Si sentì un rumore metallico. «Sì, chi è?» chiese una voce, in francese. Negli ultimi due anni la sua pronuncia era molto migliorata, ma parlava ancora con un forte accento.

«Henny?» dissi, sollevata.

La voce al citofono si zittì. Mi ero sbagliata?

«Sono io, Sophia» risposi. «Sono a Parigi!»

Henny tacque. Com'era possibile? Non capivo.

Un attimo dopo si udì uno scatto e la porta si aprì.

Entrai, leggermente insicura. L'androne mi ricordava quello del palazzo dei miei genitori, anche se più piccolo.

I tappeti di rafia sui gradini attutirono il rumore dei miei passi. Nel silenzio sentivo il battito del mio cuore.

Henny mi aspettava sulla soglia di un appartamento al secondo piano. Indossava una vestaglia nera con una rosa ricamata, aveva i capelli scompigliati e il viso assonnato.

«Sophia, santo cielo! Cosa ci fai qui?» chiese. Strascicava le parole e sembrava che si fosse appena svegliata.

«Io… ti ho scritto. Non ti è arrivata la mia lettera?»

Mi sentivo le braccia stranamente intorpidite. Davanti a me c'era la mia amica, ero impaziente di abbracciarla. Ma Henny era cambiata, non mi era mai sembrata così assente, nemmeno quando la tiravo giù dal letto all'improvviso.

«Sì… sì, certo!» Si diede una scossa, e sul suo volto si riaccese il vecchio sorriso. Forse nemmeno lei si aspettava di vedermi arrivare così presto.

Ma non riuscivo ad allontanare il sospetto che fosse Jouelle a decidere se poteva leggere o meno le mie lettere.

«Come stai?» chiese Henny, accarezzandomi una guancia con la mano. La abbracciai. Com'era bello rivederla!

«Entra, entra!» esclamò, trascinandomi per il braccio nel corridoio, nell'aria c'era un profumo dolciastro. «Bastoncini d'incenso. È l'ultima moda a Parigi. Le signore fanno a gara a chi ha le cose più esotiche. Sarà così anche da voi, immagino, no?»

«No, per ora no» risposi. «Le mode impiegano un po' ad arrivare dall'altra parte dell'oceano. Molte donne portano ancora le vecchie acconciature. Me compresa.» Sfiorai lo chignon sulla nuca. Non avevo ancora trovato il coraggio di tagliare i capelli a caschetto.

«Be', non mi stupisce per niente, hai sempre tenuto tanto ai tuoi capelli…» osservò Henny. Più la guardavo, più mi rendevo conto che non era cambiata affatto, almeno non nei miei confronti.

«Dov'è il tuo fidanzato?»

Henny scrollò le spalle. «In teatro. Di mattina sono quasi sempre sola. Ma vieni dentro, non stiamo in corridoio!» aggiunse. «Posso offrirti un caffè? O un tè? Maurice adora il tè.»

«Quello che preferisci.»

«Allora caffè. Accomodati pure in salotto, nel frattempo. Io mi vesto e vado in cucina a prepararlo.»

Feci come mi aveva detto, mentre Henny scompariva dietro una delle porte. Il salotto sembrava un luogo esotico, fra poltrone di pelle e grossi vasi di piante. Il tappeto rosso scuro era decorato con un motivo di rose e foglie. Si avvertiva un vago sentore di sigaro, probabilmente le pesanti tende si erano impregnate di fumo.

Gli alti scaffali erano stipati di volumi rilegati in pelle e decorati in oro. Il mappamondo accanto alla finestra quasi certamente conteneva dei liquori. Ne avevo visto uno simile a casa di un collega d'affari di mio padre, che si apriva sollevando la metà superiore del globo.

Mi avvicinai alla finestra. La vista sulla città e sul Jardin du Luxembourg era mozzafiato.

La personalità di Jouelle si percepiva da ogni dettaglio della stanza. Di Henny non c'era niente.

Se fosse stato soltanto l'appartamento della mia amica, mi sarei guardata intorno più liberamente. Ma il pensiero che Jouelle potesse arrivare da un momento all'altro e trovarmi a curiosare mi angustiava. Henny gli aveva senz'altro raccontato che lavoravo in America, ma il ricordo della sua espressione furibonda mentre mi intimava di sparire dalla vita di Henny era ancora troppo vivido.

Un acciottolio di piatti mi strappò alle mie riflessioni. Seguii il rumore e mi ritrovai in una cucina spaziosa: a quanto pareva Jouelle aveva affittato l'intero piano.

La cucina era piena di luce e arredata con mobili splendidi, di colore chiaro, abbinati alle piastrelle di Delft alle pareti. Il tavolo immacolato era fin troppo grande per un appartamento di quelle dimensioni.

«La domestica torna questo pomeriggio» spiegò Henny, aggiungendo la polvere di caffè nel bricco. «Ma a Berlino facevamo benissimo anche senza, no?»

«Decisamente» confermai.

Mi accorsi che Henny non sembrava in gran forma. Era possibile che fosse infelice, nonostante quell'appartamento meraviglioso? Da quando era andata via da casa dei genitori aveva sempre vissuto da sola in minuscole stanzette. Ormai viveva con Jouelle da tempo, ma a quanto pareva non si era ancora abituata a lasciare che qualcun altro si occupasse della casa.

«Siediti pure, il caffè è quasi pronto» disse, e posò il bollitore sui fornelli che emanavano un piacevole tepore.

«Come stai?» chiesi, sedendomi su una delle lunghe panche ai lati del tavolo.

«Bene» rispose lei con un'alzata di spalle. «E tu? Nel telegramma hai scritto soltanto che saresti venuta a Parigi. C'è un motivo? Inizi a lavorare qui? Le ragazze in teatro non fanno che parlare di un nuovo salone di bellezza che aprirà fra poco.»

«No, non sono venuta per aprire un salone» spiegai. «E anzi, non lavoro più per madame Rubinstein. Sono qui per cercare mio figlio.» Henny accolse sbigottita la notizia della lettera.

Allora non aveva ricevuto affatto la mia? Forse Jouelle glielel'aveva tenuta nascosta.

Avrei voluto chiederglielo, ma sapevo che l'argomento rischiava di farci litigare. E poi sembrava proprio che lui la trattasse benissimo. Non gli piacevo, certo, ma quella era una questione fra me e lui.

Il sibilo del bollitore risuonò nella stanza. Henny si alzò per aggiungere l'acqua al bricco, poi tornò al tavolo e versò due tazze di caffè.

«È bello poter parlare di nuovo in tedesco» disse all'improvviso. «Mi è mancato tanto in questi anni. A volte parlavo addirittura da sola, pur di sentire la mia lingua. Ho iniziato a temere di poterla dimenticare.»

Le presi una mano. Era ghiacciata, le sue dita tremavano.

«Che ti succede?» chiesi.

«Niente. Sono soltanto un po' nervosa. Secondo il dottore

dipende dalla competizione con le altre ballerine del Folies. Mi urta i nervi.»

«Non si sono ancora abituate a te?» Iniziavo a preoccuparmi.

«Non è quello» rispose Henny. «Il fatto è che essere la fidanzata di Maurice è diverso dall'essere una nuova arrivata.» Si fermò, poi mi rivolse un sorriso raggiante. «Ma non dobbiamo farci rovinare l'umore da queste sciocchezze, no? Allora, verrai al nostro matrimonio?»

«Certo» risposi, con un groppo in gola. Jouelle mi avrebbe accettata come damigella d'onore? E se non mi avesse voluta nemmeno come invitata?

«Che bello!» esclamò felice, ma in un modo affettato che non si addiceva per niente a lei.

«E il tuo fidanzato è d'accordo?» chiesi scettica.

«E perché non dovrebbe? Gli ho raccontato tutto di te. È felice dei tuoi successi in America.»

«Avete già scelto una data?» domandai, per cambiare argomento. Quando si trattava di Jouelle mi sembrava sempre di camminare sulle uova.

«Per ora no, ma lo faremo presto.» Annuì, come se dovesse convincersi che sarebbe successo davvero. «Molto presto. E sarai la prima a saperlo.»

«Sai che la lettera ci metterà un sacco a raggiungermi, vero?»

Lei sorrise e rispose: «Non lo dirò a nessuno finché non ti sarà arrivata».

Sapevo che non avrebbe potuto mantenere quella promessa. Le altre ballerine lo avrebbero saputo, probabilmente da Jouelle. Ma non era un problema. Henny aveva la sua vita e io la mia, a prescindere da come sarebbe andata in futuro.

Restammo in silenzio ancora per qualche momento, e mi sembrò quasi di poter vedere gli ingranaggi del cervello di Henny che si muovevano nella sua testa. Teneva le labbra strette, notai, come per assicurarsi di non lasciarsi sfuggire niente.

«Da dove pensi di iniziare la tua ricerca?» domandò, con voce acuta e forzata, quasi come se si stesse impegnando per essere gentile. Un'altra novità.

«Dall'ospedale. Proverò a parlare con le infermiere, magari anche con il dottore.»

«Se c'è dietro uno di loro, dubito che ti diranno la verità.»

«Ma da qualche parte dovrò pur cominciare!»

Henny assentì, ma non disse nulla. Perché sembrava tutto così strano? Prima parlavamo di qualunque cosa, ci capivamo al volo, ora mi sentivo un'estranea per lei.

«Oh, come vola il tempo!» esclamò Henny all'improvviso. «Non voglio essere scortese, ma temo che tu debba andare» disse, lanciando un'occhiata all'orologio. «Maurice tornerà fra poco.»

Scossi la testa, confusa. Ci eravamo appena sedute! Il caffè nella mia tazza non si era nemmeno raffreddato. «Non è in teatro fino a sera?»

«Viene a casa per la pausa pranzo, per vedere me.»

Ovviamente. Erano passati due anni, ma ancora non mi poteva soffrire, anche se ormai non ero più la ragazza di prima.

Annuii e abbassai la testa. «Va bene.» Mi sforzai di nascondere la mia delusione.

La vecchia Henny mi avrebbe presa per mano e portata a fare una passeggiata nel parco, come facevamo a Berlino.

Mi alzai in piedi. «Grazie per il caffè.»

Henny mi prese la mano. «Spero che tu riesca a trovare quello che cerchi.»

«Grazie.» Ci guardammo negli occhi per un momento, poi mi abbracciò. Ero veramente preoccupata. Henny si comportava in modo strano, ma non capivo se era la mia visita a metterla a disagio o se mi stava nascondendo dell'altro. «Ti faccio sapere se scopro qualcosa.»

«Sì, mi raccomando.» Sorrise e guardò oltre la mia spalla, come se temesse di veder comparire Jouelle da un momento all'altro.

Mi accompagnò alla porta. «Abbi cura di te» le dissi, spostandole un paio di ciocche di capelli dal viso. «E se c'è qualcosa che non va puoi parlarmene. Sono da madame Roussel.»

«Va bene, anche tu» tagliò corto Henny. «A presto.»

E con questo si sciolse dal mio abbraccio e chiuse la porta.

Ero così confusa e turbata dal suo comportamento che non mi mossi subito. Perché aveva tanta fretta di liberarsi di me, e perché quel saluto così freddo? Ripensai al passato. Nemmeno durante i litigi aveva mostrato tanto distacco nei miei confronti.

Il portone che si apriva, di sotto, mi fece trasalire. Era Jouelle? Per un attimo accarezzai l'idea di salire una rampa di scale e nascondermi, ma poi decisi di non farlo. Se era lui, avrebbe scoperto che ero andata a trovare Henny. Non c'era niente di male.

Scesi i gradini lentamente. Incontrai un uomo sulle scale, in effetti, ma non era Jouelle. Il signore anziano con i baffi grigi mi superò con un saluto cortese.

Sollevata, mi affrettai a raggiungere l'uscita. In strada inspirai a fondo. Mi sentivo agitata e spaventata. E se Henny non stava bene? Era davvero soltanto colpa della distanza fisica se eravamo diventate due estranee?

I pensieri mi vorticavano nella mente. In caso di bisogno Henny mi avrebbe chiesto aiuto? Oppure no? Jouelle l'aveva trasformata in un'altra persona?

Trascorsi la notte insonne, a fissare il soffitto. Mi aspettavo di sentire da un momento all'altro il rumore dello svuotalatrine, ma sapevo che era ancora troppo presto.

Ero stanchissima, ma la mia mente continuava a vagare. Mi riproponeva immagini del passato. Henny, com'era stata e come l'avevo vista poche ore prima. E sentii che la preoccupazione mi stava scavando una ruga sul viso. Il mio bambino poteva essere lì fuori da qualche parte. Henny era cambiata. Non sapevo cos'avrei fatto una volta tornata in America.

La prima cosa era fare chiarezza sul destino di mio figlio, il resto sarebbe venuto di conseguenza. Dovevo farcela. Sentivo la stessa determinazione che avevo avvertito anni prima, davanti alla vetrina con i vestiti per bambini. Non mi sarei arresa finché non lo avessi riavuto fra le mie braccia o avessi saputo per certo che la sua anima riposava in paradiso.

4

La mattina successiva presi un taxi per l'ospedale Lariboisière. Avevo la lettera nella borsetta. L'accusa che conteneva era grave: se mio figlio era ancora vivo, significava che era stato scambiato, più o meno consapevolmente. Sarebbe stato un terribile scandalo.

Ma era un'accusa fondata? Quanto avrei voluto che l'autore avesse avuto il coraggio di firmarsi, o almeno di lasciarmi un indizio su dove trovarlo!

Il tassista si fermò in un vicolo di fronte al cancello di ferro della struttura. Pagai la corsa e scesi. Mentre la macchina si allontanava, mi concessi un momento di riflessione e fui sopraffatta dall'emozione.

Nei miei sogni ero tornata spesso in quel posto, sempre in cerca di mio figlio. Il ricordo di ciò che era successo non si fece attendere: nel mio petto si risvegliò l'antico dolore. Non avrei mai superato la perdita di mio figlio, ma una nuova speranza era germogliata nel mio cuore. Qualunque cosa fosse successa, se Louis era vivo doveva esserci il modo di trovarlo.

Superai il cancello ed entrai nel cortile interno della clinica, dove i pazienti passeggiavano avvolti in pesanti cappotti, alcuni accompagnati da infermiere che si proteggevano dal freddo con grossi scialli scuri. Lo splendore estivo che aveva accompagnato la mia permanenza lì era un lontano ricordo.

Entrai nell'edificio che ospitava il reparto maternità. Avevo trovato la strada al primo colpo, eppure non riconoscevo quasi niente. L'ultima volta, all'arrivo, non avevo fatto caso ai dettagli e quando ero uscita ero troppo presa dal mio dolore per notare alcunché.

Andai allo sportello dell'accoglienza: l'infermiera di guardia era piuttosto anziana, un paio di ciocche di capelli grigi le sfuggivano dalla cuffia.

«Posso aiutarla, madame?» chiese in tono gentile.

«Io… vorrei recarmi nel settore delle partorienti.»

«C'è qualcuno a cui vuol fare visita?»

«Desidero parlare con una delle infermiere. Si chiama Sybille, se ricordo bene. E se è possibile anche con il dottor Marais e Aline DuBois, l'ostetrica. Si sono occupati di me quando è nato mio figlio.»

L'infermiera mi squadrò per istante, poi annuì. «Mademoiselle DuBois non lavora più qui.»

La notizia mi stupì. Perché l'ostetrica era andata via? C'era stato un incidente in ospedale? Oppure sapeva qualcosa?

«E non sono certa che Sybille sia qui oggi, ma può provare» proseguì l'infermiera. «Ricorda la strada?»

Annuii. L'avrei ricordata per sempre.

Il reparto era inondato di luce. Quando aprii l'alta porta a battenti sentii subito il lontano vagito dei neonati, e avvertii una stretta al cuore. Un tempo sarebbe stato un brutto colpo per me, ma ormai avevo imparato a ignorare le donne che andavano in giro spingendo i passeggini e a non ascoltare il pianto dei bimbi. Ma lì era diverso. Mi sentivo come se una ferita appena guarita si fosse riaperta. Mi bruciava il petto come quando i singhiozzi impediscono di respirare.

Durò un attimo, poi ebbi un sussulto e percorsi il corridoio. Dovevo scoprire cos'era successo a Louis!

Alcune stanze erano aperte. Con la coda dell'occhio intravidi le tende che separavano i letti. Sentii delle voci, ma per fortuna non vidi nessuno.

Bussai alla porta della stanza delle infermiere.

Un attimo dopo sentii le tavole del pavimento scricchiolare. La donna che mi aprì indossava una cuffia, come tutte le infermiere, ma il suo viso mi era sconosciuto.

«Mi scusi» esordii. «Mi chiamo Sophia Krohn. Due anni e mezzo fa sono stata una paziente di questo reparto.»

L'infermiera alzò le sopracciglia. «E cosa posso fare per lei?»

«Vorrei parlare con l'infermiera Sybille. È stata lei a prendersi cura di me all'epoca.»

La donna mi guardò stupita, ma fece un cenno con la testa. «Aspetti un attimo, controllo dov'è.»

Mi indicò alcuni sgabelli accostati alla parete. Mi misi a sedere, torcendomi le mani per l'inquietudine. Non sapevo nemmeno da dove cominciare. Forse era meglio non iniziare subito con le accuse.

Il tempo non passava mai. A quanto pareva Sybille non era così facile da trovare, o comunque era impegnata. Mi girai per guardare fuori dalla finestra. Un paio di corvi volavano in cerchio sui rami spogli degli alberi. Ripensai alla mia gravidanza: non era stato facile convivere con Henny in una stanza minuscola. All'epoca pativamo la fame, io passavo quasi tutto il tempo in coda negli uffici, mi sentivo inutile e non mi ero presa abbastanza cura di me stessa.

In seguito mi ero rimproverata di non avere avuto più riguardi per me e per mio figlio. Ma quale medico avrebbe seguito una donna incinta priva di mezzi? E non potevo permettermi un'alimentazione più sana, con i pochi soldi che avevamo. Era già tanto avere un tetto sopra la testa e non dover implorare per un posto nel ricovero per senzatetto.

E poi il parto… Ricordavo alla perfezione il momento in cui ero svenuta in biblioteca ed ero stata soccorsa da una sconosciuta.

«Madame?» disse una voce femminile.

Mi girai. Tutti i pensieri svanirono all'istante. L'infermiera Sybille mi fissava con aria interrogativa. Evidentemente non si ricordava di me. Ma in fondo era plausibile, negli ultimi due anni e mezzo doveva avere accudito centinaia di donne.

«Sono Sophia Krohn» mi presentai. «Sono stata qui due anni e mezzo fa, ho partorito il due agosto. Lei… era stata molto gentile con me.»

Anche il mio nome non le diceva niente.

«Mio figlio… è morto.»

«Oh» fece lei. «Mi dispiace, ma… Non mi ricordo di lei.»

«Non importa» dissi, nascondendo la mia delusione. «Vorrei farle solo una domanda.» Abbassai lo sguardo. L'infermiera che era andata a chiamare Sybille stava in piedi sulla soglia. Sembrava interessata alla conversazione.

«Possiamo parlarne in privato, per favore?» chiesi. «Soltanto un paio di minuti. Voglio raccontarle una cosa, non ci vorrà molto.»

Sybille mi guardò come se fossi impazzita, ma alla fine acconsentì. «Va bene.»

La seguii in un corridoio vuoto e silenzioso. Ma anche lì c'erano delle porte. Qualcuno avrebbe potuto origliare. Per precauzione abbassai la voce mentre estraevo la lettera dalla tasca.

«Capisco che non si ricordi di me. Vengono tante donne qui, è un continuo viavai…»

«Cosa vuole?» chiese Sybille, un po' spazientita.

«Ho sentito che Aline DuBois, l'ostetrica, non lavora più qui...»

«È andata via un anno fa, si è sposata. Perché vuole parlare con lei? E con me?»

Era il momento. «Di recente ho ricevuto questa lettera.»

Presi il foglio dalla busta e glielo porsi con dita tremanti.

«Mi chiedevo chi potesse avermela scritta.»

Gli occhi di Sybille scorsero più volte le poche righe. Il mio cuore batteva così forte che pensai mi potesse saltare fuori dal petto.

«Credo sia uno scherzo di cattivo gusto» disse alla fine l'infermiera, ripiegando il foglio. «Mi dispiace che suo figlio sia morto, ma temo di non poterci fare niente. E non c'è niente da domandare.»

«Lei lo ha visto, allora?» chiesi, con la disperazione che mi mozzava il respiro. «Come fa a esserne sicura, se non si ricorda nemmeno di me?»

I miei occhi si riempirono di lacrime, offuscandomi la vista.

Sybille mi fissò intensamente, come se stesse cercando di ricordare.

«Avrete le cartelle cliniche delle vostre pazienti, immagino» continuai. «Forse potrebbe… Se potessi dare un'occhiata, solo per essere sicura che sia davvero morto.»

Il viso dell'infermiera si indurì. Rifletté per un momento, poi disse: «Capisco la sua sofferenza, davvero, ma non posso darle accesso alla nostra documentazione. Posso soltanto dirle che suo figlio è morto. La sua tomba è al cimitero di Montmartre, dove vengono sepolti i bambini che hanno vissuto pochi giorni».

La guardai negli occhi. Perché era tanto scostante? Avevo un ricordo molto diverso di lei. Mi era sembrata dolce e comprensiva all'epoca.

Mi schiarii la gola. «Può dirmi come trovare la tomba, per favore?»

Sybille specificò il lotto e mi spiegò come raggiungerlo.

«Dimentichi questa lettera» aggiunse. «Non so chi le abbia fatto questo brutto scherzo, ma non deve crederci. Suo figlio è morto in questa clinica, come confermato dal certificato di morte. Sono desolata, ma non posso aiutarla.»

Annuii e rimisi la lettera in borsa. «Può dirmi dove posso trovare mademoiselle DuBois?»

«Non lo so» replicò lei sgarbata, evidentemente innervosita dalla mia insistenza. «Non ci ha lasciato alcun indirizzo.»

Fui presa dallo sconforto. Aline DuBois era una delle poche persone ad aver visto mio figlio vivo, ma insistere era inutile, non avrei ottenuto altro dall'infermiera Sybille.

«Grazie di avermi dedicato il suo tempo» dissi e mi allontanai.

Avevo quasi raggiunto le scale quando intravidi una macchia bianca con la coda dell'occhio. Mi girai, come per ubbidire a una voce interiore, e vidi un dottore che avanzava a grandi passi nel corridoio con una cartella clinica sotto il braccio.

Era il dottor Marais, il medico con cui avevo partorito, ne ero certa! Riconoscevo i capelli scuri e il portamento. Le mie gambe si mossero prima ancora che il mio cervello avesse il tempo di rendersi conto dell'occasione che mi si era presentata.

«Dottor Marais!» gridai, agitando una mano. «Aspetti un momento, per favore.»

Il medico si fermò e si voltò a guardarmi, senza riconoscermi.

«Posso rubarle un minuto? Mi chiamo Sophia Krohn. Due anni fa, ad agosto, ha fatto nascere mio figlio Louis.»

Il dottor Marais assunse l'espressione di chi deve scavare a fondo nella memoria, poi chiese: «Come posso aiutarla?».

Estrassi di nuovo la lettera. «Qualche settimana fa ho ricevuto un messaggio che vorrei mostrarle.»

Il dottore aggrottò la fronte. «Forse è meglio se ne parliamo nel mio ufficio, allora. Vuole seguirmi, per favore?»

Il dottor Marais mi guidò lungo il corridoio e su per una rampa di scale.

L' urlo di una donna mi fece trasalire. Il dottor Marais spiegò: «Siamo vicini alla sala parto, se ne sta occupando un collega».

Sentii la gola secca. Non avevo dimenticato quell'esperienza. Il dolore, e l'oscurità dopo l'anestesia. Le sensazioni erano così forti che iniziai a sudare.

«Non si sente bene?» chiese il dottor Marais, notando che mi ero fermata.

«No, nessun problema» dissi, anche se non era vero. Lottare contro il tremito che si stava insinuando nelle mie membra mi richiese uno sforzo immane.

Attraversammo un altro corridoio. Non si sentivano più le grida. Il dottor Marais aprì una porta e mi lasciò entrare.

La stanza era piccola ma luminosa. Sugli scaffali lungo le pareti dei raccoglitori per documenti erano allineati in perfetto ordine. Notai anche qualche grosso volume di medicina. Lo scheletro dal cranio calvo ghignava accanto alla finestra. Mi voltai subito.

A quanto pareva avevo distolto il dottor Marais dal suo lavoro, perché sulla scrivania c'era una cartella clinica aperta. La chiuse di scatto e si sedette.

«Si accomodi, madame» disse, incrociando le mani sul tavolo. Mi fissò per un attimo ed emise un sospiro.

«Mi ricordo di lei» ammise alla fine. «Abbiamo dovuto fare un cesareo di emergenza perché si era rotto il sacco amniotico.»

Fu un sollievo sentire che mi ricordava.

«La morte di suo figlio è stata uno shock anche per noi. Era sopravvissuto al parto, eravamo speranzosi. Ma a volte le vie del Signore sono imperscrutabili.»

Non sapevo da dove cominciare. Il dottore sembrava sincero e comprensivo. Come potevo accusarlo di presunte scorrettezze avvenute nel suo reparto?

Decisi di optare per una soluzione diplomatica. «Apprezzo molto ciò che ha fatto per me. Mi ha salvato la vita.» Pescai la lettera nella borsa e gliela allungai. «Per questo mi rivolgo a lei. Sono certa che capirà perché voglio andare a fondo alla cosa.»

Il dottor Marais scorse rapidamente le poche righe. La ruga fra le sopracciglia, prima appena visibile, diventò più profonda. Scrutai il suo viso in cerca di un segno di colpevolezza, ma notai soltanto un leggero pallore.

Alla fine si appoggiò allo schienale e incrociò le braccia.

«Non so cosa dire» esordì, fissandomi con sguardo penetrante.

La mia schiena si irrigidì. «Nemmeno io. Mi dica cosa dovrei pensare.»

«Che è uno scherzo di pessimo gusto, niente di più.»

Inspirai. «Ma chi potrebbe divertirsi in modo simile? E per quale motivo?» chiesi. «Quando sono arrivata a Parigi non conoscevo anima viva. Le uniche persone con cui ero in contatto erano la proprietaria della pensione in cui vivevo e la mia vicina di stanza. E la mia amica. Metterei le mani sul fuoco per tutte e tre. Quindi chi potrebbe essere stato?»

«Qualcuno che vuole ricattarla?» Il dottor Marais era ancora tranquillo, ma si era evidentemente rabbuiato. Forse stava immaginando come quella notizia potesse danneggiare lui e il personale.

«All'epoca non avevo un franco. Ho dovuto chiedere al fidanzato della mia amica di pagare il conto dell'ospedale. E lui non aveva il minimo interesse a farmi tornare qui, dopo che finalmente era riuscito a liberarsi di me.»

Marais tacque. Ora i suoi occhi erano fiammeggianti.

Facevo sempre più fatica a nascondere il tremito, ma dovevo essere forte. Non avrei avuto una seconda possibilità di fare domande in quell'ospedale.

«E lei cosa pensa che sia successo?» chiese il dottore alla fine. «Non starà per caso insinuando che ci siano state irregolarità in questo reparto?»

«Non lo so» replicai. «Ma ho bisogno di aiuto e non so a chi altri rivolgermi...»

Marais sembrò soppesare le opzioni a sua disposizione per un tempo che parve un'eternità.

«Le sconsiglio di rendere pubblica la vicenda» disse infine, a sorpresa. «Storie come questa...»

«Potrebbero rovinarle la reputazione?» completai la frase. Non riuscivo a credere che avesse a cuore soltanto l'ospedale. E mio figlio? «Bene, in tal caso dovrebbe essere ancora più interessato ad aiutarmi.» Inspirai a fondo. «Non voglio accusarla di niente, chiedo soltanto risposte. Se si tratta di un'accusa infondata, chi c'è dietro? Non crede che anche lei vorrebbe scoprirlo, se fosse al mio posto?»

«Sicuramente, ma...»

«Non pretendo che si trasformi in un detective. Le chiedo soltanto di tenere gli occhi aperti su quello che succede nella sua clinica. Prima che scompaia un altro bambino o venga dichiarato morto anche se non lo è. Ad ogni modo, io porterò avanti le mie indagini. È giusto che lei lo sappia.»

Il dottor Marais serrò la mascella. Alla fine scattò in piedi.

«Faccia come crede. Ma la avverto: se osa rovinare la reputazione del mio ospedale senza uno straccio di prova ne pagherà le conseguenze. La direzione non esiterà a denunciarla per diffamazione. Le auguro buona giornata, madame!»

Restammo a lungo a guardarci negli occhi. Avevo lo stomaco contorto per la rabbia, e le parole mi si accumulavano in gola. Avrei tanto voluto gridargliele tutte in faccia, ma era chiaro che non sarebbe servito a niente.

«Quindi non mi aiuterà?» chiesi in tono calmo.

Il dottor Marais emise un profondo sospiro. Sembrava lui ad avere difficoltà a controllarsi.

«Non vedo come potrei. Questa lettera è un'assurdità. E adesso se ne vada, ho da fare!»

La sua risposta mi lasciò pietrificata. Per qualche istante fui incapace di muovermi, poi lasciai lo studio del dottore, con la vista sfocata. Non mi accorsi dove fosse sparito Marais, né quando.

5

Le nuvole incombevano basse e minacciose sul cimitero di Montmartre, ma qua e là si aprivano squarci di cielo azzurro chiaro. Il silenzio era assoluto, a parte il fruscio del vento fra gli alberi e le lapidi. Superai l'alto portale di pietra e mi guardai intorno.

Era da tanto che non entravo in un cimitero. In Germania ci andavo per la commemorazione dei defunti, a far visita alle tombe dei nonni che non avevo conosciuto. Prima di mio figlio non avevo mai avuto un contatto diretto con la morte.

Due anni prima mi era mancato il coraggio di andare al camposanto. Il dolore era troppo forte, e poi mi sembrava insensato: mio figlio non avrebbe avuto una tomba tutta per lui, sarebbe stato uno dei tanti bambini che non avevano mai cominciato a vivere.

Ma ora volevo vedere dove riposava, ammesso che fosse davvero lì.

La sabbia scricchiolava sotto i miei stivaletti. Sybille mi aveva spiegato che strada fare, ma dovevo sbrigarmi: in quel periodo dell'anno il sole calava presto, e non avevo nessuna voglia di perdermi in un cimitero al buio. Le lapidi di arenaria grigia e beige non diffondevano un'atmosfera particolarmente accogliente.

Che aspetto poteva avere il monumento funebre per i bambini?

Mentre camminavo sfioravo le tombe con lo sguardo. Su alcune di esse c'erano anche le foto. Mi fermai davanti a una lapide.

Apparteneva a una giovane donna di nome Nicole Blanchard. Era morta otto anni prima, ma la foto sopra il suo nome sembrava più recente. Era sulla ventina, con i capelli neri e gli occhiali. Forse era uno scherzo della mia immaginazione, ma la nostra somiglianza era impressionante. Com'era morta, così giovane?

Poi, sotto il suo nome, ne lessi un altro. Marie. Soltanto una data, la stessa della morte di Nicole.

Era morta di parto? Forse il cesareo non era andato come avevano sperato i medici?

Di colpo avvertii una profonda tristezza. La ragazza aveva all'incirca la mia età quando era morta. E nemmeno la bambina era sopravvissuta.

Sarebbe potuto succedere anche a me. Sarei potuta morire. Mi avrebbero sepolta con mio figlio, a quel punto? E se lui fosse sopravvissuto?

Allontanai subito quel pensiero. C'era stato un tempo in cui avevo desiderato essere al posto suo. Morire perché lui potesse vivere. Ma non era andata così. Ero di fronte alla tomba di una sconosciuta, e stavo cercando quella del mio bambino.

Mi congedai in silenzio da Nicole e continuai a camminare, superando statue e cripte. I nomi incisi sui basamenti o sopra le porte non mi dicevano niente.

La mia angoscia cresceva a ogni passo, ma tornare indietro era fuori discussione.

Dopo un po' raggiunsi una croce di metallo cesellata. Si stagliava al centro di una superficie ricoperta di ciottoli bianchi, su cui erano posati qua e là dei mazzolini di fiori. Nessun nome, soltanto quello dell'ospedale in cui erano venuti alla luce i bambini che riposavano lì.

Il cuore mi martellava nel petto. Mi sentivo come se qualcuno mi stesse passando una lama sulla pelle.

Se Louis era davvero lì sotto, gli ero vicina come mai prima. Dove lo avevano sepolto? Non era possibile trovare il punto esatto.

Mi portai la mano alla bocca dalla disperazione. Le mie lacrime rigarono le guance e colarono sui ciottoli. Credevo che il dolore fosse passato, e invece eccolo di nuovo con la furia di una belva selvatica riuscita a sfuggire alla gabbia in cui l'avevo rinchiusa.

Caddi in ginocchio con un gemito. Le pietre erano fredde, una raffica di vento mi investì alle spalle. Per poco non rovinai a terra. Rimasi lì rannicchiata a piangere senza speranza, bagnando il terreno con le mie afflizioni.

Una volta calmata, mi alzai in piedi e mi asciugai il viso. Mi bruciava la pelle e mi martellavano le tempie. Sentivo un dolore lancinante alla pancia, come se la cicatrice si fosse riaperta all'improvviso.

Ma ormai non era soltanto sofferenza quella che provavo, era anche rabbia. Louis, mio figlio, era davvero lì? E se non era così? Se qualcuno mi aveva tradita?

Ero grata al dottor Marais per avermi salvato la vita, ma l'incontro con lui aveva fatto divampare la rabbia che covavo nel mio petto. Il modo in cui aveva accolto le mie parole… Era così inverosimile che un bambino venisse scambiato o rapito da un reparto di maternità?

Nessun medico poteva sapere tutto quello che accadeva nel suo reparto. E nessuna infermiera. C'erano sicuramente dei momenti in cui i bambini non erano sorvegliati, e chiunque poteva portarli via dai loro letti.

Non volevo credere che qualcuno mi avesse fatto un torto così meschino.

Decisi che sarei andata alla polizia a chiedere aiuto. Se il dottor Marais aveva detto la verità non aveva niente da temere. E comunque non mi importava di lui, l'unica cosa che mi interessava era mio figlio. Se era colpevole, ne avrebbe pagato le conseguenze. Volevo vedere il mio bambino, essere sicura che stesse bene.

Guardai di nuovo il monumento funebre e mi sforzai di percepire la presenza di Louis. Non sentii niente.

«Ti troverò» mormorai, stringendo le mani a pugno. Poi mi voltai e avanzai a passi decisi verso il cancello. La speranza che mio figlio non fosse sepolto lì era minima, ma non avevo intenzione di rassegnarmi.

Rientrai alla pensione stremata, come alla fine di una dura giornata di lavoro. L'aria era ancora più fredda, e l'oscurità non aiutava a schiarirmi le idee. Superai l'arco del cortile frugando nella tasca in cerca delle chiavi.

«Guarda un po' chi si rivede in questo buco.»

Conoscevo bene quella voce. Alzai lo sguardo di scatto. Di fronte a me c'era la mia vecchia vicina di stanza, Geneviève, con un cappotto color prugna e un cappellino rosa sulla testa. Estrasse un mazzo di chiavi dalla tasca e mi sorrise raggiante.

«Geneviève!» La raggiunsi e la strinsi fra le braccia. «Che piacere rivederti!»

«Il piacere è tutto mio. Cosa ti porta a Parigi, tesoro? A quanto pare si sono tutti dimenticati di avvertirmi.»

«Motivi personali» risposi. «Dovremmo parlarne di sopra, se hai tempo.»

Geneviève alzò le sopracciglia. «Qualcosa di grave?»

«È solo... Non è facile da spiegare.» Alzai lo sguardo verso le finestre illuminate. «Non voglio che ci senta nessuno.»

«D'accordo» disse dopo un attimo di riflessione. «Vieni con me.»

La seguii al piano di sopra. La sua stanza era la stessa di sempre. Mi fermai per un attimo a guardare la porta di fronte, la stanza dove abitavamo io ed Henny all'epoca, ma poi Geneviève mi spinse dentro, direttamente verso il letto.

«Non preoccuparti» disse, e come se mi avesse letto nel pensiero aggiunse: «sono fuori dal giro da tempo. Qui ci dormo soltanto io. Quando ho voglia di stare con un uomo vado da lui».

Mi lasciai cadere sul materasso di piume e mi guardai intorno. La stanza non era cambiata quasi per niente. Le tende erano pulite e sempre uguali. Anche la toilette era la stessa, dove la ricordavo. Su una delle pareti, però, era comparso un nuovo dipinto. Un paesaggio ad acquerello.

«È un regalo di Jacques, lo ha dipinto per me» spiegò Geneviève, che aveva seguito il mio sguardo. «Mi ha detto di appenderlo qui, così posso pensare sempre a lui.»

«Molto romantico» commentai.

«Ma non sei venuta a Parigi per parlare di romanticismo, vero?»

«No, io...» Posai le mani in grembo. «Sono qui per mio figlio.»

Per un istante sembrò che Geneviève volesse dire qualcosa, ma poi si lasciò cadere sulla sedia di fronte al comò con un sospiro.

«Ho ricevuto una lettera» continuai, e le raccontai in breve gli ultimi eventi. «Visto che la visita in ospedale è stata inutile, domani vado alla polizia.»

Geneviève sospirò. «Poverina… Ma hai ragione, vai alla polizia. Forse troverai un commissario in gamba che farà del suo meglio per aiutarti. E se è uno scherzo…» Mi guardò piena di compassione. «Immagino quanto ci speri. E ti auguro che la tua speranza diventi realtà.»

Si sporse verso di me e mi prese la mano. Avvertii tutto il suo calore. Quanto avrei voluto che anche Henny si fosse comportata così! Henny, che invece aveva fissato l'orologio in preda al panico, in attesa di Jouelle.

Come se avesse indovinato i miei pensieri, Geneviève chiese: «Hai già visto la tua amica?».

«Sì, ieri» risposi. «Sono andata a casa sua. Ora vive in un appartamento magnifico, sembra proprio che il signor Jouelle la tratti molto bene.»

Geneviève mi guardò scettica. «Allora non te ne sei accorta?»

«Accorta di cosa?»

«Mi sembra diversa. Non sono nata ieri, e mi viene da dubitare che sia malata.»

«Malata?» Scossi la testa. «Me lo avrebbe detto! E poi quando l'hai vista tu l'ultima volta?»

«Effettivamente è passato un po' di tempo» ammise Geneviève. «Ogni tanto vado a teatro. Non so, mi era parsa strana. Assente… Il suo viso sembrava scolpito nel marmo. Forse a Jouelle va bene così, ma ho visto tante donne maltrattate dai loro spasimanti…»

«Pensi che Jouelle la maltratti?»

Geneviève strinse le labbra e scrollò le spalle. «Chissà? Non vivo con loro.»

Scenari spaventosi cominciarono a scorrermi nella mente.

Alla fabbrica di Madame mi era capitato di sentire donne che parlavano di mariti che picchiavano le mogli e seminavano paura e terrore in casa.

Ma Henny non aveva detto niente, e io non conoscevo direttamente nessuna donna che avesse avuto un problema simile.

«Cosa posso fare?» La domanda era rivolta più a me stessa che a Geneviève, ma lei rispose: «Temo che tu non possa fare niente. Vive con Jouelle, il suo fidanzato. Se lo sposerà, spetterà a lui vegliare su di lei».

«E se non ne fosse capace?»

«Sta a Henny decidere. Così come stava a te decidere se tenere o meno il bambino.» Geneviève sospirò. «La vita non è sempre facile. È difficile trovare la strada giusta, anzi, a volte la si vede meglio dall'esterno. Ma nessuno è mai nella posizione di dire agli altri come devono vivere. Se quest'uomo non è quello giusto per la tua amica, dovrà essere lei ad accorgersene.»

«E se le succede qualcosa nel frattempo? Non potrei mai perdonarmelo...»

«Cosa dovrebbe succederle?» chiese Geneviève. «Sta con lui già da due anni. Se verrà a chiederti aiuto, allora potrai aiutarla. Prima è tutto inutile.»

Non era facile da accettare, ma sapevo che non avrei potuto fare altrimenti.

6

Il commissariato mi riportò alla memoria l'attesa infinita per il permesso di soggiorno. Rimasi un attimo ferma sulla soglia, incerta sul da farsi. Era davvero il caso di sporgere denuncia? L'unico indizio che avevo era una lettera senza firma e senza mittente. Soltanto un'affermazione e una richiesta di perdono.

Alla fine mi feci forza, salii le scale ed entrai.

La stanza era arredata con mobili in legno scuro, la luce del giorno era filtrata da pesanti veneziane. La lampada sopra la mia testa evidentemente non veniva pulita da molto tempo: il fondo della sfera di vetro era pieno di mosche morte. Una stufa di maiolica in un angolo faceva del suo meglio per riscaldare l'ambiente, ma con la porta che veniva aperta di continuo era un'impresa impossibile.

Mi avvicinai al banco. Un uomo di mezza età batteva con aria distratta sulla macchina da scrivere.

«Bonjour, monsieur.»

L'uomo in uniforme interruppe la sua attività e alzò lo sguardo.

«Bonjour, madame. Come posso aiutarla?»

«Vorrei sporgere denuncia per il rapimento di un bambino» risposi.

L'uomo sollevò le folte sopracciglia. «Rapimento di un bambino, dice? È un'accusa seria. Chi sono le parti lese?»

«Sono io» dissi. «Ho motivo di supporre che mio figlio sia stato scambiato alla nascita, non so se intenzionalmente o meno, ma ho ricevuto una lettera anonima che suggerisce tale circostanza.»

Il poliziotto mi squadrò per un istante, poi chiese: «Lei non è francese, giusto?».

«No, sono tedesca. Ma ho vissuto a Parigi con un permesso di soggiorno.»

Quanto avrei voluto saper leggere i pensieri dell'agente!

«Vado a chiamare un collega» mi disse alla fine, e si alzò. «Se nel frattempo vuole accomodarsi...» Indicò una delle panche di legno. Qualcuno aveva dimenticato una sciarpa, che pendeva da uno schienale.

Mi sedetti e osservai il poliziotto che scomparve nel retro. Mi giunsero delle voci soffocate alle orecchie, forse di un interrogatorio.

La stanza era diversa da quella in cui avevo atteso il mio permesso di soggiorno, ma anche lì i minuti sembravano trascinarsi all'infinito. Di sicuro l'agente doveva trovare qualcuno disposto a parlare con me.

Alla fine tornò con un uomo in completo marrone. Era anche lui di mezza età, a giudicare dai capelli leggermente ingrigiti sulle tempie. Mentre il poliziotto di guardia tornava alla macchina da scrivere, il collega si avvicinò a me e mi tese la mano.

«Commissario Jeroult» si presentò. «Sono della polizia criminale.»

«Piacere di conoscerla» risposi. «Mi chiamo Sophia Krohn.»

«Lei è tedesca, dico bene?» domandò con un sorriso gioviale. «Conoscevo un certo Joseph Krohn di Elsass. Possibile che siate parenti?»

Scossi la testa. «No, io sono di Berlino.»

«Bene, allora venga con me, così mi spiega la sua richiesta.»

Ci spostammo in una stanzetta che sembrava riservata agli interrogatori. Un tavolo di legno, due sedie e una macchina da scrivere con dei fogli a disposizione. Mi guardai intorno inquieta.

«Mi perdoni se l'ho portata qui» spiegò il commissario Jeroult mentre si chiudeva la porta alle spalle. «Ma nel mio ufficio regna il caos. È da non credere quanta gente si fa venire in mente strane idee in questo periodo dell'anno. Giusto ieri abbiamo ripescato il cadavere di una donna dalla Senna. Un delitto passionale, presumibilmente.»

Prese posto alla macchina da scrivere e armeggiò per inserire un foglio.

«Prego» disse, indicandomi la sedia di fronte a lui, e batté una riga.

Presi posto, ma non riuscii a non chiedermi quanti testimoni si fossero seduti lì prima di me, e anche quanti criminali.

«Dunque, il suo nome è Sophia Krohn.»

«Sì.»

«Data di nascita?»

«5 agosto 1905.»

Scrisse anche questa informazione. «Il mio collega mi diceva che vorrebbe denunciare un caso di rapimento di un bambino. Mi vuole spiegare meglio?»

Aprii la borsetta con mani tremanti e ne estrassi la lettera e il certificato di morte di Louis che mi avevano dato in ospedale.

«Qualche settimana fa ho ricevuto questa lettera. Chi l'ha scritta sostiene che mio figlio sia ancora vivo. A me invece avevano detto che era morto poco dopo la nascita all'ospedale Loriboisière, e ora qui si sostiene il contrario.» Gli porsi il foglio.

Il commissario mi fissò leggermente perplesso. «Temo di

aver bisogno di maggiori informazioni. Mi racconti la storia dall'inizio.»

Da dove cominciare? Dal giorno in cui avevo scoperto di essere incinta di un uomo che mi aveva ingannata sulle sue intenzioni di divorziare dalla moglie o da quello in cui ero stata portata in ospedale dopo che si erano rotte le acque?

Decisi di partire dal giorno della nascita di Louis e dalla decisione di praticarmi un taglio cesareo. Raccontai della mia perdita di coscienza e di come, quando mi ero svegliata, mi avevano comunicato che mio figlio era morto dopo due giorni di vita.

Mostrai al commissario il certificato di morte e riferii quanto fosse stato difficile per me rifarmi una vita. Poi passai al giorno in cui la misteriosa lettera mi era arrivata a New York.

«Non ho idea di chi possa essere questa persona» aggiunsi «ma non potevo ignorare l'eventualità, per quanto minima, che mio figlio possa essere ancora vivo.»

Il commissario batté ancora un po' sui tasti della macchina da scrivere, poi prese i documenti che gli avevo dato. Studiò il certificato di morte e lesse la lettera. Chissà se la polizia era in grado di rintracciare il mittente. Nei gialli che leggeva Ray Bellows, la mia amica di New York, c'era quasi sempre un poliziotto sveglio che riusciva a trovare il colpevole anche con pochissimi indizi.

Il commissario Jeroult lasciò cadere la lettera e si appoggiò allo schienale della sedia.

«Non ha nient'altro?» chiese.

«No» risposi, leggermente stupita. Cos'altro avrei dovuto avere?

«Il certificato di morte sembra in regola. È stato rilasciato da un medico, e non noto niente di insolito. A Parigi ne vengono rilasciati centinaia al giorno, a volte persino in nostra presenza.»

«Ma la lettera!» insistetti. «C'è scritto chiaramente che mio figlio è vivo.»

«Sì, ma lei non ha idea di chi l'abbia scritta, no?»

«No, certo che no» risposi. «Non c'è il mittente, gliel'ho detto.»

«E ha idea di come il mittente abbia potuto avere il suo indirizzo?»

«No, voglio dire, non lo so...»

Jeroult inspirò profondamente. «Chi è a conoscenza del suo indirizzo? Ha detto di essere venuta qui dalla Germania.»

«Sono arrivata a Parigi prima del parto. Abitavo in una pensione.»

«E in ospedale ha indicato come indirizzo quello della pensione?»

«Sì» risposi. «All'epoca non sapevo ancora che mi sarei trasferita in America.»

«E a chi ha dato il nuovo indirizzo?»

«Alla mia amica» risposi. «Henny Wegstein. È una ballerina del Folies Bergère.»

«La sua amica è al corrente della sua perdita?»

«Naturalmente. Vivevamo insieme. E le ho scritto.»

«Potrebbe aver trasmesso il suo indirizzo?»

Fissai sbigottita l'agente. Iniziavo quasi a sentirmi una criminale.

«Non lo so. Molto probabilmente no. Non conosceva nessuno qui, di certo non in ospedale.»

«Quindi lei pensa che il mittente sia qualcuno della clinica?» chiese Jeroult.

«Non lo so. È possibile. Chi altri potrebbe sapere che mio figlio è vivo?»

Il commissario mi rivolse uno sguardo indagatore, poi si sporse in avanti e incrociò le mani sul tavolo.

«Le prove non sono sufficienti per avviare un'indagine contro l'ospedale. Ha un certificato di morte valido e una lettera inviata da chissà chi, magari dalla sua amica.»

«Henny non farebbe mai una cosa simile!» replicai.

«Gli amici a volte cambiano.»

Scossi la testa. Di colpo mi sembrava di non riuscire più a respirare. Se davvero c'era dietro Henny... Se fosse stato il suo modo per richiamarmi qui, per dirmi che aveva bisogno di aiuto...

Assolutamente no! Inspirai a fondo. Non potevo permettermi certi pensieri.

«Quindi non può fare niente per me?» chiesi, avvertendo una nuova ondata di rabbia. «Nonostante sia in possesso di una lettera che sostiene che sia stato commesso un crimine? E le impronte digitali?» Avevo alzato la voce, senza riuscire a controllarmi.

«Madame, ha ricevuto un certificato di morte firmato da un medico» provò a calmarmi il commissario, ma il mio cuore batteva come impazzito, ormai ero totalmente fuori controllo.

«Il certificato potrebbe essere falso, non ci ha pensato?» gridai. «Il medico potrebbe essersi sbagliato. Oppure...»

«Signora!» esclamò Jeroult. «Si calmi! In questo caso non posso fare niente, a parte accettare la sua richiesta.»

Ancora ansimante, guardai il poliziotto e mi chiesi come si sarebbe comportato nella mia situazione. Se si fosse trattato di sua moglie, avrebbe comunque liquidato la lettera in quel modo?

«Ma non deve aspettarsi niente» continuò. «Con tutta probabilità questa lettera è insignificante, uno scherzo. E poi è del tutto priva di informazioni rilevanti per noi. Può lasciarcela, se vuole, ma…»

«Non è necessario» mi affrettai a dire, cercando di darmi un contegno. L'ultima cosa che volevo era lasciare la lettera, l'unico indizio che Louis fosse ancora vivo, nelle mani di un poliziotto che non aveva alcun interesse a seguire quella traccia, considerandola piuttosto uno scherzo di cattivo gusto.

«Lasci perdere. Buona giornata.» Con queste parole mi alzai e corsi alla porta. Sentii il commissario gridare qualcosa alle mie spalle, ma non me ne curai.

Uscii confusa, furibonda e impotente. Tremavo da capo a piedi e, presa dalla rabbia, dimenticai di salutare il poliziotto all'ingresso. Le mie mani tremavano così forte che la lettera mi sfuggì e cadde nella neve. La raccolsi subito e la cacciai in borsa.

«Mademoiselle?» Sentii una voce alle mie spalle. Mi voltai e vidi un uomo dai capelli scuri. Indossava dei pantaloni marroni e un cappotto beige, al collo portava la sciarpa che avevo notato poco prima, dimenticata su una sedia. «Mi perdoni se la disturbo, ma poco fa, in commissariato, l'ho sentita parlare…»

Alzai le sopracciglia. Cosa poteva aver sentito? La porta della stanza degli interrogatori era chiusa!

«Non so di cosa stia parlando» replicai, sulla difensiva.

«Suo figlio. Forse posso aiutarla io se la polizia non ci riesce.»

«Ha origliato?» domandai, indignata.

Un fugace sorriso apparve sul volto dello sconosciuto. Mi fece tornare in mente quello malizioso di Darren. Ma non era proprio il momento di pensare a lui, quindi allontanai in fretta il ricordo.

«L'ho sentito di sfuggita, diciamo così. Le porte di questo commissariato non sono particolarmente spesse, in più non è possibile chiuderle del tutto. E poi la sua voce era difficile da non sentire.»

Le mie guance avvamparono. «Io... Non volevo...»

«Vista la sua situazione, è comprensibile che abbia alzato la voce. Questi sbirri temono le sfide complicate. A differenza dei detective indipendenti, categoria a cui appartengo.»

«E cosa ci faceva allora in commissariato?» chiesi, sospettosa.

«Di tanto in tanto anche da queste parti apprezzano i miei servizi. Non tutti i poliziotti ci sanno fare con i manigoldi. Per non parlare del ritrovamento di persone scomparse. Ed è proprio questo il punto, no? Suo figlio è disperso.»

«Mio figlio è morto» replicai. «Almeno stando al certificato.»

«Quello complica le cose, in effetti» disse lo sconosciuto, cacciandosi le mani nelle tasche dei pantaloni. «Ma mi pare che lei abbia qualche dubbio, e non mi dà l'impressione di essere pazza.»

«La cosa non la riguarda, comunque» affermai, voltandomi. Avevo già rivelato fin troppo a quello strano tipo.

«Aspetti!» esclamò, e fece un passo per raggiungermi. Estrasse un foglio di carta dalla tasca. «Ecco qui. Così non pensa di essersi imbattuta in un farabutto che vuole lucrare sulle sue difficoltà.»

Era un biglietto da visita con il nome di Luc Martin. L'indirizzo non lo conoscevo, non ero mai stata in quel quartiere.

«Si faccia sentire, se ha bisogno di aiuto. Sono sicuro che la polizia non la aiuterà, a prescindere da quale sia il suo caso. Io ho altri modi di ottenere informazioni.»

Sentii un brivido lungo la schiena. Di quali informazioni parlava? E dove le avrebbe prese? Avevo la netta sensazione che i suoi modi non fossero legali.

«Grazie, ci penserò» risposi. Stavo per girarmi, ma il detective disse: «Solo un momento, signorina».

Mi irrigidii.

«Chi è il medico che ha effettuato l'autopsia? Forse dovrebbe chiedere a lui.»

«Come, prego?»

«Ho sentito parlare di un certificato di morte. Deve averlo rilasciato qualcuno.»

La risposta mi rimase in gola. Perché era così interessato? Cos'altro aveva sentito? Perché nessuno gli aveva impedito di origliare?

«C'è un certificato di morte, sì» confermai. «Per questo la polizia non può aiutarmi. Dicono che è tutto in regola.»

«E cosa le fa pensare che non sia così?»

«Una lettera anonima sostiene che mio figlio è ancora vivo.»

L'uomo annuì. «Se è convinta di non voler usufruire dei miei servizi, mi permetta almeno di darle un consiglio. Parli con il medico che ha rilasciato il certificato di morte.»

«E secondo lei posso andare in ospedale così, come se nulla fosse, e chiedere?»

«Perché no? Avrà visto suo figlio e saprà darle delle informazioni utili, forse.»

Scossi la testa. Ero sicura che mi avrebbe detto le stesse cose dell'infermiera Sybille e del dottor Marais. Mi girai, pronta ad allontanarmi, ma le mie gambe non sembravano volersi muovere.

«Faccia un tentativo» mi gridò dietro il detective. «E se non trova risposte, venga da me.»

Lasciai che le sue parole si insinuassero dentro di me. Battevo i denti, ma non avrei saputo dire se fosse per il freddo o per tutti quei discorsi sul certificato di morte.

«Io...» dissi, e mi girai ancora. Ma l'uomo era sparito.

Per un po' vagai senza meta per le strade grigie della città. Aveva iniziato a nevicare, pochi fiocchi leggeri che decoravano i tetti di ardesia e rendevano visibili le tracce del mio passaggio.

Non sapevo dove andare. E non sapevo nemmeno se mi avessero confusa di più le affermazioni del poliziotto o quelle dello sconosciuto di cui avevo il biglietto da visita in tasca.

Potevo credergli? Davvero c'era ancora speranza? Aveva senso seguire il suo consiglio e rivolgermi al medico che aveva rilasciato il certificato di morte?

Se solo avessi avuto altri indizi! Qualcosa di più concreto, di attendibile anche per la polizia...

Quando il crepuscolo coprì il cielo di un velo rosa pallido, decisi di tornare alla pensione. Faceva notte presto in quel periodo dell'anno, e quando arrivai da madame Roussel era già buio. Superai il cancello ancora immersa nei pensieri che mi frullavano in testa.

Presi il mio mazzo di chiavi e sussultai. Soltanto allora mi ero accorta della presenza di un'altra persona, emersa dalle tenebre del cortile per venirmi incontro. Il mio cuore si fermò quando riconobbi il signor Jouelle.

«Buonasera, mademoiselle Krohn» disse, mimando un inchino beffardo.

«Monsieur Jouelle» risposi, arretrando involontariamente di un passo. Doveva essere stata Henny a dirgli che ero tornata a Parigi, come avrebbe fatto a sapere dove trovarmi altrimenti? «Cosa vuole?»

«Sembra che la nuova vita in America le abbia fatto bene» osservò dopo avermi squadrata per qualche istante. «Soprattutto visto che non ha più il bambino.»

Le sue parole mi pugnalarono. Non riuscivo a credere che

Henny gli avesse detto tutto. Avrei voluto rispondergli a tono, ma avevo la gola serrata. E la rabbia attanagliava con i suoi artigli la mia anima.

«La mia fidanzata mi ha informato del suo ritorno» continuò Jouelle. «Le chiederei, se non le dispiace, di astenersi dal farle visita d'ora in avanti. Non sta bene, e la sua comparsa ha peggiorato le condizioni di Henny.»

Scossi la testa, confusa. «Come, non sta bene? Non mi ha detto niente…»

«Non voleva turbarla. Le suggerisco, per il bene della sua amica e per il suo, di tenersi alla larga dal mio appartamento. Intesi?»

Quindi secondo lui non potevo più vedere Henny? Come si permetteva di ordinarmi una cosa del genere? E perché Henny gli aveva raccontato di me?

«Henny è la mia migliore amica» replicai, sentendomi impotente. «La conosco da molto più tempo di lei, e se non sta bene voglio aiutarla.»

«Non ha bisogno del suo aiuto!» Le sue parole mi colpirono come una frusta. «E nemmeno di un'amica che la confonda! Stia lontana da casa mia, altrimenti la farò arrestare per molestie e violazione di domicilio!»

Detto questo Jouelle si allontanò. Nel passare mi spintonò con la spalla, facendomi barcollare all'indietro.

«Farabutto» mormorai a bassa voce, mentre la sua sagoma veniva inghiottita dall'ombra del passaggio. Avrei voluto urlare, ma avevo troppa paura della sua reazione. E poi a cosa serviva imprecare? Soltanto a confermare la pessima opinione che aveva di me.

Tremavo da capo a piedi, ribollendo al contempo di rabbia. Spinsi la porta sul retro della pensione. Per fortuna gli altri ospiti a quell'ora erano fuori o nelle loro stanze. Il freddo umido che avvolgeva le strade spingeva la gente a cercare riparo nei locali. Ero felice che nessuno mi avesse vista con Jouelle.

Nell'ingresso incontrai uno dei miei vicini di stanza. Non sapevo il suo nome, ma doveva essere inglese, a giudicare dall'accento con cui mi disse: «Tutto bene, signorina?».

«Sì, grazie, tutto bene» risposi, facendo del mio meglio per dominare il risentimento. «È solo che fuori fa molto freddo.»

«In effetti il tempo è pessimo» disse lui, sfiorandosi il cappello. «Buona serata, signorina.»

«Buona serata» gli augurai a mia volta, e mi avviai su per le scale.

Lanciai la borsa sul letto con un gesto rabbioso e mi strappai di dosso il cappotto. Mi venivano in mente una valanga di improperi all'indirizzo di Jouelle, e dentro di me iniziava a montare una profonda delusione. Ritenevo improbabile che fosse stata Henny a chiedergli di venire da me e ordinarmi di stare alla larga da lei. Ma gli aveva detto di me. Gli aveva raccontato – credendolo ignaro di tutto – che ero tornata a Parigi, che avevo perso mio figlio, e forse addirittura che lo stavo cercando.

Quanto alla minaccia di arrestarmi, la prendevo molto sul serio. Non avevo dubbi che Jouelle ne sarebbe stato capace. E ormai non mi fidavo più di Henny, che tenesse la bocca chiusa con lui, se anche avessi deciso di tornare da lei.

Mi avvicinai al letto e ripresi la lettera. Non avevo considerato il fatto che la polizia avrebbe rifiutato di aiutarmi. Il commissario mi aveva trattata come se fossi pazza. Ma il detective? Lui poteva aiutarmi?

Presi il biglietto da visita dalla tasca. La sua proposta era a dir poco dubbia. Chissà che tipi loschi frequentava. Come minimo il suo scopo era convincermi a sganciare una montagna di denaro per dei "servizi" del tutto inutili.

Scossi la testa e appoggiai il biglietto sul comodino.

7

Dall'alba camminavo avanti e indietro da un lato all'altro della stanza. Mi facevano male le caviglie e mi tremavano le ginocchia, ma non riuscivo a fermarmi. Avevo la testa affollata dai pensieri, e temevo che si sarebbero trasformati in un groviglio indistricabile se mi fossi seduta.

Mi ero dimenticata dell'incontro con Jouelle. Avevo altre cose a cui pensare. Dovevo occuparmi di mio figlio, dopo aver parlato con il dottor Marais ne ero ancora più convinta. Ma avevo anche capito che c'era qualcosa che non andava in Henny. Era la mia migliore amica e non mi spiegavo perché Jouelle fosse così determinato a impedirmi di aiutarla. Forse non sapeva spiegarmi il problema, forse aveva paura. Magari del suo fidanzato.

Dovevo trovare il modo di aiutarla, o perlomeno di parlarle. Dovevo sapere se Jouelle le aveva detto di essere venuto da me. E se anche lei era d'accordo con quello che mi aveva detto.

Per quanto fosse assurdo, non mi veniva in mente altro posto dove cercarla a parte il teatro. Jouelle mi aveva ordinato di non rimettere piede in casa sua, ma non mi aveva vietato di andare in teatro. E poi come avrebbe fatto a scoprire che sedevo in platea?

Conoscevo le consuetudini del Folies Bergère e sapevo di

non potermi presentare lì all'improvviso durante le prove. A giudicare dall'atteggiamento di Jouelle, non era escluso che avesse dato indicazioni ai suoi dipendenti di cacciarmi via se avessi chiesto di parlare con Henny. Ma avevo un piano diverso. Volevo vederla sul palco. E speravo che tra la folla di spettatori nessuno mi avrebbe riconosciuta.

Per tutta la giornata continuai a ripercorrere nella mente l'incontro con la mia amica. Cosa potevo dirle? Come potevo convincerla a parlarmi? Immaginai tutte le sue possibili reazioni. Rifiuto, indignazione, incredulità, rabbia, tristezza. Non sapevo figurarmi quale sarebbe stata, ormai Henny era una sconosciuta per me. Ma ero sicura che da qualche parte dentro di lei ci fosse ancora la vecchia Henny, e dovevo ritrovarla. Soltanto allora sarei stata certa di poter parlare con lei apertamente.

Quella sera indossai l'unico vestito che mi ero portata, di calda lana marrone, con il colletto a punta. Non era un abito per le grandi occasioni, ma mi avrebbe protetta dal freddo e non mi sarei fatta notare.

Presi l'autobus. A quell'ora era piuttosto pieno, ma non mi importava.

Quando arrivai al teatro per un attimo mi mancò il fiato. Era così cambiato che quasi non lo riconoscevo. La facciata era stata ristrutturata completamente: del vecchio Folies Bergère era rimasto soltanto il nome, che tuttavia campeggiava su un'insegna a dir poco disadorna. La nuova facciata mi ricordava vagamente la fabbrica di Madame, con le sue linee dritte e le finestre alte. Gli arredi erano meno barocchi, ma sempre eleganti. L'elemento più vistoso era il rilievo dorato di una ballerina che sembrava volteggiare fra le nuvole. Era completamente nuda e sulla testa aveva un ornamento che sembrava una fascia o un cappello. Mi venne subito in mente Henny. Anche lei portava sempre un copricapo di perle nelle sue esibizioni. La figura era stilizzata, ma era possibile che avesse fatto da modella proprio lei.

Mi chiesi perché Henny non mi avesse parlato della ristrutturazione. Aveva tutta l'aria di essere stato un evento degno di nota.

Gli spettatori si accalcavano all'ingresso. Pensai al Teatro Nelson di Berlino, dove avevo lavorato come guardarobiera: stavolta sarei stata io a consegnare il cappotto.

Sollevata di non aver visto Jouelle, comprai un biglietto e mi avviai al guardaroba. Le ragazze dietro il bancone ridevano e scherzavano con gli ospiti, soprattutto con i giovani signori.

Entrai nella sala insieme agli altri spettatori. Non so perché, ma all'improvviso immaginai di entrare con Darren e assistere allo spettacolo con lui. Ma Darren se n'era andato, e non sarebbe più tornato. Non sapeva nemmeno che ero a Parigi. Anche se era passato molto tempo dal nostro ultimo incontro, pensare a lui mi fece l'effetto di una pugnalata al petto. Di colpo mi sentivo il cuore pesante.

Di tanto in tanto mi sorprendevo a sperare che Darren si presentasse a casa mia a New York per chiedere di me. Non avevo ordinato a Kate di tacere a chiunque dove fossi. Forse sarebbe andato a cercarmi.

Allontanai quel pensiero. Non lo avrebbe mai fatto, ne ero certa. Sicuramente mi aveva già dimenticata, e io dovevo fare altrettanto.

Mostrai il biglietto alla maschera che mi accompagnò al mio posto. Le voci degli altri spettatori mi ronzavano nella testa come uno sciame di vespe. I miei vicini discutevano animatamente dei varietà a cui avevano assistito nelle precedenti settimane. Li ascoltai per un po' e a un certo punto sentii fare il nome di Josephine Baker. A quanto pareva sarebbe tornata in scena a breve.

Alla fine si spensero le luci in sala. I riflettori sul palco si accesero e il sipario rosso si aprì.

Entrarono in scena le prime ballerine, accompagnate dall'orchestra, tutte snelle e flessuose, con delle piume in testa e molto poco vestite. Provai a individuare Henny, ma non riuscii a scorgerla.

Danzavano all'unisono, in un modo che avrebbe messo in ombra anche Josephine Baker. Io però riuscivo a pensare soltanto a Henny e a chiedermi dove fosse. Il suo numero cominciava più tardi?

Dopo una mezz'ora di intermezzi vari, tornarono le ballerine. Non mi ero concentrata sul programma, lo avevo guardato di sfuggita.

Finalmente uscì anche Henny.

A Berlino l'avevo vista nuda diverse volte davanti allo specchio, e non potei fare a meno di notare quanto fosse dimagrita. Con indosso la vestaglia non si notava, ma adesso era evidente. I sottili fili di perle non coprivano niente, né le costole che sporgevano sotto la pelle né le braccia troppo esili.

Mangiava a sufficienza? Era davvero malata, allora?

Ad ogni modo, la cosa non sembrava impedirle di muoversi sinuosamente: ballava con passione. Sì, ricordava persino Josephine Baker. Con la differenza che il sorriso sul volto, arrossato dal fard, non era felice, ma esaltato, quasi folle. E non era l'unica cosa che mi spaventava.

Gli occhi di Henny erano scuri, due sfere nere senza espressione annegate in un mare di ombretto grigio. Sembrava sicura di sé, ma dava anche l'impressione di non accorgersi di quello che succedeva intorno a lei.

Speravo che mi notasse, ma anche quando il suo sguardo mi sfiorò non dette alcun segno di riconoscimento.

Mi sentii come se mi avessero stretto una corda intorno al petto.

Provai a respirare profondamente, ma non ci riuscii. Avrei voluto saltare in piedi e correre fuori, ma avrei attirato inutilmente l'attenzione su di me, e probabilmente Jouelle seguiva lo spettacolo da uno dei palchi.

Distolsi lo sguardo. Non potevo vedere Henny così: cosa le era successo negli ultimi due anni? Cosa le aveva fatto Jouelle? Non poteva essere quello il prezzo da pagare per restare a Parigi, quando le scene di Berlino l'avrebbero accolta a braccia aperte.

Alla fine dello spettacolo il foyer si riempì in fretta. Per fortuna il signor Jouelle non era ancora comparso. Forse era a casa. Dubitavo che a quel punto si trattenesse nei camerini delle ballerine.

Mi guardai rapidamente intorno e mi avviai circospetta verso i camerini. Il brusio di voci mi seguì, ma nessuno sembrò fare caso a me. Dopo aver vagato un po' nei corridoi, aspettandomi di vedere qualche porta aprirsi da un momento all'altro, sentii un chiacchiericcio di voci femminili. Lo seguii e arrivai in una stanza da cui proveniva un profumo intenso. Capii di essere arrivata.

Mi avvicinai cautamente alla porta. Intravidi una fila di donne mezze nude che si struccavano in piedi davanti agli specchi.

Feci uno sforzo per individuare Henny, ma non riuscii a vederla, finché una delle altre non si accorse di me.

«Ehi, cosa ci fai qui?» chiese con voce roca. «Vuoi fare la ballerina?»

Si guadagnò la risata delle altre.

Mi irrigidii. «Sono qui per parlare con una mia amica. Henny Wegstein.»

Le ragazze si scambiarono un'occhiata eloquente.

«Non è qui, tesoro» rispose alla fine la mia interlocutrice. «Ha preso le sue cose ed è corsa dal suo bello, come sempre.»

Mi accorsi che anche le altre avevano teso le orecchie. Gli sguardi mi trafissero come tanti aghi.

Sapevo bene chi era il "bello" di Henny. Ma perché le altre ballerine lo chiamavano così? Henny e Jouelle avevano tenuto nascosto il loro fidanzamento?

E capii anche cosa pensavano tutte quante di Henny. Il disprezzo sembrava letteralmente colare dagli specchi.

«Per caso sapete dove posso trovarla? Voglio dire, quando non è da…»

«Non lo sappiamo, tesoro. Ed è meglio se te ne vai. Quello che fa Henny non ci interessa.» Mi voltarono le spalle.

Rimasi immobile sulla soglia, perplessa. Le ballerine continuarono a chiacchierare senza considerarmi.

E ora? Potevo forse andare nell'ufficio di Jouelle? Probabilmente Henny era lì, ma non volevo correre il rischio di farlo arrabbiare. Così mi girai e mi diressi verso il foyer.

All'improvviso sentii dei passi alle mie spalle.

«Madame!» gridò una voce, e una ragazza mi raggiunse di corsa.

«Ha un momento, per favore?»

La fissai stupita.

«Io… So che non dovrei dire niente, ma mi sembra di aver capito che lei ha a cuore la sorte diHenny. È complicato.»

«Cos'è complicato?» chiesi. «Il fatto che non vuole vedermi? È sempre stata la mia migliore amica e ora mi evita. Non vuole parlarmi.»

«Non dipende da lei.»

«Sì, penso dipenda dal suo... "bello".» Se Henny non aveva ancora detto niente del fidanzamento, non volevo essere io a rivelarlo.

«Può essere» replicò cauta la ballerina. «Ma ha passato un brutto periodo. Un periodo di cui forse non le ha detto nulla.»

Alzai le sopracciglia. Un brutto periodo? Negli ultimi tempi in effetti le lettere di Henny erano state irregolari, ma quando arrivavano erano sempre un raggio di sole. Dalle sue parole non avrei mai potuto dedurre che qualcosa non andava.

«È stata molto male. Pensavano tutte che fosse incinta. Le altre ragazze hanno sparlato senza ritegno.»

All'improvviso sentii come un macigno sul petto. Henny incinta? Ma no, non era possibile. Era stata sempre più attenta di me. Doveva essere soltanto un pettegolezzo.

«Cosa aveva?» chiesi.

La ballerina si guardò intorno, come se temesse di veder spuntare Henny da un momento all'altro. O Jouelle.

«Non preoccuparti, non dirò niente» la rassicurai, posandole una mano sul braccio. «Devo soltanto sapere cos'è successo a Henny. Per poterla aiutare.»

La ragazza mi fissò e liberò il braccio. Era chiaro che non sapeva cosa fare.

«Elaine!» si sentì chiamare nel corridoio. Da come trasalì capii che era il suo nome. Non ci restava molto tempo.

«Pensavano che potesse essere incinta» spiegò, in tono quasi concitato. «Ma poi non lo era più. Alcune di noi credono che si sia liberata del bambino, che Jouelle l'abbia convinta ad abortire. Poi ha cominciato a inseguire i draghi, e da allora nessuno può più aiutarla.»

«A inseguire i draghi?»

«Elaine!» Ora il richiamo era perentorio.

«Non so altro» aggiunse, prima di voltarsi e scomparire nel corridoio.

Ero paralizzata. Henny era rimasta incinta e si era liberata del bambino per accontentare Jouelle? Era la verità o solo il frutto dell'immaginazione della ballerina? Poteva essere un pettegolezzo maligno messo in giro da qualcuno a cui Henny aveva soffiato una parte importante.

E cosa significava "inseguire i draghi"?

Il desiderio di parlare con lei era ancora più urgente. Ero certa di poter chiarire tutto. O forse avrebbe mentito e se la sarebbe presa con la giovane ballerina.

Henny era lì da qualche parte, a pochi metri da me, ma avrebbe potuto essere in un altro continente. Eravamo distanti, come separate da un oceano.

Una volta fuori, alzai lo sguardo sulla facciata del Folies Bergère. L'insegna scintillava nella notte, offuscata dalle nuvole di fumo che si sollevavano dai tombini. Faceva ancora più freddo. Nell'aria aleggiava odore di neve e le nuvole brillavano di un'intensa tonalità arancione.

Probabilmente Henny sarebbe uscita a breve dal teatro insieme a Jouelle, sarebbero saliti in macchina allontanandosi. Ed era meglio se non mi avessero sorpresa in quel momento. Dopo quello che avevo scoperto dovevo assolutamente trovare il modo di incontrarla.

8

Mi svegliai di soprassalto da un incubo in cui Henny veniva attaccata da un mostro simile a un drago. Era quasi l'alba, dalla finestra si intravedeva una striscia di cielo azzurro. Il sole splendeva sui tetti innevati. Doveva aver nevicato ancora durante la notte, tanto che le pesanti nuvole della sera precedente erano scomparse.

Dopo essermi lavata e vestita scesi di sotto. Madame Roussel non c'era, ma aveva lasciato il bricco del caffè sul tavolo. I francesi non facevano colazioni abbondanti: un croissant, del burro, e marmellata d'arancia. La signora Roussel aveva lasciato tutto sulla credenza.

Mi servii e mi sedetti a tavola. Degli altri ospiti non c'era nessuno che mangiasse alla pensione di mattina. Erano già usciti tutti?

«Buongiorno» disse una voce assonnata.

Sulla soglia era apparsa Geneviève, ancora in vestaglia.

«Buongiorno» risposi, sorpresa.

«Non meravigliarti» disse, trascinandosi verso la credenza per trovare una tazza e versarsi del caffè. «Madame Roussel mi ha dato il permesso di prendere il caffè, se voglio, e di tanto in tanto persino un croissant.»

«Non sono qui per fare la guardia al cibo della nostra ospite» dissi, passandole il barattolo di marmellata.

«Allora, com'è andata?» chiese.

«Cosa?»

«Ieri sei stata fuori fino a tardi. Ho dato per scontato che fossi dalla tua amica.»

«In effetti sì. O meglio, avrei voluto. Sono andata a teatro.»

Geneviève annuì e si lasciò cadere sulla sedia di fronte a lei. «E quindi?»

«Non sono riuscita a parlare con lei, ma l'ho vista sul palco. Ora capisco cosa intendessi quando mi dicevi che era cambiata.» Chinai la testa. «È diversa. E non perché ha un ruolo. A Berlino era sempre se stessa, anche quando ballava. Ma ora... Non è rimasto niente di Henny. Sembrava una marionetta che si muove soltanto perché qualcuno tira i fili.»

«L'ho pensato anche io. Ma perché non ci hai parlato?»

«Per via di Jouelle.» Scossi la testa, maledicendo la mia codardia. «Era anche lui in teatro, mi avrebbe fatta cacciare via.»

«E perché?»

«Perché disturbavo le ballerine, non lo so.»

Geneviève inspirò a fondo. «Dovresti riprovarci. Non c'è niente di male ad andare nei camerini per esprimere la propria ammirazione, no?»

«Ci ho provato» replicai. «Voglio dire, sono andata nei camerini, ma Henny non c'era. Le altre ragazze mi hanno detto che era con il suo "bello". Non potevo cercarla.»

Fissai le piastrelle del pavimento. Alcune erano rotte, linee sottili attraversavano la superficie di pietra. Mi chiesi come la pietra potesse rompersi così, quando ci camminavano sopra poche persone. Forse era l'azione combinata del peso e del tempo. Come per l'amicizia fra me ed Henny.

«Ma una delle ragazze mi ha seguita» continuai. «Mi ha detto che Henny ha passato un periodo difficile. Non sapeva precisamente cos'era che non andava, ma girava il pettegolezzo che fosse incinta. E poi ha detto una cosa che non ho capito. Che ha iniziato a inseguire i draghi.»

Geneviève trasalì. «"Inseguire i draghi", hai detto?»

«Che cosa significa?» chiesi. «Temo che il mio francese non sia adeguato.»

«Il tuo francese va benissimo, non è quello» rispose. «Non mi sorprende che tu non sappia cosa significa. Sei sempre stata una brava ragazza, ingenua e innocente.»

«E allora? Cosa vuol dire?» chiesi, spazientita.

«È una oppiomane.»

«Oppio?» Il mio cervello iniziò ad attivarsi. Ovviamente sapevo cosa fosse l'oppio. Si ricavava dal papavero e le componenti essenziali erano degli alcaloidi con effetti inebrianti sulla psiche. Era una sostanza che causava dipendenza. Più a lungo la si consumava, più era difficile farne a meno.

«Come…» La mia voce si spezzò. Mi sentivo la gola secca. «Com'è successo?»

«Questo non lo so, ma quella roba circola tra gli artisti, e anche a teatro. Deve aver cominciato lì. Alcune mie colleghe, all'epoca, avevano provato l'oppio insieme ai clienti. E una volta diventate dipendenti non sono riuscite a smettere. Ed è stata la fine.»

Notai che gli occhi di Geneviève si riempivano di lacrime.

«Mi dispiace» disse, tirando su con il naso. «So quanto è importante Henny per te. Vorrei che non fosse vero. Il drago si è portato via una delle mie migliori amiche, e tante altre ragazze. Anch'io ho avuto la tentazione, di tanto in tanto, ma sono sempre riuscita a resistere.

E se anche Henny fosse stata "portata via" dal drago?

«Ma deve pur esserci qualcosa che io posso fare!» esclamai,

balzando in piedi. Non sopportavo l'idea che la mia amica fosse dipendente da qualcosa che rischiava di ucciderla.

«Nessuno può scacciare il drago per lei. Deve farcela da sola, magari con l'aiuto di qualcuno che le stia vicino. Il suo fidanzato, forse. Se ne è capace.»

Iniziai a camminare avanti e indietro nella cucina. Mi sentivo impotente. Avrei voluto gridare.

«Ma io cosa posso fare?» Mi passai una mano trai capelli e li tirai, come se potesse servire a far venire fuori delle idee.

«Puoi provare di nuovo a parlare con lei. Oppure manda qualcuno a consegnarle una lettera. Posso farlo io, se vuoi.»

Sarei riuscita a dare voce alla mia preoccupazione con una lettera? E poi c'era il rischio che finisse nelle mani di Jouelle e che lui se la prendesse con Henny.

Poi mi venne un'idea. Avevo ancora il biglietto da visita del signor Martin nel cassetto del comodino.

«Credo di avere soluzione» dissi. «Grazie, Geneviève.»

«Quando vuoi.»

Le sorrisi e uscii dalla cucina.

Chiesi al tassista di fermarsi a due strade di distanza dall'indirizzo che aveva indicato il detective. Scesi dalla macchina, pagai e cercai di orientarmi. Il quartiere era piuttosto degradato, il tipico posto in cui abitano lavoratori che non guadagnano abbastanza o persone che non possono o non vogliono lavorare.

I marciapiedi erano sporchi di polvere di carbone e c'erano rifiuti ovunque. La pagina di un giornale svolazzava in mezzo alla strada. Sentii delle voci provenire dalle finestre. Non capivo perché fossero aperte: faceva così freddo che il mio respiro si trasformava in vapore appena lasciava le labbra.

Dopo qualche minuto trovai l'indirizzo. Una piccola targa leggermente sbiadita indicava l'ufficio del detective. Scesi le scale fino al seminterrato e bussai alla porta. Il rumore riecheggiò nel corridoio, poi calò di nuovo il silenzio. Non si sentiva il minimo movimento: forse il signor Martin non era in casa. Mi girai e fissai la facciata dell'edificio di fronte. Su alcune finestre erano stati incollati dei fogli di giornale, probabilmente una soluzione di fortuna per coprire le fenditure nei vetri.

Sussultai al rumore di una chiave che girava nella serratura.

Il detective sembrava assonnato. Si passò una mano sul viso, ancora frastornato, e sembrò impiegare un attimo a riconoscermi.

«Ah, la giovane signora del commissariato. Cosa la porta da me?»

«Ho bisogno del suo aiuto» risposi, sforzandomi di non tossire per il pungente odore di tabacco, ma senza riuscirci.

«Per suo figlio?» domandò. Prima che riuscissi a rispondere, però, aggiunse: «Entri pure!».

L'interno della casa era buio e a prima vista poco invitante. Il signor Martin non sembrava possedere granché: un comò traballante accanto alla porta, dove teneva le chiavi, e un attaccapanni alla parete, da cui pendevano il cappotto, la sciarpa e un cappello.

L'appartamento consisteva di due sole stanze. Entrammo in una cucina che fungeva anche da salotto, a giudicare dalla presenza di un divano logoro. Dalla porta aperta della seconda stanza intravidi la struttura di metallo di un letto, simile a quelli delle camere più economiche della pensione di madame Roussel.

«Mi dispiace, le sembrerò un po' disorganizzato» disse Martin, spostando le stoviglie sporche dal tavolo. «In genere incontro i miei clienti al bar, trovo che sia un posto più consono per farmi raccontare i loro problemi.»

Mi ricordai che oltre all'indirizzo sul biglietto da visita era indicato un numero di telefono.

«In genere la gente telefona prima, o meglio chiama il mio padrone di casa, che poi mi riferisce il messaggio. È una brava persona, Jean.»

«Non ho un telefono» spiegai. «E con me non c'è bisogno di incontrarsi al bar. Ho soltanto una richiesta.»

«Certo. Si accomodi, intanto.» Prese qualcosa dalla credenza e recuperò una sedia. Nelle sue mani era comparso un taccuino. «Allora, mi dica. Cos'ha scoperto dal medico che ha rilasciato il certificato di morte?»

Lo guardai senza capire. «Il certificato di morte?»

«Le avevo consigliato di parlare con lui. Non lo ha fatto?»

«Non sono qui per mio figlio.»

Il signor Martin alzò lo sguardo. «Ah, no?» chiese, sorpreso.

Scossi la testa. «Si tratta di una mia amica. È una ballerina del Folies Bergère.»

«Quella che secondo il commissario le ha inviato la lettera anonima? Allora in fondo è qui per suo figlio.»

Decisi di lasciar correre. «L'ho vista, ed è molto cambiata» spiegai. «Era assente, irriconoscibile. Poi il suo amante si è presentato da me, anzi no, è il suo fidanzato. Mi ha ordinato di stare alla larga da lei. Ha detto che frequentarla avrebbe peggiorato la situazione.»

Il detective aggrottò la fronte. «Lo penserei anche io, se sapessi che la mia fidanzata ha combinato qualcosa.»

«Non credo che sia stata lei a mandarmi la lettera, ma sono convinta che lui…» Come potevo esprimere il mio sospetto? Non c'era alcuna prova che il signor Jouelle maltrattasse la mia amica. «Quando l'ho vista in teatro, ieri sera, ho avuto la conferma che qualcosa non va. E una delle altre ballerine mi ha detto che ha iniziato a inseguire i draghi.»

Sulla fronte del detective apparve una ruga di preoccupazione.

«Non ho capito subito cosa significasse» continuai. «Ma ho scoperto che è un modo per riferirsi alla dipendenza da oppio.»

Martin borbottò qualcosa che non capii, poi si passò una mano sul viso. «Mi dispiace. L'oppio… Tanti dei miei compagni di guerra ne sono caduti vittima. Erano convinti che li facesse stare meglio, ma il drago rende tutto peggiore. Uno di loro è quasi morto per superare la dipendenza. È assurdo che non sia ancora vietato.»

«Cosa posso fare?» chiesi, incrociando le braccia per fermare il tremito che mi scuoteva. Di colpo il freddo mi aveva attanagliata, e non soltanto perché il signor Martin non aveva ancora acceso la stufa.

«La domanda è, direi, cosa vuole da me? È venuta a chiedermi di far uscire la sua amica da questa dipendenza? Temo di non poterci far niente. Oppure vuole che scopra se c'è davvero lei dietro la lettera anonima che ha ricevuto? Questo, invece, sarebbe possibile.»

«Pensavo…» esordii, ma mi interruppi subito. «Pensavo che potesse scoprire come posso aiutarla. Quando posso parlare con lei senza che il suo fidanzato ci veda o lo venga a sapere.»

Il detective si appoggiò allo schienale della sedia, visibilmente deluso. «E vuole pagarmi per questo?»

«Forse riuscirà anche a capire che intenzioni ha questo tizio con la mia amica. Magari servirà a separarli.»

Martin scosse la testa e guardò fuori dalla finestrella incassata nella porta.

«Di chi si tratta?» chiese alla fine.

«Si chiama Maurice Jouelle» risposi. «Lavora al Folies Bergère.»

«Se lo scordi.» La replica arrivò secca come un colpo di pistola.

«Perché?»

«Lei forse non lo sa, essendo straniera, ma questo Jouelle ha una certa fama. Niente di ufficiale, ovviamente… Ma non mi metterei contro di lui. Ha troppi contatti da queste parti, in particolare fra chi smercia l'oppio. Non mi stupirebbe se lo avesse usato per piegare la fidanzata ai suoi voleri.»

Lo fissai come se mi avesse tirato uno schiaffo. Sentivo il cuore pesante, gli occhi mi si riempirono di lacrime. Se quello che aveva detto era vero… Perché Henny aveva accettato di stare con lui? Per assicurarsi un posto in teatro? E da quanto tempo andava avanti così?

«Devo parlare con lei» disse. «Ma non so dove farlo senza rischiare di essere sorpresa da Jouelle. Devo trovare un momento in cui non è in casa. Dovrà pur uscire per delle commissioni.»

Il detective sembrò riflettere. «D'accordo. Posso scoprire quando la sua amica è da sola» disse infine, rassegnato. «Le costerà tre franchi.»

«Va bene» risposi e mi alzai. «Grazie.»

«E ci pensi, per suo figlio» disse, alzandosi a sua volta. «Le assicuro che ho i mezzi e le capacità per scoprire qualcosa. Ci vorrà del tempo, questo è certo, ma dovrei riuscirci.»

Annuii.

«Ha bisogno di aiuto» continuò Martin. «Non può restare per sempre qui, a meno di non voler rinunciare a tutto il resto. La ricerca di una persona può essere lunga e frustrante. A volte servono anni, decenni. Nel suo caso è particolarmente difficile, perché non ha mai visto suo figlio. Lui non si ricorda niente, non può nemmeno pretendere di essere riportato a casa. Le servirebbe un enorme colpo di fortuna per ritrovarlo, o qualcuno, come me, che ha le fonti giuste cui rivolgersi.»

Di che fonti stava parlando? E lui stesso ammetteva che la ricerca poteva durare anni…

«Ci penserò. Nel frattempo provi a scoprire qualcosa sulla mia amica, poi ne riparliamo.»

9

La domenica uscii dalla pensione al mattino per fare una passeggiata nel parco. Avevo bisogno di distrarmi dalla preoccupazione per Henny. Sapevo bene che il signor Martin avrebbe impiegato del tempo per scoprire quando avrei potuto parlare con lei in privato, ma passeggiare avanti e indietro per la stanza mi faceva sentire come un leone in gabbia. La palese dipendenza dall'oppio di Henny mi inquietava profondamente, e per di più mi sentivo impotente.

L'aria era fresca e il sole brillava. Cristalli di ghiaccio scintillavano su alberi e cespugli. I passeri svolazzavano in cerca di briciole di pane sfuggite alla gente che passeggiava o che le lasciava proprio per loro.

Non sapevo bene cosa fare. Ero uscita con l'idea di distrarmi, ma non riuscivo a liberarmi delle mie inquietudini. Vidi un gruppo di donne che giocavano con i loro bambini e provai un impeto di invidia misto a un senso di disperazione. Avrei mai scoperto chi mi aveva scritto quella lettera? Non era meglio lasciar perdere tutto?

Mentre rimuginavo, mi venne in mente che c'era una persona, il cui nome era annotato nella lista che avevo compilato sulla nave, alla quale non avevo fatto ancora visita.

Marie Guerin, la levatrice.

Mi diressi subito alla fermata dell'autobus più vicina. Era passato tanto tempo, ma non avevo dimenticato l'indirizzo del suo ambulatorio.

Scesi dall'autobus, accolta dai rintocchi delle campane. Un paio di bambini stavano giocando con le palle di neve. Quando si accorsero di me si immobilizzarono e mi fissarono come se fossi un fantasma. Ricominciarono a giocare non appena li superai.

Mi fermai davanti all'edificio. Da una finestra socchiusa si sentivano delle voci. Le tende erano chiuse. Forse la signora Guerin stava preparando il pranzo della domenica per la sua famiglia.

Bussai.

Le voci tacquero. Un attimo dopo qualcuno venne ad aprire. Il viso di Marie Guerin apparve nello spiraglio della porta.

A giudicare dalla sua espressione, mi aveva riconosciuta.

«Lei!» esclamò. «Perché è tornata?» Mi squadrò da capo a piedi, indugiando sul mio ventre.

«Non voglio disturbarla...» esordii. «Mi perdoni se mi presento qui senza preavviso, ma ero nei paraggi e...»

La levatrice annuì. «Venga dentro.»

Mi fece entrare. L'aroma inebriante dell'arrosto mi ricordò i pranzi della domenica a casa dei miei genitori.

La signora Guerin mi guidò lungo il corridoio fino allo studio delle visite. La porta della cucina era spalancata. Vidi due gambe maschili con dei pantaloni di velluto a coste e un altro paio con dei pantaloni più leggeri. A quanto pareva aveva un figlio.

«Marie, chi è?» chiese una voce roca, che doveva appartenere all'uomo più anziano.

«Una delle mie pazienti. Iniziate pure.»

Si sentì un acciottolio di piatti. Sembravano abituati a essere interrotti dalle pazienti della signora Guerin.

La levatrice si chiuse la porta alle spalle e mi indicò il lettino. «Prego, si sieda e mi dica di cosa si tratta. La avverto, però, oggi non potrò occuparmi del suo problema.»

All'inizio la guardai con aria perplessa, ma poi capii. Pensava che fossi tornata per liberarmi di un bambino.

«Non sono incinta» chiarii subito.

Marie Guerin, che si stava già lavando le mani, si fermò di colpo e mi guardò con espressione interrogativa.

«Sono venuta soltanto per parlare con lei di mio figlio. Quello che avevo in grembo quando mi ha visitata l'ultima volta.»

La levatrice si girò verso di me. «Spero che stia bene.»

«Non lo so, purtroppo» risposi, e le raccontai cosa fosse successo.

Marie Guerin assunse un'espressione triste. «E come posso aiutarla?»

«All'epoca mi aveva parlato della possibilità di dare il bambino in adozione» dissi. «Se mio figlio è vivo…» La mia voce si spezzò. «È possibile che alla clinica ci siano persone che si occupano di dare in adozione i bambini, anche contro la volontà della madre?»

La levatrice emise un profondo sospiro e si lasciò cadere su uno sgabello. Sembrava quasi che dovesse raccogliere le forze.

«Senta, io non ho niente a che fare con l'ospedale» esordì con voce accorata. «Capisco che lei voglia prendere in considerazione ogni possibilità, ma le adozioni che propongo alle mie pazienti sono perfettamente legali. Le madri vanno da un avvocato, dichiarano la loro volontà e non vedono mai il bambino, per non rendere il tutto più difficile. È per questo che non chiedo mai i nomi, perché non succedano cose come questa.»

«Cosa? Che le donne vengano a cercarla per chiederle dei loro figli?»

La levatrice annuì. «Vengo a sapere i loro nomi soltanto quando tornano per ringraziarmi. Le donne che vogliono dare i figli in adozione di solito non svelano la loro identità, il che è meglio per tutti. Io le faccio partorire e poi consegno il bambino a una suora che si occupa delle adozioni. A volte in presenza di un avvocato. E poi continuo a prendermi cura delle mie pazienti per un certo periodo. Il corpo non accetta di non avere un bambino da nutrire, lo saprà, ci sono delle conseguenze da affrontare.»

Sì, mi ricordavo bene. Il mio corpo aveva impiegato molto tempo a rendersi conto che non c'era un neonato da allattare.

«Ha già sentito di bambini… rubati?»

«Ci sono sempre casi di rapimento o di scambio. Ma mi creda, non potrei mai fare una cosa simile. Le donne vengono da me di loro spontanea volontà, se vogliono rinunciare ai loro bambini. Non costringo nessuno. Ho un figlio anche io, e sarei pronta a uccidere chiunque provasse a portarmelo via.»

Trasalii. Non mi aspettavo un discorso del genere da una levatrice.

«Deve insistere con l'ospedale. Se c'è qualcuno che può dirle qualcosa, è lì.» Sospirò e guardò per un attimo fuori dalla finestra, prima di continuare: «Ma potrebbe anche non scoprirlo mai, deve esserne consapevole. Chiunque le abbia scritto la lettera, potrebbe averlo fatto in uno slancio dettato dal senso di colpa. Ma il rimorso passa in fretta quando ci sono di mezzo i soldi. E in questi casi si tratta sempre di soldi».

Mio figlio era stato venduto a una coppia di sconosciuti. L'idea era così spaventosa da farmi mancare il fiato.

«Mi dispiace» disse Marie Guerin. «Non volevo spaventarla.»

Scossi la testa e repressi le lacrime. «Non lo ha fatto, anzi, la ringrazio per la sincerità.» Mi alzai dal lettino e raddrizzai la schiena.

«Vuole restare a pranzo con noi? Non ci concediamo l'arrosto tutte le settimane, ma per festeggiare la giornata…»

«Festeggiare?»

«Mio figlio compie vent'anni oggi. È un giovanotto straordinario.»

Non ne dubitavo, ma non potevo accettare l'offerta.

«Non voglio disturbare» risposi «ma grazie per l'invito.»

Marie Guerin sorrise e si alzò a sua volta. «Va bene, allora le faccio i miei migliori auguri. Spero di rivederla. Mi farebbe piacere sapere come state lei e suo figlio.»

«Se riuscirò a trovarlo, tornerò a farle visita.»

Le strinsi la mano e mi lasciai accompagnare alla porta, dove la salutai e uscii all'aria aperta.

Scesi dall'autobus e mi avviai a passi rapidi verso la pensione. Il vento era diventato più mite. Sussurrava quasi sinistro fra le case, mentre il ghiaccio sui tetti si scioglieva e gocciolava sulle strade. Il sole splendeva ancora, ma all'orizzonte si addensavano nuvole minacciose.

Ero così assorta nelle mie riflessioni riguardo ciò che aveva detto madame Guerin, che non mi accorsi della persona che mi veniva incontro finché non la raggiunsi. Balzai indietro con un gridolino spaventato. Per un attimo pensai che fosse Jouelle, ma poi lo riconobbi e sentii dentro di me accendersi un barlume di speranza.

«Bonjour, mademoiselle» disse Luc Martin, scuotendosi via dei fiocchi di neve dal bavero del cappotto. «Abita in un quartiere pericoloso. Prima in cortile ci è mancato poco che mi infilzasse un pezzo di ghiaccio. Per fortuna ho un udito felino.» Mi rivolse un sorriso ammiccante.

«Mi dispiace» risposi. «Ha scoperto qualcosa?»

«Sì. Seguire una persona che non ha problemi con la legge è un gioco da ragazzi. A quanto pare va una volta al giorno a passeggiare nel parco. Questi sono gli orari in cui può incontrarla da sola. La troverà senza problemi.»

Mi allungò un foglietto con i luoghi che Henny aveva frequentato il giorno prima.

«Non posso garantirle che tornerà in tutti questi posti. In così poco tempo non si possono fare deduzioni affidabili sulle abitudini, ma può fare un tentativo.»

«Grazie.» Aprii la borsetta e gli porsi i tre franchi, come pattuito.

«Come va con la ricerca di suo figlio?» chiese lui, infilandosi i soldi in tasca. «È riuscita a scoprire qualcosa?»

Scossi la testa. «Non molto, purtroppo.»

«Ma lei crede che sia stato rapito?»

«Non lo so.»

Martin annuì e tacque per un momento.

«Mi lasci indagare, la prego!» disse. «Le prometto che non le chiederò più di quanto può pagarmi.»

Dopo un attimo di riflessione, chiesi: «Perché ci tiene tanto?».

«Perché sono convinto che possa essere una cosa grossa. E poi lo desidera anche lei, no? Non vuole abbracciare suo figlio? Forse posso aiutarla. Lei deve soltanto darmi il permesso. Mi paghi cinquanta franchi di anticipo, la terrò al corrente dei miei progressi.»

Esitai. Cinquanta franchi erano una somma considerevole. Ne valeva la pena? Non c'era niente al mondo che desideravo di più che stringere Louis fra le mie braccia. Conoscerlo. Ripensai alle parole di Marie Guerin. Sarebbe stata pronta a uccidere per suo figlio. Ero sicura di non dover arrivare a tanto, ma per scoprire la verità sul suo destino avevo bisogno di aiuto. Cos'era il denaro, in fondo? Mi erano rimasti ancora dei soldi dalla vendita degli orecchini di Madame.

«Va bene» dissi.

Luc Martin mi guardò incredulo per un istante, poi i suoi occhi si accesero.

«Non se ne pentirà! Glielo prometto: se è vivo, lo troverò.»

Non ero sicura di potermi fidare di lui, ma era la mia ultima speranza. E se monsieur Martin mi aveva detto la verità, almeno avrei avuto un paio di occhi qui nel vecchio mondo, e un paio di braccia al posto mio che potevano strappare Louis ai genitori illegittimi. Avrei avuto orecchie che ascoltavano per me e una voce che poteva informarmi se fossero emersi altri indizi. E potevo sempre decidere di tornare, se ne valeva la pena.

«Non ho tutti quei soldi con me. Aspetti un momento.»

«Non c'è fretta.»

Salii le scale, senza smettere di rimuginare. Potevo fidarmi davvero? Martin mi aveva portato le informazioni che gli avevo chiesto su Henny. Si era rivelato affidabile. Ma come potevo essere certa che avrebbe continuato a esserlo anche una volta tornata a New York? Eppure era l'unico disposto a occuparsi del mio problema. L'ospedale e la polizia mi avevano piantata in asso.

Mi chiusi la porta della stanza alle spalle e mi avvicinai alla finestra. Il detective era ancora nel cortile. Fumava e stava tracciando qualcosa nella neve con la punta della scarpa. Mi allontanai dalla finestra e presi la valigia. Avevo cucito le banconote nella fodera di due gonne. Presi il nécessaire da viaggio, tirai fuori un paio di forbici e feci un taglio nella fodera. Poco dopo avevo in mano il denaro.

Mi infilai la somma richiesta nella tasca del cappotto e nascosi il resto nella tasca laterale della valigia. Non erano molto al sicuro, ma la porta si chiudeva a chiave, e nei giorni successivi li avrei comunque spesi.

Tornai dal signor Martin.

«Ecco qui» annunciai, tendendogli le banconote accartocciate. Mi ero abituata a vederle così in America, quasi tutti le tenevano in quel modo.

«Dunque si fida di me?» chiese lui. Aveva teso la mano, ma non aveva ancora preso i soldi.

«Ho altra scelta?» chiesi.

«Potrebbe pensarci ancora.»

«Ma non posso restare per sempre a Parigi.» Gli allungai il denaro con un gesto energico. «Li prenda e trovi mio figlio. E se non lui, almeno una traccia, un nome, qualcosa da portare alla polizia. Per convincerli che la lettera non è un'assurdità priva di fondamento.»

«Lo farò.» Il detective mi fissò pensieroso, ma alla fine si infilò i soldi nella tasca del cappotto. «Ora mi racconti tutto quello che sa.»

Mi guardai intorno. Si aspettava di salire in camera mia, forse?

«Che ne dice se andiamo in un bar?» propose, come se mi avesse letto nel pensiero. «Non siamo lontani dal Café des Amateur, se non erro.»

«Non è un posto per signore rispettabili.»

«Ci sono io con lei. Non le succederà niente.» Mi rivolse di nuovo il suo sorriso affascinante, e alla fine acconsentii. Potevano succedere tante cose, ma Luc Martin di sicuro avrebbe ottenuto più di me.

Con mia grande sorpresa, a prima vista il Café des Amateur sembrava un locale ben tenuto. Da come ne parlava madame Roussel mi ero fatta l'idea che fosse una bettola fatiscente in cui non si poteva mettere piede senza ritrovarsi un coltello alla gola. Forse era il suo modo di impedire agli ospiti della pensione di mangiare lì.

Quando l'investigatore aprì la porta avvertii un pungente odore di tabacco. Da qualche parte giungeva della musica di sottofondo.

«È un posto carino, no?»

Mi guardai intorno: classici tavoli e sedie di legno da osteria e pareti ricoperte di pannelli di legno rossiccio. Un paio di lampade antiquate diffondevano una luce giallastra.

Il locale mi ricordava vagamente il bar Speakeasy in cui mi aveva portata Darren a New York, soltanto che non c'erano né cantanti né una fontana illegale di champagne. A dire il vero non si vedeva nemmeno un cameriere.

Il signor Martin mi guidò verso una nicchia sotto un quadro.

«Allora» disse il detective, estraendo un pacchetto di sigarette dalla tasca dei pantaloni. «Mi racconti di suo figlio.»

«Vuole che le racconti le circostanze in cui è venuto alla luce?» domandai. Non avevo nessuna voglia di parlare a uno sconosciuto del mio parto.

«Ho bisogno di tutte le informazioni possibili.» Si accese una sigaretta. Il fumo mi provocò tosse. Succedeva anche a Berlino, quando mio padre fumava il sigaro. Non mi piaceva che fumasse. Nei laboratori dell'università era proibito: nessuno voleva rischiare di far esplodere qualcosa.

«Le dà fastidio il fumo?» chiese il detective, che si era accorto del mio sguardo.

«No, io…»

«Le dà fastidio» concluse lui, e spense la sigaretta nel posacenere. La guardò per un attimo, poi la rimise a posto nel pacchetto. «Meglio non sprecarla, no?»

Un attimo dopo apparve un cameriere. Forse era addirittura l'oste. Il grembiule era bagnato, come se avesse appena finito di lavare i bicchieri.

«Cosa posso portarvi?» chiese.

Martin mi guardò.

«Un *café au lait*, per favore» risposi. Era la prima cosa che mi era venuta in mente. Il cameriere accolse l'ordine con un borbottio, senza prendere nota.

«Temo sia troppo presto per un Pernod, quindi anche per me lo stesso.»

Un altro borbottio, poi l'uomo si allontanò.

«Non è abituato a persone che non ordinano alcolici. Sarà sorpreso.»

Mi guardai intorno. A parte noi non c'era anima viva.

«È sicuro che sia aperto?»

«Sì!» rispose Martin. «Altrimenti non ci avrebbero lasciati entrare.»

«E gli altri clienti? Arrivano più tardi?»

Guardai l'orologio a pendolo sulla parete. Segnava le cinque e dieci.

«La clientela fissa non si presenta mai prima delle sei. Per quell'ora dovremmo aver finito.»

Il cameriere portò il caffè e sparì di nuovo.

Guardai Martin.

«Bene» dissi. «Allora iniziamo dal parto.»

Gli raccontai del mio svenimento in biblioteca, e di come ero stata portata in ospedale, dove il medico mi aveva informata che avrei avuto bisogno di un cesareo. Descrissi anche la sensazione di essere priva di coscienza e poi tornare alla vita. E quanto avevo sofferto quando avevo appreso che mio figlio fosse morto.

Il signor Martin ascoltò tutto con calma, continuando a sorseggiare il caffè. L'aroma penetrava fin dentro i miei polmoni, e sembrava già sufficiente quello a svegliarmi.

Alla fine presi anch'io la tazza e bevvi un sorso, ma il *café au lait* si rivelò una brodaglia imbevibile. Allontanai la tazza.

«Non ho idea di cosa sia successo mentre ero in coma. Nessuno teneva d'occhio il bambino.»

«Le infermiere?»

«Sì, in teoria avrebbero dovuto farlo loro, ma… è possibile che non abbiano prestato troppa attenzione. In fondo era il figlio di una donna in miseria. O forse ai loro occhi sono tutti uguali.»

Il detective fece un cenno con il capo.

«Non prende appunti?» domandai.

Si toccò le tempie. «Ricordo tutto quello che vedo e sento. È il mio talento.»

Annuii. Forse era vero.

«Quindi ha parlato con il medico e l'infermiera» disse.

«L'infermiera Sybille e il dottor Marais.»

«E l'ostetrica che era presente al parto?»

«Aline DuBois? L'infermiera mi ha detto che non lavora più lì. Nessuno sa dove sia adesso.»

«Aline DuBois?»

«Sì.»

Il detective sembrò prendere un appunto mentale. «Le viene in mente qualcun altro?»

Scossi la testa. «No, è tutto. Ma forse dovrebbe sapere che oggi ho parlato con Marie Guerin. È una levatrice che si occupa di pazienti povere. Mi aveva visitata durante la gravidanza.»

«E me lo dice soltanto ora?»

«Non può essere stata lei» replicai. «All'epoca non ha voluto sapere né il mio nome né il mio indirizzo, e non lavora in ospedale. Ma mi aveva proposto di dare in adozione mio figlio, in effetti. Ho rifiutato e sono andata via. Oggi, mentre ero da lei, ha accennato al fatto che può succedere che i bambini vengano scambiati di proposito o venduti a una coppia di genitori.»

«Conosco Marie Guerin» disse lui con un principio di livore nella voce. «Non è soltanto una levatrice, pratica anche aborti.»

«Può essere. Ma è stata gentile con me, e ho avuto l'impressione che fosse sincera.»

«Vedremo, dovrò verificare questa sincerità» rispose. «Ad ogni modo, è probabile che abbia spaventato il vero colpevole. Parlerò di nuovo con tutte queste persone.»

«Faccia attenzione. Il colpevole potrebbe essere pericoloso.»

«Senza dubbio. È a questo che servono le persone come me, non crede?»

Acconsentii, sforzandomi di non lasciarmi conquistare dalla speranza che stava germogliando dentro di me. Era possibile che anche lui affrontasse ostacoli insormontabili, come era successo a me.

Martin bevve l'ultimo sorso dalla sua tazza e lanciò un'occhiata alla mia.

«Il caffè non è particolarmente buono, eh?»

«Ha ragione» risposi. «Ne vuole ancora un po'?»

Scosse la testa. «No, ma grazie. Per la fiducia.»

E con questo si alzò e si mise in cerca del cameriere.

Uscimmo dal locale. La strada iniziava a popolarsi: operai

in abiti grezzi, donne con cappotti pesanti. Nel frattempo era diventato buio.

Mentre ci salutavamo, Martin disse: «Mademoiselle Krohn, io… Volevo soltanto consigliarle di stare attenta con la sua amica. Forse oltre alla storia dell'oppio c'è dell'altro.»

«E cosa?»

«È possibile che Jouelle usi questa droga per sottometterla e poi la ceda ad altri uomini… Non so se capisce cosa intendo.»

La sua schiettezza mi fece inorridire. Scossi la testa, anche se capivo benissimo. Solo che non riuscivo a crederci. «Lo pensa davvero?»

«Ne ho viste tante nella vita, mademoiselle. Soprattutto quando si tratta di uomini come Jouelle. Se parla con la sua amica, provi a proporle di venire con lei in America. È l'unica cosa che può fare. Finché resterà qui non si libererà mai di quell'uomo.»

Mi salutò sfiorando il cappello con due dita e si allontanò.

10

Dopo una notte di sogni angosciosi mi alzai per andare al Jardin du Luxembourg. Le parole del detective mi avevano infuso nuova forza. Implorare Henny di venire con me in America mi sembrava l'unica possibilità. Soprattutto se l'ipotesi di Martin era fondata. Doveva allontanarsi da Jouelle o c'era da aspettarsi il peggio.

Determinata, uscii dalla pensione e mi diressi alla fermata dell'autobus.

L'ora di punta era passata. La maggior parte delle persone in attesa indossavano abiti semplici, ma qua e là si intravedevano anche delle signore eleganti. Alcune incrociarono il mio sguardo e lo distolsero subito. Ormai non attiravo più la loro attenzione, a differenza di un tempo.

Arrivò l'autobus. Trovai posto vicino al finestrino e guardai fuori distrattamente, senza vedere davvero cosa succedeva in strada. Continuavo a rimuginare su come far capire a Henny che era in pericolo. Forse non se ne rendeva conto, oppure aveva paura…

Quando raggiunsi il Jardin de Luxembourg sentii una campana battere dodici rintocchi. Mi ero procurata una baguette farcita in una brasserie. Non avevo molta fame, ma almeno avrei ingannato il tempo nell'attesa di Henny. Sempre che arrivasse davvero.

Tolsi il ghiaccio da una panchina sotto un albero e mi sedetti. A quell'ora non c'era tanta gente in giro. Ogni tanto passava qualcuno: un signore anziano, una donna con un cappotto variopinto, una ragazza che mi ricordò il pettirosso che guardavo dalla mia finestra a Berlino. Com'era tutto più facile allora!

Distolsi lo sguardo dalla donna per non lasciare troppo spazio ai ricordi. Un attimo dopo intravidi un'altra macchia colorata. Il cappotto blu reale sarebbe bastato ad attirare la mia attenzione, ma concentrandomi mi accorsi che spuntava dal collo una testa dai capelli biondi.

Il mio corpo si tese. All'inizio il profilo era indistinto, ma poi iniziai a vederlo sempre meglio. Lei non si era accorta di me.

Il detective aveva ragione.

«Henny?» la chiamai, alzandomi in piedi. Feci sparire la baguette nella sua busta di carta marrone.

La mia amica trasalì, come se l'avessi strappata a profonde riflessioni.

«Sophia?» chiese, vagamente incredula. Dovevo essere l'ultima persona che si aspettava di incontrare. Il mio cuore batteva come impazzito.

«Henny! Che bello rivederti!» Corsi da lei. Avevo la sensazione di incontrarla per la prima volta dopo tanto tempo. Eppure erano trascorsi soltanto pochi giorni. «Come stai? Tutto bene?»

Henny mi guardò con occhi sgranati. «Sì» disse. «Perché non dovrebbe andare tutto bene?»

La lista di indizi che mi spingevano a credere che ci fosse qualcosa che non andava era lunga. Il solo fatto che si stesse comportando come se non ci fossimo viste da poco sarebbe bastato a destare sospetto.

«Mi fa piacere» dissi, senza sapere bene come continuare. «Io… Ti ho vista in teatro qualche giorno fa. Sei stata bravissima.»

«Grazie.» Si guardò intorno. Aveva paura che Jouelle fosse nascosto da qualche parte? Dovevo dirle che mi aveva aspettato sotto la pensione e minacciata? Aveva senso provare a riferirle quello che mi aveva detto la sua collega? E la storia dei draghi?

Le presi la mano. «Henny! Se c'è qualcosa che vuoi dirmi…»

Liberò la mano dalla mia. Un sorriso insicuro comparve sul suo viso. «Cosa vuoi sapere?»

«Come va con Jouelle?» domandai. «Ti tratta bene?»

«Sì, certo. Perché me lo chiedi? Mi ha fatto avere un posto fisso in teatro.»

«Naturalmente.» Alzai le braccia senza sapere cosa fare. Avrei voluto abbracciarla, ma temevo che mi avrebbe respinta.

«Volevo proporti… Ti andrebbe di venire in America con me? Riparto sabato, e sono sicura di riuscire a procurarmi un biglietto anche per te. Se vuoi.»

Lei scosse la testa e mi guardò come se fossi impazzita. «Devo lavorare. Non posso andarmene in vacanza come te.»

Evidentemente aveva dimenticato perché ero tornata a Parigi.

«Henny, devi smetterla.» Non riuscii a trattenere le parole. «Devi smetterla di usare quella roba.»

Sapevo che non avrei dovuto dirlo, ma la donna davanti a me stava per inghiottire del tutto la vera Henny. Non potevo permetterlo. Le presi di nuovo la mano. «So tutto. Della tua dipendenza dall'oppio e che Jouelle ti comanda a bacchetta. Mi ha detto di stare lontano da te. Sostiene che è quello che desideri. È così? Vuoi che ti lasci in pace?»

Gli occhi di Henny si spalancarono. Per un attimo mi sembrò che il velo che li copriva si sollevasse. Ma poi il suo sguardo si indurì.

«Ma cosa ti inventi?» sbottò. «Come ti salta in mente di dirmi una cosa simile?»

«È la verità» replicai. «Una tua collega mi ha detto che ti sei messa a inseguire i draghi, così...» Mi fermai. Non potevo dirle che le avevo messo un detective alle costole per spiarla. «Hai davvero detto a Jouelle che non volevi vedermi?»

Henny mi fissò con sguardo quasi colpevole. Allora era vero? Lo aveva mandato lei? Non potevo crederci. Ma di certo era stata lei a dirgli della mia visita a casa loro.

«Henny, devi lasciar perdere l'oppio! Non ti è mai interessata quella roba, perché proprio ora?»

Strinse le labbra come una bambina cocciuta. «Tu non capisci» bofonchiò alla fine.

«No, non capisco. Ma posso aiutarti. Vieni con me in America! Il mio treno parte venerdì mattina alle dieci. In America ci sono tanti teatri di varietà, non avresti problemi a trovare lavoro. E saresti lontana da tutto. Lontana da quest'uomo.»

Mi accorsi subito di aver commesso un errore. Avrei dovuto lasciare Jouelle fuori dalla discussione.

L'espressione di Henny si indurì. «Come osi? Chi ti credi di essere?» sibilò. «Non sei mia madre, non puoi dirmi cosa devo fare!»

«Ma...»

Il suo sguardo furibondo mi convinse a tacere.

«Vattene!» mi gridò contro. «Sparisci e non farti più vedere! Non ti conosco.»

Le sue parole mi colpirono come schiaffi.

«Henny!»

Nella mia testa non rimbombava soltanto la sua voce. Sentivo anche mio padre, mentre gridava che non ero più sua figlia.

Non capivo cosa avessi fatto di male.

Henny girò sui tacchi e si allontanò furiosa ad ampie falcate.

«Henny!» urlai di nuovo, ma senza trovare la forza di correrle dietro. Il sangue mi pulsava nelle vene. Avevo appena perso la mia migliore amica?

Restai a guardarla mentre attraversava il parco in preda alla collera. Il suo cappotto blu diventò sempre più piccolo, fino a scomparire fra gli alberi. Ma anche se fosse rimasta dov'era non l'avrei vista, perché avevo gli occhi pieni di lacrime amare.

Quando mi fui calmata tornai alla mia panchina. Le lacrime mi bruciavano sul viso. Non riuscivo a credere a ciò che era appena successo. Ed era tutta colpa mia. Non avrei dovuto andarci così pesante. Ma come potevo fare diversamente davanti a una persona che si comportava come se non mi avesse mai vista?

Nonostante il freddo, rimasi a lungo seduta nel parco. I pensieri vorticavano nella mia mente, la testa mi doleva, ma non ero pronta a tornare nella mia stanzetta alla pensione, dove avevo la sensazione che le pareti si avvicinassero e il soffitto si abbassasse, soffocandomi. Stavo malissimo. Non sapevo se avrei ritrovato mio figlio e inoltre la mia migliore amica mi aveva appena annunciato di non volermi più vedere e di non voler uscire dalla sua dipendenza.

Quando mi convinsi a tornare alla pensione ero ancora sconvolta. A ogni passo, l'angoscia di ritrovarmi Jouelle in cortile cresceva. Avrei voluto avere qualcuno al mio fianco, qualcuno che potesse proteggermi da uomini come lui. Ma ero sola, e dovevo difendermi da sola.

Superai l'arco e mi guardai intorno, ma non vidi niente di allarmante. Il grammofono suonava ancora, entrai nell'androne accompagnata dalle sue note. Una delle lampade doveva essersi fulminata, perché una parte delle scale era al buio. Chissà se madame Roussel era già stata informata. Non avevo molta voglia di farlo io, soprattutto dopo quello che era successo.

Volevo soltanto restare sola e piangere.

Sentii dei passi sulle scale, così abbassai la testa e tirai dritto.

«Sophie!» esclamò una voce quasi sorpresa. Alzai lo sguardo e vidi Geneviève. Cosa ci faceva in quella parte della pensione?

Mi passai una mano sul viso e feci del mio meglio per darmi un contegno, ma sapevo di non esserci riuscita.

«Cos'è successo?» chiese Geneviève, esaminandomi con uno sguardo penetrante. Anche se la luce era fioca non potevo nasconderle il viso gonfio di pianto. «Hai scoperto qualcosa su tuo figlio?»

Scossi la testa. «No. Henny. Non mi vuole più come amica.»

Geneviève scosse la testa incredula. «Sicuramente non dice sul serio!»

«Sì, invece! È serissima. Ma io volevo soltanto aiutarla...»

Avevo bisogno di parlarne con qualcuno, ma non potevo raccontare la storia a Geneviève lì sulle scale.

«Se vuoi venire, ti dico tutto.»

Lei esitò per un momento.

«Ma se hai altri impegni...»

«No» si affrettò a rassicurarmi, prendendomi la mano.

I nostri sguardi si incontrarono e le feci cenno di seguirmi.

Aprii la porta.

«Nella mia stanza la coperta è umida, probabilmente c'è una perdita dal tetto» disse, guardandosi intorno. «Per il momento madame Roussel mi ha spostata in questo edificio, nel piano sopra al tuo. Penso che valga la pena pagare la differenza.»

«Accomodati» dissi, indicandole la poltrona. Nel frattempo andai alla finestra e chiusi le tende. Ne avevo abbastanza del mondo esterno per quel giorno.

«Perché continui a vivere qui?» domandai, sedendomi a mia volta. «Potresti trasferirti dal tuo amato, no?»

«Ho bisogno della mia libertà» spiegò lei, spalancando le braccia. «Una stanza in questa pensione non sarà un granché, ma almeno è un posto tutto mio. Soprattutto ora che ho lasciato perdere la mia attività. Il mio compagno è una brava persona, ma di tanto in tanto ho bisogno di allontanarmi. Trovo che faccia bene alla nostra relazione.»

Concordai. Forse era davvero la cosa migliore per lei. L'uomo al suo fianco doveva essere molto sicuro di sé per non impallidire al suo confronto.

«Raccontami tutto.»

Le dissi che avevo chiesto a un detective di scoprire quando potevo incontrare Henny da sola, senza Jouelle, e le riferii la nostra conversazione nel parco.

«Non ha voluto ascoltarmi. Le ho proposto di venire in America con me, di allontanarsi da questo tizio. A New York ci sono tanti teatri, la assumerebbero senza problemi. Ed è tedesca, quindi le autorità la lascerebbero entrare.» All'improvviso mi sentivo come se stessi annegando e cercassi disperatamente un appiglio.

Geneviève mi sfiorò il braccio. «Lo hai fatto con le migliori intenzioni» disse «e dopo tutto quello che mi hai detto, penso che fosse l'unica possibilità. Ma a volte...» Si fermò e parve soppesare le parole prima di continuare. «A volte non si possono salvare le persone, se non vogliono essere salvate. Temo che dovrai aspettare che si renda conto della sua situazione. Altrimenti non accetterà il tuo aiuto.»

«Ho paura che non vorrà mai più saperne di me.»

«Non credo. Talvolta quando siamo arrabbiati diciamo cose che non pensiamo davvero. A mente fredda si renderà conto che hai ragione.»

«E se la sua mente non tornasse più lucida? Se l'oppio la stesse divorando?»

Geneviève mi fissò a lungo, e alla fine rispose: «Henny è una donna adulta. Tornerà in sé, ne sono certa. Fino ad allora non ti resta che attendere. Aspettare e sperare».

«Aspetto e spero tante cose…» risposi, abbattuta.

«Un giorno verrai ripagata per tutto questo, ci metto la mano sul fuoco. E credimi, quello che avrai sarà più bello di tutto ciò che hai visto e vissuto finora.»

11

Il rifiuto di Henny continuò a turbarmi a lungo, nonostante l'incoraggiamento di Geneviève. Passai i giorni successivi a rimproverarmi per come avevo gestito l'incontro con la mia amica. Continuavo a ripensarci: qual era stato il momento di rottura? Quando mi sarei dovuta accorgere che non serviva a niente affrontarla in quel modo?

Eravamo sempre state oneste l'una con l'altra, ma non mi ero resa conto che le cose erano cambiate. Avrei tanto voluto chiederle perdono, ma come potevo farlo? Se aveva parlato a Jouelle del nostro incontro, ero certa che l'avrebbe tenuta d'occhio ancora di più, sempre che non decidesse di presentarsi di nuovo alla pensione. No, a quello non volevo nemmeno pensare…

Negli ultimi giorni mi ero chiesta se ci fosse un modo per mettermi in contatto con lei. Volevo dirle che era ancora la mia migliore amica e rinnovarle l'offerta di seguirmi in America. Non avevo più osato tornare al parco, ma ero sicura che non lo avesse fatto nemmeno Henny. Non avevamo litigato spesso, ma quando era successo avevamo sempre preferito evitare di incontrarci.

Andare a casa sua era fuori discussione. Non mi avrebbe lasciata entrare. Avevo bisogno di qualcuno che potesse parlare con lei e non tornasse a mani vuote. L'unico che mi venne in mente era il signor Martin. Lui sarebbe riuscito a portarle un messaggio, anche in presenza di Jouelle.

Scesi le scale che portavano all'appartamento di Luc Martin accompagnata dal latrato di un cane. Aveva adottato un amico a quattro zampe? Ma poi mi resi conto che i rumori venivano dal piano di sopra.

Un attimo dopo si aprì la porta.

«Maledetto cagnaccio!» ringhiò il detective. Poi si accorse di me: «Ah, è lei!».

Si schiarì la gola e si passò una mano nei capelli per sistemarli. Aveva l'aria di essersi appena alzato dal letto, e i vestiti sgualciti confermavano quella impressione. «Mi perdoni, il cane della mia proprietaria di casa mi sta facendo impazzire. Abbaia senza sosta da giorni.»

«E se fosse successo qualcosa alla sua padrona?» Immaginavo che anche il cane della signora Passgang, del palazzo dei miei genitori, avrebbe latrato senza freni se la sua padroncina fosse svenuta.

«Sarebbe possibile, vero? Ma ho controllato, è in gran forma. Però è anche mezza sorda, quindi non si rende conto del baccano che fa il suo piccolo Filou.» Martin inspirò profondamente. «Cosa posso fare per lei, mademoiselle Krohn? Dubito che sia venuta a salutarmi. Le è venuto in mente altro riguardo suo figlio?»

«No» risposi. «Lei ha delle informazioni?»

«Temo di no. Mi sono messo in cerca dell'ostetrica scomparsa, ma per il momento senza risultati.»

Annuii. «Non sono qui per mio figlio. Volevo chiederle un favore.»

«Di cosa si tratta?»

«Vorrei fare arrivare un messaggio alla mia amica.»

«Allora non l'ha incontrata?»

«Sì, ci siamo viste. Abbiamo parlato, ma mi ha liquidata in malo modo. O per meglio dire, ha urlato di non volermi più vedere quando le ho detto la verità sul suo fidanzato.»

«Be', forse sarebbe stato meglio adottare un approccio più diplomatico.»

«Può darsi» replicai. «Ma a cosa servono gli amici se non dicono la verità? Volevo soltanto metterla in guardia. Ha detto lei stesso che Jouelle non è un tipo di cui ci si può fidare.»

«Sì, ma le ho anche detto di agire con cautela. E non mi riferivo soltanto a Jouelle. Le donne che vivono queste relazioni spesso rifiutano di accettare la verità sul proprio compagno. Se ne accorgono soltanto quando vengono maltrattate davvero.»

Sentii qualcosa contorcersi nelle mie viscere. Avevo commesso un grave errore. Un errore che forse avrebbe causato delle sofferenze a Henny.

Luc Martin si grattò il mento. «Mi scusi, non era mia intenzione rimproverarla. Vuole entrare? Posso darle un foglio di carta. Se vuole scriverle un paio di righe, farò del mio meglio per consegnarle alla signorina Wegstein.»

«Grazie.» Lo seguii in casa.

Stavolta il caos era totale: capi di biancheria sparpagliati su ogni superficie della stanza, piatti sporchi impilati sul tavolo della cucina.

«Mi perdoni per il disordine» disse lui, affrettandosi a sgombrare la tavola. «Gli ultimi giorni sono stati un delirio.»

Stavo per chiedergli se avesse già speso tutti i soldi che gli avevo dato, ma riuscii a trattenermi appena in tempo.

Nella confusione notai che non c'era traccia di bottiglie vuote di alcolici. Sembrava più che avesse avuto qualcosa di troppo importante da fare per occuparsi della casa.

«Ecco qui.» Mi allungò un blocchetto per gli appunti. «Scriva il suo messaggio, le prometto che glielo farò avere, ma purtroppo non posso assicurarle che reagirà come lei spera.»

«Non pretendo tanto» risposi. «Grazie del tentativo.»

«Lo faccio volentieri.» Mi indicò una sedia. «Al momento lei è la mia migliore cliente.»

Mi sedetti e presi la matita accanto al blocchetto. Cosa dovevo dirle?

Riflettei un attimo, poi scrissi:

Cara Henny,

mi dispiace molto per come si è concluso il nostro ultimo incontro. Non avevo alcun diritto di darti ordini. Mi scuso anche per le accuse che ti ho rivolto. Sei la mia migliore amica e ci sei sempre stata per me. Non lo dimenticherò mai. E voglio dirti che anch'io ci sarò sempre per te, se avrai bisogno del mio aiuto. Domani alle dieci parto per Calais e intorno alle diciotto salirò a bordo della Magdalena. Spero che penserai a me. E magari cambierai idea e deciderai di accompagnarmi. Anche se ti sembra impossibile, troveremo il modo.

Con amore,

Sophia

Osservai le parole che avevo scritto. Erano quelle giuste? Se Henny era ancora arrabbiata con me, forse non le avrebbe nemmeno lette. E se invece aveva soltanto paura di Jouelle? Se nel frattempo aveva riflettuto su quello che le avevo detto?

Ripiegai il biglietto. «Ha una busta?»

Mi girai verso l'investigatore. Non me ne ero accorta, ma era rimasto a osservarmi per tutto il tempo mentre scrivevo.

«Naturalmente» disse, alzandosi. Frugò in un cassetto del comò. «È usata, ma non credo che alla sua amica darà fastidio. Anzi, forse la convincerà a leggerla.»

«Lo spero.» Presi la busta, ci infilai il foglio e la chiusi. Per un attimo pensai di aggiungere il suo nome, ma non lo feci. Era meglio se non capiva subito da chi veniva la lettera.

Alla fine la passai al signor Martin.

«Proverò a raggiungerla in teatro» disse il detective. «Può fidarsi di me.» Mi sorrise.

«Grazie.» Mi alzai in piedi.

Prima che potessi andare verso la porta, però, mi trattenne. «Quindi parte presto?»

«Domani» risposi, e lui annuì.

«Abbia cura di lei. Non si sa mai cosa può succedere su quelle navi.»

«In realtà la traversata è piuttosto noiosa» dissi, sorprendendomi a ricambiare il suo sorriso. «Non mi succederà niente.»

«Lo spero.» Mi porse la mano. «Restiamo in contatto, d'accordo?»

«Certamente.» Gli strinsi la mano e lo guardai negli occhi. Non mi ero accorta che erano di un castano dorato. Negli ultimi giorni, in tutti i nostri incontri, non lo avevo mai guardato davvero. Soltanto ora leggevo l'onestà nel suo sguardo. Ero sicura che mi avrebbe aiutata.

«Arrivederci, monsieur Martin.»

«Arrivederci a lei, mademoiselle Krohn. Spero che ci rivedremo.»

«Anche io.»

Ci guardammo di nuovo, e mentre andavo alla porta sentii uno strano capogiro. Salii le scale, e quando raggiunsi il marciapiede scossi la testa per allontanare dei pensieri che stavano prendendo forma.

12

«E così vuoi tornartene in quel continente di matti?» chiese scherzosa Geneviève, quando mi presentai alla sua porta per salutarla.

«Non ho altra scelta» risposi, provando una stretta al cuore. Avevo la sensazione di dover ricominciare daccapo, per giunta senza certezze sul destino di mio figlio. Era un tradimento andarsene via, ma dovevo farlo. «Sai come funzionano le cose qui. O sono cambiate le leggi per chi cerca lavoro?»

Geneviève scosse la testa. «No, anzi, la situazione è addirittura peggiorata. Gli stranieri semplicemente non vengono assunti. Alcuni hanno iniziato a emigrare in Inghilterra, hanno capito che qui non c'è speranza.»

«Vedi!» esclamai, aggrottando la fronte. Il pensiero di abbandonare Louis al suo destino, ammesso che fosse vivo, mi serrava la gola. Ma cosa potevo fare? Finora avevo inseguito un fantasma. E per continuare la ricerca dovevo guadagnarmi da vivere, ma in Francia non potevo farlo.

«In effetti, per un momento ho accarezzato l'idea di restare» ammisi «ma come farei, senza lavoro e senza un tetto sopra la testa? Madame Roussel non mi lascerebbe vivere qui gratis.» Sospirai senza riuscire a trattenere un tremito. Lottando con le lacrime che mi salivano agli occhi, afferrai la mano di Geneviève. Sembrava sorpresa dalla mia improvvisa emotività.

«Scusami, non volevo…»

«Non hai fatto niente» la rassicurai. «E comunque non rinuncio alla ricerca di Louis. Ho affidato l'incarico al detective di cui ti ho parlato, quello che ha seguito Henny.»

«E credi che riuscirà a ottenere qualcosa?»

«Lo spero.» Un sorriso triste mi affiorò alle labbra e una malinconia dolceamara mi assalì. «Se va tutto bene, lo troverà e lo porterò con me in America.»

All'improvviso mi venne un'idea. Non riuscivo a credere di non averci pensato prima. Mi colpì con un impeto tale da immobilizzarmi.

Avevo conservato la proposta della signora Arden. Se avessi cominciato a lavorare da lei, forse avrei potuto chiederle di mandarmi in Europa. Sapevo che aveva una filiale a Parigi, e da lì avrei potuto continuare a cercare Louis senza avere problemi con le autorità.

«Cosa c'è?» chiese Geneviève, che si era accorta del mio sguardo concentrato. «Niente, è solo… Mi è venuta un'idea. Forse ho trovato un modo per trasferirmi a Parigi, per sempre. Ma devo prima tornare in America.»

«Me ne vuoi parlare?»

Scossi la testa. «No, devo prima chiarirmi le idee da sola. Ma è una scintilla di speranza.»

«Bene.» Geneviève mi abbracciò e mi sorrise. «Buon viaggio, allora. Spero che tu possa tornare a riprendere tuo figlio.»

«Grazie. Lo spero anche io, e mi auguro di rivederti presto.»

Ci guardammo ancora per un momento, con gli occhi lucidi di lacrime.

«Abbi cura di te, Geneviève.»

«Anche tu, Sophie!»

Mi sciolsi dall'abbraccio, fremevo di eccitazione e non riuscivo a smettere di pensare all'idea di lavorare per la signora Arden, ma cercavo anche di frenare l'entusiasmo.

Di sotto, in cucina, incontrai madame Roussel. Con mia grande sorpresa, aveva preparato un vassoio di tartellette.

«Non era necessario» dissi, posando la chiave della stanza sul tavolo.

«Ti serve qualcosa per il viaggio e mi hanno detto che il cibo in America è pessimo.»

«Non è poi così male. E forse a bordo avranno uno chef francese.»

«Lo spero per voi. Ad ogni modo, il viaggio per Calais è lungo, e poi dovrai andare in Inghilterra. Non ho intenzione di lasciarti morire di fame.»

«È molto gentile da parte sua.»

«E voglio che tu sappia che puoi sempre venire da me quando sei a Parigi. Non farti fregare i soldi da quegli alberghi carissimi!»

Sorrisi. «Non lo farò. Arrivederci!» Ci abbracciammo e uscii dalla pensione con la valigia e le provviste per il viaggio.

Arrivata alla stazione entrai nella sala d'attesa. Il mio treno sarebbe partito in mezz'ora: non molto tempo, ma abbastanza perché si verificasse un miracolo. Henny sarebbe venuta?

Mi sedetti in modo da poter tenere d'occhio l'entrata. Le lancette dell'orologio della stazione continuavano a spostarsi, ma nessuna delle donne che entrò dalla porta era Henny.

Alla fine arrivò il momento di raggiungere il binario. Mi alzai, presi la valigia e salii le scale. Avevo il cuore pesante. Non dubitavo che Martin avesse consegnato il biglietto, ne aveva i mezzi e la capacità. Ma era evidente che Henny non mi avesse perdonata e non volesse uscire dalla situazione in cui si trovava. Mi sentii impotente e gli occhi mi si riempirono di lacrime.

La banchina era affollata di persone, alcune sedute su grosse valigie. Un paio di bambini con i calzoni alla zuava scorrazzavano in giro scatenati, finché le madri non li richiamarono all'ordine. Uno dei due mi sorrise, mostrandomi uno spazio fra i denti. Mi girai di scatto. Se a Luc Martin non fosse riuscito un miracolo, non avrei mai visto mio figlio così. Non lo avrei accompagnato il primo giorno di scuola, non mi sarei accorta dei suoi innamoramenti. Sempre che fosse vivo. Iniziavo a dubitarne.

Mentre cercavo a tutti i costi di evitare lo sguardo dei bambini, scorsi una donna alta e magra come Henny. Per un momento il mio cuore sobbalzò. Alzai la mano, pronta a chiamare la mia amica, ma quando la donna si girò mi accorsi che non era lei.

Lasciai ricadere la mano, travolta dalla delusione.

Fissai assorta le rotaie che portavano fuori dalla stazione. Mi ripresi solo quando l'altoparlante annunciò l'arrivo del mio treno e vidi comparire la locomotiva. Avrei scritto una lettera a Henny. Ma le sarebbe arrivata?

Quando il treno si fermò mi unii in coda agli altri viaggiatori. Mentre avanzavamo lentamente continuai a guardarmi intorno, sperando fino all'ultimo che Henny sarebbe arrivata. Ma alla fine non mi restò che salire. Occupai il mio posto e guardai fuori dal finestrino, perlustrando la banchina. Provai a convincermi che forse era su un altro vagone, ma sapevo che se fosse voluta venire davvero mi avrebbe trovata.

A Calais controllai di nuovo tutti i passeggeri che scendevano dal convoglio. Non avevo molto tempo, dovevo trovare un taxi che mi facesse arrivare al porto. Camminai su e giù per la stazione, in preda all'inquietudine. Se davvero fosse salita insieme a me, mi avrebbe aspettata lì da qualche parte.

Il treno si rimise in movimento, ma la mia amica non c'era. Demoralizzata, mi lasciai cadere su una panchina. Stavano arrivando ancora dei viaggiatori, ma presto sarebbe stato il turno di un altro treno. Li guardai mentre mi passavano davanti, sempre più consapevole che Henny non sarebbe venuta. Forse non l'avrei rivista mai più.

La paura di perdere la nave mi spinse a sbrigarmi: corsi giù per le scale e mi diressi verso l'uscita.

Individuai un taxi poco lontano dalla stazione. Il tassista stava leggendo il giornale con aria preoccupata. «Sta andando tutto a rotoli» borbottò.

«Monsieur, mi accompagnerebbe al porto, per favore?» lo interruppi.

Alzò gli occhi dal giornale, mi squadrò per un attimo e lo mise via. «Salga!»

Aprii il bagagliaio e ci misi la valigia. In realtà si sarebbe dovuto occupare lui del mio bagaglio, ma non potevo andare troppo per il sottile. Ero fortunata ad aver trovato un taxi libero.

«Dove va?» chiese il tassista dopo aver messo in moto. L'asfalto era così dissestato che iniziai subito a sobbalzare.

«Al porto» ripetei. Non mi aveva sentita?

«Appunto, intendevo da lì. Qual è la meta? L'Inghilterra?»

«L'America» risposi.

«Ah, l'America. Ho sentito che presto ci sarà un nuovo presidente. Lei è americana?»

Ufficialmente non lo ero ancora. «No, lavoro lì. Forse fra un paio d'anni avrò la cittadinanza.»

«Pare che il vostro nuovo presidente sia un brav'uomo. Si chiama Hoover, giusto?»

«Sì.» Avevo sentito le operaie in fabbrica commentare l'elezione di Herbert Hoover, ma non mi ero interessata molto alla cosa, tanto più che non potevo votare. Anzi, mi sorprendeva che un tassista francese si interessasse alle elezioni americane.

«Quanto vorrei che avessimo anche noi un presidente così. I nostri politici sono deboli. Avrebbero dovuto togliere altri territori alla Germania e non accontentarsi soltanto dell'Alsazia.»

Strinsi le labbra. Non aveva capito che nella sua macchina c'era proprio una tedesca. E poi non sapevo cosa rispondere. L'impero tedesco aveva molte colpe, ma perché la gente non si decideva a dimenticare quella maledetta guerra? Ormai erano passati più di dieci anni…

«È fortunata, davvero, vorrei poter andare anche io in America. Il jazz, la libertà… Credo che mi ci potrei abituare.»

Avrei potuto spiegargli che la vita in America non era solo jazz e libertà di fare ciò che si voleva, ma la conversazione sarebbe diventata troppo complessa.

Rimasi in silenzio, e al tassista passò la voglia di continuare a parlare con me.

Per fortuna c'era pochissimo traffico e arrivammo al porto in poco tempo.

Felice di poter finalmente salire a bordo, ripresi la valigia e mi incamminai.

«Buone cose, mademoiselle! Forse ci incontreremo in America fra un paio di anni!» disse il tassista prima di rimettere in moto. Lo guardai allontanarsi. Allora il suo proposito di trasferirsi in America era serio? Se sì, gli auguravo di trovare qualcuno che gli desse una possibilità, come era successo a me.

La fila per salire sul traghetto era piuttosto lunga. Mi sembrava ci fosse molta più gente della prima volta. O forse allora non ci avevo fatto caso perché ero con Madame.

Inspirai a fondo e trascinai la valigia fino alla fila di persone in attesa. Qualcuno mi degnò di una rapida occhiata prima di tornare alla sua conversazione. Il mio sguardo fu attratto da una donna con una pelliccia fucsia e un cappello abbinato. Nella marea di cappotti neri e grigi sembrava un fiore primaverile che allunga la corolla verso la luce dopo un inverno lungo e freddo. Non riuscii a fare a meno di fissarla a lungo.

Pensai di nuovo a Henny. Non speravo più di vederla arrivare, ma mi chiedevo come stesse. Ce l'aveva ancora con me? Forse le dispiaceva aver reagito in modo così brusco?

Ero piena di rimorsi e mi pentivo di essere andata al parco. Ma cosa sarebbe cambiato? Jouelle mi aveva proibito di incontrarla. Forse la nostra amicizia era finita anche prima di quel litigio. Potevo sperare almeno in una lettera?

«Biglietto, per favore, signorina.» La richiesta del controllore in uniforme mi strappò ai miei pensieri. La fila era avanzata senza che me ne rendessi conto.

«Sì, subito» dissi, e gli mostrai il biglietto.

L'uomo lo controllò e mi fece cenno di passare. Lo superai e salii sul pontile.

Poco dopo il traghetto si mosse con un'assordante fischio di sirena. La folla di persone che salutavano dalla banchina si trasformò in un tripudio di puntini colorati e fazzoletti bianchi, finché non scomparve del tutto. Sulla sponda opposta della Manica mi aspettava la nave per la traversata oceanica. Non un viaggio verso casa, ma verso l'ignoto.

Ma di una cosa ero certa: se fossi riuscita a convincere la signora Arden, la mia strada mi avrebbe presto riportata a Parigi.

13

La delusione di non aver visto arrivare Henny al porto mi tormentò per tutto il viaggio di ritorno a New York. Immaginavo tutti gli scenari possibili. E se Jouelle l'aveva scoperta e chiusa in casa? Se le aveva tolto il passaporto? Oppure aveva deciso lei di non venire? Davvero non voleva più saperne di me?

E poi c'era Louis, mio figlio. Era avvilente non aver trovato nemmeno un indizio. Ma cosa mi aspettavo? Non sono cose che si risolvono nel giro di pochi giorni. Avevo fatto tutto quanto era in mio potere, ma purtroppo avevo scoperto che il mio potere era limitato. Non mi restava che riporre le speranze nel signor Martin. Era sul posto, conosceva le persone e sapeva come riuscire ad aprire delle porte che a me erano rimaste chiuse. Confidavo che potesse fare chiarezza in quella assurda vicenda.

Stranamente, la vista della Statua della Libertà fece passare in secondo piano tutti quei pensieri. Fu come lasciare un territorio sconosciuto e tornare finalmente a casa. Ero contenta di ritrovare Kate e il signor Parker, anche se non sapevo cosa sarebbe successo nei giorni successivi.

Ma sapevo da dove cominciare. Ero felice di non aver ignorato la proposta della signora Arden. Forse mi avrebbe permesso di tornare subito a Parigi, dal signor Martin e dagli indizi che forse avrebbe trovato su mio figlio…

Poco dopo la nave entrò in porto, e subito mi ritrovai circondata da un affaccendarsi febbrile a cui non ero più abituata.

Presi il primo treno utile per Brooklyn. Il sole stava sciogliendo gli ultimi residui di neve rimasti sui tetti. Il cielo azzurro si rifletteva nelle pozzanghere. Presto sarebbe tornata la primavera.

Arrivata a casa del signor Parker, presi le chiavi dalla borsa. Non vedevo l'ora di tornare nella mia stanza, anche se la stufa impiegava sempre un'eternità a riscaldarla.

Entrai nell'androne. Avevo appena infilato la chiave nella serratura della cassetta delle lettere quando Kate apparve dietro l'angolo.

«Sei tornata!» esclamò, posando lo strofinaccio che teneva in mano. Un attimo dopo mi stringeva fra le braccia. Si era messa un profumo alla rosa che mi suscitò una piacevole sensazione. Sentivo il suo calore attraverso la stoffa. «Che bello rivederti.»

«Sono felice anch'io di essere tornata.» Risposi, preparandomi ad affrontare la domanda che sembrava inevitabile.

Kate si sciolse dall'abbraccio per posarmi le mani sulle braccia e guardarmi negli occhi. «Ti va un caffè?» chiese alla fine. «Controlla pure prima la posta.»

Aprii la cassetta. Era vuota, come mi aspettavo.

Lasciai la valigia in un angolo e seguii Kate in cucina.

«Il signor Parker è partito» disse. «È diventato nonno. È andato a conoscere suo nipote.»

«Che bella notizia» risposi sentendo però che l'angoscia stava tornando. Il signor Parker era diventato nonno! Era una cosa bellissima, eppure mi si riempirono gli occhi di lacrime.

Kate se ne accorse e mi porse un fazzoletto.

«Tieni, prendi questo. Mi dispiace, non volevo…»

«Va tutto bene» dissi, asciugandomi le lacrime. «Temo di essere più emotiva del solito. A Parigi ho visto tanti bambini, e continuavo a pensare...» Mi sedetti al tavolo della cucina. Mi facevano male i piedi e mi bruciavano gli occhi. Il cambiamento dell'ora era graduale durante il viaggio, ma mi sentivo lo stesso terribilmente stanca.

«Hai trovato qualcosa?» chiese Kate, mentre metteva il bollitore sul fuoco.

«No.»

Kate accolse la risposta con espressione delusa, ma probabilmente se l'era immaginato quando mi aveva vista comparire sulla soglia da sola.

«Ma almeno hai qualche certezza in più?» si informò dopo qualche istante, prendendo il barattolo di caffè dalla dispensa. La cucina si riempì all'istante di un aroma che mi rincuorò leggermente.

«Non proprio. Ma c'è qualcuno che ha promesso di cercare per me.»

«Un detective?» chiese Kate.

«Esatto. Ha detto che è molto più probabile che riesca a trovare lui mio figlio.»

«In effetti potrebbe aver ragione. L'unica cosa che non mi convince sono i mezzi a cui ricorre quella gente per ottenere le informazioni.»

«In che senso?»

Kate scosse la testa. «Fai come se non avessi detto niente. Gli investigatori del Vecchio Mondo sono sicuramente diversi dai furfanti di qui. E poi non conosco questo tizio, magari riuscirà davvero a trovare tuo figlio.» Kate mi sorrise incoraggiante. «Scusami se ti sono sembrata disillusa. È che nelle ultime settimane...»

«Che succede?» chiesi, avvertendo che qualcosa la turbava.

«È il signor Parker» disse lei, sedendosi a sua volta. «Credo che non stia bene. Non dice niente, ma… Sento che qualcosa non va.»

«Come mai?»

«Si dimentica tutto. A volte lo sorprendo a fissare il vuoto, e non risponde se gli faccio una domanda.»

«Forse c'è qualcosa che lo preoccupa» osservai, e mi tornò in mente il periodo dopo il parto, quando tutto il mio mondo sembrava diventato grigio.

«Forse» mi fece eco Kate. «Ma credo che ci sia dell'altro. Negli ultimi giorni ho avuto troppo tempo per pensare, e… Dove andrò se gli succede qualcosa?»

«Non gli succederà niente. Cerca di non trarre conclusioni affrettate dal suo comportamento. E comunque puoi sempre provare a parlargli.»

«È il mio capo!»

«Sì, ma non c'è niente di male se ti preoccupi della sua salute, no? In fondo, passate tutti i giorni insieme.»

«Questo è vero, ma… non mi dirà niente, ne sono sicura.»

«Se c'è davvero qualcosa te lo dirà, vedrai.»

Kate annuì, ma non sembrava convinta. Avrei voluto ispirarle più fiducia, ma non avevo ancora visto il signor Parker e quindi non potevo farmi un'idea delle sue condizioni.

«Quando torna?»

«Non lo so. Probabilmente quando avrà finito di rimirare il nipote.» Kate sospirò, ma poi mi guardò e sorrise. «Comunque, ora sei tornata! Sono contenta di avere compagnia, quando sono sola mi sembra quasi di sentire i muri parlare.»

Capivo cosa intendesse. Non erano le pareti a parlare, ma i ricordi che si nascondevano negli angoli bui della nostra mente in attesa dell'opportunità di farsi avanti. Come mi era successo nella mia stanza a Parigi.

«Sì, e soprattutto non ho intenzione di lasciarti tanto presto. Devo mettermi a cercare un lavoro.»

«Lo troverai sicuramente! Vedrai, sgomiteranno tutti pur di averti.»

«Speriamo.»

Il caffè non riuscì a svegliarmi. Mi sentivo sempre più intorpidita, e l'idea di sprofondare nel letto mi appariva sempre più allettante.

Trascinai la mia valigia su per le scale e la abbandonai in camera accanto alla porta. Mi buttai sul letto, ma sentivo freddo. Kate non sapeva quando sarei tornata, quindi non aveva acceso la stufa. Però stavo bene, una sensazione che non provavo da quando avevo lasciato l'appartamento dei miei genitori. Ero a casa, non semplicemente in un posto di passaggio. Chiusi gli occhi con l'intenzione di riposare soltanto qualche minuto. Avevo una montagna di cose da fare.

Quando mi svegliai era già buio. La luce dei lampioni filtrava attraverso le persiane. Mi alzai e andai alla finestra. Dall'altro lato della strada il signor Miller aveva acceso le luci di casa. Mentre lo guardavo, seduto al tavolo della sua cucina, mi arrivò alle narici un profumino invitante. A quanto pareva Kate aveva deciso di festeggiare il mio ritorno con una cena deliziosa.

Di colpo ripensai a Darren e fui sopraffatta da un senso di malinconia. Mi ricordai di quando il signor Miller lo aveva insultato perché lo aveva svegliato dal suo sonno domenicale suonando insistentemente il clacson. Chissà se anche il signor Miller si chiedeva che fine avesse fatto il ragazzo. Forse era soltanto felice di non dover più avere a che fare con lui. A me mancava, invece. Pensavo di poterlo dimenticare, ma ogni volta che ripensavo a lui sentivo un dolore al petto. Era una persona amabile e perbene. Mi spezzava il cuore sapere di essermi giocata male le mie possibilità con lui.

Avevo conservato il ciondolo che mi aveva regalato, mentre ero sicura che lui avesse buttato via il mio fermacravatta. Sicuramente si era dimenticato di me e aveva già trovato una nuova compagna, una donna che non aveva paura di parlargli apertamente del proprio passato. O meglio ancora, una donna che non aveva un passato su cui preferiva tacere.

Inspirai a fondo e cercai di pensare ad altro. Andai alla scrivania e aprii il cassetto in cui, tra le altre cose, conservavo le lettere di Henny. Le spostai sospirando e recuperai la busta che avevo ricevuto l'autunno precedente dalla signora Arden, dopo averla incontrata a una festa dai Vanderbilt a cui avevo accompagnato madame Rubinstein.

La calligrafia della Arden era affilata come le sue affermazioni e la sua proposta. Non era una bella cosa provare a portare via una dipendente alla concorrenza. In fabbrica era noto che la signora Arden ci avesse provato più di una volta. Non ne avevo parlato con nessuno perché accettare la sua offerta allora era fuori discussione, ma ora le cose erano cambiate.

Che capo sarebbe stato la signora Arden? Com'erano i suoi laboratori? Ne avevamo parlato, ma erano tutte supposizioni: la nostra rivale vegliava sui suoi segreti come un cerbero.

Sfiorai le righe con lo sguardo.

Se dovesse cambiare idea sul suo attuale impiego, la invito caldamente a bussare alla porta rossa.

La porta rossa. Madame non si era mai concessa una cosa del genere. Anzi, stando alle mie colleghe ne aveva sempre parlato con disprezzo. Per questo i suoi uffici erano adornati da opere d'arte. E quelli della Arden?

Ripiegai la lettera. Non mi sentivo ancora del tutto a mio agio all'idea di presentarmi da lei. Ma era l'opzione migliore che avevo al momento. La signora Arden non aveva nulla da invidiare a madame Rubinstein, altrimenti non sarebbero state acerrime nemiche. I suoi prodotti erano ottimi, e se la sua offerta era ancora valida avrei avuto la possibilità di tornare a lavorare. Per non parlare dell'opportunità di trasferirmi a Parigi.

Infilai la lettera in borsa e mi misi a scegliere l'abbigliamento per il giorno dopo.

14

L'indomani mattina mi incamminai verso la sede centrale dell'azienda della signora Arden. Si trovava ad appena un isolato dagli uffici della Rubinstein, quindi conoscevo la strada. Presi la metropolitana, come avevo fatto il primo giorno da Madame.

Ero già passata davanti alla porta rossa dell'edificio Arden, senza prestarvi mai troppa attenzione. Quel giorno ero così nervosa al pensiero di entrarvi che per poco non la oltrepassai senza accorgermene. Mi sistemai il tailleur, inquieta. Avevo scelto quello blu con il colletto bordato di velluto. Mi era sembrato molto elegante, ma ora non ne ero più tanto sicura. Sarebbe andato bene per la signora Arden? Era del colore giusto? Il mondo di Arden era tutto rosso e rosa, mentre Madame preferiva il color crema, l'oro e il blu. Se la rivale di Helena Rubinstein aveva arredato l'ufficio con le stesse tonalità che sceglieva per i flaconi dei suoi prodotti, sarei sembrata come carbone sulla neve.

Oltretutto ero stata colta dall'improvvisa sensazione di essere impreparata. Non avevo niente, a parte la lettera della signora Arden. Ma cos'altro avrei dovuto portare? Non avevo una laurea, e per il momento non avevo nemmeno una lettera di referenze della Rubinstein Inc. D'altra parte, avevo sviluppato una mia linea di cosmetici per Madame e avevo attirato l'attenzione di miss Arden alla festa dei Vanderbilt. Non avrebbe parlato con me se non l'avesse colpita quello che avevo fatto per Madame. Forse era ora di mostrare un minimo di autostima. Non potevo presentarmi dalla signora Arden come un topolino terrorizzato!

Gonfiai il petto e aprii la porta rossa.

La visione che si offrì ai miei occhi non aveva nulla da invidiare a quella che ebbi la prima volta che visitai l'azienda di madame Rubinstein. Lo stile, tuttavia, era molto diverso. Se la sede centrale della Rubinstein aveva un che di maschile, qui sembrava di tuffarsi in un mondo di oro e rosa. L'arredo ricordava il salone dei ricevimenti di una sovrana inglese.

La donna al banco della reception portava i capelli acconciati in morbide onde ed era truccata con colori vivaci. In particolare, notai il rossetto rosa acceso.

«Cosa posso fare per lei, signorina?» chiese in tono amichevole quando si accorse della mia presenza.

«Mi chiamo Sophia Krohn, vorrei parlare con la signora Arden.»

Le sopracciglia perfette della donna scattarono verso l'alto.

«Temo che non sia possibile. La signora Arden è impegnata in una riunione.»

Appoggiai la busta sul bancone. «Le porterebbe questa, per favore? Aspetterò che si liberi, non ho fretta.»

«Ma...» continuò la donna. Non la lasciai concludere.

«La prego, è importante.»

«E va bene, ma ci vorrà un bel po'.»

«Non è un problema» risposi, e mi diressi verso una poltrona poco distante dal bancone. Mi sedetti e osservai la giovane donna fissare confusa la lettera. Poco dopo la vidi correre all'ascensore.

Mi tormentavo le mani per il nervosismo, la mia inquietudine aumentava a ogni minuto che passava. Come avrebbe reagito miss Arden alla vista della lettera?

Fissavo l'ascensore come ipnotizzata. Ogni volta che la porta si apriva trasalivo, ma in genere uscivano soltanto uomini in cappotto e cappello. E in un paio di occasioni donne con abiti chiari. La ragazza della reception si stava facendo attendere.

Alla fine tornò, ma andò direttamente al bancone. Cosa le aveva detto la signora Arden? Forse le aveva lasciato un messaggio. Sarei voluta correre da lei a chiederglielo, ma non osavo muovermi.

I minuti passarono e diventarono un'ora, poi un'altra…

Avrei dovuto prevederlo e portarmi un libro. Come avevo fatto a pensare che sarei stata ricevuta subito? Ora che madame Rubinstein aveva lasciato il paese, la signora Arden aveva perso interesse per me.

Rimasi al mio posto, nonostante il mio stomaco iniziasse a brontolare. Avevo sopportato la fame in passato, quando non avevo un centesimo, ma di certo non dopo un'abbondante colazione. Come ci si abituava in fretta a una vita comoda…

Passò un'altra mezz'ora. Il flusso continuo di passanti oltre le vetrate mi fece venire sonno. Cercavo di non assopirmi, ma diventava sempre più difficile…

«Signorina Krohn?» chiamò una voce accanto a me. Trasalii. Subito mi resi conto che era stata la donna della reception a chiamarmi. Presi la borsa e la raggiunsi.

«La signora Arden vorrebbe vederla. L'ascensore la porterà al suo ufficio.»

«Grazie di aver riferito il mio messaggio.»

«Di niente» rispose, e passò a occuparsi dell'uomo che si era avvicinato al bancone dietro di me.

Anche in questo ascensore, come in quello di Madame, mi attendeva un dipendente in uniforme. Soltanto che qui non sembrava l'addetto all'ascensore, ma il portiere di un hotel di lusso.

Gli chiesi di portarmi all'ufficio della signora Arden e ripassai il discorso che mi ero preparata. Se le avessi detto che ero stata licenziata non mi avrebbe messo in buona luce, ma se invece avessi sostenuto di aver dato io le dimissioni... Chi poteva dirle che fosse andata diversamente?

Nell'anticamera dell'ufficio fui accolta da una segretaria con un tailleur color lampone che mi ricordava quello visto in una vetrina di Macy's. «La signora Arden sta finendo di parlare con suo marito, poi la riceverà. Si accomodi nel frattempo.»

Mi indicò un divano Chesterfield rosa dall'imbottitura morbida.

Pochi istanti dopo la porta dell'ufficio si aprì e ne uscì un uomo in completo color sabbia. Aveva i capelli biondo scuro e sembrava abbronzato. Sotto il braccio teneva una cartella di documenti.

«Carla, puoi ripetermi di nuovo quando ho appuntamento con il signor von Saks, per favore?»

La segretaria controllò. «Alle due, signor Jenkins.»

«Bene, allora ho ancora tempo. Se mia moglie mi cerca, sono nell'ufficio pubblicità.»

«Va bene, signor Jenkins» rispose la segretaria con un sorriso raggiante.

L'uomo si girò e uscì senza degnarmi di uno sguardo.

E così quello era il leggendario Thomas Jenkins. Ricordavo che Darren mi aveva parlato di lui, dell'uomo dietro la signora Arden. A differenza di mister Titus non aveva la fama di donnaiolo, ma di mago della pubblicità. Si diceva addirittura che fosse stato lui a costruire l'impero Arden. Se la moglie desiderava una cosa, lui la realizzava. I cosmetici erano il campo della signora Arden, ma senza le sue strategie pubblicitarie l'azienda sarebbe stata la metà.

Poco dopo sulla soglia apparve la proprietaria. I suoi magnifici capelli rossi erano tagliati a caschetto, il corpo fasciato da una gonna a tubino a quadri abbinata a una camicetta di seta bianca. A prima vista sembrava esile, ma guardandola meglio si notavano l'espressione energica e l'atteggiamento imperioso.

«Ah, eccola qui» disse con un'occhiata quasi trionfante. Mi fece cenno di seguirla in ufficio. «Venga pure, signorina Krohn.»

Mi alzai e mi lisciai il tailleur, poi mi avvicinai a lei per porgerle la mano. «Grazie di aver trovato del tempo per me.»

La signora Arden ricambiò la mia stretta di mano. «Sono contenta che sia arrivata qui, alla fine, anche se in realtà speravo che ci saremmo viste prima.»

«Le circostanze me lo hanno impedito.»

Anche la signora Arden amava l'arte. Le pareti del suo ufficio erano adorne di magnifici quadri, un faretto illuminava una vetrinetta con delle sculture d'oro.

A differenza dell'ufficio della Rubinstein, però, qui c'erano grandi vasi di fiori. Rose, tulipani e magnifiche peonie si contendevano l'attenzione dei visitatori. Mi stavo giusto chiedendo dove avesse scovato un simile rigoglio in pieno inverno, quando mi accorsi che erano di seta, così ben fatte da sembrare autentiche.

Anche il morbido tappeto rosa rendeva più femminile l'ufficio della Arden rispetto a quello della Rubinstein.

«Circostanze?»

«Dovevo occuparmi di questioni di famiglia.» Non era necessario che sapesse di mio figlio. Gliene avrei parlato se Luc Martin lo avesse trovato.

«Bene, signorina Krohn, si sieda» mi invitò la signora Arden mentre tornava dietro la sua scrivania, più o meno della stessa epoca delle sedie. Il tutto non sarebbe stato fuori posto alla corte del Re Sole.

Mi sedetti.

La signora Arden mi squadrò per qualche istante, poi chiese: «Bene, mi dica tutto».

Non sapevo se andare dritta al punto. Ma a cosa sarebbe servito girarci intorno?

«Vorrei lavorare per lei» dichiarai senza esitazione.

Elisabeth Arden si appoggiò allo schienale della sedia. Sul suo viso magro era apparso un sorriso che non si sforzava di nascondere.

«E cosa le ha fatto cambiare idea? Se non ricordo male, pochi mesi fa era sicura al cento per cento di voler restare nella sua azienda.»

Avrei potuto mentire e dirle che era stata la sua lettera a farmi cambiare idea, ma avrebbe senz'altro smascherato la bugia.

«Come saprà, la signora Rubinstein ha ceduto l'intera quota americana dell'azienda alla Lehman Brothers» risposi. «Quindi non vedo motivo di continuare a mantenere la mia lealtà.»

La signora Arden accolse le mie parole con un cenno del capo.

«Mi è giunta voce che ci siano stati dei licenziamenti» osservò, dopo un attimo di riflessione.

Arrossii violentemente. «Come fa a saperlo?» Mi lasciai sfuggire.

Lei sorrise. «Ho le mie fonti.»

«Delle spie, vuole dire?»

La signora Arden scoppiò in una risata ben poco signorile.

«Non è il termine che userei, ma cambia poco. Sono sicura che la signora Titus mi ha riservato lo stesso trattamento, almeno finché è stata a capo dell'azienda.»

Non potevo controbattere. Non ne sapevo niente, ma non avevo nemmeno le prove del contrario.

«E quindi?» indagò la Arden. «Lei è fra quelli che sono stati licenziati?» Mi guardò negli occhi, e nonostante la dolcezza del suo sguardo mi sembrò che potesse scrutare nel profondo della mia anima.

«Sì, sono fra loro.» Ormai era fatta, lo avevo ammesso.

Il suo sguardo penetrante mi fece sentire in dovere di darle una spiegazione.

«Ero stata assunta da poco» aggiunsi. «La nuova direzione ha deciso di congedare per primi gli ultimi arrivati.»

«Puah!» La signora Arden scoppiò di nuovo a ridere, rovesciando la testa all'indietro. «Tipico dei banchieri. Pensano soltanto ai soldi. La vecchia strega schiumerà di rabbia quando verrà a saperlo.»

Lo pensava davvero? Repressi l'istinto di difendere Helena Rubinstein. Era severa e burbera, ma non era una strega. Anche se alcune dipendenti l'avevano definita così dopo la vendita dell'azienda.

«Ritengo che abbia commesso un errore cruciale» continuò la Arden, dopo essersi calmata. «Meglio così! Sarà la fine della Rubinstein.»

Tanta aperta cattiveria mi fece trasalire. L'odio di Helena Rubinstein era leggermente più sottile. O forse i suoi commenti sgradevoli mi erano sempre sfuggiti.

Ero quasi tentata di chiedere a cosa fosse dovuta l'antipatia fra le due, pur sembrandomi pareggiare in termini di patrimonio e fama, ma la signora Arden continuò: «Non sono stupida come un banchiere, per fortuna. Quindi la assumo. Lei ha una certa reputazione e dal momento che la signora Titus si fidava di lei al punto da affidarle la creazione di una nuova linea, lei è la persona ideale per me. Ho sentito dire che i suoi prodotti sono straordinari. Se si fosse messa in proprio avrei dovuto temere un'altra rivale».

La guardai sbalordita. Nessuno mi aveva mai fatto un complimento così grande, nemmeno madame Rubinstein.

«Ma questa volta faremo le cose per bene. Non ho intenzione di lasciarla avvizzire in laboratorio. Ho altri piani per lei.»

Alzai le sopracciglia. «Ma io sono una chimica! Voglio sviluppare prodotti che aiutino le donne a sentirsi bene, a sentirsi belle. Voglio contribuire al loro benessere con i cosmetici.»

«Lo so, ma vedo anche che lei non ha una laurea. La signora Titus forse la lasciava lavorare in laboratorio; del resto è noto con quanto poco senno assegni i ruoli. Ora, però, lavora per me.»

Si interruppe per un attimo e mi scrutò. «Lei è una ragazza carina, ha il potenziale per fare molto di più. E vedrà, imparerà in fretta. Quando avrà raggiunto lo standard richiesto qui da noi le affiderò compiti più pubblici.»

Ero così sorpresa che non sapevo come rispondere. Perché in un colloquio si parlava del mio aspetto e non delle mie capacità?

Oltretutto il tono in cui parlava di Madame e il modo in cui la descriveva mi disturbava. Era ovvio che la Arden conducesse un'aspra battaglia contro la sua rivale.

«Ma di questo ci occuperemo più avanti, dico bene? Prima di tutto deve capire come lavoriamo, perché voglio che diventi parte della mia azienda. La pagherò settemila dollari all'anno.» Mi fissò come se fosse in attesa di una reazione. Ero contenta dello stipendio, ma ero ancora confusa per non essere assunta come chimica.

«Voglio che si senta a casa» continuò. «La signora Titus non sembra esserci riuscita.»

Mi sarebbe piaciuto ribattere che l'unico errore di Madame era stato vendere le quote americane della ditta, ma pensai che fosse meglio lasciar perdere. Invece chiesi: «Quindi cosa farò esattamente?».

«Comincerà in uno dei miei migliori saloni. Quando sarà a suo agio lì le darò un altro incarico. Osserverò i suoi progressi. Se sarò soddisfatta le offrirò un posto fisso.»

Avevo capito. Prima si voleva assicurare di potersi fidare di me. In fondo potevo essere una spia della Rubinstein.

Ma naturalmente la Arden non disse nulla al riguardo.

«Magnifico» commentai, rivolgendole un sorriso convinto. In effetti ero entusiasta, anche se un po' preoccupata per il periodo di prova e anche per il fatto di non andare in laboratorio. Che piani aveva per me? Mi avrebbe permesso di andare a Parigi?

«Signora Arden, mi concede una domanda?»

«Ma certo, signorina Krohn!» replicò lei gioviale.

«Se fosse soddisfatta di me... Sarebbe possibile farmi lavorare a Parigi?»

Lei aggrottò la fronte. «Perché proprio Parigi?»

«Be'...» Di colpo sentivo molto caldo sotto il mio tailleur. «È la capitale della moda, no? Mi farebbe piacere fare esperienza lì.»

«La mia filiale di Parigi non ha bisogno di personale, e lo stesso vale per le altre sedi europee. È possibile che prima o poi ce la mandi a vedere la nostra produzione, ma per il momento ho bisogno di lei qui. Deve prima di tutto capire cosa significhi lavorare per Elizabeth Arden. Poi vedremo.»

Queste parole fecero calare il mio entusiasmo.

A quanto pareva il sogno di trasferirmi a Parigi non si sarebbe realizzato così in fretta. Ma forse avrebbe cambiato idea se le avessi dimostrato di cosa ero capace.

Per il momento, comunque, non avevo scelta. «Grazie, signora Arden.»

Lei sembrò apprezzare. «Torni qui domani mattina presto, alle nove, così la presenterò e poi potrà andare al salone.»

«D'accordo.» Tesa come una corda di violino, attesi che mi facesse cenno di andare. Non sapevo proprio cosa pensare.

Si alzò e mi venne incontro.

Feci altrettanto.

«Benvenuta alla Elizabeth Arden» disse, stringendomi la mano con decisione. «Sono sicura che andremo molto d'accordo.»

Ancora un po' confusa dal colloquio, uscii barcollando dall'ufficio. Iniziavo appena a realizzare cosa fosse successo. Mi aveva assunta! Non come chimica, ma come apprendista in uno dei suoi saloni, per settemila dollari l'anno.

La somma era notevole, ma non avevo idea di cosa mi aspettasse. Il mio campo era la chimica, non sapevo niente di trattamenti di bellezza.

Ma non importava. Era la mia opportunità, anche se un po' diversa da quello che mi aspettavo. Certo, avrei preferito che mi permettesse di andare a Parigi dopo il periodo di apprendistato, ma per il momento non potevo fare altro che impegnarmi al massimo. Se avesse apprezzato il mio lavoro sarebbe stata più propensa a esaudire la mia richiesta.

In qualche modo uscii dall'edificio e tornai in strada. Avevo un lavoro! Avrei voluto condividere la mia felicità, ma i passanti infagottati in cappotti e giacche non sembravano per niente interessati a me.

Mentre mi dirigevo verso la metropolitana passai davanti alla sede della Rubinstein Inc. Qualche tempo prima avrei corso il pericolo di incontrare Madame, ma ormai lei non era più lì. Cosa ne era stato di lei? L'avrei mai scoperto?

Mi fermai sull'altro lato della strada e alzai lo sguardo verso l'edificio. Sembrava tutto come sempre, eppure sentivo che tutto era diverso. Anche io ero cambiata, nuovamente. Per un momento restai a guardare le nuvole che si riflettevano sui vetri delle finestre. Mi chiesi se al quinto piano era in corso qualche riunione. Si diceva che Madame iniziasse ogni giornata discutendo con i suoi collaboratori più stretti.

Chissà se anche miss Arden faceva così. Chi avrei incontrato l'indomani, a parte suo marito? Chi erano i suoi collaboratori fidati?

Il mio cuore prese a correre. Da qualche parte risuonò una sirena. Era una macchina della polizia che passò sfrecciando a tutta velocità.

Non sapevo cosa provare per madame Rubinstein, ma sapevo di aver fatto la cosa giusta. Lavorare da Elizabeth Arden forse mi avrebbe permesso di tornare a Parigi. E, forse, da mio figlio.

15

«Kate?» chiamai mentre aprivo il portone di casa. La mia voce riecheggiò nell'ingresso, ma non arrivò risposta. Silenzio. Dov'era Kate?

Morivo dalla voglia di raccontarle cos'era successo. In metropolitana ero riuscita a stento a togliermi il sorriso dalla faccia. La gente mi guardava come se fossi pazza, ma non potevo farci niente. Ero al settimo cielo!

Visto che non c'era nessuno, salii in camera mia, aprii l'armadio e iniziai a scorrere i vari capi.

Cosa potevo mettere il giorno dopo? Per il colloquio avevo indossato il mio tailleur più bello. Tutti gli altri andavano bene al massimo per un giorno qualunque, quando non si hanno gli occhi di tutti puntati addosso. Per fortuna la Arden non aveva detto niente sul fatto che non indossassi il colore giusto. Forse sarei riuscita a procurarmi un altro tailleur per l'incontro di domani.

Di colpo sentii il portone che si apriva. Era Kate? Corsi fuori. «Kate, ho...»

Quando vidi il signor Parker le parole mi morirono sulle labbra. In effetti sembrava affaticato e malaticcio.

«Signor Parker» lo salutai. Lui si fermò e alzò lo sguardo. Scesi le scale per raggiungerlo: non volevo essere scortese.

«Ah, è tornata, signorina Krohn! Com'è andata nel Vecchio Mondo?»

Ci scambiammo una stretta di mano.

«Bene!» risposi. «O meglio, è stato interessante.» Non sapevo bene come descrivere il mio viaggio. Non si poteva dire che fosse stato bello nella sua totalità.

«Interessante? Ha trovato tracce di suo figlio?»

«Purtroppo no, ma ho trovato qualcuno che può aiutarmi.»

Il signor Parker aggrottò la fronte. «Deve avere tanti pensieri. Eppure mi sembra in ottima forma.»

«Non servirebbe a niente disperarsi, non crede?» Sospirai rivolgendogli comunque un sorriso. Il signor Parker non doveva preoccuparsi per me. «Mi fido del mio aiutante. Mi è stato utile mentre ero a Parigi.»

Parker annuì. «Allora spero che questa persona abbia successo e che possa tornare presto là a riprendere suo figlio, e magari fare un giro della città con gli occhi della viaggiatrice. Parigi è pur sempre la città dell'amore.» Sospirò. «Peccato non averla mai vista.»

«Non è mai stato a Parigi?» Avevo sempre dato per scontato che fosse stato in Europa, soprattutto perché diceva spesso di avere amici oltreoceano.

Scosse la testa. «No, non ci sono mai riuscito.»

«Forse ci sarà occasione in futuro» dissi, ma notai che abbassava le spalle rassegnato.

«Temo che non ci saranno più molte occasioni» rispose, afflitto.

Perché era così pessimista? Era un uomo anziano, certo, ma se la fortuna lo assisteva poteva avere ancora tanti anni davanti a sé. E il viaggio era meno impegnativo di quanto si potesse pensare.

«Sta bene, signor Parker?»

Il mio padrone di casa mi guardò vagamente confuso, poi sorrise. «Purtroppo non ringiovanisco, mettiamola così. E questo è ancor più evidente quando una nuova vita viene al mondo.»

«Kate mi ha raccontato di suo nipote. Le faccio i miei più sentiti auguri!»

«Grazie. È veramente un tipetto grazioso. Speriamo che diventi una brava persona.»

«Lo spero anche io.» Mi accorsi che aveva aggirato la mia domanda e mi ricordai della preoccupazione di Kate. In effetti anche a me il signor Parker sembrava diverso. Consumato, in un certo senso.

«Ho trovato un nuovo lavoro.»

«Oh, congratulazioni!» rispose. «E quale azienda ha avuto questa fortuna?»

«Elizabeth Arden. Spero che per lei non sia un problema.»

«Problema?» chiese, meravigliato. «E perché dovrebbe essere un problema?»

«È amico di madame Rubinstein.»

Agitò una mano. «Non la vedo da un sacco di tempo. Quanto a lei, non mi importa dove lavora, finché paga l'affitto e si comporta bene. Visto che fa entrambe le cose, non ho nulla di cui lamentarmi.»

Gli sorrisi. «Grazie, signor Parker.»

«Ma di niente, mia cara.» Mi salutò con la mano e sparì nel suo appartamento.

Mezz'ora dopo ero di nuovo in metropolitana. Visto che Kate non era ancora tornata e i miei vestiti nel frattempo non erano diventati più eleganti, avevo deciso di aggiornare il mio guardaroba. Macy's era ancora aperto e con un po' di fortuna avrei trovato qualcosa con cui fare colpo il giorno dopo alla riunione con la signora Arden.

La metropolitana brulicava di persone, e anche i marciapiedi. Dovetti fare attenzione a non urtare nessuno, perché alcuni uomini camminavano con il naso affondato nella lettura dei giornali, senza guardarsi intorno.

Il grande magazzino era affollatissimo, nonostante non fossero ancora state aperte le nuove vetrine.

Per raggiungere il reparto di abbigliamento femminile attraversai quello dei cosmetici. Era impossibile non notare i prodotti di Elizabeth Arden, mentre quelli di madame Rubinstein erano più difficili da scovare. Evidentemente la vendita della sede americana aveva danneggiato la sua reputazione da Macy's. Chissà se sapeva che la sua rivale aveva vinto.

«Sophia?» chiese una voce incredula alle mie spalle.

Mi voltai. «Ray?»

Per un attimo non credetti ai miei occhi. Era Ray, la mia ex collega, con la divisa delle commesse di Macy's e i capelli ondulati.

«Santo cielo, cosa ci fai qui?» mi chiese.

Ci abbracciammo. Profumava di rosa e violetta con un sentore di sandalo. Non mi era mai parso che mettesse il profumo, almeno non in laboratorio.

«Stavo per chiederti la stessa cosa! Da quanto tempo lavori da Macy's?»

«Da tre settimane» disse Ray. «In fabbrica ci sono stati altri licenziamenti e nell'ultima tornata c'era anche il mio nome.»

«Mi dispiace.»

Ray agitò una mano. «Non importa. L'atmosfera è completamente cambiata da quando ci sono i nuovi proprietari. Quei tizi si fanno vedere soltanto quando devono mandare via qualcuno. Hanno tutti paura quando vedono la macchina entrare in cortile.» Sospirò e si sforzò di sorridere. «Ora non devo più aver paura.» Allargò le braccia, come per abbracciare il reparto cosmetici. «E poi qui non è così male, non trovi?»

«Ma il tuo sogno era lavorare in un laboratorio!» Che tristezza. Quanti sogni aveva infranto la decisione di madame Rubinstein?

«E tu che mi racconti? Non hai l'aria di una che sta per morire di fame.»

Scossi la testa. «In effetti no. Oggi sono stata assunta da Elizabeth Arden. Sono venuta a cercare un tailleur nuovo.»

Ray rimase stupefatta. «Arden? Hai fatto un ottimo affare!»

«Sì, sono stata fortunata.» Non avevo detto niente a Ray della lettera che avevo ricevuto dopo la festa dai Vanderbilt.

«Complimenti, ci voleva coraggio a candidarsi!» Si guardò intorno. «Avevo già paura a venire qui. Offrivano un posto, ma le candidate erano tante. E alcune anche molto più carine di me.»

«Ma smettila!» replicai. «Tu sei molto carina! E poi sai benissimo cosa vendi, visto che alcune di queste cose le hai create tu.»

«Lo ha detto anche il manager. La seconda cosa, intendo. Per fortuna il mio aspetto sembra essergli indifferente. Ho sentito di una ragazza che è stata trattata in modo indecente.»

«Qui? Nei grandi magazzini?» Avevo conosciuto uno dei direttori e mi era parso una persona perbene.

Ray scosse la testa. «No, non qui. Era un'azienda più piccola che cercava una stenografa. Il proprietario le ha messo una mano sul ginocchio durante il colloquio! Di questi tempi uno deve ritenersi fortunato se il capo non pretende cose che non hanno niente a che fare con il lavoro.»

Chissà perché mi vennero in mente Georg e la ragazza che avevo visto con lui a teatro, a Berlino. Allontanai subito il ricordo.

«Ad ogni modo, ti è andata benissimo con la signora Arden» continuò Ray. «Ma raccontami: com'è il laboratorio dove lavori? Hai bisogno di un'assistente?» Gli occhi di Ray si illuminarono, pieni di speranza.

«Non lavoro in laboratorio» risposi. «Comincerò da un salone di bellezza.»

«Come estetista?»

«Lo scoprirò domani. Per questo sono qui, mi serve qualcosa da indossare per il primo giorno. Ci sarà una riunione per presentarmi a tutti.»

Ray mi guardò sbigottita. «Ma tu sei una chimica! Perché vuole farti lavorare in un salone?»

«Questo lo sa soltanto la signora Arden» risposi, alzando le spalle. «Ma ho deciso di provare a sfruttare questa opportunità. Se riesco a produrre una crema spero di essere anche in grado di spalmarla sul viso di una cliente. Anzi, magari risulto più credibile perché so spiegare come funzionano i principi attivi. E poi è l'inizio: spero di fare carriera.» Le rivolsi un sorriso ottimista e aggiunsi: «Credo che la signora Arden voglia essere sicura di potersi fidare di me. Potrei essere una spia della Rubinstein».

«Ma lei non c'è più» osservò Ray.

«Ha venduto soltanto le quote americane» precisai. «In Europa è ancora attiva.»

«Ma perché la Arden avrebbe dovuto assumerti se sospetta che tu sia una spia?»

«Signorina Bellows?» chiese una voce alle nostre spalle, prima che potessi rispondere. «Va tutto bene?»

Una donna piuttosto anziana ma curata, con la divisa da commessa, stava allungando il collo verso di noi.

«Sì, signora Potter, tutto bene.»

La donna mi lanciò un'occhiata diffidente e si girò.

«È la mia responsabile» spiegò Ray, quando la signora Potter fu fuori portata d'orecchio. «O meglio, il mio cane da guardia. Ancora un paio di settimane e mi libererò di lei, ma per il momento veglia su ogni stretta di mano e piomba tra capo e collo a ogni colpetto di tosse.»

«Dille che non riuscivo a decidermi» suggerii.

«Non è necessario. Per il momento non possono proprio lamentarsi di me.» Ray mi prese la mano. «Temo però di non poterti accompagnare nel reparto abbigliamento. Che ne dici di uscire insieme nel fine settimana? Sabato, magari. Non mi farebbe male distrarmi un po' e poi muoio dalla voglia di sapere come andrà la riunione dalla Arden.»

«Volentieri. Cosa avevi in mente?

«Adesso ci penso! Vediamoci davanti al Roxy. Lì vicino c'è uno speakeasy, in mancanza d'altro possiamo andare a berci un bicchiere.»

Annuii. «Va bene. Alle otto?»

«Benissimo!» Mi sorrise e mi lasciò andare. «Allora a sabato!»

«A sabato!» risposi, e la guardai scomparire fra gli scaffali di cosmetici.

16

Mi guardai allo specchio alla luce della lampada. Il mattino era ancora giovane, non dovevo essere dalla Arden prima di due ore, ma non ero riuscita a rimanere a letto un minuto di più.

Il tailleur era magnifico. Negli ultimi anni la moda era cambiata: la vita era più alta e la giacca aveva dei passamano geometrici. Anche la gonna era più stretta, ma si allargava leggermente all'altezza del ginocchio.

Secondo la commessa avrebbe messo in risalto la mia figura slanciata. E dovevo darle ragione.

Guardandomi allo specchio, però, mi sentivo un po' troppo stravagante e non ero più nemmeno tanto sicura del colore. Da Macy's quella sfumatura legno chiaro che avevo scelto mi era parsa molto elegante, e mi era sembrato quasi un segno del destino trovare un paio di décolleté dello stesso colore. Ora iniziavo a temere di avere esagerato.

Ma era troppo tardi per cambiare. La signora Arden mi aveva già vista con il vestito blu, e stavolta dovevo dare un'impressione diversa. O meglio, dovevo farmi notare da tutti i presenti alla riunione!

Per non sgualcire la giacca, la appesi allo schienale della sedia. Uno sguardo all'orologio mi confermò che era ancora troppo presto per uscire, ma troppo tardi per tornare a letto.

Guardai la scrivania. Prima di andare a dormire avevo cominciato a scrivere una lettera a Henny, ma mi ero interrotta. Non potevo fare a meno di chiedermi se potesse davvero servire a qualcosa, una domanda che aveva continuato a tormentarmi nel sonno. Nella peggiore delle ipotesi avrebbe buttato la lettera nel camino senza aprirla, sempre che non la intercettasse prima Jouelle.

Aveva senso continuare a scrivere? Raccontarle cos'era successo? Chiederle di nuovo scusa, magari, e sperare che la lettera non finisse nelle grinfie di Jouelle?

Esitai ancora un attimo, poi mi sedetti e presi la penna.

Quando finii di scrivere la luce del mattino sfiorava già i tetti vicino casa. Alzai lo sguardo, leggermente stordita. Le tempie mi pulsavano ed ebbi bisogno di chiudere gli occhi per un attimo.

Avevo dovuto ricominciare daccapo più di una volta, ma ora mi sembrava perfetta.

Infilai la lettera nella busta e la chiusi. Sulla strada per la metropolitana c'era un negozio che espletava anche l'invio della posta. Ci sarei passata dopo l'incontro dalla signora Arden.

Le poche ore di sonno non avevano fatto bene al mio colorito, come mi confermò un'occhiata allo specchio. Presi la borsetta con i trucchi. Ormai ero abituata a truccarmi di mattina, ma mi sembrò di prendere in mano un pennello per la prima volta.

Era una giornata importante. La signora Arden mi aveva dato la sua parola, ma ero certa che il mio futuro nell'azienda dipendesse anche dall'imminente riunione. Mi preparai a essere attentamente esaminata dai suoi dipendenti.

Mi tremavano le mani mentre applicavo il rossetto. La tonalità era splendida, Madame avrebbe approvato sicuramente. Se ripensavo a come mi ero presentata da lei… Con i miei vestiti vecchi e sformati, nemmeno un filo di trucco. Le cose erano cambiate.

Mentre posavo il pennello pensai che forse avrei dovuto scrivere a Henny della Arden. Qualcosa mi aveva trattenuto dal farlo, eppure io e Henny non avevamo mai avuto segreti l'una per l'altra; era inutile fingere che le cose non fossero cambiate, non sapevo nemmeno se ancora volesse essere mia amica.

Alla fine indossai la giacca, ricontrollai l'acconciatura allo specchio e corressi la posizione degli occhiali. Prima o poi avrei dovuto cambiare anche quelli… Poi presi le mie cose e lasciai la stanza.

Kate non si era ancora alzata: il silenzio era assoluto.

Per quanto avessi bisogno di un caffè, non riuscivo più a stare in casa. Dovevo uscire, sentire il vento sulla pelle e schiarirmi le idee.

Il mio primo giorno da Elizabeth Arden! Dubitavo che mi avrebbe messa a tagliare e smistare prezzemolo come avevo fatto all'inizio in fabbrica da Madame, ma non avevo idea di che piega avrebbe preso la giornata.

In strada sentii il rumore di un clacson. Mi voltai e vidi una macchina scura che somigliava a quella di Darren. Rimasi immobile, come paralizzata, mentre la vettura mi passava davanti.

Al volante sedeva un uomo anziano con il cappello e una giacca di tweed. Inspirai a fondo. Evidentemente non era Darren.

Mentre ero in Europa avevo fantasticato su un nostro possibile incontro, ma ora la prospettiva mi spaventava. Forse era meglio che le cose appartenenti al passato restassero tali. Soltanto che nel caso di mio figlio non potevo farlo mentre nel caso di Darren, il mio cuore si rifiutava di dimenticarlo.

Era bello poter tornare all'attività frenetica di Manhattan. Respirai l'aria carica di smog mista ai profumi di una pasticceria che cercava di allettare la clientela con prodotti appena sfornati.

Attraversai di nuovo la porta rossa e scoprii che l'atrio brulicava di persone. Stavolta la ragazza della reception mi mandò subito all'ascensore, dove entrai insieme ad altra gente. La cabina si riempì subito del profumo di acqua di colonia e brillantina per capelli. Mi resi conto che intorno a me c'erano soltanto uomini in completo scuro. Lavoravano tutti per la signora Arden? Avrebbero partecipato alla riunione?

Li squadrai dalla testa ai piedi. Alcuni avevano i capelli radi, altri grigi sulle tempie. La maggior parte portava la fede al dito. Uno di questi mi guardò con un sorriso ammiccante. Distolsi lo sguardo. A quanto pareva il mio tailleur stava facendo effetto, anche se non proprio quello che avrei desiderato. Non ero lì per trovare marito.

Arrivata al piano in cui si trovava la sala conferenze, lasciai l'ascensore insieme agli uomini. Sembrava proprio che fossero diretti anche loro alla riunione.

Mentre gli altri superavano la sala senza prestarle la benché minima attenzione, io mi fermai davanti alla segretaria che era in piedi sulla soglia della stanza. Sapeva chi ero e che mi stavano aspettando.

«Entri pure» disse. «Gli altri sono quasi tutti arrivati.»

Feci un incerto passo in avanti. Arrivata alla porta, però, esitai. Un nutrito gruppo di uomini chiacchierava a voce alta. Di tanto in tanto si sentiva una voce di donna. L'unico uomo che riconoscevo era il signor Jenkins. Indossava un elegante completo grigio argento con cravatta abbinata, mentre gli altri avevano optato per un due pezzi nero o marrone. Le camicie erano tutte bianche e perfettamente stirate.

Con mio grande sollievo, comunque, le donne erano molte di più di quanto mi fossi immaginata a giudicare dalle voci. Erano tutte molto eleganti e con i capelli che sembravano freschi di parrucchiere. Avevano usato i prodotti della signora Arden, o almeno così sembrava dai colori. Davano quasi l'impressione di essere bambole, tutte leggermente diverse ma prodotte dallo stesso fabbricante. A confronto con loro mi sentii a disagio. L'unico make-up in mio possesso era marcato Rubinstein. Chissà se la Arden se ne sarebbe accorta.

Appena entrai l'attenzione di tutti i presenti si rivolse verso di me e ciò non contribuì di certo a placare la mia inquietudine. Mi sentivo un po' come quando avevo sottoposto la mia linea di cosmetici al giudizio di Madame.

«Ora siamo al completo» annunciò la signora Arden, facendo segno di chiudere la porta.

Rimasi in piedi, incerta sul da farsi. Avevo notato un posto libero al tavolo rotondo, ma non osavo prenderlo senza il permesso esplicito della Arden.

«Prima di tutto vorrei dare il benvenuto a Sophia Krohn» disse lei. «Ha accettato la mia proposta di lasciare la Rubinstein Inc. e unirsi a noi.»

Un brusio percorse la stanza. Alcuni sguardi si fecero ostili, altri sembravano chiedersi cosa ci facessi lì. Non potevo biasimarli: Madame era l'acerrima nemica della signora Arden. E io non ero nessuno per prendere parte a un incontro così importante. D'altra parte la Arden sembrava determinata a presentarmi a tutti i suoi collaboratori.

«Siamo felici di averla con noi, signorina Krohn» disse, indicandomi la sedia libera. «Prego, si sieda.»

Andai al mio posto, seguita dagli sguardi sospettosi dei presenti.

«Signora Arden, è sicura che sia una buona idea?» disse uno degli uomini. «Soffiare un dipendente alla concorrenza può essere problematico, lo sa.»

La signora Arden si rabbuiò. «Signor Blake, per caso dubita della mia capacità di giudizio?»

Per un momento parve proprio di sì, ma poi Jenkins prese la parola: «Signor Blake, l'assunzione della signorina Krohn ci offre numerosi vantaggi. Chi meglio di lei può darci un'idea di come si muove la concorrenza?».

Pensava davvero che avrei tradito i segreti aziendali di Madame? Di colpo iniziai a sentire molto caldo.

«Crede quindi di aver trovato una spia in questa giovane signora?» L'uomo mi squadrò con aria scettica.

«Signor Blake!» esclamò la Arden in tono di avvertimento. «Ho deciso di assumerla. Se la cosa le risulta difficile da accettare, allora forse dovrebbe lasciare questa riunione.»

L'uomo strinse le labbra, ma non si alzò, non se ne andò e non rispose.

«Bene» disse la signora Arden, e per un attimo mi tornò in mente Madame e il modo in cui aveva redarguito il tizio delle confezioni. Anche se la voce della signora Arden suonava molto più acuta e femminile di quella della Rubinstein, su un punto si somigliavano: non sopportavano che i loro sottoposti mettessero in dubbio una loro decisione.

«Come avrete notato quella di oggi è una riunione insolita» esordì la signora Arden. «Per me è importante che la signorina Krohn conosca l'intero apparato che ruota attorno al marchio Elizabeth Arden.»

Come poteva essere importante per una futura estetista? Mi sembrava strano, e mi domandai quale fosse il mio ruolo, se non dovevo andare in laboratorio.

«I signori alla mia destra mi aiutano nel marketing, nella stampa e nelle vendite. Il signor Jenkins, mio marito, è di fronte a lei. Le signore alla mia sinistra sono le meritevoli direttrici dei miei saloni di bellezza. Ce ne sono diversi in città. Suppongo che la struttura dalla signora Titus fosse simile.»

«Io... Non conoscevo bene gli altri dipendenti» risposi. «Passavo molto più tempo in laboratorio.»

«Che peccato» commentò la Arden leggermente irritata. Sperava forse che le avrei spiegato com'era strutturata l'azienda di Madame? Ero una semplice chimica, nient'altro. Non mi aveva mai presentato le persone che avevano valutato la mia linea di cosmetici né quelle che facevano parte del consiglio di amministrazione.

«Ebbene, sono comunque convinta che potrà esserci utile. Del resto la signora Titus si fidava di lei, se le ha permesso di sviluppare una sua linea.»

Scorse con lo sguardo il volto dei presenti. Si aspettava obiezioni?

Nessuno osò dire niente.

«Signorina Hodgson?» La Arden si rivolse a una delle donne. «Lei è una delle mie migliori direttrici, vorrei affidarle la signorina Krohn» aggiunse, tornando a rivolgersi a me. «Da lei imparerà molto.»

Annuii e guardai la signorina Hodgson. I capelli biondo platino le davano un'aria algida, ma il trucco perfetto riusciva a cancellarle dal viso gli anni di esperienza.

«Con molto piacere» risposi, sorridendo alla direttrice, il cui viso rimase senza espressione.

Nei minuti successivi la signora Arden parlò con i capireparto e con le direttrici dei saloni dei nuovi prodotti che intendeva lanciare in primavera.

Dopo un'ora in cui sentii più cose di quante fossi in grado di ricordare, dandomi l'impressione di essere tornata all'università, la riunione fu sciolta. Le donne si separarono dopo qualche chiacchiera e io aspettai la signorina Hodgson, che si era fermata a parlare con la Arden.

Alla fine venne da me.

«È pronta, signorina Krohn?» La sua voce suonava come quella di un generale.

«Sì, signorina Hodgson.»

«Bene, allora andiamo.»

Mentre ci avvicinavamo alla porta, il signor Jenkins ci raggiunse.

«Signorina Krohn, prima di andare con la signorina Hodgson: avrebbe un momento?» chiese. Lanciò un'occhiata alla direttrice, che annuì.

«Naturalmente, signor Jenkins.»

«Bene, allora venga.»

L'ufficio di Jenkins era spazioso e arredato in modo semplice e al tempo stesso lussuoso. La scrivania era enorme e moderna come quella di Madame, anche se in questo studio appariva in netto contrasto con il resto dell'arredo.

«La prego di non volerne a mia moglie per averla presentata così» esordì Jenkins, cogliendomi alla sprovvista. «Non riesce a credere alla fortuna di aver soffiato una dipendente alla Rubinstein.»

«Non mi ha soffiata a nessuno» replicai. «Avevo bisogno di un lavoro. I nuovi proprietari della Rubinstein Inc. mi hanno messa alla porta.»

«E mia moglie ne ha approfittato. Geniale.»

Avrei potuto dirgli che mi aveva scritto una lettera dopo la festa dai Vanderbilt, ma preferivo non immischiarmi nei loro affari.

«Mi piace lavorare con i cosmetici. Se fosse per me starei in laboratorio, ma la signora Arden ritene che possa essere più utile in altre mansioni.»

«La signora Arden» ripeté Jenkins in tono vagamente beffardo. «Almeno conosce l'appellativo giusto. A volte lo pretende persino da me.»

Era difficile da credere, anche se a vederlo così, in effetti, sembrava più un dipendente che il marito del capo. Ma forse stava scherzando.

«La chiamavano così anche i dipendenti della Rubinstein» risposi. Era la verità. Soltanto Madame la chiamava "quella donna" o "la signora Jenkins".

«Ah, sì?» chiese Jenkins, piegando la testa per squadrarmi con attenzione. «Avrei scommesso che la signora Titus chiedesse ai suoi dipendenti di usare altri appellativi per mia moglie.»

Mi stava mettendo alla prova? Decisi di attenermi ai fatti. «I dipendenti di Madame usano la definizione che vogliono, e a quanto ho avuto modo di vedere ciascuno è dotato di un proprio cervello.»

Lo sguardo di Jenkins non si staccò dal mio. «La signora Titus si fa chiamare "madame", vero? Anche se non è francese.»

Iniziavo a inquietarmi. Perché tutte quelle domande? «Mi sembra normale che il capo di un'azienda abbia un titolo. Ed è naturale che i suoi dipendenti le mostrino rispetto, o mi sbaglio?»

Un sorriso apparve sul volto del signor Jenkins. «Ha dato una risposta molto diplomatica, prima, quando mia moglie le ha chiesto della struttura aziendale di madame Rubinstein. Nonostante non abbia più obblighi nei suoi confronti.»

Stava forse insinuando che ero ancora fedele a Madame?

Sentii un'ondata incandescente salire lungo la schiena. Il fatto di non avere più obblighi nei confronti della Rubinstein non significava che avessi smesso di rispettarla. Anche se non le avevo ancora perdonato la vendita dell'azienda.

«Trovo inappropriato parlare di un datore di lavoro con cui non si hanno più rapporti» risposi, tendendo tutto il corpo. «Mio padre mi ha insegnato che la discrezione è una virtù, in tutti i campi della vita.»

«E questa regola vale anche quando un datore di lavoro la maltratta o la licenzia?»

Adesso ero sicura che mi stesse mettendo alla prova. Voleva sapere cosa avrei detto della moglie se un giorno avessi lasciato la sua azienda.

«Naturalmente» risposi. «Tuttavia non esiterei a usare a vostro vantaggio le conoscenze che ho acquisito lavorando per madame Rubinstein. Se me ne verrà data l'opportunità.»

Il signor Jenkins rimase a fissarmi per qualche altro istante, poi annuì. «Vedremo quale talento svilupperà al meglio. I nostri laboratori sono a posto, non abbiamo bisogno di una chimica.»

«È un peccato» replicai. Forse le cose sarebbero cambiate.

«Ma siamo sempre aperti alle nuove idee. Se le venisse in mente qualcosa per una nuova linea di prodotti non esiti a venire a parlarmene.»

«A lei?» domandai, meravigliata. Pensavo di avere la signora Arden come riferimento.

«Sono responsabile della pubblicità e delle vendite. Se credo che un prodotto possa vendere, può star certa che quel prodotto piacerà anche a mia moglie.»

Con queste parole si alzò e mi porse la mano. «Le auguro un buon inizio, signorina Krohn. La signorina Hodgson le insegnerà tanto.»

«Molte grazie, signor Jenkins.» risposi ricambiando la stretta.

Lasciai il suo ufficio, ma non ebbi un attimo per riflettere sulla stranezza di quella conversazione. La signorina Hodgson mi aspettava davanti all'ufficio di Jenkins.

«È pronta?» chiese, scontrosa.

«Sì.»

«Bene, allora andiamo.» Iniziò a camminare a piccoli passi, facendo ondeggiare i fianchi. Raddrizzai la schiena e la seguii.

17

Durante la corsa in taxi fino al salone la signorina Hodgson si chiuse in un silenzio glaciale. I miei tentativi di fare conversazione furono stroncati senza troppi complimenti.

Eppure ci sarebbe stato tanto da dire sul tempo. Nuvole e sole si rincorrevano in cielo senza sosta. Di tanto in tanto una pioggerella leggera batteva contro i finestrini del taxi, seguita dal sole che mi riscaldava il viso attraverso il vetro.

Ma la mia superiore era immersa completamente nei suoi pensieri facendomi sentire una specie di corpo estraneo scaricatole addosso dalla Arden.

Il salone, dal melodioso nome *Celine,* si trovava in un quartiere elegante di piccole villette bianche con dei colonnati che spiccavano contro lo sfondo di grattacieli.

L'edificio che ospitava il salone si distingueva a malapena dalle altre case. Il tono grigio chiaro dell'intonaco esterno era invitante come il flacone di un prodotto esclusivo, e anche qui si entrava da una porta laccata di rosso.

L'arredo dell'ingresso non era sontuoso come quello della sede centrale, ma lo stile della signora Arden era ben riconoscibile. Le tende erano di pesante stoffa rosso scuro, ma non di velluto, bensì di un tessuto più moderno. Le poltrone su cui le clienti attendevano i loro trattamenti erano massicce, ma sembravano molto comode. Non mi sarebbe dispiaciuto potermi riposare un attimo, perché le scarpe nuove facevano tutt'altro che bene ai miei piedi.

Ma non avevo tempo per sedermi. La signorina Hodgson mi fece cenno di avvicinarmi alla teca dov'erano esposti i prodotti di bellezza della signora Arden.

«Ha mai lavorato in uno dei saloni di bellezza della signora Rubinstein?» chiese, attraversando la stanza ad ampie falcate.

«No, ma ci sono stata.»

«Temo che le sarà poco utile» rispose la signorina Hodgson in tono lievemente beffardo e, dopo avermi dato una rapida occhiata, aggiunse: «E vale anche per il trucco. D'ora in poi userà soltanto rossetti rosa Arden, anche nel tempo libero. Lei rappresenta quest'azienda. Chiederò a Sabrina di truccarla. Nei saloni della signora Arden vigono standard elevati.»

La fissai perplessa. Non ero un'artista del trucco, certo, ma quella mattina mi ero impegnata veramente. Per non parlare dell'ordine di utilizzare i prodotti Arden anche nel tempo libero. Chi sarebbe venuto a controllare?

E gli standard elevati di cui aveva parlato? Guardai la donna china sull'agenda degli appuntamenti. In effetti era davvero impeccabile. Il tratto di matita sui suoi occhi era perfetto, le sopracciglia curatissime. Le labbra, naturalmente in rosa Arden, sembravano dipinte da Botticelli in persona. Con la sua pelle chiara la ragazza della reception sembrava quasi irreale, come la fata di una fiaba.

«Helen, puoi controllare se Sabrina è libera al momento? Dovrebbe truccare la nostra nuova arrivata.»

«Ciao» dissi alla ragazza. «Sono Sophia Krohn.»

«Helen Brody» rispose lei con un sorriso freddo.

«Allora?» insistette brusca la signorina Hodgson.

La receptionist alzò la testa con grazia e rispose: «Ha una cliente, ma dovrebbe aver quasi finito. Cinque o dieci minuti al massimo».

«Bene. Allora le dica, per favore, che deve adeguare la signorina Krohn ai nostri standard. Sarò nel mio ufficio, se vuole chiedermi qualcosa.» Poi si girò di nuovo verso di me. «Quando ha finito torni da me, d'accordo?»

«D'accordo» le feci eco, un attimo prima che si allontanasse.

Ripensai al giorno in cui Madame mi aveva mostrato la sua fabbrica.

Mi voltai verso la signorina Brody, in cerca di aiuto, ma lei non c'era più. Tornò poco dopo in compagnia di una ragazza con i capelli corti color platino che mi sorrideva da uno dei volti più carini che avessi mai visto, tanto da sembrare il manichino di una vetrina.

«Ciao, sono Sabrina» si presentò, porgendomi la mano. «E così tu sei la nostra nuova collega?»

«Sì, sono Sophia.»

Sabrina mi guidò in una stanza con tanti specchi illuminati. I posti erano tutti vuoti, ma non lo sarebbero rimasti a lungo. Mi sedetti di fronte a uno degli specchi. La luce abbagliante mi ricordò vagamente quella dei camerini del Folies Bergère quando ero andata a cercare Henny. Anche se qui era tutto più tranquillo e ordinato.

Sul tavolino sotto lo specchio vidi una gran quantità di bottigliette e flaconi. Notai anche alcune palette che somigliavano alla tavolozza di un pittore. Blu e rosa si alternavano ad argento, verde, oro, nero e antracite. Non avevo idea che sul viso di una donna si potessero abbinare così tanti colori.

Avrei voluto chiedere qualcosa sulla composizione dei prodotti, ma decisi che era meglio tenere la bocca chiusa.

«Togli la giacca. Sembra costosa, non voglio sporcartela.»

«Non avrò una mantellina?»

«Certo, ma la cipria vola sempre da tutte le parti. Non possiamo rischiare!»

Feci come mi diceva. Appesi la giacca nel guardaroba e tornai a sedermi. Sabrina mi posò una mantella sulle spalle e mi chiese di appoggiarmi allo schienale e rilassarmi.

«Togliti gli occhiali e chiudi gli occhi» disse con il tono dolce che sicuramente usava anche con le clienti. «Prima ti strucco, poi ti faccio un massaggio con l'olio di mandorla, in modo da rilassare la pelle e i muscoli. Dovresti farlo tutte le mattine e tutte le sere, serve a mantenere la pelle elastica.»

Quindi la mia pelle non era elastica? Ultimamente ero piuttosto soddisfatta del suo aspetto, ma forse agli occhi esperti di un'estetista appariva diversa.

Seguii le indicazioni di Sabrina e la sentii svitare un flacone. Poco dopo mi posò sul viso un panno caldo e umido con cui rimosse il trucco. Era molto attenta, e mi rilassai all'istante.

Poi, quando iniziò a massaggiarmi dolcemente il viso, sentii l'aroma dell'olio di mandorla. Provai un brivido di piacere. Non avevo mai ricevuto un trattamento estetico prima di allora. Non ne avevo bisogno, lavorando in laboratorio. Qui invece sembrava indispensabile.

Il massaggio durò a lungo. Poi Sabrina mi posò un altro panno umido sul viso spiegandomi che serviva a reidratare. Con gli occhi ancora chiusi, la sentii preparare nuovi prodotti.

«Ora non puoi vedere, ma dopo te lo mostrerò con una cliente. Dovrai rifare gli stessi passaggi, ma per il momento puoi goderti il trattamento.»

Nei minuti successivi, oltre alle sue mani, sentii sul viso pennelli morbidi, poi altri più spessi e ruvidi. Sabrina mi truccò le palpebre, mi disegnò le ciglia, accentuò gli zigomi. Mi spiegava ogni passaggio: avrei tanto voluto vedere cosa stava facendo, ma dovevo sempre guardare di lato oppure chiudere gli occhi.

Ero anche circondata da profumi. Il mio olfatto cercava di percepire tutto quello che poteva, ma era ancora troppo presto per scoprire l'esatta composizione dei cosmetici Arden.

Aveva appena finito quando tornò la signorina Hodgson. Sabrina posò il pennello per le labbra e piegò la testa come una scultrice il cui lavoro sta per essere valutato.

Mi misi gli occhiali, impaziente di vedere il risultato e… Non credevo ai miei occhi! La Hodgson era soddisfatta di come Sabrina mi aveva "adeguata allo standard"?

Ero strabiliata, anche se, truccata in quel modo, quasi non mi riconoscevo. Sabrina aveva dato alle mie sopracciglia, di cui non mi ero mai occupata, una forma aggraziata. Il colore del rossetto metteva in risalto i miei denti e il fard si intonava alla perfezione. Ero incantata.

La signorina Hodgson, invece, mi squadrò e assunse un'espressione disgustata.

«Ha la camicetta macchiata d'inchiostro» osservò. «Non credo di doverle spiegare che un abbigliamento impeccabile è dato per scontato qui da noi.»

Le sue parole mi fecero trasalire. Abbassai lo sguardo e constatai che aveva ragione. Non avevo notato quelle minuscole macchie di inchiostro quella mattina. Com'erano finite sulla camicetta?

Mi tornò alla mente un ricordo dei miei giorni universitari. Mia madre si lamentava spesso perché tornavo da lezione con i vestiti macchiati.

«Mi perdoni, è che stamattina ho scritto una lettera» spiegai, e mi venne in mente che la busta era ancora nella borsa.

«E poi non si è guardata allo specchio?»

«Sì, ma...»

Mi resi conto di essermi concentrata soltanto sul viso e tacqui.

La signorina Hodgson, nel frattempo, aveva trovato altri difetti: «Peccato che porti gli occhiali» osservò con un sospiro «le donne con gli occhiali non sono un modello ideale per i nostri prodotti. Il trucco scompare dietro quelle lenti spesse».

Lenti spesse? Mi erano sempre sembrati occhiali molto carini. Oltre a essere indispensabili. E ora dovevo sentirmi dire che non facevano un bell'effetto? La cosa mi infastidiva. L'ultima volta che qualcuno aveva fatto un commento sgradevole sui miei occhiali era ai tempi della scuola.

«Mi scusi, signorina Hodgson» replicai. «Ma senza occhiali non vedo niente e nel mio lavoro è importante non scambiare i flaconi, non crede?» Questo valeva sia in laboratorio che in un salone di bellezza.

La Hodgson fece una smorfia. «Senza dubbio, ma gli occhiali deturpano il viso di una donna. Comunque può andare, più o meno. Ad ogni modo, non resterà qui per sempre.» Detto questo si allontanò senza commentare il lavoro di Sabrina.

«Complimenti, sei stata davvero bravissima» dissi, guardandomi allo specchio. «Mi dispiace che la signorina Hodgson fosse troppo irritata per accorgersene.»

Sabrina fece un sorrisetto, come se non si aspettasse altro.

«Non preoccuparti» sussurrò. «La signorina Hodgson trova in tutte qualcosa che non va il primo giorno.»

«Sulle macchie di inchiostro in effetti ha ragione, ma è stata una svista»provai a giustificarmi. «Davvero non le avevo notate...» Tirai la camicetta per guardare meglio le macchioline. Erano minuscole, ma evidentemente la Hodgson aveva la vista di un falco. «E per gli occhiali non posso fare niente» continuai, sforzandomi di dominare l'irritazione, una sensazione a cui ero abituata da quando i miei compagni di scuola si comportavano come se gli occhiali mi fossero comparsi sul naso per colpa mia. «Ma immagino che non le farebbe piacere se me ne andassi in giro brancolando, facendo cadere tutto. O peggio, potrei sbagliare flacone e applicare a una cliente una crema che non vuole o che le causa una reazione allergica.»

«Sicuramente no» sogghignò Sabrina. «Ma ti avviso, ogni tanto ti sentirai dire qualcosa. È una delle migliori direttrici di filiale della signora Arden e per questo gode di un certo prestigio. Se dice che il tuo trucco è orribile, devi cambiarlo. E se pensa che un capo di vestiario non ti stia bene, fai meglio a venderlo e a non farti più vedere qui.»

A quelle parole sentii quasi nostalgia della fabbrica Rubinstein e del lungo tavolo dove tagliavamo le erbe. Anche lì le prime settimane erano state difficili, ma non mi ero mai dovuta vestire o truccare adeguandomi a qualche stile.

Ma questa era un'avventura che non potevo fare a meno di intraprendere. Era una mia scelta, non mi era stata imposta da nessuno. Ce l'avrei fatta, e presto sarei andata via dal salone.

«Ora dovresti salire da lei» disse Sabrina, iniziando a mettere in ordine i pennelli. «La mia prossima cliente arriva tra poco, e la Hodgson vorrà parlarti.»

«Ma era qui un attimo fa!»

Sabrina sorrise. «È venuta perché ci stavamo mettendo troppo tempo per i suoi gusti. La sua visita era una specie di avvertimento. Fa sempre così. Se non si presenta va tutto bene, ma quando arriva è perché sei troppo lenta. Ricordalo.»

«Lo farò» dissi, e presi la giacca.

18

Pensavo che avrei subito cominciato a lavorare con le clienti, ma mi sbagliavo di grosso. Per i primi tempi la mia attività nel salone della signorina Hodgson consistette soltanto nell'osservare Sabrina e le altre estetiste.

Il colloquio nell'ufficio della direttrice era stato breve e si era concluso con la raccomandazione a non montarmi la testa, nonostante ricoprissi un ruolo particolare. Nessuno veniva mai assunto senza adeguato apprendistato, il che significava che dovevo impegnarmi il doppio.

Almeno nei giorni seguenti non sembrò avere nulla da ridire sul mio vestiario. Controllavo con cura maniacale che non ci fossero macchie né pieghe, benché non servisse a niente, dal momento che dovevo indossare un camice bianco mentre osservavo Sabrina e le altre alle prese con le clienti.

Alcune di loro sottoponevano le signore a trattamenti con il vapore, altre massaggiavano la loro pelle con un'infinità di prodotti, nella speranza di far scomparire le rughe, almeno un po'.

La metamorfosi delle donne mi lasciava sempre sbalordita. Da esseri pallidi e insignificanti che sarebbero facilmente passati inosservati, si trasformavano in bellezze mozzafiato che non avevano nulla da invidiare alle dive del cinema. Sabrina era come una scultrice in grado di creare opere d'arte da un blocco di pietra. Non potevo che essere invidiosa del suo talento.

La signorina Hodgson in persona teneva delle lezioni alle dipendenti su come continuare i trattamenti fra un appuntamento e l'altro in salone. Tutti i giorni mi mettevo in fondo, sperando che non mi interpellasse davanti a tutte.

«Faccia attenzione, signorina Krohn» diceva, invece, tutte le volte. «Mi aspetto che le mie collaboratrici seguano la stessa routine quotidiana. E posso garantirle che mi accorgo della differenza.»

Di sera mi facevano male i piedi, la testa mi doleva per tutte le impressioni raccolte e le mani tremavano, e non per la voglia di fare qualcosa. Quando non c'era niente da osservare, infatti, mi veniva chiesto di occuparmi di ordine e pulizia. Lavavo spatole e ciotole, selezionavo gli asciugamani sporchi e aspettavo le consegne della lavanderia. Spolveravo gli scaffali e mettevo in ordine gli armadi dei prodotti. Scoprii che era tutto rigorosamente fatto dalla Arden, soltanto panni e asciugamani venivano comprati da altre aziende. Chissà se le estetiste se ne sarebbero accorte se qualcuno avesse introdotto un prodotto diverso.

Quando arrivavo a casa ero troppo stanca sia per chiacchierare con Kate che per mettermi le creme sul viso. Riuscivo a malapena a spalmarmi dell'olio di mandorla prima di sprofondare in un sonno senza sogni.

Ero felice di uscire con Ray quel sabato. Era la prima volta dalla fine della storia con Darren che uscivo per divertirmi, e mi sentivo leggera. Sarebbe stato bello rivedere la mia amica e scambiare due chiacchiere su quello che era successo nelle ultime settimane.

Applicai il fard sulle guance, come mi aveva insegnato Sabrina, e poi mi dedicai alle labbra. Non osavo ancora truccarmi gli occhi, perché temevo che mi sfuggisse la matita e mi facessi male. E comunque Ray non era la signorina Hodgson, non si sarebbe lamentata.

Per il mio ritorno alla vita notturna newyorkese scelsi il vestito di satin verde comprato di recente ai grandi magazzini. Un po' mi dispiaceva aver venduto i magnifici orecchini di Madame, ma probabilmente sarebbe stato comunque troppo pericoloso indossarli in contesti diversi da una festa a casa Vanderbilt. Mi misi il cappotto sulle spalle, presi la borsa e scesi di sotto.

In cucina, Kate stava lavando i piatti. Del signor Parker non c'era traccia.

Guardai dallo spiraglio della porta. «Esco per un paio d'ore.»

Kate trasalì e per la paura si lasciò sfuggire di mano la spugna.

«Santo cielo, mi hai fatto prendere un colpo!» Si portò una mano al petto. Sul suo grembiule apparve una macchia umida.

«Scusami» risposi. «Ho appuntamento con un'amica. Vogliamo buttarci un po' nella mischia.»

Non dicevo spesso cose simili, ma l'incontro con Ray mi aveva messo le ali ai piedi. Non vedevo l'ora di dimenticare il mondo per qualche ora.

«Buon divertimento allora, e fai attenzione! In città girano un sacco di bei ragazzi che possono farti girare la testa.»

«Non ti preoccupare, starò attenta.»

«A proposito, cosa ne è stato del giovanotto che veniva a prenderti strombazzando con il clacson? Di certo il signor Miller non sente la sua mancanza.»

Abbassai la testa. «Non ha funzionato.»

«Oh» disse Kate. Rifletté per un momento, poi aggiunse: «Sono certa che troverai qualcuno che ti meriti davvero!».

«Sì, forse.» Per il momento mi meritavo sicuramente un po' di svago e un cocktail. «Buona serata, Kate!»

«Anche a te, *honey*! Torna con un paio di belle storie da raccontarmi. Noi ragazze ne abbiamo bisogno.»

Rise e tornò a lavare i piatti.

Quando arrivai al posto dell'appuntamento Ray mi stava già aspettando. Si stava ritoccando il rossetto alla luce fioca del lampioni, usando uno specchietto da borsa. Non era né della Arden né della Rubinstein.

«Finirai per assomigliare a un clown se ti trucchi con questa luce» scherzai. «La signorina Hodgson non te lo permetterebbe!»

«E chi sarebbe?» chiese incuriosita Ray, senza staccare gli occhi dallo specchietto.

«La direttrice del mio salone. Per lei il trucco, assolutamente, deve sembrare naturale e al tempo stesso radioso.»

«Naturale? Ma se ci trucchiamo proprio per non sembrare naturali!» Ray scoppiò a ridere, infilò lo specchietto in borsa e mi abbracciò. «Eccoti! Sì, forse sembro un clown, ma visto dove stiamo andando mi sembra il minimo.»

«Allora temo di non avere il make-up giusto.» Avevo il rossetto che mi aveva regalato Sabrina il terzo giorno, dicendomi che era un'eccedenza. Sulle prime avevo esitato, perché temevo che la signorina Hodgson potesse accusarmi di furto. Ma poi avevo scoperto che anche le altre ragazze portavano a casa i prodotti avanzati, quelli che non erano più da proporre alla clientela della signora Arden. Così le mie labbra erano dipinte di rosa Arden, discreto e al tempo stesso radioso, ma non abbastanza da competere con il rosso scuro di Ray.

«Andrà benissimo» commentò Ray dopo una rapida occhiata. «I vestiti sono giusti.»

Abbassai lo sguardo sul cappotto nero, che quasi mi faceva

scomparire nell'oscurità. L'abito di satin verde faceva la sua figura.

«Vieni, conosco un posto dove ci divertiremo un mondo.»

Mi prese sottobraccio e mi trascinò in un labirinto di stradine piene di immondizia e con alte cancellate che impedivano l'accesso agli estranei. Sembrava un quartiere poco raccomandabile. Nemmeno i gatti ci rimanevano troppo a lungo. Sfrecciavano davanti a noi a tutta velocità, come se stessero scappando dalle grinfie di un cane.

Dopo un po' svoltammo in una strada in cui non avrei mai e poi mai pensato di poter trovare uno speakeasy. Sembrava un'area esclusivamente residenziale, un po' degradata, con alcune finestre chiuse da assi inchiodate. Non mi spiegavo come un posto simile potesse essere tanto vicino al Roxy.

Ci fermammo davanti a una casa dalle cui finestre filtrava una luce rossa.

«Siamo arrivate?» chiesi, guardandomi intorno. Non si sentiva niente, e non si vedevano altre persone. Forse erano già tutti dentro per evitare di essere visti.

Quando ero stata per la prima volta in uno speakeasy, con Darren, era tutto diverso.

«Sì, ci siamo. Ma non è ai piani alti.»

Mi prese per mano e mi condusse giù per delle scale che mi ricordarono l'accesso all'appartamento del detective, a Parigi. Il buio era completo. Ray bussò.

Dopo un attimo si sentì aprire un chiavistello.

«Parola d'ordine?» chiese una voce.

«*Mockingbird*» rispose Ray.

«La tua amica sa tutto?» chiese l'uomo alla porta. Nel buio riuscii a intravedere a malapena i suoi occhi.

«Sì, sa tutto» rispose. «Ed è a posto.»

«Bene, allora, benvenute al Moonshine!» Aprì la porta e ci lasciò entrare.

All'inizio sentii soltanto un forte odore di chiuso, ma poi si aggiunsero anche quelli d'acqua di colonia e alcol. L'uomo che ci aveva fatte entrare rimase nell'ombra. Ray non lo degnò più di uno sguardo, e anch'io feci altrettanto. Il posto in cui mi aveva portato Darren sembrava molto più un locale in regola.

«Devi sapere che cambiano la parola d'ordine ogni tre giorni» sussurrò Ray quando il portiere fu fuori portata d'orecchio. «Se non sai qual è la nuova, resti fuori.»

Mi chiesi come facesse Ray a conoscere la parola d'ordine.

«Chi era quell'uomo?»

«Joe» rispose Ray. «Soltanto Joe. Il nome completo non lo sa nessuno. È lì per assicurarsi che entrino soltanto le persone giuste. Fa il palo nel caso in cui arrivi la polizia.»

Sgranai gli occhi. «Stai dicendo che potrebbe arrivare la polizia?»

«Calmati» disse Ray. «Di tanto in tanto ci sono delle retate in zona, è normale. Joe è molto bravo a capire chi è poco raccomandabile o, peggio ancora, se c'è una spia della polizia.»

Parole d'ordine e retate. Capivo perché a Ray piacesse tanto quel posto. Sembrava di essere in uno dei suoi romanzi preferiti. E anche se avevo paura, sentivo comunque un lieve formicolio di eccitazione allo stomaco.

«Come fanno a scoprire quando c'è una retata?» chiesi.

«Corrompono i poliziotti, oppure usano altre fonti. Gli italiani, per esempio. Loro sanno un sacco di cose e sono meglio organizzati.»

«Non sono criminali?»

«Chi si fa i fatti suoi vive cent'anni» rispose evasiva, e mi trascinò dentro.

Non c'era un guardaroba né una fontana di champagne, come nel bar in cui ero stata con Darren. Soltanto tavoli con lampade spaiate o candelabri. Gli altri clienti erano come ombre.

«Andiamo al bar, ci serve qualcosa per entrare nello spirito giusto» disse Ray. «Ho sentito che oggi dovrebbe esibirsi un tizio che fa battute sconce. Sarà divertente.»

Dubitavo seriamente di potermi divertire in quel posto, ma non volevo fare la guastafeste.

Il bar era l'unico angolo ben illuminato del locale, forse per aiutare il barista a non scambiare le bottiglie.

Due grosse lampade Tiffany diffondevano macchie di luce colorata sul mobilio che sembrava messo insieme alla rinfusa. Un bancone era stato ricavato con una tavola di legno e due sedie alte. Dietro, uno scaffale che in genere avrebbe ospitato cavoli e patate era ingombro di bottiglie, alcune con etichetta, altre senza. Il barista indossava un grembiule arrotolato alla vita, la camicia bianca era leggermente aperta sul petto. La sua pelle aveva una sfumatura ambrata, i capelli erano neri come il carbone.

«Ciao, tesoro» salutò, riconoscendo Ray. «Oggi sei in compagnia, vedo.» Quando mi sorrise vidi scintillare un dente d'oro. «Non ti ho mai vista, ma sono sicuro che ricorderò il tuo viso.»

«È... molto gentile da parte sua» dissi, e lui scoppiò a ridere.

«Oh, capisco, sei una signora di classe. Non ne capitano molte da queste parti.»

Non capii se mi avesse fatto un complimento o meno, così mi limitai a sorridere.

«Il solito?» chiese a Ray.

«Eh sì, e fanne uno anche per la mia amica. Non è esperta di alcolici.»

Stavo per protestare, ma dovevo ammettere che aveva ragione. Bevevo alcol soltanto se qualcuno mi metteva un bicchiere sotto il naso.

«Quando si decideranno a togliere questo divieto?» chiese Ray al barista. E lui rispose con un'alzata di spalle.

«Non ne ho idea. Ma finché resta illegale, qui gli affari andranno a gonfie vele.»

Preparò il cocktail e lo versò in due bicchieri alti. Mi bastò annusarlo per capire che la gradazione alcolica era altissima, ma il colore mi ricordò un ciondolo d'ambra che portava spesso mia madre.

L'odore era dolce e al tempo stesso pungente.

«*Cheers!*» esclamò Ray.

Presi il bicchiere, sul quale nel frattempo si era formata una patina umida.

Il primo sorso mi mozzò il fiato. «Che cos'è?» chiesi, tossendo.

«Planter's Punch» spiegò allegra Ray. «La ricetta della madre di Jim.»

«In realtà dovrebbero andarci quattro parti d'acqua, ma visto che la madre di Jim viene dal Kansas, in questo ce n'è una sola.»

«E le altre?»

«Jim ne fa sempre un gran mistero, ma credo sia ovvio: succo di limone, zucchero, tre bicchieri di rum. Oppure un liquore fatto in casa, non so mai cosa ci mette. Le etichette sulle bottiglie sono tutte sbagliate, ma fa sentire leggeri, ed è per questo che si va nei bar, no?»

Capivo cosa intendeva con "sentirsi leggeri", ma non ero sicura di essere pronta a perdere completamente il controllo.

Misi giù il bicchiere. L'alcol mi bruciava già nello stomaco.

Ray invece sembrava esserci abituata, perché continuò allegramente a sorseggiare il suo drink.

«Sai, mi manca tantissimo lavorare in laboratorio. I grandi magazzini pagano bene, è vero, ma è una noia mortale passare le giornate a convincere le clienti a comprare sempre gli stessi prodotti. A volte mi chiedo se non sarebbe meglio lavorare come centralinista.»

«Macy's ha delle centraliniste?»

«Sì! E a volte cercano attori per le parate e per Natale. Ma quelli sono lavori stagionali.» Abbassò la testa, come se fosse stata colta da un'improvvisa tristezza, e allontanò a sua volta il bicchiere.

«Per fortuna non eri più lì quando le cose si sono messe veramente male con i nuovi proprietari» disse con una voce ormai priva di ogni traccia di gioia. «Hanno cambiato tutto. Persino la signorina Clayton è stata sostituita da un uomo che non ha la minima idea di cosa siano i cosmetici.»

«La signorina Clayton è stata licenziata?»

«Sì, come quasi la metà delle altre donne. A quanto pare i banchieri sono convinti che alle donne sia sufficiente sposarsi per provvedere a se stesse. Anche alcuni uomini sono stati mandati via, ma del resto Madame non ne aveva assunti molti. Il personale è stato ridotto al minimo, ma hanno tenuto l'autista.»

Sentii lo stomaco contorcersi. Quante persone avevano perso il lavoro a causa della vendita? Cosa avrebbe detto Madame se lo avesse saputo? Le interessava? Di sicuro aveva deluso tanta gente che aveva lavorato per lei. E tutto nel tentativo di salvare un matrimonio.

«Sai se le altre hanno trovato un lavoro?»

«Clara è andata in un'altra fabbrica. A volte ci incontriamo per strada. Ma le altre...» Fece un gesto con la mano. «Lontano dagli occhi, lontano dal cuore. Non so nemmeno cosa ne sia stato della signorina Clayton. Si dice che abbia iniziato a lavorare da Grayson, una piccola azienda di cosmetici in città, ma ci credo soltanto se lo vedo con i miei occhi.»

Riflettei per un istante. «E nessuna ha provato ad andare dalla Arden?»

Ray scosse la testa. «Lavoravano tutte da troppo tempo con Madame e sono convinte che la Arden sia il diavolo in persona. A nessuna verrebbe in mente di fraternizzare con il nemico, nemmeno ora. Anche se le aiuterebbe a trovare un lavoro.» Mi guardò. «Ma tu lo hai fatto. Non è riuscita a metterti in testa certe idee, non è riuscita a trasformarti in un soldatino.»

Era davvero così? Mi capitava ancora di chiamarla "madame". Mi ero presentata dalla signora Arden soltanto perché non vedevo alternative.

Chi, come me, aveva conosciuto la povertà, non poteva lasciarsi trattenere da lealtà ipocrite.

«Era soltanto il mio capo, una persona che aveva deciso di darmi una possibilità. La signora Arden me ne ha concessa un'altra e ho intenzione di sfruttarla.»

Ray annuì, e mi sembrò di vedere un lampo di rabbia nel suo sguardo. Ma non contro di me.

«Ce l'hai con lei?»

«All'inizio no» rispose Ray. «Ma ora... L'ha fatta pagare a noi, no? Il suo matrimonio...»

«Ho sentito che vuole divorziare.»

«Vedi!» esclamò, prendendo di nuovo il bicchiere. «È stato tutto inutile! Ha venduto l'azienda e ci ha messe tutte nei pasticci. Sì, sono furiosa con lei. E se dovesse tornare e dovessi incontrarla, potrei sputarle addosso!»

Bevve un'altra lunga sorsata. Forse era l'alcol a scioglierle la lingua.

Di colpo risuonò un grido dall'allarme, seguito da un urlo.

«Gli sbirri!»

Trasalii. Ray mise giù il bicchiere e scese dallo sgabello. Jim, il barman, mormorò un «merda» e si voltò di scatto. Non lo vidi più. Chissà se era scappato o si era nascosto sotto il bancone.

I clienti balzarono in piedi e iniziarono a correre in tutte le direzioni, poi si sentì uno scoppio. Sulle prime pensai che fosse uno sparo, ma poi capii che qualcuno aveva aperto la porta con la forza.

Osservai come paralizzata una schiera di uomini in uniforme entrare dalla porta. Quasi tutti erano armati.

«La festa è finita, signori» gridò una voce maschile. «Alzate tutti le braccia.»

«Merda!» imprecò Ray. Mi afferrò per un braccio e mi trascinò con sé.

«Dove vuoi andare?» chiesi, paralizzata dal terrore.

«In bagno!» Mi spinse, costringendomi a correre più veloce di quanto potessi.

Incespicai, ma per fortuna ritrovai l'equilibrio e seguii Ray nel corridoio buio. Mi batteva il cuore così forte che sentivo a malapena le grida e gli ordini nella stanza alle nostre spalle.

«E ora cosa facciamo?» chiesi, in preda al panico, mentre chiudevo la porta del bagno. Di certo la polizia avrebbe controllato anche lì.

«Usciamo dalla finestra!» Ray indicò una minuscola apertura nella parete fra i due bagni.

«Da lì?» domandai, terrorizzata. Lo spazio non sembrava affatto sufficiente per essere attraversato da una persona adulta.

«Certo!» Ray si stava già sfilando le scarpe.

«Ma…» Prima che potessi dire altro, aveva raggiunto la finestra e afferrato la maniglia. L'aria notturna filtrò nella stanza, spazzando via l'odore di urina.

«E come arriviamo lassù?»

Erano passi quelli che sentivo in corridoio? Di certo era in corso una rissa. Forse i poliziotti stavano cercando di impedire ai clienti di fuggire. Cosa ci avrebbero fatto se ci avessero trovate lì?

«Ti faccio da scala, e quando sei fuori mi tiri su. Come una vera gangster!»

«Non avevo in mente di diventare una gangster oggi.»

«Chissà, magari sei brava. Forza.»

Si inginocchiò leggermente, incrociò le mani e me le offrì come gradino. «Sbrigati. O non sai come si fa?»

Per un attimo esitai. Da bambine io ed Henny ci eravamo arrampicate su muri e staccionate, a volte usando proprio quella tecnica.

«C'è qualcuno?» chiese una voce dal corridoio. Trasalii.

«Andiamo!» bisbigliò Ray. «E guai a te se provi a mollarmi qui!»

Mi sfilai le scarpe, cercai appiglio sulla parete e misi un piede sulla sua mano. Con una forza che non avrei mai pensato di avere, mi tirai su e riuscii a far passare il busto dalla finestra.

Constatai, terrorizzata, che la nicchia era chiusa da una grata. Nel panico provai a spingere e mi accorsi con sollievo che si muoveva. Dopo averla spostata di lato, strisciai e mi ritrovai nel cortile sul retro. Le luci delle case intorno a me gettavano un vago chiarore sul terreno, senza riuscire a illuminare bene tutto.

Mi accoccolai nella nicchia e allungai le braccia verso il bagno. La prima cosa che vidi furono le nostre scarpe, che con prontezza di spirito Ray aveva lanciato dalla finestra. Le misi da una parte e allungai le mani verso Ray. Stavolta le prese, mentre dietro di lei la confusione aumentava.

«Dài!» esclamò Ray, e tirai con tutte le mie forze.

Non so come riuscii a tirarla su. Forse la paura mi aveva reso più forte. Ray si puntellò con le ginocchia nella nicchia, poi si alzò in piedi.

«Togliamoci di mezzo» disse con voce tremante. Un attimo dopo si sentì uno schianto. Non sapevo se veniva dal locale o se qualcuno aveva buttato giù la porta del bagno. Io e Ray ci arrampicammo in tutta fretta fuori dalla nicchia e cercammo le nostre scarpe. Dopo averle trovate, le infilammo e attraversammo di corsa il cortile.

In fondo c'era un cancello. In strada era parcheggiato un furgone della polizia. L'agente alla guida evidentemente era distratto, perché non si accorse della nostra presenza. Corremmo nell'oscurità, mettendo quanta più strada possibile fra noi e il bar.

All'improvviso Ray scoppiò a ridere.

«Cosa c'è di tanto comico?» ansimai, senza ottenere subito una risposta. Aveva perso il senno? Oppure erano ancora gli effetti dell'alcol?

«È stato divertente, no?» chiese, rallentando fino a fermarsi.

«Divertente?» ripetei, toccandomi con la mano il fianco dolorante. Non avevo mai corso così tanto.

«Sì! Siamo riuscite a scappare! Come in uno dei miei romanzi preferiti, ho sempre sognato di vivere un'esperienza del genere.»

«Ah, quindi non ti era mai successo?» A giudicare dalla sua reazione rapida ed efficace, avevo dato per scontato che non fosse la prima volta.

«No, in genere sono una brava ragazza» ridacchiò.

«Ti credo sulla parola» mormorai. Finalmente anche il mio cuore si stava calmando.

Ray mi mise un braccio attorno alle spalle. «Scusami. Non potevo saperlo, vengo in questo posto da due settimane. Probabilmente dovrò trovarne un altro, perché quando la polizia ne chiude uno poi non riapre più.»

«Non preoccuparti. È stata una bella avventura. Sono felice di essere riuscita a scappare, anche se credo che non riuscirò mai a pulire le scarpe.»

Continuammo a camminare a braccetto. Mi sentivo un po' com'ero stata un tempo con Henny. Anche a lei sarebbe piaciuta tanto una fuga simile…

Ci fermammo alla prima stazione della metropolitana. Ray andava nella direzione opposta alla mia, quindi era ora di separarsi.

«Ci rivediamo?» chiese Ray, con un sorrisetto. «Voglio dire, dopo quello che è successo hai dei validi motivi per non volermi vedere più, ma forse…»

«So dove trovarti» risposi. «Io sono sempre al mio vecchio indirizzo, dal signor Parker. Se hai bisogno di qualcosa…»

«Mi faccio sentire. E anche tu.»

Ci abbracciammo di nuovo.

«Spero che troverai il miliardario che meriti.»

«E io spero che troverai la felicità dalla signora Arden. E se dovessi tornare a lavorare in un laboratorio e avessi bisogno di un'assistente…»

«Sarai la prima a cui lo chiederò.»

Ray si sciolse dall'abbraccio e io rimasi a guardarla mentre raggiungeva il suo binario.

Il mio treno arrivò poco dopo. Salii pensando che forse non era il caso di raccontare a Kate di quella serata.

19

Nelle settimane successive oscillai tra euforia e disperazione. Ci volle del tempo prima che mi lasciassero avvicinare alle clienti. Per giorni e giorni avevo fatto le pulizie, portato asciugamani freschi di bucato, raccolto ceste e gestito la biancheria. Avevo anche litigato con i tizi delle consegne, che per qualche ragione si sentivano in obbligo di commentare la mia pettinatura e il mio camice.

A poco a poco, però, iniziavo a capire come funzionava un salone di bellezza. Non riguardava solo i trattamenti alle clienti. Era chiaro perché la signora Arden mi avesse mandata lì, non era per mancanza di fiducia, ma perché voleva che capissi come era organizzato un salone. A essere onesta Madame non aveva mai mostrato tanta cura.

E poi, in una tiepida giornata di inizio estate, mi lasciarono finalmente eseguire un trattamento alla mia prima cliente, sotto la supervisione di Sabrina.

Massaggiai con cura la pelle del viso di una signora avanti con gli anni, sistemai l'asciugamano caldo per farla rilassare e infine mi misi all'opera con pennello e pinzette.

Sabrina mi osservava sorridente. «Impari in fretta» dichiarò quando fu il momento di lasciare alla cliente un momento di relax e prenderci una pausa.

«Ho avuto tempo di osservare.»

«Credimi, tesoro, c'è gente che ha osservato per molto più tempo e il primo giorno non riusciva comunque a fare niente. Hai talento.»

Ripensai al mio primo giorno all'università. Tutti i colleghi maschi erano convinti che avrei rotto qualcosa, ma erano rimasti delusi; anche l'anziano professore che ci sorvegliava aveva dovuto ammettere che avessi talento. Ma a Sabrina potevano mai interessare i miei anni universitari? Nel salone nessuno aveva frequentato le scuole più a lungo del necessario.

«Grazie, è molto carino da parte tua.» In quel momento suonò la sveglia. La pausa della signora Belleville era terminata

Lavorare con le clienti della signora Arden mi rendeva felice. Il laboratorio non mi mancava più così tanto. Ma la signorina Hodgson mi ricordava almeno una volta alla settimana che la mia presenza nella sua filiale era dovuta unicamente al fatto di aver lavorato da Madame.

«Non credo proprio che la signora Arden l'avrebbe assunta se non per giocare un brutto tiro alla Rubinstein.»

In quei momenti dovevo contenermi per non risponderle male.

«Ma forse mi sorprenderà» aggiungeva di solito, di fronte al mio silenzio. Dopodiché mi lasciava in pace per un paio di giorni.

Con le altre estetiste del salone, invece, andavo d'accordo. Sabrina era il mio punto di riferimento, ma a volte si univano a noi anche Janet e Becky. La prima era affascinata dall'Europa, e da quando mi ero lasciata sfuggire che per un periodo avevo vissuto a Parigi continuava a chiedermi di raccontarle della città. Alla fine avevo iniziato a inventarmi le cose per non far scemare il suo interesse. Aggiunsi anche un paio di esperienze berlinesi, cosa di cui lei non sembrò accorgersi.

«Un giorno andrò in Europa» diceva sognante. «E vedrò anch'io tutte le cose che mi hai descritto. Chissà, forse incontrerò anche un uomo...»

«Gli uomini ci sono anche qui» osservò la più concreta Becky. «Alcuni fingono di venire dalla Francia, ma altri sono davvero francesi.»

«Non è lo stesso» continuò a fantasticare Janet, e capii che anche se le avessi riferito di uomini molto poco gentili, come Maurice Jouelle, non l'avrei mai distolta dal suo intento.

Con l'avanzare dell'estate iniziai a costruirmi una clientela fissa. Non si trattava di clienti particolarmente benestanti, che erano riservate alla signorina Hodgson o al massimo a Sabrina. Erano quasi tutte donne che volevano provare l'esperienza di un salone di bellezza o per una volta volevano concedersi qualcosa di piacevole. La signorina Hodgson era dell'opinione che con loro non ci fosse nulla da perdere, quindi mi lasciava fare.

Produrre una crema dava grandi soddisfazioni, ma vedere come funzionava e quanto poteva rendere felice una donna era soddisfacente in un modo che mi sorprese. E in alcuni casi riuscii a convincere alcune clienti a tornare. Andavano via con il portafogli più leggero ma con un grande sorriso stampato in faccia.

L'unica ancora insoddisfatta di me, o almeno così sembrava, era la signorina Hodgson. Una volta si lamentava del disordine della mia postazione di lavoro, un'altra della mia pettinatura. Se il trucco una mattina non mi era riuscito molto bene o se mi ero truccata sovrappensiero, se ne accorgeva subito e mi rimproverava di fronte alle clienti. Oppure mi piombava addosso nel bel mezzo di uno dei trattamenti per correggere i miei presunti errori.

A volte a fine giornata mi chiamava da lei per farmi la paternale. Nella maggior parte dei casi il problema era il mio aspetto trasandato, che a suo dire avrebbe rovinato la fama del salone. A me non sembrava di aver fatto niente di male, e tutte le volte dovevo lottare per trattenere le lacrime.

Da Parigi non avevo ancora ricevuto notizie. Sera dopo sera, al ritorno dal lavoro sbirciavo speranzosa nella cassetta delle lettere, ma la trovavo sempre vuota. Henny non mi scriveva più, ormai, anche se desideravo che lo facesse. Quindi riponevo tutte le mie speranze in Luc Martin confidando che trovasse una traccia di mio figlio.

Una mattina di fine agosto Helen, la receptionist, entrò nella stanza dei trattamenti.

«È arrivato un messaggio da parte della signora Arden» disse, porgendomi una busta. Mi ripulii le mani dalla crema con un asciugamano e presi la lettera. Era sigillata. Evidentemente la Arden non voleva che qualcun altro la leggesse.

«Anche le altre hanno ricevuto un messaggio?» chiesi a Helen, che assunse un'espressione tetra.

«No. Soltanto tu.» Dal suo tono intuii che era meglio mettermi seduta mentre la leggevo, anche se non lo suggerì. Era un licenziamento o un trasferimento, forse? La signorina Hodgson poteva essersi lamentata di me.

Riposi la lettera nella tasca del camice. «Grazie» dissi a Helen, e tornai a occuparmi della mia cliente. Feci del mio meglio per non lasciar trasparire la mia agitazione, ma naturalmente la signora Lewis se ne accorse subito. La stavo massaggiando molto più velocemente del solito.

«Aspetta brutte notizie?» chiese, osservandomi nello specchio.

«A dire il vero no» risposi. «Ma quando si riceve posta a sorpresa si pensa sempre al peggio.»

«Forse è una cosa buona. Una promozione, magari.»

Per poco non scoppiai a ridere. Una promozione? In quel salone era impensabile.

Ma era possibile che la signora Arden mi trasferisse altrove. Sarebbe andata meglio o sarei caduta dalla padella alla brace?

Allentai la presa e provai a rilassarmi. Non volevo pensare che la signora Arden potesse cacciarmi. Non volevo pensare a cosa avrei fatto in quel caso.

Quando la signora Lewis se ne fu andata, bellissima e sorridente, riordinai la mia postazione. Non volevo farmi di nuovo sgridare dalla signorina Hodgson. Poi mi sedetti sullo sgabello ed estrassi la lettera.

La calligrafia e la carta da lettere erano le stesse della prima volta. La aprii con mani tremanti e un forte senso di irrequietezza.

Cara signorina Krohn,

vorrei chiederle di accompagnarmi nel Maine il prossimo fine settimana.
Il mio autista verrà a prenderla venerdì intorno alle nove.
Saluti,

E. A.

P.S. Porti un vestito per un'occasione mondana, cerchi di non farmi fare brutta figura.

Scossi la testa, incredula. Dovevo accompagnare la signora Arden in un viaggio senza sapere esattamente né dove né perché?

Era una specie di scherzo?

No, era la sua calligrafia senza dubbio. E anche la scelta delle parole era sua.

Rilessi un'altra volta la lettera rigirandomi la busta fra le mani, ma non trovai indizi che potessero far pensare a un falso. La signora Arden voleva davvero che andassi con lei nel Maine.

Soltanto che il salone era aperto di venerdì e di sabato. Era impensabile non presentarsi al lavoro senza informare la signorina Hodgson. Ma mi avrebbe creduto? O forse era già stata informata?

Dopo un'altra cliente trovai il coraggio di andare dalla Hodgson. A quell'ora era in ufficio a occuparsi delle scartoffie, a sistemare le ricevute e inviare gli ordini.

Bussai alla porta socchiusa. Sentivo il cuore martellarmi in gola.

«Signorina Hodgson, posso disturbarla?»

«Un momento!»

Rimasi in attesa sulla soglia. Lei si chinò di nuovo sul suo registro e annotò serafica le cifre di una fattura, prima di mettere via la penna e rivolgersi a me: «Cosa c'è, signorina Krohn?».

«La signora Arden mi ha inviato un messaggio.»

«Spero non per annunciare il suo licenziamento» replicò con un sorriso maligno.

«No» risposi, porgendole la lettera. «Vuole che la accompagni nel Maine.»

Evidentemente la Hodgson non se lo aspettava. Scorse rapidamente le righe più volte, come se non riuscisse a credere ai suoi occhi, o per controllare che la calligrafia fosse autentica.

«Questo significa che non potrò rispettare gli appuntamenti con le mie clienti.»

La signorina Hodgson sbuffò. «Il capo ha bisogno di lei.»

«Quindi posso andare?»

«Certamente. Tuttavia le sue clienti resteranno deluse.»

«Proverò ad avvertirle. Hanno quasi tutte il telefono, e se non dovessi riuscire a contattarle Sabrina o Claudia possono occuparsi di loro.» Di Claudia non ero sicura, ma Sabrina sarebbe senza dubbio riuscita a infilare una o due clienti in più nella sua agenda.

«Dovrà comunque fare degli straordinari per recuperare il tempo perso» aggiunse la signorina Hodgson con tono di sufficienza. «E capirà che oggi non posso lasciarla uscire prima.»

«Non è un problema» risposi. «Resterò finché è necessario.»

La signorina Hodgson sembrò riflettere. «Va bene» disse alla fine «quando torna di sotto, per favore, dica a Helen di portarmi un caffè.»

Uscii dall'ufficio. Anche se conoscevo la signorina Hodgson, rimasi comunque un po' delusa che non mi avesse augurato buon viaggio. Dopotutto accompagnavo il suo capo, e con ogni probabilità per motivi di lavoro.

Mi ripresi in fretta. Mi ero ripromessa di non lasciarmi influenzare dal suo atteggiamento. L'indomani sarei partita con la signora Arden, per il momento dovevo continuare a concentrarmi sul lavoro.

Riferii a Helen la richiesta della signorina Hodgson e tornai a occuparmi della mia cliente. La signora Travers era già stata da me una volta e mi aveva dato l'impressione di non essere interessata ai miei consigli. Eppure aveva prenotato un secondo appuntamento.

Quando entrai nella sala dei trattamenti la trovai già pronta al suo posto. Inspirai a fondo e mi avvicinai per salutarla.

Quando la mia ultima cliente se ne fu andata, tornai da Helen per consultare l'agenda degli appuntamenti. Trasalii. Erano tantissimi.

«Cos'è successo?» chiesi, portandomi una mano alla fronte. «Da quando ho così tanti appuntamenti?»

«Nei giorni scorsi hanno chiamato un sacco di persone» rispose Helen. «Soltanto oggi tre persone hanno chiesto di te. O meglio, la signorina Hodgson mi ha suggerito di affidare a te le nuove clienti.»

Riuscii a reprimere un'imprecazione.

E così la signorina Hodgson aveva suggerito a Helen di riempirmi di lavoro senza ritenere necessario avvertirla di non prendere appuntamenti per venerdì e sabato.

«Cosa c'è?» chiese Helen, che evidentemente si era accorta della mia tensione.

«La signorina Hodgson non ti ha detto niente?»

«No, cosa doveva dirmi?»

«Che nei prossimi giorni non ci sarò.»

Helen aggrottò la fronte.

«La signora Arden mi ha chiesto di accompagnarla in un viaggio venerdì e sabato, quindi dovrò cancellare tutti gli appuntamenti.»

Lo sguardo di Helen si abbassò per un attimo. E così capii. La signorina Hodgson aveva parlato con lei, eccome!

«Mi ha detto di continuare ad accettare gli appuntamenti» ammise alla fine.

«E a che scopo?» chiesi. «Per essere sicura che oggi non possa uscire prima di mezzanotte?»

Helen arrossì. «Mi dispiace, ma lei è il capo. Devo fare come dice.»

Strinsi i pugni. In quel momento l'unica cosa che volevo era correre di sopra e dire a quella donna orribile cosa pensavo di lei. Ma sarebbe servito a qualcosa? Le clienti non si sarebbero volatilizzate.

«La signora Arden è il capo» risposi, obbligandomi a restare calma, nonostante tremassi di rabbia. «E non parto con lei per una scampagnata. A dire il vero non so proprio perché mi voglia con lei, ma presumo sia per motivi di lavoro.»

Scossi la testa. Helen mi era sempre sembrata gentile, ma evidentemente non aveva il coraggio di opporsi alle ingiustizie della Hodgson.

«Mi dispiace, non lo sapevo.»

A giudicare da quanto era avvilita, poteva anche essere vero.

«E va bene, meglio mettermi al lavoro, se voglio riuscire ad avvisare tutte le clienti.»

«Posso aiutarti, se vuoi» si offrì Helen, ma scossi la testa.

«No, lascia stare. Ce la faccio. E se non riesco a contattarle manderò loro un biglietto.»

Presi l'agenda degli appuntamenti e mi ritirai nell'ufficio che la signorina Hodgson aveva già lasciato da tempo.

20

Erano quasi le undici quando, ormai stremata, mi avviai verso la metropolitana. Avevo freddo e contemporaneamente sentivo la pelle bruciare per l'agitazione.

In realtà non vedevo l'ora di partire con la signora Arden, ma ero troppo stanca per essere felice. Imprecai sottovoce contro la signorina Hodgson. Paragonata a lei la signorina Clayton sembrava un angelo! Non potevo credere che fosse stata la Arden a suggerirle di trattarmi così male.

La metropolitana era ancora affollata, nonostante l'ora. Ero contenta di non essere sola. Si era mai soli in quella città? Avevo l'impressione di no, ma in quel preciso istante non potevo che esserne felice.

Arrivò il treno e soltanto pochi passeggeri salirono insieme a me, tra questi una giovane coppia che probabilmente tornava a casa da una serata fuori e rideva forte. Alcuni uomini lanciarono un'occhiata alla donna, evidentemente su di giri.

Io la guardai per un istante, poi salii. Appena il treno partì chiusi gli occhi. *Non addormentarti*, mi esortai.

E poi successe. I rumori intorno a me si fecero sempre più distanti, e il mondo sprofondò nella nebbia.

Mi svegliai con un sussulto, terrorizzata all'idea di aver saltato la mia fermata. Proprio allora il treno si fermò sotto un cartello con il nome della stazione. Ancora due. Sospirai di sollievo e mi rimisi a sedere dritta.

Un attimo dopo sul treno salì un uomo che puzzava terribilmente di alcol. Non riusciva a stare dritto. Si guardò intorno. Oltre alla coppia, che continuava a ridere e tubare, vicino a me c'erano altre tre donne. Pregai in silenzio che quel tipo non si accorgesse di me, ma fui sfortunata.

«Allora, bambola? Vuoi compagnia?» chiese, e venne a sedersi vicino a me. Il mio cuore iniziò a correre all'impazzata. Anche a Berlino mi succedeva che gli ubriachi mi rivolgessero la parola. Lì ero sempre riuscita ad allontanarmi, ma ora ero chiusa in un vagone della metropolitana.

«No, in realtà no.»

«Ma a me sembra di sì» mormorò lui, posandomi una mano sul ginocchio. La allontanai e feci per alzarmi, ma lui mi afferrò il polso. «Sei una santarellina, eh? Resta qui seduta, non ti mordo mica!»

Mi sentii prendere dal panico. La donna di fronte a me aveva ancora gli occhi chiusi.

«Mi lasci in pace!» esclamai.

Il tizio scoppiò a ridere e strinse più forte. Il suo alito mi fece venire le lacrime agli occhi. Le persone intorno a noi sembravano del tutto disinteressate a quello che stava succedendo.

Per fortuna il treno restò fermo ancora per qualche istante. Mi divincolai e corsi alla porta. Il cuore mi martellava in gola per la paura.

«Ehi, che succede?» mi gridò dietro il tizio, furioso. «Non sono abbastanza per te, eh? Non valgo abbastanza, sgualdrina?»

Le sue parole mi fecero rabbrividire. C'era un motivo se non me ne andavo in giro da sola di sera tardi. Se ci fosse stata Ray non mi sarebbe successo niente di simile.

Con le ginocchia molli, scesi tremando dal treno. Il cuore mi batteva all'impazzata, e speravo soltanto che non mi seguisse. Sulle scale mi guardai alle spalle, senza fiato. Mi ronzavano le orecchie e rabbrividivo per la paura di vedere lo sconosciuto comparire alle mie spalle.

In quel momento passò il treno. Non riuscii a vedere se il tizio fosse ancora seduto al suo posto, ma pareva che non mi avesse seguita.

Salii le scale con le gambe ancora tremanti. Avrei potuto aspettare il treno successivo, in fondo ero solo a una fermata di distanza dalla mia, ma preferii camminare.

Fu salutare tornare all'aria aperta, anche se si percepiva il cattivo odore della spazzatura accumulata in un cortile vicino. Le strade erano vuote, si sentiva soltanto un cane che abbaiava. Ero scesa spesso a quella fermata quando dovevo comprare qualcosa. La strada era piena di negozietti le cui vetrine, a differenza di quelle di Macy's, restavano quasi sempre uguali.

Quell'uniformità mi donava pace, soprattutto dopo la paura di poco prima. Comunque coprii il percorso a passo sostenuto e raggiunsi la casa del signor Parker nel giro di un quarto d'ora.

Sia il proprietario di casa che la domestica erano già a letto. Chissà se Kate si era preoccupata di non vedermi tornare.

Girai con cautela la chiave nella serratura ed entrai. La luce della luna filtrava dalla porta e illuminava l'androne a sufficienza da assicurarmi di essere sola. L'idea che qualcuno potesse essersi introdotto all'interno era poco realistica. Il silenzio della casa mi confortò.

Dopo essermi chiusa la porta alle spalle, andai alla cassetta delle lettere. C'era una busta! Appena lessi il nome del mittente dimenticai all'istante la terribile esperienza di quella sera. Accesi la luce del corridoio e aprii la busta senza ulteriore indugio.

Chère mademoiselle Krohn,

mi perdoni se ho lasciato passare tanto tempo prima di scriverle. Spero che il viaggio di ritorno in America sia andato bene. Ho fatto avere la sua lettera alla sua amica, come promesso, ma non mi è sembrata molto entusiasta.
Dopo un bel po' di tira e molla sono riuscito a convincerla a prenderla. Purtroppo non so dirle cosa ne abbia fatto dopo. Forse ha ritrovato la ragione e si è messa in contatto con lei nel frattempo. Spero vivamente che vi ritroviate, perché è davvero doloroso perdere un amico.
Purtroppo la ricerca di suo figlio si è rivelata molto più complessa di quanto mi aspettassi. Aveva ragione, il personale dell'ospedale è impenetrabile. Nemmeno esercitando tutto il mio fascino sono riuscito a ottenere informazioni dalle infermiere, ed è tutto dire. Prima che lei possa pensare che sia poco serio, non ho fatto nulla di indiscreto. Tuttavia, mi sembra che i segreti siano molto ben tenuti e mi sono quindi rivolto ad altre fonti. Marie Guerin mi è stata di grande aiuto. Fra gente della classe lavoratrice ci si capisce. Mi ha fatto il nome di un paio di persone informate sul tema adozioni.
Cosa posso dirle? A quanto pare sembra che ci sia davvero una specie di mercato dei bambini. Con tutte le perdite causate dalla guerra, molte persone smaniano per avere figli che prendano il posto di quelli che non ci sono più. E dall'altra parte c'è chi ha trovato una miniera d'oro. Purtroppo sono stato un po' incauto ed essere tanto curioso mi è costato un paio di dita rotte. Non si spaventi, guariranno. Conosco bene questa gente.
Cambierò strategia e la terrò al corrente. Immagino che avrà tantissime domande. A una forse posso rispondere: no, non ci sono indizi che gli uomini che mi hanno aggredito abbiano un

qualche legame con l'ospedale. Ma questo non significa che non ce ne siano altri. Continuerò a indagare e le prometto che starò più attento.

Abbia cura di lei!

Luc Martin

Lessi la lettera altre due volte e non riuscii a fare a meno di portarmi la mano alla bocca quando arrivai al punto delle dita rotte. Non mi aspettavo che l'indagine potesse diventare così pericolosa. Il sollievo di avere avuto sue notizie era pari alla preoccupazione che provavo ora. E se mio figlio fosse davvero finito nelle grinfie di personaggi del genere? Che gente doveva essere, se rubava e vendeva bambini senza scrupoli?

Quasi mi pentii di avere aperto subito la lettera, perché il cuore mi batteva a mille e le tempie pulsavano così forte da farmi male.

Mi ci volle un po' prima di riuscire a salire al piano di sopra. Una volta in camera, posai la lettera sulla scrivania e iniziai a camminare avanti e indietro. Non avevo bisogno di rileggerla, le parole erano marchiate a fuoco nella mia mente. *Una specie di mercato dei bambini… Figli che prendano il posto di quelli che non ci sono più…*

Mio figlio era un maschio. E se qualcuno lo avesse rubato dall'ospedale? E se i medici avessero finto la sua morte perché sapevano che la polizia non si sarebbe immischiata?

Ma allora perché qualcuno mi aveva scritto quella lettera per mettermi sulle tracce di mio figlio? Oramai vivevo nella convinzione che Louis fosse morto. Forse la lettera era servita ad alleggerire la coscienza del mittente, ma per me significava una rinnovata e logorante incertezza.

E non era escluso che fosse una menzogna…

Ma ora mi risultava difficile credere che fosse così. Soprattutto adesso che il mio aiutante si era ritrovato con due dita rotte perché era stato "troppo curioso".

Alla fine la stanchezza ebbe la meglio. Il carosello dei miei pensieri iniziò a rallentare. Mi lasciai cadere sul letto. Per un attimo pensai che Luc Martin aveva scritto anche di Henny. Che aveva accettato la mia lettera. Controvoglia, ma lo aveva fatto. C'era la possibilità, per quanto minima, che avesse letto la lettera che le avevo scritto da qui?

Ma non avevo più le forze di pensarci. I miei occhi si chiusero, e Henny, il signor Martin e mio figlio sprofondarono nell'oscurità.

Nonostante mi fosse sembrato di aver dormito un sonno profondo e senza sogni, quando suonò la sveglia ero a pezzi.

Per un attimo fui tentata di spegnerla e girarmi dall'altra parte, ma per fortuna mi ricordai che quel giorno sarei dovuta partire con la signora Arden.

Continuavo a chiedermi perché mi volesse con lei: se si trattava di un viaggio di lavoro, non sarebbe stato meglio farsi accompagnare dalla signorina Hodgson o da un'altra direttrice di salone? Ero soltanto un'estetista! In apprendistato, per giunta.

Ma alla fine misi da parte i miei dubbi. Ero felice che avesse scelto me e non un'altra. Dopo la lettera del signor Martin quel viaggio era il raggio di sole di cui avevo bisogno. Altrimenti avrei passato il fine settimana a immaginare gli uomini che avevano aggredito il detective e nelle cui grinfie, forse, era finito mio figlio.

Quando la macchina della Arden si fermò davanti alla porta, mi ero truccata in modo da sembrare presentabile. Non avevo molti bagagli: per fortuna i vestiti estivi erano facili da stipare nella valigia. Per l'occasione mondana avevo portato con me un magnifico vestito blu, oltre a due delle mie migliori camicette. Non volevo far fare brutta figura alla signora Arden.

L'autista sistemò il mio bagaglio sul portapacchi, poi tornò al volante e partimmo.

La vettura si fece strada attraverso il traffico mattutino, che quel giorno sembrava particolarmente caotico. Mi chiesi perché la signora Arden mi avesse mandato il suo autista e non fosse venuta anche lei in macchina. Forse ci saremmo diretti alla stazione.

Dopo un po' mi accorsi che non eravamo sulla strada per la stazione di Grand Central. La macchina si era fermata di fronte a un edificio che non avevo mai visto prima. Sembrava molto antico e aveva magnifici ornamenti floreali alle finestre, che mi ricordavano quelli di Charlottenburg.

L'autista scese dalla macchina e suonò. Poco dopo la porta si aprì e l'uomo scomparve all'interno. Riemerse con due grosse valigie, che fissò sul portapacchi insieme alla mia.

Era la casa della signora Arden?

Lei uscì un attimo dopo, elegantissima in un abito da viaggio marrone e con un cappellino in testa. Non vidi il signor Jenkins. Sarebbe venuto anche lui o eravamo solo noi due?

La signora Arden scambiò qualche parola con l'autista, poi lasciò che le aprisse la portiera e mi raggiunse sui sedili posteriori.

«Che piacere rivederla, signorina Krohn. Spero che non abbia avuto problemi a spostare i suoi appuntamenti con così poco preavviso.»

«Niente affatto, signora Arden» risposi, nel caso in cui avesse parlato con la signorina Hodgson.

«Bene, allora possiamo andare. James, può portarci in sede?»

In sede?

La signora Arden si accorse del mio stupore e si affrettò a spiegare: «Mio marito viene con noi. Ho passato la notte da un'amica, è dovuta a questo la piccola deviazione».

Suonava molto strano. La notte prima di un viaggio non dormiva a casa, ma da un'amica...

Non avevo idea di come funzionasse il suo matrimonio, ma sembrava proprio che non avesse voluto vedere suo marito. Un istante dopo ebbi un'idea inquietante: perché aveva fatto passare a prendere prima me e poi suo marito?

«Dove andiamo di preciso, se posso chiederglielo?» esordii. «Non c'era scritto nel biglietto.»

La signora Arden sorrise. «Non le piacciono le sorprese?»

La domanda mi turbò. Anche quando partivamo con Darren senza sapere dove fossimo diretti non mi entusiasmava. «A dire il vero sì» risposi, sforzandomi di allontanare dalla memoria la gita all'isola dei pirati con Darren. «Ma quando si tratta di viaggi mi piace partire preparata.»

La Arden sorrise di nuovo. «Andiamo a trovare una mia vecchia amica, Elisabeth Marbury. Mai sentita?»

Scossi la testa.

«Bene, la conoscerà. È un'agente letteraria e teatrale. Gli spettacoli più belli di New York dipendono dalla sua mediazione. I migliori autori ronzano tutti intorno a lei.»

Cosa c'entrava quella donna con l'azienda? Forse voleva investire nei cosmetici. Oppure era una cliente benestante che voleva una presentazione privata dei prodotti?

Nel caso, speravo che la signora Arden mi spiegasse meglio cosa volesse da me.

«C'è qualcosa di specifico che vorrebbe che io facessi?» chiesi, anche se quello che avrei voluto sapere davvero era perché avesse scelto proprio me.

«No, osservi e basta. E soprattutto, cerchi di fare una buona impressione.»

Se c'era una cosa che la Hodgson mi aveva insegnato era osservare.

Quando arrivammo alla sede centrale dell'azienda, l'autista scese ed entrò nell'edificio. Provai a reprimere l'agitazione. Forse il fatto che la signora Arden non avesse dormito a casa non significava niente. Dai racconti delle mie colleghe sapevo che la coppia viveva in un appartamento privato nello stesso edificio dove aveva sede l'azienda. O forse c'erano dei dissapori fra loro? L'ultima cosa che volevo era perdere di nuovo il lavoro perché il titolare tentava di salvare il suo matrimonio.

Poco dopo l'autista tornò in compagnia del signor Jenkins, che indossava una giacca marrone a quadretti e pantaloni abbinati che terminavano a metà ginocchio. La mise mi sorprese. Non sembrava molto professionale. Pareva più diretto a una scampagnata estiva.

«Buongiorno» salutò, lasciandosi cadere sul sedile del passeggero. «Pronta per un'avventura?»

Probabilmente parlava con me, perché non mi spiegavo come potesse chiedere una cosa simile alla moglie. Ad ogni modo, esitai a rispondere e guardai incerta la signora Arden. Lei si comportava come se suo marito non esistesse. Se si passa la notte separati ci si dovrebbe almeno salutare…

«Certo» mi costrinsi a rispondere alla fine.

«Bene!» rispose lui, e si rivolse all'autista. «James, andiamo!»

James accese il motore e si infilò nel traffico.

21

I raggi del sole si riflettevano su Belgrade Lakes quando, nel tardo pomeriggio, raggiungemmo la tenuta della signora Marbury. Non vedevo l'ora di conoscere l'illustre amica della Arden.

Durante il viaggio, il signor Jenkins mi aveva aggiornata sulla nostra ospite.

Anni prima era stata una figura di spicco del movimento delle suffragette. Era amica intima di molti grandi nomi dell'ambiente artistico occidentale. Le piaceva circondarsi delle donne più ricche e potenti del paese, tra cui naturalmente la Arden.

Durante il discorso, e per la verità durante tutto il viaggio, la signora Arden era rimasta in silenzio. Sembrava persa nei suoi pensieri. Ma quando la guardai notai che fissava suo marito, come se si aspettasse un passo falso da un momento all'altro.

Il signor Jenkins non diede segno di essersene accorto, ma forse ignorava la cosa di proposito.

Gli occhi della moglie erano come pugnali pronti a colpire.

Che stava succedendo? Ero molto a disagio in quella situazione, così come mi ero sentita a disagio quando l'autista era passato a prendere prima me e poi il signor Jenkins e la signora Arden. Se fossero stati entrambi già seduti in macchina, forse avrei fatto meno attenzione al comportamento di lei.

La signora Marbury viveva in una villa bianca che doveva avere almeno duecento anni. Il frontone e il balcone mi ricordavano vagamente una casa di campagna inglese. Forse risaliva all'epoca in cui quel posto era ancora una colonia anglosassone.

Ad ogni modo l'unico segno di antichità era l'architettura. Tutto il resto era tenuto alla perfezione. I giardini erano ricolmi di piante viola, bianche e rosa. Il viale d'ingresso era lastricato e fiancheggiato da piccoli lampioni che indicavano la strada ai visitatori in arrivo dopo il tramonto. Enormi alberi di altezza impressionante circondavano la villa. Peccato non saperne di più sulla vegetazione americana: tutto ciò che sapevo lo avevo imparato nel giardino dietro la fabbrica di Madame.

La macchina della signora Arden si fermò e il signor Jenkins scese insieme all'autista.

«Cosa c'è, mia cara? Vuole restare seduta lì tutto il giorno?» chiese la Arden, strappandomi alla mia contemplazione. Per lei lo spettacolo non doveva essere una novità, ma a me sembrava di essere a casa di un lord inglese.

«No, certo che no.» Scivolai sul sedile e uscii. L'aria era fresca e profumata di fiori. Ero abituata agli odori della città, agli scarichi delle macchine mescolati a fumo, immondizia e benzina. Qui mi sembrava di essere entrata in un negozio di profumi francese.

«Una magnifica tenuta, non crede?» disse la Arden. «Quanto mi piacerebbe avere un posto come questo…»

Prima che potesse dire altro, la porta della villa si aprì e ne uscì una donna vestita con un abito lavanda, accompagnata da un maggiordomo in frac. La signora era piuttosto florida e doveva avere problemi a camminare, perché si reggeva a un bastone. I capelli grigi si adattavano perfettamente al colore della pelle e agli occhi scuri.

Non potevano esserci dubbi. Era la signora Marbury.

Quando ci vide i suoi passi si fecero subito più rapidi e fluidi.

«Lizzy, mia cara!» esclamò, stringendo la signora Arden al petto prosperoso. Lei non sembrò turbata. Anzi, sorrideva raggiante.

«Che bello rivederti!» rispose. «Sembra passato un secolo.»

«E invece sono soltanto un paio di settimane» rispose la signora Marbury ridendo, prima di rivolgersi a Jenkins.

«Tom, santo cielo, mi fa piacere che stavolta tu sia riuscito a venire. Dovrebbero raggiungerci anche un paio di signori, così non ti annoierai a morte.»

«In sua presenza non potrei mai annoiarmi, Elisabeth» rispose lui, facendole il baciamano. Le due donne avevano lo stesso nome. Chissà se la cosa generava confusione fra i loro ospiti.

«Non sai che piacere è stato ricevere il tuo invito, Bessie» disse la signora Arden, rispondendo così alla mia domanda. Quindi la signora Marbury era "Bessie" e la Arden era "Lizzy". Almeno per gli amici.

«E chi è questa signorina? Hai adottato una figlia senza dirmi niente?»

La signora Marbury mi osservò con un sorriso caloroso che la rendeva più attraente di quanto non mi fosse sembrata all'inizio.

Le porsi la mano. «Sono Sophia Krohn» mi presentai. «Lavoro da sei mesi per la signora Arden.»

«Sophia!» esclamò lei, e mi strinse la mano con una decisione che di solito avevano soltanto gli uomini. «Un bellissimo nome. Le dispiace se la chiamo Sophia? Penso che gli appellativi familiari non dovrebbero essere una prerogativa degli uomini. In fondo siamo sorelle, non è vero?»

Feci cenno di sì, anche se il suo discorso mi aveva sorpresa e non mi entusiasmava l'idea di rivolgermi a tutte le donne presenti chiamandole per nome. «Certo, può chiamarmi Sophia se vuole» risposi sorridendo. La signora Marbury non aveva ancora lasciato andare la mia mano.

«Che magnifica ragazza. E ha anche l'aria di saper apprezzare una buona conversazione.»

Rise di nuovo, e finalmente mi lasciò la mano. Repressi un sospiro di sollievo. Avevo le dita intorpidite come se fossero state messe in una morsa.

Un attimo dopo la padrona di casa ci invitò a entrare.

L'interno della casa era ancora più impressionante dell'esterno. Per un attimo pensai di essere nelle stanze sacre di Madame. Già il foyer era pieno di magnifici dipinti e sculture. Sembrava di essere in un museo. Ma l'intenso aroma di caffè nell'aria non lasciava dubbi sul fatto che la villa fosse abitata.

La signora Marbury ci condusse nel salone, che oltre ai dipinti ospitava una meravigliosa collezione di piante esotiche. Alcuni degli enormi vasi di ceramica avevano l'aria di arrivare direttamente dall'Asia.

Assorta nella contemplazione delle piante, non mi ero quasi accorta della presenza di una donna molto bella, con un abito da giorno color crema. Era quasi l'esatto opposto della signora Marbury: snella, con morbidi capelli ondulati e un viso aristocratico. Aveva movimenti eleganti ed eterei.

«Elsie!» gridò la signora Arden, andando verso di lei. L'abbraccio fu molto più delicato, quasi cauto, come se la creatura potesse spezzarsi per una stretta eccessiva.

Dopo che anche il signor Jenkins l'ebbe salutata, la signora Marbury mi presentò: «Elsie, questa è Sophia Krohn, l'ultimo gioiello che si è accaparrata Lizzy. Sophia, ti presento Elsie De Wolfe, la più cara delle mie amiche».

«Piacere di conoscerla.»

«Il piacere è mio» rispose lei, con una voce profonda, quasi rauca, che non mi sarei aspettata. Ci stringemmo la mano e notai che aveva dita molto esili. A confronto le mie dita sembravano rozze, anche se passavo le giornate a massaggiare le mie clienti con oli e ad applicare creme. La signorina De Wolfe mi guardò come se stesse cercando qualcosa nei miei occhi. Poi piegò leggermente la testa e si girò di nuovo verso la signora Arden.

«Restate per tutto il fine settimana, vero?» chiese la signora Marbury. «Ho organizzato delle cose fantastiche, resterete a bocca aperta.»

«Sai che non ho bisogno di incentivi per restare» rispose la signora Arden. Non l'avevo mai vista tanto rilassata e di buonumore.

Cercai il signor Jenkins con lo sguardo, ma era sparito. In effetti nel gruppo era un po' un elemento estraneo. Eravamo nel regno delle donne, era chiaro.

«Lo so, mia cara, ma gli incentivi sono fondamentali, ci aiutano ad andare avanti. Dovresti vedere cosa sono riuscite e fare le mie ultime clienti grazie a questi incentivi. Una ha scritto un romanzo che farà arrossire i critici di vergogna.»

Mi guardò. Pensava che fossi troppo giovane per i romanzi che facevano "arrossire di vergogna"?

«Ah, tesoro, sarai stanchissima. Perché non vai a vedere la tua stanza e ne approfitti per riposare un po'?»

Non ero stanca e non avevo bisogno di riposare, ma capii che la Marbury voleva restare sola con la signora Arden e la signorina De Wolfe. Forse era quella la regola nei loro incontri. Jenkins lo sapeva, e si era ritirato per tempo.

«Claire!» chiamò la signora Marbury. Un attimo dopo arrivò una cameriera in uniforme bianca e nera. Anche lei, come la villa, sembrava appartenere a un'altra epoca.

Fece una riverenza. «Cosa posso fare per lei?»

«Per favore, accompagni la nostra giovane ospite nella sua stanza. La festa inizia alle otto, Sophia, dovresti avere tutto il tempo di riposarti e prepararti.»

«Grazie mille, signora Marbury» risposi, e seguii la cameriera su per le scale. I gradini scricchiolavano leggermente, e mentre salivo mi cadde lo sguardo sui ritratti alle pareti. Erano tutti membri della famiglia Marbury?

«Per di qua, signorina» indicò la cameriera, mentre mi soffermavo a guardare il ritratto del diciottesimo secolo di una giovane donna, con le labbra dipinte di rosso. Esistevano già i cosmetici, all'epoca? Mi sembrava di aver letto da qualche parte che un tempo le donne si coloravano le labbra di rosso con la cocciniglia. Evidentemente le labbra rosse sono da sempre considerate attraenti…

«Arrivo» dissi, raggiungendola nel corridoio rivestito di pannelli di legno scuro. Le piccole lampade alle pareti, che restavano accese anche di giorno, non riuscivano comunque a illuminarlo del tutto. Infatti la luce del giorno mi sembrò accecante quando la cameriera aprì la porta della mia stanza.

Due alte finestre che avevo notato già dall'esterno la inondavano di luce.

Mi guardai intorno stupefatta. Il letto a baldacchino doveva essere molto comodo, con il materasso alto e la coperta con un motivo a fiori. C'erano un camino, naturalmente spento, una grande scrivania con vista sul giardino e un armadio con un'infinità di ante e cassetti. La signora Marbury sembrava avere una passione per gli oggetti antichi.

«Il bagno è oltre quella porta. Se ha bisogno di qualcosa, mi chiami.» La cameriera indicò una porticina quasi invisibile nei pannelli di legno che rivestivano la stanza, poi un campanello accanto alla finestra.

La ringraziai e rimasi a guardarla mentre usciva. Poi tornai a esaminare la camera. Era la sistemazione più signorile che mi fosse mai stata offerta in tutta la mia vita. Quando ero andata via da casa dei miei genitori, tre anni prima, non avrei mai sognato di mettere piede in una stanza simile. Naturalmente ero soltanto un'ospite, ma mi aveva invitata una donna importante, e lavoravo per una donna altrettanto importante. Se non fossi rimasta incinta e avessi continuato a vivere come avevo sempre fatto, cosa ne sarebbe stato di me?

Rimasi tutto il pomeriggio a guardare dalla finestra il personale che allestiva il giardino in una perfetta scenografia da una festa. Un gran numero di tavolini e sedie, incantevoli piccoli padiglioni illuminati, e poi lanterne appese agli alberi e ghirlande. Al buio sarebbe stato come se una miriade di lucciole ci circondasse.

Ero eccitata. Chi altri sarebbe venuto? A giudicare dalla notorietà della signora Marbury, forse ci sarebbero state delle stelle del cinema.

E poi, di colpo, un sospetto: e se fosse venuta anche Madame? E se la signora Arden mi avesse portata con sé soltanto per mostrarle che ora lavoravo con lei? Madame era prima di tutto una collezionista d'arte, ma le interessavano anche la letteratura e il teatro.

Quel pensiero mi gettò nel panico per un momento, ma mi ripresi subito. Non avevo nulla di cui rimproverarmi. Avevo lasciato l'azienda di Madame perché mi aveva licenziata. Se l'avessi incontrata, glielo avrei detto chiaramente.

Poco prima delle sette e mezza iniziarono ad arrivare i primi ospiti. Eleganti limousine parcheggiarono sulla rotonda e lungo il viale d'accesso. Si iniziò a sentire un mormorio di voci. Mi guardai allo specchio, risistemai l'acconciatura e controllai il trucco.

Con il vestito da cocktail e un paio di scarpe dai tacchi così alti che a New York non ero mai riuscita a mettere nemmeno per raggiungere la fermata della metropolitana, lasciai la stanza poco prima delle otto e scesi nel salone. Fui accolta da un intenso brusio. Nell'ingresso si erano riuniti alcuni ospiti che parlavano concitati. Per fortuna nessuno fece caso a me quando inciampai per le scale.

Dopo un po' trovai la signora Arden. Era fuori insieme alla signora Marbury. Le due sedevano sotto un baldacchino nel prato. O meglio, la signora Marbury troneggiava al centro, circondata da uno stuolo di amiche che sembravano dame di compagnia.

Le lanterne appese agli alberi non erano ancora state accese, ma le decorazioni erano già stupende così.

«Ah, ecco Sophia!» esclamò la signora Marbury quando mi vide. «Spero che abbia passato un piacevole pomeriggio.»

«Sì, grazie.»

«Sembra molto riposata» osservò lei, e mi fece cenno di prendere posto insieme a loro.

Jenkins non si vedeva da nessuna parte. E non sembrava che le signore sentissero la sua mancanza. Continuarono a chiacchierare animatamente di una pièce teatrale dal contenuto alquanto raccapricciante. I critici l'avrebbero fatta a pezzi quando sarebbe andata in scena. Ma invece di mostrare disinteresse, la signora Marbury sembrava impaziente di accaparrarsela.

«Un po' di scandalo non ha mai fatto male a nessuno» disse con un sorrisetto. «Sono sicura che troverò un direttore di teatro abbastanza coraggioso da sfruttare il clamore a suo vantaggio.»

Nel corso della discussione conclusi che non solo la signora Marbury fosse una donna molto intelligente, ma anche che il mondo dello spettacolo fosse per me un universo del tutto sconosciuto, nonostante il periodo trascorso nel varietà del signor Nelson a Berlino. Speravo soltanto che non mi chiedesse un'opinione. La nostra famiglia non si era mai interessata granché al teatro, e in quello del signor Nelson andava in scena soltanto varietà. Da quanto avevo capito, dubitavo di poter dare un contributo alla conversazione, ma per fortuna la signora Marbury al momento era più interessata alle altre sue ospiti.

Nelle ore successive, oltre a conoscere la magnifica arte culinaria della cuoca della signora Marbury, strinsi la mano a un'infinità di uomini e donne importanti, che si rivelarono tutti buoni amici delle due Elizabeth. Jenkins non aveva esagerato. La quantità di persone che venerava quelle donne era impressionante.

Con mio grande sollievo, non vidi Madame fra gli invitati. Di solito arrivava sempre in ritardo a eventi del genere, per fare un ingresso in pompa magna, ma non avrebbe osato arrivare un'ora dopo. Ero salva.

Invece conobbi una donna affascinante e disinvolta che mi si presentò come Emily Fletcher.

«Anche lei è un'amica di Bessie?» chiese, avvicinandosi a me così tanto che potevo sentire il suo profumo. Era un misto di rosa e bergamotto. All'inizio sembrava discreto, ma più mi stava vicino, più obnubilava i sensi.

«Ho accompagnato la signora Arden» spiegai. «Ho conosciuto la signora Marbury e la signorina De Wolfe appena un paio d'ore fa, ma mi sembrano entrambe molto gentili.»

«Bessie è straordinaria!» esclamò lei. «Le persone a cui non piace non hanno gusto, non c'è altro da dire. Ed Elsie! Credo che anch'io potrei innamorarmi di una donna così.»

«Sì, sono davvero amabili.»

«E lei da dove viene? Se conosce la signora Arden, sarà di New York.»

«In realtà sono tedesca» ammisi. «Ma vivo qui da quasi tre anni.»

«E le piace la metropoli?»

Forse avrei dovuto spiegare che anche in Germania vivevo in una grande città, perché avevo la vaga sensazione che mi considerasse una campagnola. Ma mi trattenni.

«Molto. All'inizio la vita sembra troppo frenetica, ma poi ci si abitua.»

«New York è un posto unico al mondo. Non mi stupisce che Bessie ogni tanto senta il bisogno di scappare.» Lo sguardo della Fletcher si perse per un attimo altrove. «È così eccitante, tutti quei bar segreti. Come si chiamano…?»

«Speakeasy» risposi. Era così che li chiamava Ray.

«Sì, esatto, proprio così!» disse lei con gli occhi che brillavano. «Ci è mai stata?»

«Mi ci ha portata l'uomo che ho frequentato per qualche tempo» dissi. «E di recente anche un'amica. Ma non credo di voler essere inseguita dalla polizia una seconda volta.»

«È stata con un uomo?» chiese sbalordita la signorina Fletcher.

«Sì, ma per poco. Non è andata.» Strinsi le labbra e mi pentii di aver parlato di Darren. Non riuscivo a raccontare agli sconosciuti le mie relazioni, come facevano molti. E poi cosa c'era da raccontare?

«Quindi lei non è…?» La Fletcher mi squadrò dalla testa ai piedi.

«Non capisco.» Scossi la testa. «Cosa dovrei essere?»

La donna arrossì. «Pensavo che preferisse le donne agli uomini.»

Non mi era del tutto chiaro dove volesse arrivare. Accorgendosi della mia confusione, precisò: «Bessie ed Elsie sono una coppia. Pensavo che anche lei avesse gusti simili».

Ora pensavo di aver capito. «Intende dire che la signora Marbury è…»

«Lesbica» completò lei, usando una parola che avevo sentito di rado, anche se ne conoscevo il significato. "Discepole di Saffo" si definivano alcune di loro all'università. Mi ero sempre tenuta alla larga da quelle ragazze, perché mi mettevano a disagio.

Guardai la signora Marbury, che proprio in quel momento si stava scambiando uno sguardo con la De Wolfe. Anche io ed Henny eravamo state intime, ma i miei sentimenti per lei erano sempre stati disinteressati. Negli occhi della Marbury, invece, riconoscevo qualcosa che avevo visto anche in quelli di Darren. La De Wolfe non le piaceva e basta. La amava.

«Se non fosse per il marito, sono convinta che anche la signora Arden farebbe parte del nostro gruppo» aggiunse la donna. «Ma se lo tiene ben stretto…» Suonava quasi dispiaciuta. «Ad ogni modo, può star certa che la metà delle signore presenti condivide la nostra inclinazione. Spero che non sia un problema.»

«No.» Mi schiarii la gola. «Certo che no.»

«Bene. Non mordiamo, glielo assicuro» disse la donna ridendo e toccandomi la spalla. «Anche se gli uomini sembrano convinti di sì.» Bevve un sorso dal suo bicchiere e aggiunse: «Le auguro una magnifica serata, mia cara. Spero che prima o poi le nostre strade si incroceranno ancora».

«Lo spero anch'io.»

La signorina Fletcher mi rivolse un'altra occhiata profonda, poi disse: «Peccato che le piacciano gli uomini. Carina com'è, sarebbe valsa un tentativo». E se ne andò.

Quando non riuscii più a sopportare il dolore ai piedi, cercai un posto lontano da tutti e mi sedetti su un'imponente pietra che sarebbe stata adatta a realizzare una scultura. Mi sembrava di avere la testa piena di ovatta. In parte per i cocktail che avevo bevuto e in parte per le grandi scoperte della serata.

Perché la signorina Fletcher aveva pensato che fossi lesbica? Era così evidente che non avevo un uomo? Mi ero trasformata in una donna saccente e insopportabile? Oppure bastava far parte della cerchia di conoscenze della signora Marbury per giustificare il sospetto?

Se guardavo agli ultimi mesi, dovevo ammettere di non aver dimostrato grande interesse per gli uomini. Forse per questo avevo dato alla signora Arden quell'impressione. Mi aveva portata con lei perché pensava che avrei trovato una compagna? Una donna, visto che non avevo un uomo?

Allontanai quei pensieri. No, alla signora Arden non interessavano le mie questioni private.

«Bene, bene, anche lei non sopporta più la confusione?» chiese una voce maschile. Mi girai e mi ritrovai davanti il signor Jenkins. Aveva in mano un bicchiere con ancora un po' di whiskey.

«Avevo soltanto bisogno di riposarmi» dissi, indicandomi i piedi. «Non sono più abituata a camminare con i tacchi così alti. In salone indosso sempre gli zoccoli.»

«Comprensibile» rispose Jenkins. «Le dispiace se mi siedo accanto a lei? Temo di non essere più abituato a stare in mezzo a tante persone importanti.»

Mi chiesi cosa ne avrebbe pensato la signora Arden.

«No, certo» risposi, e gli feci posto. Per fortuna il signor Jenkins si tenne a una certa distanza.

«Non mi fraintenda» continuò, fissando il suo bicchiere. Capii subito che era leggermente brillo. «Non ho niente contro le celebrità. Mi piacciono queste persone. Soltanto che il loro modo di sentirsi superiori agli altri a volte è ai limiti del sopportabile.»

«Buon per me che non conosco celebrità, allora» risposi. «In realtà mi aspettavo più stelle del cinema, ma la signora Marbury non sembra averne invitate.»

«Il cinema non è il suo mestiere, è devota alla letteratura. E alle belle donne.»

«Sì, l'ho sentito.»

«Davvero?» Jenkins aggrottò la fronte. «E da chi?»

«Dalla signorina Fletcher.»

«Ah» fece lui. «Allora non dovrebbe stupirla più niente.»

Dopo una breve pausa, aggiunse: «Bessie Marbury è una donna straordinaria. Alcuni uomini sono intimoriti da lei, ma chi la conosce bene sa apprezzarla».

«Sì, è una persona eccezionale» mi affrettai a dire. Non volevo dare l'impressione di pensare male dell'amica della signora Arden.

«Molte delle persone che vede qui si battono da anni per i diritti delle donne. La signora Marbury è riuscita a mettere su un circolo molto influente. Alcune di loro hanno vissuto all'epoca dei corsetti e delle crinoline. Lei è molto giovane, ma forse avrà sentito parlare di queste battaglie.»

«Mio padre era turbato dalle suffragette, ma a casa mia non erano un argomento di conversazione» risposi. «Hanno destato la mia attenzione per la prima volta soltanto all'università. E lì mi sono chiesta per cosa lottassero, dopo aver ottenuto il diritto di voto.»

«Se lo chiede a Bessie, le dirà che c'è sempre un motivo per battersi. Vedrà, nel giro di un paio d'anni le donne inizieranno a indossare i pantaloni e non si distingueranno più dagli uomini.»

«Non credo proprio» dissi. «Le donne saranno sempre interessate all'eleganza. Anche se portassero i pantaloni, riuscirebbero comunque a distinguersi dagli uomini.»

Feci una breve pausa, e spinta dalla leggera ubriacatura in cui stavo scivolando, aggiunsi: «E poi non possiamo farci crescere la barba».

Jenkins mi guardò. «Cosa le succede? Vuole diventare anche lei una donna che intimorisce?»

«No» sbottai, forse in modo troppo avventato, perché a dire il vero, se pensavo alla signora Marbury, non potevo fare a meno di ammirare e desiderare almeno un po' della sua libertà e della sua influenza.

«Ne è sicura?» rispose lui sorpreso. «Se lo chiedessi a mia moglie, risponderebbe immediatamente di sì.»

«La signora Arden è già una donna molto influente» replicai.

Un sorriso enigmatico comparve sul viso di Jenkins. «Per un attimo ho pensato che volesse dire che incute già timore.»

«Non mi permetterei mai. E poi non penso che incuta timore. Semmai rispetto.»

«Sì, può darsi» replicò lui riflessivo. «Nel suo caso è anche molto indulgente. Non è un trattamento che riserva a tutti. Speriamo che Lizzy resti bendisposta nei suoi confronti.»

Era uno strano discorso, e mi inquietò un po'. Mi tornò in mente la domanda che mi tormentava da quando avevo ricevuto l'invito per il fine settimana.

«Posso farle una domanda?» dissi, sentendomi abbastanza sicura di me.

«Certo, signorina Krohn.»

«Perché mi ha portata qui? Voglio dire, è ovvio che non c'entro niente con le altre invitate. La signorina Fletcher pensava che fossi lesbica anch'io, ma...»

«Non lo è?» chiese Jenkins con sguardo malizioso.

«Credo di no. Sono... be', stavo con un uomo. Non ha funzionato, ma non perché non mi interessino gli uomini. È solo che sono troppo poco convenzionale per loro.» Non era proprio così: a parte i miei studi ero sempre stata molto convenzionale. Ma non erano cose che riguardavano il signor Jenkins.

«Sono certo che troverà un altro fidanzato. Anche se a mia moglie non piacerà che si sposi e lasci l'azienda.»

«Prima di sposarmi dovrò trovare la persona giusta.» Mi sfuggì un sorriso amaro. «Comunque, non voglio pensarci, ora. Sono soddisfatta della mia vita così com'è.»

Il signor Jenkins annuì e fissò pensieroso l'oscurità.

«Allora, perché sono qui?» insistetti. Non aveva ancora risposto alla mia domanda.

«Mia moglie segue delle regole tutte sue quando si tratta di selezionare i collaboratori. Alcune scelte all'apparenza possono sembrare insensate. Immagino le sia sembrato strano non essere stata mandata in laboratorio, quando ha studiato chimica e ha già fatto quel mestiere da madame Rubinstein.»

«Sì, certo.»

«Fa sempre così. A volte assegna ruoli a persone che sulla carta sembrano assolutamente inadatte, ma si rivelano bravissime. E così con lei. Ha sempre creato cosmetici, e ora li applica. Se ho ben capito, però, ha sempre in testa le formule chimiche.»

Assentii.

«Credo che mia moglie abbia un piano per lei. Non mi è ancora chiaro quale, ma in genere informa l'interessato e tutti gli altri soltanto quando è sicura. Il suo periodo al salone è pensato come un apprendistato e lo stesso vale per la sua presenza qui. Non ha mai fatto conoscere nessuno dell'azienda al suo gruppo di amiche.»

«Nemmeno la signorina Hodgson?»

«No, nemmeno la Hodgson. Lei è la prima. Forse vuole farla abituare alla compagnia. Forse perché vuole che sappia tutto e un giorno possa usarlo a vantaggio della sua azienda.»

Aveva detto la sua azienda, non la *nostra*.

Ero convinta che la Arden mi vedesse soltanto come un trofeo, come qualcosa che aveva rubato a madame Rubinstein. Era stata una mia decisione, mi ero ripetuta più volte, ma sarei mai andata da lei se non mi avesse scritto quel biglietto dopo la festa dai Vanderbilt? Non lo sapevo. Quindi in un certo senso era vero che mi aveva sottratta a Madame. Come un trofeo. Ma non era quello il motivo per cui ero lì. Le parole del signor Jenkins avevano messo tutto sotto un'altra luce.

«E poi Lizzie ha un debole per le belle donne» aggiunse. «Le piace circondarsi di persone affascinanti, e lei lo è.»

«Porto gli occhiali» replicai, spingendoli ostentatamente sul naso.

«Sono necessari e non rovinano affatto il suo aspetto. Anche se forse sceglierei una montatura più moderna. Gli ottici hanno finalmente capito che anche gli occhiali possono essere un ornamento.»

Mi sorrise. Restammo in silenzio per alcuni minuti. Dovevo elaborare quello che avevo sentito. Forse la signorina Fletcher aveva ragione, forse la Arden era più interessata alle donne. Belle donne. Forse era per quello che…

Ma le parole di Jenkins confermavano anche la mia esperienza con la Arden. Incoraggiava le persone e si assicurava così la loro lealtà. Volevo pensare a quello e non alla possibilità che provasse per me dei sentimenti che non potevo ricambiare.

«Okay» disse lui alla fine e si alzò. «Credo di dover tornare dagli uomini, altrimenti penseranno che le suffragette mi abbiano legato a un albero.» Scoppiò a ridere. «Buona serata, signorina Krohn.»

«Anche a lei, signor Jenkins.» Lo guardai allontanarsi. Di colpo mi sentii un peso sul petto. Cosa poteva aver visto in me la signora Arden? Che progetti aveva in mente?

Dopo aver lavorato con Madame ero convinta di conoscere le donne come lei, ma la verità era che non sapevo niente.

22

Ero grata che la mia scarsa passione per l'alcol mi avesse aiutata a non svegliarmi con un tremendo mal di testa la mattina dopo. Quando mi alzai dal letto mi sentii fresca e riposata. L'aria di campagna sembrava farmi bene. Anche le mie occhiaie erano meno profonde da quando ero lì. O forse me lo immaginavo soltanto.

Mi avvicinai alla finestra, scostai le tende che avevano avvolto la stanza in una penombra rossastra e aprii un battente della portafinestra: un cinguettio di uccellini, accompagnato da una brezza profumata di fieno entrarono nella camera. Chiusi gli occhi e inspirai profondamente, con la sensazione che l'aria stesse raggiungendo gli angoli più nascosti del mio corpo. Non avevo mai pensato a come sarebbe stato vivere in campagna, ma dovevo ammettere che svegliarmi così non mi dispiaceva affatto.

Dopo essermi lavata e aver indossato un abito estivo verde, scesi di sotto. Sentii delle voci accompagnate da un tintinnio di tazze. Servivano già la colazione?

Quando entrai in sala da pranzo, incontrai le due cameriere che apparecchiavano la tavola. Era ancora presto. Visto che le ragazze non sembravano essersi accorte di me, rimasi a osservarle per un momento. Doveva essere strano avere dei domestici…

Naturalmente anche Kate era sempre in casa, ma lei e il signor Parker mi sembravano più una famiglia. Le cameriere alla fine mi videro e si bloccarono.

«Buongiorno, signorina» disse Claire. «Per la colazione dovrà aspettare ancora un po' di tempo, dopo le feste in genere la signora Marbury non si alza prima delle nove.»

«Oh, certo» risposi, un po' imbarazzata, e mi ritirai. E ora dove potevo andare? Dovevo tornare in camera? Potevo prendere un libro in biblioteca?

Una passeggiata mi sembrò la soluzione migliore.

Uscii dalla porta principale e rivolsi il viso verso il sole. Sentivo la pelle tesa, nonostante avessi appena messo la crema. Forse dipendeva dall'aria. Oppure dal calore.

Mi mossi verso il prato, tornato libero come al nostro arrivo. Il personale assunto dalla signora Marbury doveva aver portato via tutto nelle prime ore del mattino. Era rimasto soltanto un velo di tulle violetto che pendeva dal ramo di un cespuglio.

Mi fermai all'ombra di un albero per guardami intorno. Alla vista delle dolci collinette erbose provai un moto di nostalgia. Non di Berlino o di Parigi, ma di Darren. Era strano, perché non pensavo a lui da un po' di tempo. Forse era stato tutto quel parlare di donne innamorate di altre donne e di uomini intimoriti da loro. Mi sarebbe piaciuto potergli raccontare la serata che avevo trascorso. Ma non era possibile.

Alla fine mi allontanai dalla tenuta della signora Marbury. Durante il viaggio in macchina avevo notato un piccolo lago, e speravo di riuscire a ritrovarlo. Imboccai una stradina e poco dopo scorsi un luccichio. Lì vicino c'era un sentiero che portava al lago. Pensai di nuovo a Darren: gli sarebbe piaciuto molto quel posto, e forse mi avrebbe raccontato un'altra storia di pirati o furfanti che avevano nascosto un tesoro nelle vicinanze.

Ripensai alle nostre passeggiate a braccetto e provai nostalgia del suo calore, delle sue parole, della sua presenza.

Allontanai di nuovo quei ricordi. Era inutile rimanere attaccati al passato. Ma un attimo dopo i miei pensieri si rivolsero ad Henny. L'ultima estate a Berlino eravamo andate insieme a Wannsee. Mi ero divertita un mondo, anche se con il pancione non riuscivo a nuotare.

Per un istante presi in considerazione l'idea di sfilarmi il vestito e buttarmi in acqua. Ma poi notai un movimento. Due donne erano uscite da un cespuglio e correvano in punta di piedi verso l'acqua. Avrei scommesso di averle viste alla festa la sera prima. Saltarono nel lago gridando, ridendo e baciandosi.

Rimasi a contemplarle incantata per un attimo, prima di allontanarmi. Probabilmente non sospettavano di essere osservate, e preferivo lasciare che si godessero la loro intimità.

Al mio ritorno la signora Marbury e la Arden erano già sveglie. Il signor Jenkins non c'era.

«Sophia, mia cara!» esclamò la Marbury quando mi vide. «Già in piedi così di buonora?»

«Ho fatto una passeggiata» risposi. «Mi sveglio sempre presto, così ho pensato di andare a vedere il lago.»

«E così è un'amante della natura?»

«In città è raro trovare dei luoghi dove stare a contatto con la natura.»

«È molto vero. New York non è certamente nota per il verde, a parte Central Park. È più un luogo per ammirare i risultati dell'ingegno umano. Non credo che esista una città più straordinaria al mondo.»

Dovevo darle ragione. Berlino e Parigi erano magnifiche, ma New York le superava di una spanna con i suoi immensi grattacieli.

«Lizzy mi ha detto che vieni dalla Germania» proseguì la signora Marbury, prendendomi sotto braccio. «E che hai studiato lì.»

«Sì, chimica.»

«Oh, e così sei una scienziata! Lizzie, non mi avevi detto che abbiamo tra noi una scienziata.»

La signora Arden non rispose, forse per non dire che, non essendo laureata, non mi riteneva affatto una scienziata.

«Io non ci capisco niente di scienza. Sono più interessata alle parole e alle storie» continuò la Marbury. «Ma forse anche nella sua materia ci sono storie da raccontare. In genere gli scienziati vengono sempre rappresentati come tipi un po' strani, pensi a *Frankenstein*, per esempio. Lo conosce?»

Feci cenno di sì. La storia dello scienziato pazzo determinato a dar vita a una creatura all'interno di un laboratorio mi aveva sempre fatta rabbrividire.

«Ma posso assicurarle che non tutti gli scienziati vogliono essere dei "creatori". Il mio obiettivo è cercare di migliorare la vita delle persone utilizzando la chimica. In particolare la vita delle donne, con i cosmetici.»

«Sì, cosa saremmo senza le benedizioni della scienza? Ma se vuole sapere la mia opinione, ogni tentativo di cambiare qualcosa di un essere vivente è un tentativo di sostituirsi a Dio. Anche modificarne la bellezza. È come nel teatro, si mette in scena un mondo che altrimenti non esisterebbe.»

Aveva ragione? Le sue parole mi fecero riflettere. Certo, il trucco era illusione. Ma le donne avevano bisogno di sentirsi belle. Chissà?

Da giovane volevo a tutti i costi avere una pelle perfetta. Georg si era innamorato del mio aspetto, e mi ero sentita lusingata. Ma era stato proprio il periodo in cui mi ero del tutto disinteressata al mio aspetto ad aprirmi gli occhi sui miei veri obiettivi. Le belle donne vengono favorite, o almeno avevo sempre avuto questa impressione, e mi ero messa in testa di aiutare tutte le donne a essere belle. Lavorare per la signora Arden mi faceva imparare molte cose. Poi chissà. Non avevo ancora abbandonato il sogno di aprire un negozio tutto mio un giorno.

«Ma non voglio mandarti in confusione, tesoro» aggiunse la signora Marbury. «Il tuo è un lavoro magnifico, e ricorda, le labbra rosse sono un simbolo importante per noi sostenitrici dei diritti delle donne.»

«Anche se tu non lo metti mai» intervenne la signora Arden, prendendo finalmente la parola dopo essersi guardata intorno con aria meditabonda.

«Ebbene sì, forse anche i rossetti hanno paura della mia bocca, chissà. Ma è un segnale al mondo maschile, un invito a non sottovalutarci. Uno strumento per renderci visibili!»

Provai a immaginare la signora Marbury alla guida di un gruppo di pioniere con le labbra rosse, ai tempi della mia infanzia, quando non si vedeva mai una donna con il trucco. In effetti, si sarebbero certamente fatte notare, scatenando forse anche l'indignazione maschile.

«Credo sia ora di andare a vedere la tenuta. È perfetta per te, Lizzie!»

«Non vedo l'ora!» rispose la Arden, e prese a braccetto la Marbury.

Quando partimmo per la tenuta che la signora Marbury voleva mostrare alla Arden, il signor Jenkins non si era ancora visto.

La Arden sembrava agitata. Sarà stata anche il capo dell'azienda, ma quando si trattava di cose importanti le piaceva che suo marito fosse presente. E la tenuta che Bessie Marbury voleva mostrarle sembrava essere molto importante per lei.

«Possiamo andarci a piedi» disse la Marbury. «Non è lontana. È un peccato che debbano venderla. Tuttavia la sofferenza di qualcuno può fare la gioia di altri.»

E con queste parole si avviò verso l'uscita. Camminare sembrava costarle più fatica del solito, ma nessuno osò provare a distoglierla dall'idea, nemmeno la signorina De Wolfe.

Dopo aver sceso la scalinata, superammo il cancello e proseguimmo nella direzione in cui si trovava anche il lago.

Chissà di che tipo di proprietà si trattava. La signora Arden voleva comprare una seconda casa per venire a rilassarsi in compagnia della sua amica?

Continuammo a camminare lungo il lago. La signora Marbury parlava poco, evidentemente affaticata. Di tanto in tanto la signorina De Wolfe le lanciava un'occhiata preoccupata.

A un certo punto sentimmo dei passi alle nostre spalle. Mi voltai. L'uomo che correva verso di noi doveva essere il signor Jenkins: riconoscevo il suo completo da viaggio. Dopo un attimo ci raggiunse. «Perdonatemi, signore, credo di aver dormito troppo. Quando sono sceso mi hanno informato che vi eravate già incamminate.»

«Nessun problema, Tom, come vedi non sto andando molto veloce. Non c'era rischio che ti sfuggissimo.»

Notai che la signora Arden aveva lanciato un'occhiata di rimprovero al marito. Era per il ritardo? Mi girai a contemplare il paesaggio, fingendo di non essermi accorta di niente.

Dopo mezz'ora ci ritrovammo davanti a una fila di alberi imponenti, tanto fitti che si intravedeva a stento dietro di loro. Fu solo dopo averli superati che la tenuta si spalancò davanti a noi. Si estendeva per ettari ed ettari, punteggiata da piccoli edifici che un tempo dovevano aver fatto parte della fattoria. Al momento dominavano le erbacce, ma poteva diventare un giardino meraviglioso.

«Posso presentavi The Gables?» disse la signora Marbury con l'orgoglio dell'agente immobiliare nella voce. «Una delle più belle tenute intorno a Mount Vernon. Un luogo pieno di storia.»

The Gables sembrava davvero piena di storia, forse persino più antica della villa della signora Marbury. Era in stile inglese e doveva risalire ai tempi dei primi padri pellegrini. Il signor Parker mi aveva raccontato la storia durante il pranzo del Ringraziamento.

L'elemento più appariscente della tenuta, che consisteva in una villa a due piani e una miriade di edifici più piccoli, in parte annessi a quello principale, era il colore. Il tetto scintillava di un verde muschio dovuto all'invecchiamento delle tegole. Le pareti erano di un giallo intenso che contrastava in modo netto con i prati verdi tutto intorno. Inoltre c'erano un paio di stalle e un ampio recinto per cavalli. Ma la vera attrazione era l'edificio principale con le sue grandi finestre che mi ricordavano i palazzi signorili di Parigi.

«Ho chiesto all'amministratore le chiavi, così puoi dare un'occhiata anche all'interno» annunciò la signora Marbury, e si fece dare la chiave dalla signorina De Wolfe. «Allora, vogliamo entrare?»

Guardai la signora Arden, che sembrava paralizzata alla vista di quel posto, ma in senso positivo.

Chissà se il suo talento nello sfruttare le occasioni funzionava anche con gli immobili. In quel momento avrei tanto voluto leggerle nel pensiero.

Era evidente, la bellezza dell'edificio l'aveva rapita. I suoi occhi scintillavano, e anche il resto del viso splendeva di una luce che non aveva mai mostrato prima.

Oltrepassammo il portone con degli elementi ornamentali barocchi in gesso ed entrammo nell'atrio. Il parquet era coperto da uno strato di polvere che divenne ancor più evidente quando il signor Jenkins aprì le finestre.

La luce inondò la stanza, illuminando le lenzuola che coprivano mobili, quadri e specchi. I soffitti erano decorati e anche se il lampadario, che probabilmente aveva dominato la stanza, non c'era più non era necessario un grande sforzo di immaginazione per figurarsi lo splendore dei suoi tempi migliori.

Ma sentivo anche qualcosa di sgradevole. Odore di legno bruciato.

«C'è stato un incendio?» chiesi, guardandomi intorno. Non vedevo tracce in quella stanza, ma ero certa che da qualche parte nella casa ne avremmo trovate.

«Hai un ottimo olfatto, Sophia» notò la signora Marbury. «Sì, c'è stato un incendio, per fortuna nell'ala posteriore. Ha causato dei danni in un paio di stanze, ma niente di troppo grave. Vogliamo andare a vedere?»

«Non è pericoloso?» In caso di incendio, a Berlino, i pompieri consigliavano sempre di tenersi alla larga dagli edifici.

«No, non credo. I precedenti proprietari sono andati via non per il timore che gli crollasse in testa il tetto, ma perché convinti che la casa fosse maledetta. Ma le persone illuminate non credono agli spiriti maligni, dico bene?»

Scossi la testa e mi unii agli altri.

In effetti i danni del fuoco non erano disastrosi. Più che altro erano concentrati nella cucina che aveva pareti e pavimento di pietra; l'incendio doveva essere partito dai fornelli, come si poteva evincere dalle tracce di fuliggine. Un paio di finestre erano rotte. Il pavimento era ingombro di frammenti di vetro, ma era difficile capire se fosse stato il calore a farle esplodere o se fossero state rotte dai pompieri. Ad ogni modo, le operazioni di spegnimento avevano rovinato la moquette e messo tutto in disordine. Le conseguenze erano ancora evidenti.

«Sono sicuramente tutti danni riparabili. I proprietari sono stati dei pazzi ad abbandonare questa casa per una simile sciocchezza. Ma la moglie non ne voleva più sapere di vivere qui. Aveva paura che il fuoco la sorprendesse nel sonno» commentò la signora Marbury scuotendo la testa.

«È meravigliosa» disse la Arden con voce quasi commossa.

«Aspetta di scoprire la vista sul Long Pond. C'è una collinetta da cui si gode un panorama sensazionale. Ma prima ti faccio vedere il salone: è perfetto per i cocktail party.»

La Marbury e la De Wolfe si avviarono. Jenkins le seguì, ma la signora Arden e io restammo ferme a contemplare la cucina.

«Cosa ne pensa, signorina Krohn?» chiese lei dopo un attimo. «Si sentirebbe a suo agio in una casa come questa?»

«È un po' troppo grande per me» risposi.

«E se avesse una famiglia? Dei figli?»

La seconda domanda mi trafisse come una spada. Figli. Avrei mai avuto dei bambini? Oltre a Louis, che forse era ancora vivo, o forse no?

«Per una famiglia grande sarebbe perfetta. Ma a essere onesta non mi vedo come madre. Non ho nemmeno un uomo.»

«A volte non è necessario avere un uomo. Ho sentito dire che Josephine Baker ha adottato un sacco di bambini, senza un marito. Il nome le dice qualcosa?»

Provai una fitta al cuore. Henny. Ricordavo ancora come avevamo festeggiato il suo ingaggio a Parigi.

Ma nemmeno lei era una donna che riuscivo a immaginare con un'orda di bambini.

«Credo che prima dovrei potermi permettere una casa come questa» dissi, provando a cambiare argomento. «Dovrò risparmiare ancora per un po'.»

Soltanto dopo averlo detto mi resi conto che la signora Arden avrebbe potuto interpretare le mie parole come una lamentela sul mio stipendio, ma lei sorvolò sulla mia osservazione.

«Non per forza si devono avere dei figli per riempire una casa come questa» disse, con aria trasognata. Chissà cosa aveva in mente. Una festa come quella della sera prima a casa della signora Marbury? Una nuova attività? Avevo l'impressione che in un certo senso la signora Arden pensasse sempre a nuove iniziative. Forse anche a qualcosa per me, quando avessi smesso di truccare le sue clienti.

La visita continuò con le dépendances, che erano incredibilmente ben tenute, e le stalle. I cavalli non c'erano più, ma si sentiva ancora il loro odore nell'aria, e il pavimento era coperto di fieno.

Infine rientrammo in casa. Il signor Jenkins rimase fuori a guardarsi ancora intorno.

«I precedenti proprietari non passavano molto tempo qui» raccontò la signorina De Wolfe. «Non venivano quasi mai. Pensiamo che si trattasse di un'eredità che non erano in grado di amministrare, o che forse non avevano mai voluto.»

«Tuttavia sembra che ci abbiano riflettuto bene, perché hanno impiegato un bel po' a decidere di venderla» aggiunse la signora Marbury.

«La prendo» disse la signora Arden, prima ancora di finire il giro.

La Marbury aggrottò la fronte. «La prendi?»

Arden annuì. «Sì. Credo che sia il posto giusto per me. Ma che dico, no, me ne sono innamorata!»

«È meraviglioso!» esclamò la signora Marbury. «Così saremo finalmente vicine di casa.»

«Ebbene sì» rispose la signora Arden, fissando le possenti travi del tetto. «Potrei mettere su un allevamento di cavalli, che ne pensi? Con una scuderia.»

«Un'idea fantastica!» esultò la signora Marbury. «Saresti una delle prime donne a farlo. Forse potresti cavalcare anche tu. Sei abbastanza magra.»

La signora Arden aveva assunto un'espressione assorta. Si vedeva già in sella a un cavallo della sua scuderia?

Ma più di ogni altra cosa mi domandavo cosa ci facessi io lì. Per un attimo avevo sperato che stesse cercando una sede per un nuovo laboratorio o una fabbrica. Ai cavalli non avevo pensato affatto.

«Quanto tempo ci vuole per sbrigare le formalità?» chiese la signora Arden, tornando alla realtà.

«Se chiedo al mio avvocato di occuparsene, due settimane al massimo. Credo che gli eredi saranno così felici di liberarsi del peso che ti permetteranno di portare già qui i tuoi cavalli.» La signora Marbury fece una breve pausa, poi aggiunse: «Vieni, andiamo a festeggiare la tua decisione».

La Arden mi guardò. «Ha l'aria delusa, signorina Krohn.»

Era così evidente?

«Non sono delusa» risposi, sforzandomi di sorridere. «Pensavo solo...» Mi interruppi. Potevo davvero dirlo? In realtà ero abbastanza avvilita che non acquistasse la villa per intraprendere qualche nuova attività, come avevo ipotizzato. Un allevamento di cavalli! Da non credere.

«Cosa pensava?» insistette.

Ora mi stavano fissando anche la signora Marbury e la signorina De Wolfe.

«Pensavo che fosse alla ricerca di un posto per una nuova attività. Una fabbrica, per esempio, o un laboratorio.» Per poco non mi ero lasciata sfuggire anche che non mi spiegavo la mia presenza durante quel fine settimana.

Per un attimo calò il silenzio. Mi ero sbagliata fino a quel punto? Davvero stava comprando quella tenuta per un piacere personale e per i cavalli?

«I cavalli sono un'ottima opportunità di guadagno» disse alla fine. «Non ha idea di quanto si può guadagnare da un buon allevamento con una scuderia.»

«Ma lei produce cosmetici!» replicai, quasi irritata. «Madame avrebbe usato un posto simile per costruire un hotel, o un salone!»

Avrei voluto mordermi la lingua. Avevo commesso il sacrilegio di nominare Helena Rubinstein. Mi sarei voluta nascondere sotto un tappeto.

Trattenni il respiro. Il gelo che era calato nella stanza era palpabile. Non riuscivo a credere di aver commesso un simile errore.

La signora Arden mi fissava furibonda, mentre le altre due donne si tenevano a distanza. Con la coda dell'occhio vedevo comunque le loro espressioni preoccupate.

Il cuore mi batteva all'impazzata. Avevo sentito dire da una delle estetiste del salone che la Elizabeth Arden era un'azienda paragonabile a una porta girevole in cui i dipendenti entravano e uscivano a ritmi forsennati. Mi avrebbe licenziata?

Gli occhi della signora Arden mandavano scintille. Mi sembrava che persino gli uccelli avessero smesso di cantare per non attirarsi la sua rabbia.

«Decido io cosa fare delle mie proprietà, non crede?» disse alla fine. Anche se aveva parlato in tono calmo e pacato, la furia repressa nelle sue parole era evidente.

«Naturalmente, signora Arden» dissi, abbassando la testa.

Mi fissò ancora per un istante, poi sibilò. «Non nomini mai più quella persona in mia presenza, sono stata chiara?»

Feci cenno di sì con la testa. Evidentemente nominare Madame era stato peggio che proporle un uso alternativo della tenuta.

«Mi scusi, non era mia intenzione irritarla» dissi, ma la signora Arden era tornata dalle sue amiche. Quando alzai lo sguardo, vidi che sorrideva. Ma era un sorriso forzato, l'atmosfera allegra era svanita.

23

L'indomani, dopo un'abbondante colazione per cui la signora Marbury aveva molto insistito, saremmo rientrati a New York. Ne ero quasi felice, perché dopo il passo falso del giorno prima la signora Arden mi stava punendo con un gelido silenzio.

A cena avevo provato di nuovo a scusarmi con lei, ma aveva finto di non vedermi e non sentirmi. Ero rimasta sveglia a rimuginare per tutta la notte. Cosa sarebbe successo? E se avessi perso il lavoro?

Anche se dopo un bel po' ero riuscita ad addormentarmi, il terrore era tornato a travolgermi al risveglio. La paura mi aveva seguita in bagno e poi giù per le scale. Alla vista della tavola imbandita, però, il mio unico pensiero fu che era l'ultima occasione di vedere tanta abbondanza.

La signora Arden chiacchierava eccitata con le sue amiche e non diede segno di essersi accorta del mio arrivo. Da un lato ne ero felice, dall'altro mi sentivo il cuore pesante.

«Che ti succede, tesoro?» chiese la signora Marbury. Alzai le spalle. Persa nei miei pensieri, non mi ero accorta che si era seduta vicino a me. «Hai mal di pancia?»

Ero sicura che la signora Arden avesse discusso con lei del mio comportamento.

«Io... no, è che a volte non ho fame di mattina» risposi. «Ho anche un po' di mal di testa, forse è per quello.»

«Vuoi che ti faccia portare una compressa?» Sul viso della signora Marbury si dipinse un'espressione preoccupata. «Capisco bene cosa significa soffrire di emicrania. A me viene sempre quando leggo le recensioni di giornalisti improvvisati che non capiscono niente di arte o di teatro.» Ridacchiò fra sé, poi mi prese sotto braccio. «Vuoi provare? Mi hanno detto che anche un tuffo fa bene, ma sarebbe un peccato rovinarti la pettinatura.»

«No, grazie, passerà» risposi, e per dimostrarglielo presi un paio di chicchi d'uva dal buffet. «Magari inizio con qualcosa di leggero.»

«Bene» disse la signora Marbury e si allontanò soddisfatta. Guardai l'uva che avevo in mano senza nessuna voglia di mangiarla. Dopo essermi assicurata che nessuno mi vedesse, la rimisi a posto.

Dopo la colazione arrivò il momento di salutare la nostra gentile ospite e la sua amica. Il signor Jenkins aiutò l'autista a caricare i bagagli. Purtroppo non c'era una terza fila di sedili e fui costretta a sedermi accanto alla signora Arden.

Il silenzio era palpabile. Involontariamente scivolai contro la portiera.

Lasciavo la villa della signora Marbury con la quasi assoluta certezza che non l'avrei rivista mai più. La signora Arden non mi avrebbe chiesto di nuovo di accompagnarla. E, peggio ancora, temevo che sarei stata licenziata non appena raggiunti i confini della città di New York. O forse anche prima.

Almeno sarei tornata a dormire nel mio letto. Nell'ultima notte avevo avuto la sensazione che le coperte della stanza della signora Marbury, nonostante fossero molto soffici, potessero soffocarmi. In più durante la visita alla stalla ero stata assalita dalle zanzare e le loro punture mi davano fastidio. A casa dovevo avere ancora una confezione di acetato d'alluminio. Altrimenti avrei chiesto aiuto a Kate.

In ogni caso, conoscere la signora Marbury era stata un'esperienza straordinaria. Mi era rimasto impresso quello che aveva detto sulla bellezza e sul tentativo degli uomini di sostituirsi a Dio. Mi sarebbe piaciuto conoscere meglio il suo mondo.

«Allora, cosa vuoi fare con la fattoria?» chiese il signor Jenkins dal posto del passeggero. Era la prima volta che parlava della tenuta con la moglie in mia presenza.

Sentii un brivido lungo la schiena e mi girai a guardare fuori dal finestrino, come se non avessi sentito. Ero sicura che la Arden non volesse ascoltare di nuovo la mia opinione, soprattutto davanti al marito.

Per un attimo lei si comportò come se lui non avesse parlato, ma poi rispose: «Sai che ho un debole per i cavalli. Mi piacerebbe mettere su una scuderia».

«Dici sul serio? Con i fantini e tutto il resto?»

«Perché no?» rispose la signora Arden quasi gelida. «Di questi tempi non è una cattiva idea avere una seconda fonte di reddito. La gente spende e spande per scommettere sui cavalli. E i premi non sono niente male. Ma la cosa migliore sarebbe l'effetto sulla mia reputazione. Tanti imprenditori hanno una scuderia, perché non posso averla anch'io?»

Mi chiesi se Madame, venendo a sapere della scuderia, sarebbe scoppiata in una risata di scherno o avrebbe pensato a come copiare l'idea.

«Lei cosa ne pensa?» La signora Arden si era voltata verso di me. Le sue parole mi colpirono come una frustata. Non osavo alzare lo sguardo. «Aveva un'opinione precisa al riguardo, no?»

«La prego, signora Arden, mi perdoni» dissi, e vidi le mie

parole scivolarle addosso come gocce su una mantella da pioggia. Lei rimase impassibile.

«Le ho chiesto cosa ne pensa» replicò acida. «Non si è fatta problemi a esprimere la sua opinione davanti alle mie amiche!»

Il signor Jenkins mi rivolse un'occhiata compassionevole. Probabilmente si era già lamentata di me con lui.

«Io...» esordii. La mia gola era diventata improvvisamente secca. «Mi dispiace non aver tenuto a freno la lingua. Non avrei dovuto...» Mi interruppi un attimo prima di nominare di nuovo Madame. «Avrei dovuto tenere la bocca chiusa.»

La signora Arden sbuffò. «Voglio che ripeta quello che ha detto davanti a mio marito.»

Guardai il signor Jenkins, in cerca di aiuto, ma non potevo aspettarmi alcun sostegno da parte sua. «Ho detto che secondo me sarebbe meglio trasformare The Gables in un hotel o in un salone di bellezza invece di allevarci cavalli» dissi alla fine, a mezza voce.

La Arden sbuffò di nuovo.

Nemmeno la Rubinstein avrebbe sopportato che qualcuno si immischiasse nei suoi affari. Ma ero sicura che lei avrebbe avuto più lungimiranza e non avrebbe mai pensato di destinare una tenuta così bella all'allevamento di cavalli.

Per un attimo regnò il silenzio. Mi sentivo, se possibile, anche peggio di prima.

«Sono certo che prenderai la decisione giusta» disse il signor Jenkins alla fine, ignorando quello che avevo detto. «Come sempre.» Il suo tono era vagamente rassegnato. Significava che gli piaceva la mia idea?

Se era così, evidentemente non aveva il coraggio di dirlo a sua moglie. Tornò a guardare la strada fuori dal parabrezza, mentre sul sedile posteriore era calato di nuovo il silenzio.

Arrivammo a New York verso sera. Per fortuna la signora Arden accompagnò me per prima, così non dovetti sopportare ancora il suo silenzio.

Anche se sapevo che non mi avrebbe ascoltata, la ringraziai, augurai a lei e al marito una buona serata e rientrai in casa con la mia valigia, senza guardami indietro.

Appena entrata, sentii il rumore dei piatti nel lavello. Dal salotto proveniva della musica. Probabilmente il signor Parker stava leggendo il giornale, come faceva mio padre a fine giornata. Quel pensiero non mi risollevò l'umore.

«Allora, sei tornata dal mondo dei ricchi?» chiese Kate, che era uscita dalla cucina prima che riuscissi a raggiungere la cassetta della posta. Non avevo potuto raccontarle i dettagli del viaggio nello specifico, ma aveva intuito di cosa si trattasse.

«Kate, ciao!» Le gettai le braccia al collo. «Sì, sono tornata e sono felicissima di essere qui.»

«Dove ti ha portata il capo? A un ballo?»

«Nel Maine» risposi. «Al cocktail party di un'amica.»

«Oh, e avete mangiato astice?» chiese Kate con un sorrisetto misterioso. «Ho sentito che nel Maine si mangiano i migliori panini all'astice del mondo.»

«Sì, li ho visti al buffet. Ma non li ho mangiati, quindi non posso dirti se erano davvero i migliori.»

«Sono sicura di sì!» esclamò Kate quasi sognante, e aggiunse: «È arrivata una lettera per te. Il postino l'ha messa per sbaglio nella nostra buca.» Si asciugò una mano al grembiule e scomparve in cucina per tornare pochi istanti dopo.

«Dalla Francia, a quanto pare.»

Un'altra lettera? Ne avevo appena ricevuta una dal signor Martin. Possibile che le sue ricerche avessero già dato i loro frutti? Oppure era Henny a scrivermi?

Girai la busta con dita tremanti e alla vista della calligrafia ogni mia preoccupazione per le decisioni della signora Arden svanì.

«Qualcosa di eccitante?» chiese Kate, che mi osservava attentamente e aveva notato il sorriso timido sulle mie labbra.

«Mi ha scritto il detective di cui ti ho parlato. Forse ci sono novità.»

Aveva già trovato mio figlio? Non osavo sperarlo, ma forse...

«Spero siano buone notizie» disse Kate, e si ritirò in cucina.

Aprii la busta mentre correvo su per le scale, con tanta foga da staccare un angolo della carta da lettere. Le mie mani tremavano troppo per aspettare di essere arrivata in camera, quindi mi fermai a metà delle scale e lessi:

Cara signorina Krohn,

oggi posso comunicarle che credo di aver trovato madame DuBois. Ho saputo da un vecchio contadino nei pressi di Arles che una donna che prima faceva l'ostetrica a Parigi si era trasferita in una fattoria vicino alla sua. Devo ammettere che trovare la signora è stata una vera e propria ricerca del famoso ago nel pagliaio. Avevo già ricevuto una serie di soffiate che poi si sono rivelate false. Il nome DuBois è molto diffuso e altrettanto lo sono le ostetriche che decidono di scappare da questa città sporca e caotica. Stavolta, però, ho motivo di sperare. Tutto torna: l'età, l'aspetto e il nome da nubile. Spero soltanto di non essere inseguito da un cane da guardia furioso!

Ad ogni modo, ho fatto un altro tentativo in ospedale. Ho la tendenza a fissarmi sulle cose e non mi lascio distogliere facilmente, ma stavolta la polizia mi ha minacciato, quindi ho deciso di battere in ritirata. Probabilmente si starà spargendo la

voce sulle mie ricerche. E ad alcune persone la cosa non piace. Ho notato che a un certo punto, ovunque vada, compare qualcuno. Per fortuna non ho subito altre aggressioni. Dovrò procedere con un po' di discrezione. Può anche darsi che il nostro comune amico Jouelle ce l'abbia con me perché ho consegnato una lettera alla sua fidanzata, ma non posso escludere nessuna possibilità. Domani mattina presto partirò sulle tracce di madame DuBois, o in qualunque modo si faccia chiamare ora. Al mio rientro le scriverò un'altra lettera. Se dovesse arrivare prima di questa (non si sa mai con che criterio le poste distribuiscono i messaggi) la prego di non meravigliarsi.
Mi farò sentire appena possibile.
I miei migliori saluti,

Luc Martin

Strinsi la lettera al petto. Il signor Martin non era stato aggredito di nuovo, e questa era già una buona notizia. Forse era stato Jouelle a mettergli i suoi scagnozzi alle calcagna. Non mi avrebbe stupita affatto, ma non mi piaceva per niente che qualcuno lo stesse seguendo. Dovevo preoccuparmi?

Eppure, finalmente c'era una traccia! Quel pensiero mi riscaldò il cuore e mi fece dimenticare il diverbio con la signora Arden.

Quando entrai in camera rilessi di nuovo la lettera e mi addormentai pregando che la donna che il signor Martin aveva trovato fosse davvero Aline DuBois, e che potesse dargli informazioni utili. Una volta scoperto dove si trovava mio figlio avrei potuto sollevare il detective dall'incarico.

24

Il lunedì presi la metropolitana con lo stomaco contratto. La consapevolezza che quel giorno avrei dovuto affrontare le conseguenze della mia saccenteria mi era piombata addosso appena aperti gli occhi.

Il fatto che la signora Arden non mi avesse licenziata lì, su due piedi, era irrilevante. Con ogni probabilità aveva affidato quell'incombenza alla Hodgson. Del resto lavoravo nel suo salone. Come minimo era già seduta nell'ufficio della Arden ad ascoltarla lamentarsi del mio comportamento.

Nella mia mente si susseguivano tutte le possibili varianti della scenata che mi aspettava non appena avessi superato la porta del salone. Camminavo con le orecchie basse, come un cane bastonato.

«Ehi, che succede?» chiese Helen, che aveva già preso posto alla reception. «Hai l'aria di avere mal di pancia. Vuoi un Alka-Seltzer?»

La guardai senza capire. «No grazie, sto bene.»

Ero abbastanza sicura che di lì a poco sarei stata licenziata. Aveva senso mettersi il camice?

Decisi di indossarlo comunque. Non volevo sbattere sotto il naso delle colleghe i miei problemi.

In sala d'attesa Sabrina e le altre parlavano dei loro fine settimana. Pregai che nessuna mi rivolgesse la parola. A dire il vero la gita nel Maine non era stata affatto male, a parte il fatto che una donna aveva cercato di farmi delle avances. Gli altri ospiti erano interessanti e il cibo eccellente, anche senza aver assaggiato i panini all'astice. Ma lo screzio con la signora Arden aveva spostato nettamente l'ago della bilancia sulla parte negativa.

«Ehi! Hai l'aria di aver mangiato un mazzo di prezzemolo» osservò Sabrina quando mi vide. «Non sei stata via per il fine settimana?»

Feci un cenno affermativo con la testa.

«Qualcuno ti ha spezzato il cuore? A noi puoi dirlo.»

«No, non c'erano abbastanza uomini. Le conoscenti della signora Marbury sono quasi tutte donne.»

«Sei stata dalla signora Marbury?» Sabrina si lasciò sfuggire un fischio. «È una delle donne più influenti del Paese. A New York la conoscono tutti e hanno una gran paura della sua lingua biforcuta.»

«In realtà è stata molto gentile.»

«Allora cosa c'è? Hai fatto indigestione? O è successo qualcos'altro?»

Sabrina aveva colto nel segno, ma come facevo a spiegarglielo?

«È stato impegnativo» risposi, evasiva. «Non avevo mai incontrato tante persone interessanti in una sola volta.»

«Dovresti essere felicissima, allora, a me succede di sentirmi elettrizzata quando conosco persone interessanti.»

«Non ti stanchi nemmeno un po'?» chiesi, stupita.

«Dipende da come va la serata» rispose allusiva Sabrina.

Helen entrò nella stanza per chiamarmi e mi sollevò dal doverle rispondere, così mi limitai ad alzare le spalle.

«La signora Morrison è arrivata. Il tuo primo appuntamento.»

La fissai come se all'improvviso non capissi più l'inglese.

«Okay, arrivo» riuscii a biascicare, stordita.

«Dopo mi racconti tutto!» mi gridò dietro Sabrina, mentre seguivo Helen nel corridoio.

La signora Morrison era una delle clienti a cui avevo dovuto rimandare l'appuntamento.

«Stai meglio, cara?» chiese.

Probabilmente pensava che avessi cancellato il trattamento perché stavo male.

«Sì, certo, signora Morrison» la rassicurai, prendendo la mantella. «Vuole provare qualcosa di nuovo oggi?»

Sapevo che la risposta era no. La signora Morrison faceva sempre il trattamento base e poi un trucco nuovo per stupire suo marito. Dubitavo suscitasse grande stupore, però, perché sceglieva sempre gli stessi colori per le palpebre, le guance e le labbra.

Dopo tre quarti d'ora avevamo finito e la lasciai andare soddisfatta. La mancia che mi lasciò era quasi principesca. Me la infilai in tasca furtivamente. Quando se ne fu andata, mi guardai allo specchio. La luce si rifletteva sulle lenti dei miei occhiali ed evidenziava ogni singolo difetto della mia pelle.

Nonostante mi fossi truccata con cura, le occhiaie erano più che evidenti. Nel giro di un'ora avrei dovuto ripassare la matita per le labbra: stava già iniziando a sciogliersi, cosa che naturalmente non era vista di buon occhio e avrebbe dato il cattivo esempio.

Quando entrò la signorina Hodgson sussultai e mi girai a guardarla. Il momento era arrivato. Forse era appena tornata dall'incontro con la signora Arden.

«È tornata» disse in tono secco.

«Sì, sono tornata.» La mia voce tremava. Stava per consegnarmi la lettera di licenziamento?

Scrutò per qualche istante la mia immagine allo specchio. «Ha imparato qualcosa durante il weekend?»

La domanda mi sorprese. Cosa avrei dovuto imparare? Pensava che la signora Arden mi avesse portata con lei per continuare la mia formazione? O intendeva qualcos'altro? Le parole della signorina Hodgson andavano prese sempre con le pinze.

«Sì, penso di sì» risposi, cercando di capire dal suo sguardo dove volesse andare a parare. Si comportava in modo strano per una che stava per annunciarmi il licenziamento.

E in realtà avevo davvero imparato qualcosa: a tenere a freno la lingua quando si trattava di Madame.

Il cuore mi martellava in gola.

«Bene» disse la Hodgson all'improvviso.

«Bene?» le feci eco io.

«Si rimetta al lavoro, ma prima si sistemi il trucco. Non tollero il rossetto sbavato, lo sa.»

La fissai sbalordita. L'unica cosa che aveva da dirmi riguardava il trucco?

«Al lavoro!» sibilò con fare autoritario, prima di allontanarsi.

Rimasi immobile, come se mi avesse colpita un fulmine. Non mi aveva licenziata. Forse non aveva ancora parlato con la signora Arden? Il disastro era soltanto rimandato?

I giorni seguenti trascorsero nell'inquietudine. Le mie mani si rifiutavano di scaldarsi, cosa che alle mie clienti non piaceva. Una signora anziana osservò: «Con delle mani così fredde l'amore deve essere una strada in salita per lei».

Arrossii, ma non dissi niente e provai a scaldarle alla stufa.

Di sera tornavo a casa stravolta. A volte dimenticavo di mangiare, e una sera Kate mi domandò cosa ci fosse che non andava.

«Niente. È soltanto che al lavoro mi sto stancando più del solito.»

«A maggior ragione, dovresti fermarti ogni tanto e mangiare. Ecco qui.» Con queste parole mi mise una pillola in mano e se ne andò.

Per un'altra settimana continuai a temere il licenziamento, ma non successe niente. Era come se la signora Arden si fosse dimenticata di me. Non sapevo cosa pensare. Forse ai suoi occhi ero diventata così insignificante che non valeva più la pena occuparsi di me. Oppure era possibile che in quel fine settimana mi fossi giocata un'opportunità di cui non sapevo nulla.

Anche se speravo di ricevere notizie dal signor Martin, non arrivarono altre lettere. Eppure aveva promesso di scrivermi non appena avesse trovato l'ostetrica. Forse aveva incontrato un ostacolo imprevisto. Oppure gli era successo qualcosa.

Una settimana dopo mi decisi a chiedere consiglio a Kate. Lei mi ascoltò paziente e alla fine disse: «È inutile, lambiccarti il cervello su questa cosa non farà arrivare la lettera più in fretta. Martin si farà sentire quando avrà trovato qualcosa. E comunque non puoi farci molto. Tra te e Parigi c'è un enorme oceano. Non puoi prendere e partire come se nulla fosse.»

Era vero. La traversata oceanica durava una settimana, e la signorina Hodgson non mi avrebbe mai permesso di assentarmi per tanto tempo senza un motivo valido. Non mi restava che seguire il consiglio di Kate.

E in effetti andò meglio. Mi concentrai sul lavoro e cercai di non pensare a niente quando mi mettevo a letto. L'unica cosa che facevo era rivolgere al cielo una preghiera ogni settimana, perché Luc Martin trovasse mio figlio.

25

Due mesi dopo, l'incontro con la signora Marbury era un lontano ricordo. Dopo un'estate torrida, che ci aveva costrette ad accendere tutti i ventilatori del salone, eravamo passati a una pioggia costante.

Avevo smesso di domandarmi perché la signora Arden mi avesse portata con sé nel Maine. Ma ero felice perché sembrava aver dimenticato lo spiacevole episodio.

Avevo molto da fare nel salone: la signorina Hodgson ci teneva costantemente impegnate e ci sollecitava sempre ad aumentare il numero delle clienti. Nessuna sapeva bene come fare ad accontentarla, ma per fortuna non dovevamo sforzarci troppo per trovare nuove avventrici, perché venivano da noi volontariamente. L'agenda degli appuntamenti era strapiena e con le vacanze di novembre per il giorno del Ringraziamento alle porte il lavoro sarebbe soltanto aumentato.

«Tutte le donne vogliono mostrarsi al meglio durante le vacanze» dichiarò la signorina Hodgson durante un corso di formazione per le dipendenti. «E voi dovrete aiutarle, senza mai perdere l'allegria e sempre con la massima gentilezza.»

«Come se fossimo mai state scortesi» borbottò Trudy, un'estetista arrivata da due settimane, tastandosi la tasca del camice, dove teneva il suo pacchetto di sigarette. Evidentemente l'agitazione le aveva messo voglia di fumare. Alla signorina

Hodgson non piaceva che uscisse troppo spesso, ma per il momento non aveva dato grossi problemi.

La direttrice non aveva ancora finito.

«Becky, dovrebbe dare un'occhiata al catalogo che ho fatto arrivare. Il suo modo di truccare è antiquato. Siamo alle soglie di un nuovo decennio, un tocco di novità non farebbe male.»

Becky strinse le labbra. Potevo immaginare come si sentiva.

«E lei, signorina Krohn, stia più attenta alla pulizia della sua postazione. Si sente sempre dire che i tedeschi sono meticolosi. Cerchi di fare onore ai suoi connazionali.»

Mi sentii arrossire. La mia postazione non era mai sporca. Forse un po' disordinata, sì, ma era un brutto vizio che risaliva ai tempi dell'università. In laboratorio non si poteva sempre stare a pulire le superfici, perché in genere si risporcavano nel giro di pochi minuti.

Ma era tipico della signorina Hodgson: dal momento che le mie clienti non si erano mai lamentate, e anzi tornavano sempre nonostante non avessero grandi possibilità economiche, non poteva criticarmi da quel punto di vista. Quindi si attaccava a una presunta mancanza di pulizia.

Quella sera di fine ottobre mi fermai da Joe Bannister, il proprietario del negozio di alimentari che Kate mi aveva consigliato il primo giorno. Anche se lei mi lasciava sempre qualche avanzo del pranzo da riscaldare, avevo voglia di un panino col tacchino. Entrai accompagnata dal suono del campanello e mi accorsi subito che il negozio era insolitamente pieno per un giovedì. Due uomini in giacca e cravatta parlavano gesticolando con altri due, che sembrava li stessero accusando di qualcosa. Non mi soffermai troppo e andai diretta al bancone. Joe sembrava preoccupato ed era piuttosto pallido.

«Buonasera Joe» lo salutai. «Tanta gente stasera, eh?»

«Non mi sorprende, in una giornata come questa.»

«Cos'è successo?»

Joe lanciò un'occhiata agli uomini in fondo al negozio che continuavano a parlare concitati.

«La borsa. A quanto pare è successo qualcosa di terribile alla borsa.»

Aggrottai la fronte. Mio padre comprava sempre i quotidiani finanziari, ma non mi ero mai interessata all'argomento.

«E cosa significa?»

Joe indicò con il mento i tizi in giacca e cravatta. «L'hanno appena raccontato quei due. Sembra che alcuni investitori, nel panico, abbiano cercato di liberarsi dei loro titoli di credito. Alla chiusura della borsa il Dow Jones è crollato.»

Continuavo a non capire, ma dall'agitazione di Joe intuii che fosse una cosa grave.

«Cosa può succedere?» chiesi, perplessa.

Joe alzò le spalle. «Non ne ho idea. Secondo i tizi è esplosa una bolla. E ora tutti quelli che hanno portato in alto il Dow Jones con i loro investimenti avranno il benservito.»

Avrebbe potuto parlare in cinese per quanto avevo capito. Cos'era il Dow Jones e di che bolla stava parlando?

«E per noi cosa significa?»

«Diventeremo poveri» rispose Joe. «Un sacco di gente si ritroverà al verde da un momento all'altro e si indebiterà. Si teme che molte aziende dovranno chiudere. A quel punto finiremo per strada e ci saranno ancora più debiti e problemi.»

Sembrava tremendo. Al momento riuscivo a pensare soltanto a cosa sarebbe successo se anche la signora Arden fosse stata costretta a chiudere. E se anche lei avesse dovuto vendere, piantandomi in asso come aveva fatto Madame?

Entrai in casa del signor Parker divisa fra terrore e incredulità. Stavolta il grammofono era spento, e dal salotto veniva invece il rumore della radio e del notiziario della sera. Kate non si vedeva, così appesi il cappotto nell'ingresso, controllai la cassetta della posta, che era vuota, e salii di sopra. Sarei voluta restare a origliare. Se quello che aveva detto Joe era vero, ne avrebbero sicuramente parlato alla radio.

Dopo un po' non ce la facevo più. Non mi andava il panino di Joe e non volevo nemmeno restare sola con i miei pensieri e le mie preoccupazioni. Così scesi e mi fermai sulla soglia del salotto. Lo speaker radiofonico parlava ancora, ma non era più il notiziario.

Il signor Parker sedeva sul divano, con Kate accanto. Entrambi fissavano la radio come se fosse sul punto di trasformarsi in un mostro.

«Buonasera» li salutai, ed entrambi trasalirono.

«Buonasera, signorina Krohn!» rispose il signor Parker. «Ha già sentito?»

Sicuramente si riferiva anche lui alla borsa.

«Sì, me l'ha detto Joe.»

«È una disgrazia» disse Kate. «E porterà con sé altre disgrazie. Non oso pensare a cosa succederà quando tutta questa gente perderà il lavoro.»

«Quindi la borsa ha così tanto potere?» Ancora non riuscivo a crederci.

«Ebbene sì» confermò il signor Parker. «Molte grandi aziende mettono in vendita le azioni, come le banche. Se ora tutte le persone che hanno finanziato un'azienda con i loro investimenti iniziano a vendere le azioni, le aziende e le banche sono fritte. Si dice che la più colpita sia la Lehman Brothers.»

«La Lehman Brothers?» Sentire quel nome fu un duro colpo. Ripensai ai due avvocati che all'inizio dell'anno mi avevano comunicato il licenziamento. La Lehman Brothers aveva comprato la Rubinstein, e ora era sul lastrico? Oppure avevo capito male? Cosa significava per la mia ex azienda?

«Ad ogni modo, non ci resta che aspettare di vedere quali saranno le conseguenze» continuò Parker. «Quando una banca fallisce non si può sperare in niente di buono. In genere porta alla rovina un sacco di persone, se non addirittura altre banche. Il nostro sistema finanziario è fin troppo interconnesso.»

«Forse andrà meglio di quanto temiamo» dissi, nel vano tentativo di farmi coraggio. Mi ero abituata a lavorare nel salone e non sapevo se avrei sopportato un altro stravolgimento della mia vita.

«Forse. Se fossi credente le consiglierei di pregare, ma posso soltanto dirle di tenersi stretti i suoi soldi. Finché valgono ancora qualcosa.»

Quelle parole mi accompagnarono per tutta la notte. Per quanto mi sforzassi di addormentarmi, continuavo a rigirarmi nel letto e a riflettere sulle alternative che avevo nel caso in cui il crollo della Lehman Brothers avesse avuto ripercussioni sull'attività della signora Arden. Sarei riuscita a trovare lavoro in un'altra azienda? Mi sembrava molto poco probabile. Per non parlare dell'idea di mettersi in proprio. E l'università? Forse mi sarei potuta iscrivere da qualche parte. Ma restava il problema dei soldi. Senza soldi non potevo permettermi nemmeno quell'appartamento.

Nei giorni successivi i giornali si riempirono di articoli sul "crollo della borsa". I marciapiedi e le stazioni della metropolitana brulicavano di persone con il naso affondato nei quotidiani. Fu un periodo di grandi speculazioni e in effetti le aziende iniziarono a dichiarare bancarotta. Per la disperazione, molte persone si tolsero la vita. Le notizie di suicidi iniziarono a moltiplicarsi.

L' inquietudine regnava anche nel salone. La signora Arden non si era ancora espressa, ma era irrilevante. La signorina Hodgson e le altre direttrici potevano essere convocate in riunione da un momento all'altro. E non volevo nemmeno pensare a cosa potesse significare.

Alcune clienti smisero di venire, altre continuarono a frequentare il salone come sempre e, stranamente, erano le meno abbienti a presentarsi, mentre le signore sposate con uomini ricchissimi rimandarono o annullarono gli appuntamenti.

«Probabilmente i mariti delle signore meno ricche non giocavano in borsa» ipotizzai. Anch'io avevo tenuto il naso incollato alle pagine dei quotidiani, non per strada, ma in camera mia, la sera. E avevo capito perché il crollo della borsa fosse stato tanto tragico: il pericolo incombeva su tutti noi.

«Ho saputo che il marito della signora Harris ha dovuto chiudere la sua fabbrica perché l'aveva messa su grazie a un prestito della Lehman Brothers» raccontò Sabrina, mentre risistemava per la terza volta ombretti e flaconi. Diverse sue clienti avevano disdetto gli appuntamenti e non riusciva a starsene con le mani in mano.

«La Lehman Brothers non ha comprato anche l'azienda della Rubinstein?» mi chiese Trudy. Non ero riuscita a tenerle nascosto che era stata la mia precedente datrice di lavoro.

«Esatto» confermai.

«Quindi a breve non avremo più concorrenza da parte sua» osservò Sabrina. «Sicuramente la Lehman dovrà vendere l'azienda, oppure chiuderla.»

Quelle parole mi colpirono come una frustata. La fabbrica Rubinstein chiusa? Era inconcepibile, ma con tutto quello che si sentiva dire…

Ad ogni modo Madame sarebbe andata su tutte le furie quando avrebbe scoperto che l'azienda, costruita con tanta passione, si era arenata per colpa dei suoi nuovi proprietari.

«Per fortuna la signora Arden ha sempre resistito alla tentazione di vendere la sua azienda» continuò Sabrina. «Ho sentito che qualcuno le aveva offerto venticinque milioni di dollari!»

«Venticinque milioni?!» esclamò Trudy.

«Gente come noi non vede così tanti soldi nemmeno in una vita intera» aggiunse Sabrina.

In quel momento riuscivo soltanto a pensare che forse avrebbe fatto meglio ad accettare quell'offerta.

«Non credo che riceverà di nuovo un'offerta così generosa» commentai.

«Vuoi dire che avrebbe dovuto prendere i soldi e metterli al sicuro?»

«La signora Arden non avrebbe mai potuto farlo.» Nemmeno Madame, a dire il vero, se non fosse stato per il tentativo di salvare il suo matrimonio.

«Hai ragione, non avrebbe mai potuto. E non lo farà mai. Dovremmo essere felici, altrimenti faremmo la fine dei dipendenti della Rubinstein.» Sabrina si accorse che le sue parole erano suonate dure, e aggiunse: «Per fortuna sei qui, ora. È stata la giusta decisione, se capisci cosa intendo».

Capivo bene, e la pensavo come lei. Mi dispiaceva comunque per tutte le donne della fabbrica che probabilmente si sarebbero ritrovate in strada da un momento all'altro, se quello che aveva appena detto era vero.

Sulla strada di casa continuai a ripensare alle parole di Sabrina. Non per il triste destino delle operaie che avrebbero perso il lavoro, ma per la somma che era stata offerta alla signora Arden. Sette milioni di dollari per la Rubinstein erano già una cifra sensazionale, ma venticinque erano un'assurdità. Significava che la Arden aveva surclassato Madame? Significava anche che sarebbe riuscita a sopravvivere? Chi poteva permettersi di rifiutare una somma del genere doveva avere soldi a sufficienza per superare una crisi.

26

Le feste di Natale passarono in secondo piano per le continue notizie di fallimenti e per la paura che la successiva catastrofe avrebbe coinvolto l'azienda della signora Arden, e dunque tutte noi. Il ricordo di madame Rubinstein e di come mi aveva piantata in asso era ancora piuttosto vivido.

Nel salone della signorina Hodgson gli affari continuavano ad andare a gonfie vele. Eravamo piene di lavoro. Ma com'era la situazione negli uffici? Era possibile che anche la Arden avesse giocato in borsa? Era come danzare sul ghiaccio: avrebbe tenuto o si sarebbe rotto?

Della villa nel Maine non avevo saputo più niente. Informazioni del genere non arrivavano nel salone, e non vedevo la signora Arden dal giorno del nostro ritorno.

Anche da Luc Martin non avevo notizie. Iniziavo a pensare che il suo silenzio annunciasse che la ricerca non lasciava intravedere alcuna speranza di andare avanti. Forse la cosa migliore era dimenticare quello che era successo, dimenticare la lettera che parlava di mio figlio. Prima di riceverla ero quasi riuscita a mettere un punto alla vicenda. Potevo riprovarci.

Intorno alla metà del 1930 in tanti sembravano aver finito i loro risparmi. Altre aziende furono costrette a chiudere, il numero di persone in cerca di lavoro e di mendicanti aumentò a dismisura. Sui giornali si iniziò a parlare di carestie disastrose in campagna, mentre le strade erano tornate come subito dopo la guerra, quando si erano riempite di soldati che non sapevano cosa avrebbe riservato loro il futuro.

Anche se non avevo notizie né di Luc Martin né di Henny, mi chiedevo come andassero le cose da loro, in Europa. A quanto pareva l'inflazione era arrivata anche lì. E i miei genitori? Erano riusciti a tenere aperto il negozio? Quel poco che avevo sarebbe bastato a sostenerli, anche se probabilmente mio padre avrebbe preferito farsi tagliare una mano piuttosto che accettare il mio aiuto. Eppure non potevo fare a meno di vedere il volto di mio padre in quello di ogni uomo emaciato che incontravo. E a New York ce n'erano tanti.

All'assemblea annuale dei dipendenti, a cui eravamo state invitate anche noi estetiste, la signora Arden ci aveva messe in guardia dal frequentare alcuni quartieri della città.

«Più aumenta la fame, più cresce la criminalità» aveva spiegato. «Voi tutte, mie care, siete troppo preziose per farvi uccidere da un qualche sconosciuto. Siate prudenti quando uscite di sera.»

Poi disse una cosa che sulle prime mi fece inorridire. «Comunque sia, la crisi sembra faccia bene ai nostri affari. Le donne si mangiano le unghie per l'angoscia, aggrottano la fronte e si strappano i capelli. Hanno sempre più bisogno di noi per rimettersi in sesto.»

L'affermazione fu accolta da un mormorio. Non sapevo se le altre fossero d'accordo, ma io l'avevo trovata abbastanza fuori luogo.

Però aveva ragione. Mentre la crisi mieteva vittime tutto intorno, Elizabeth Arden continuava a guadagnare. I saloni non aumentarono di numero, ma ogni singolo istituto fu costretto ad accettare sempre più clienti. Un risultato a dir poco incredibile. Così la nostra paura iniziò a scemare.

Poi ricevemmo una notizia che aveva del sensazionale e che presto avrebbe rallentato la gloriosa corsa della signora Arden.

«Hai sentito?» esclamò Trudy quando entrai nello spogliatoio. Puzzava come una fabbrica di tabacco. Chissà come pensava di togliere da capelli e vestiti quell'odore che la signorina Hodgson detestava.

«Cosa?» chiesi, indossando il camice.

«La vecchia strega è tornata.»

«Quale vecchia strega?»

«La Rubinstein. Ha ricomprato la sua azienda. Per due milioni di dollari!»

Spalancai gli occhi. Madame era tornata a New York!

«Come lo sai?» domandai, sforzandomi di restare calma.

«L'ho letto sul *Time*. Guarda qui.» Trudy prese il settimanale da sotto il bancone. Sapevamo tutte che leggeva di nascosto quando non c'erano clienti nei paraggi.

Sfogliò la rivista fino all'articolo che cercava.

La prima cosa che mi saltò agli occhi fu l'immensa fotografia che sovrastava l'articolo: Madame seduta su un divano con un vestito rosa e due enormi orecchini. Evidentemente si era fatta fotografare a Parigi, o forse in Australia, dove aveva mantenuto le sue attività.

Guardava oltre l'obiettivo con aria trionfante, come fissando un punto non meglio identificato.

Ero sicura che la scelta del colore del vestito fosse un'esplicita dichiarazione di guerra alla Arden.

«Cosa dice?» chiese Helen, entrando mentre scorrevo rapidamente l'articolo. Si sosteneva che il profitto ottenuto da

Madame nell'operazione era enorme. Mi ricordavo bene che aveva venduto la sede americana dell'azienda per sette milioni di dollari. «Prima non vedeva l'ora di lasciare la città per salvare il matrimonio, e ora che si è liberata del marito è tornata. Non mi stupisce, il divorzio le sarà costato un patrimonio.»

Madame aveva divorziato dal signor Titus? Non ne sapevo niente, ma mi dispiaceva. Era noto quanto amasse il suo lavoro e quanto tenesse alla sua azienda. Per tanto tempo erano stati più importanti del suo matrimonio. Forse non era poi così sorprendente che la vendita non fosse riuscita a ricucire la rottura fra lei e il marito.

«Ma non dovrei parlare così in tua presenza. Hai lavorato per lei, in fondo.»

«E ora lavoro qui, Helen, non dimenticarlo» risposi un po' più piccata di quanto sarebbe stato necessario. Ma era veramente fastidioso che tutte mi considerassero come l'ex dipendente di Helena Rubinstein. Ormai era passato più di un anno!

«Scusami» disse Helen, indicando la rivista. «Allora, che ne pensi? Dobbiamo aspettarci la sua concorrenza?»

Ero tentata di scuotere la testa, ma avrei mentito. Madame avrebbe sicuramente cercato di farci concorrenza. «Inizierà rimettendo in sesto la sua azienda. Avremo pace per un po', ma non troppo. Madame...» Mi interruppi, il ricordo del diverbio a The Gables era ancora nella mia memoria, ma non notai alcuna reazione sul viso delle mie colleghe, così continuai: «Madame non starà a guardare. Lotterà per la sua azienda».

«Allora possiamo soltanto sperare che la Arden tenga agli affari più che ai suoi cavalli» osservò Trudy, e si spruzzò del profumo intenso sul collo.

«Cavalli?» ripetei, sbalordita. Lo aveva fatto davvero, allora? Aveva trasformato The Gables in una scuderia?

«L'ho letto di recente. Ha creato un allevamento di cavalli. Si dice che partecipi addirittura alle corse, con il nome del marito.»

Riuscii a trattenermi dal commentare. Non aveva niente di meglio da fare, nel bel mezzo di una crisi economica? Ma non potevo giudicare. Dovevo soltanto apprezzare il fatto di non essere stata licenziata dopo aver nominato la Rubinstein.

La sera prima del mio compleanno rimasi a lungo sveglia a fissare il soffitto della mia stanza. Presto sarebbe stato anche il compleanno di Louis. Era passato un anno e mezzo da quando ero rientrata dall'Europa. Il mio progetto di farmi trasferire a Parigi per ora era stato un buco nell'acqua. Ci sarei mai riuscita?

Non volevo perdere la speranza. Se la signora Arden avesse capito di potersi fidare di me, forse avrebbe esaudito il mio desiderio.

Dopo il lavoro passavo le serate sul divano logoro a bere tè e leggere libri che prendevo in prestito dalla biblioteca del signor Parker. Kate mi aveva detto che lui non aveva niente in contrario, così mi ero immersa nella lettura di cronache di viaggio in Africa e in Asia, e anche di saggi per conoscere meglio la storia americana.

Uscire al momento non era un'opzione. E poi molti locali avevano chiuso a causa della crisi.

Ero passata a trovare Ray ai grandi magazzini, ma avevo scoperto che aveva lasciato il lavoro. Adesso non sapevo dove trovarla.

In compenso, di tanto in tanto uscivo a passeggiare con Sabrina nei fine settimana in cui non era con il suo fidanzato. Guardavamo le vetrine fantasticando sul guardaroba che avremmo sfoggiato in primavera.

Arrivato il nuovo anno mi aveva accompagnata da un ottico. I miei vecchi occhiali in effetti erano piuttosto antiquati, e soprattutto non ci vedevo più bene.

«Hai bisogno di un modello più leggero» dichiarò mentre esaminavamo le diverse montature. «Dietro quelle lenti enormi, che sembrano posacenere, il tuo viso sottile scompare.»

«Posacenere?» le feci eco sorpresa, ma poi capii cosa intendeva dire.

L' ottico era di statura bassa e con un paio di occhiali rotondi. Portava i capelli con la scriminatura al centro e aveva un orologio da tasca nel panciotto.

«La sua amica ha ragione, dovrebbe provare un modello più delicato.»

Mi allungò un paio di occhiali dalla sottile montatura di metallo, con due piccole lenti ovali. Quando mi guardai allo specchio faticavo a riconoscermi. Con la nuova montatura il mio viso sembrava diverso. Molto più adulto e attraente. Non mi ero mai vista così. Ero così incantata che tornai in me soltanto quando l'ottico richiamò la mia attenzione.

«Le piacciono?»

«Moltissimo.»

«Bene, allora le misuro la vista per le lenti.»

Mi chiese di seguirlo e mi fece sedere davanti allo strano macchinario che conoscevo già dalla mia precedente visita oculistica.

Più tardi, in un bar, Sabrina mi chiese: «Come va la vita amorosa? Ho notato che resti sempre in silenzio quando parliamo di fidanzati o mariti».

Era vero, non partecipavo quasi mai a quelle conversazioni. Come avrei potuto contribuire? Non avevo molte occasioni di conoscere qualcuno. E poi continuavo a pensare a Darren e al rifiuto che avevo subito a causa della mia cicatrice.

«Non ho molte possibilità di incontrare degli uomini» risposi un po' a disagio, portandomi la tazza alle labbra.

«Sei timida» dichiarò Sabrina. «E non ne hai motivo. Con le clienti sei sempre decisa ed energica.»

«Sono clienti» replicai. «Con gli uomini è diverso.»

«Non così tanto, anzi, direi che con gli uomini è più facile.»

«Io... diciamo che per me non è stato così» risposi. «E credo di non aver superato la rottura con il mio ultimo fidanzato.»

«Quanto tempo è passato?»

«Poco più di un anno.»

«Allora deve essere stata una cosa molto seria.»

«Sì, lo era.» Abbassai la testa. «O almeno lo speravo. Ma è finita presto.»

«Perché?»

Guardai Sabrina. Dovevo raccontarle cos'era successo? Decisi di no e mi limitai a rispondere: «È stata colpa mia. Non sono stata sincera con lui, non mi sono fidata. E quindi...». Emisi un profondo sospiro.

Sabrina posò una mano sulla mia. «Non preoccuparti, troverai la felicità. Soprattutto con i tuoi nuovi occhiali.» Mi sorrise incoraggiante. «E quando usciremo dalla valle di lacrime di questa crisi andremo a ballare insieme!»

Due settimane dopo mi presentai al lavoro con gli occhiali nuovi.

Mi sentivo sicura di me e raggiante e se ne accorsero anche le mie colleghe. Persino la signorina Hodgson si fermò di colpo quando ci incrociammo. Mi fissò per un attimo, poi sul suo viso apparve un fugace sorriso.

«Era ora, signorina Krohn» commentò. «Sa quanto è importante essere attraenti per un salone come il nostro. Sta molto meglio.»

«Grazie» risposi un po' confusa. In genere la signorina Hodgson era piuttosto parca di complimenti.

«Questi occhiali sono magici» stabilì Sabrina quando glielo raccontai. «Hanno stregato addirittura la Hodgson. Dovresti fare un giro qui intorno e sorridere a tutti i tizi che passano. Vedrai che almeno uno verrà a chiederti di uscire.»

«Ci provo» risposi, e per la prima volta da tempo mi sentii veramente pronta a considerare i rappresentanti dell'altro sesso. Forse ne avrei trovato uno a cui non importava della mia cicatrice e di una storia che non amavo raccontare.

Quella sera, mentre mi preparavo per andare a dormire, sentii dei passi pesanti risuonare per le scale. Poco dopo bussarono alla porta. Sussultai. Forse Kate mi aveva portato un telegramma.

Andai ad aprire e mi ritrovai davanti il viso angosciato della domestica.

«Il signor Parker non sta bene» gridò, fuori di sé. «Puoi venire giù? Tu hai studiato!»

Stavo per obiettare che chimica e medicina erano due materie molto diverse, ma Kate sembrava terrorizzata, quindi mi limitai ad annuire. Corremmo giù per le scale e Kate mi portò in salotto. Il signor Parker era accasciato sulla sua poltrona. Mi bastò uno sguardo per vedere che era terribilmente pallido.

«L'ho chiamato per cena, ma non è riuscito ad alzarsi» bisbigliò Kate, ferma sulla soglia mentre io mi avvicinavo al padrone di casa.

«Signor Parker?»

Lui fissava il vuoto con la fronte imperlata di sudore, come se stare seduto gli stesse costando uno sforzo sovrumano.

«Ha dei dolori?»

«No, io...» Le sue labbra tremarono, e soltanto allora mi accorsi che metà della sua faccia pendeva floscia, senza vita.

Mi ricordò uno dei miei professori all'università, colto da una paralisi facciale dovuta a un ictus. I medici erano riusciti a salvarlo e aveva potuto continuare a insegnare, ma la parte destra del viso si muoveva in modo strano e gli conferiva un'espressione inquietante.

«Abbiamo bisogno di un medico, subito!» dissi a Kate, allarmata.

Lei si portò una mano alla bocca, poi suggerì: «Ce n'è uno a quattro strade da qui, il dottor Benjamin, ma ci metterà un po' ad arrivare...»

«Chiamalo!» la interruppi. «Deve venire subito, non importa quanto costa.»

Il signor Parker emise un gemito che suonava come un rifiuto.

Kate lo fissò per un momento, poi corse via.

«Non vale la pena sforzarsi tanto» farfugliò il signor Parker. «Io...»

Il resto della frase fu inghiottita da un gorgoglio incomprensibile. La parte destra del suo viso sembrava già paralizzata. Doveva essere un ictus, per forza.

Poco dopo Kate arrivò in salotto senza fiato. «Il dottor Benjamin sta arrivando.»

«Ha sentito, signor Parker? Stanno venendo ad aiutarla.» Gli presi la mano. «Il dottor Benjamin arriva subito. Nel frattempo ci sono io.»

I minuti successivi si trascinarono lentamente, come mai mi era successo in tutta la vita. Rimasi a guardare preoccupata il signor Parker, che sembrava stare sempre peggio. Anche se mio padre era l'ultima persona a cui avrei dovuto pensare, mi venne in mente proprio lui. Nonostante mi avesse cacciata di casa, l'idea che potesse morire mi riempiva di orrore.

Ma in questo momento era del signor Parker che dovevo occuparmi. E anche se non avevo preso molto sul serio la fede negli ultimi anni, mi ritrovai a pregare.

Venti minuti dopo ci raggiunse un ansimante dottor Benjamin. Kate se ne accorse prima ancora che suonasse il campanello e corse ad aprirgli. Un attimo dopo entrò in salotto.

Era ancora molto giovane. I capelli biondo scuro scompigliati facevano supporre che la chiamata di Kate lo avesse colto in piena toilette serale. Aveva le guance sporche di schiuma da barba, e nella fretta si era abbottonato male il cappotto, ma il suo aspetto era irrilevante.

«Dov'è il paziente?» chiese, dopo aver salutato velocemente. Mi alzai e indicai il signor Parker, che nel frattempo aveva quasi perso i sensi. Emetteva strani suoni e la mano che avevo tenuto stretta per tutto il tempo era fredda. Ma respirava ancora.

Spiegai in poche battute al dottor Benjamin come lo avevo trovato, dopodiché lui iniziò a visitarlo.

«Dovete chiamare un'ambulanza e farlo portare all'ospedale più vicino» disse. «Temo che abbia avuto un ictus. Purtroppo non posso fare molto, in ospedale forse possono aiutarlo.»

Kate aveva iniziato a piangere.

Anch'io mi sentivo sopraffatta dalla disperazione. Il dottor Benjamin doveva essersene accorto, perché aggiunse: «Resterò con voi finché non arriva».

«Non può andare con lui?»

«D'accordo, lo accompagnerò anche in ospedale. Ma poi dovrò lasciarlo ai miei colleghi.»

Mi voltai di scatto. Kate non era nelle condizioni di fare la telefonata, ormai piangeva a dirotto. Si era rintanata in un cantuccio accanto alla porta e singhiozzava. Corsi al telefono, alzai la cornetta e chiesi alla centralinista di mettermi in contatto con l'ospedale più vicino.

Fu un sollievo vedere finalmente l'ambulanza. Il signor Parker stava malissimo, ma il dottor Benjamin era convinto che il suo cuore fosse forte abbastanza per resistere alle ore successive.

Insieme a Kate, che nel frattempo aveva preparato una borsa, restammo a guardare gli infermieri che caricavano il signor Parker su una barella e lo spingevano nell'ambulanza. Poi partirono a sirene spiegate. Ero sicura che il frastuono avesse attirato tutti i vicini alle finestre, ma per fortuna nessuno si fece vedere. Soltanto un paio di gatti vagavano nelle vicinanze. I loro miagolii acuti suonavano quasi spettrali nella notte.

«Cosa ne sarà di me, senza di lui?» singhiozzò all'improvviso Kate. Nell'attesa dell'ambulanza era riuscita a dominarsi, ma ora si era lasciata andare. Tremava da capo a piedi. La abbracciai forte.

«Vedrai, i medici sapranno prendersi cura di lui. Non lo lasceranno morire.»

«E se Dio volesse così?»

«Sono certa che Dio non c'entra niente. Il signor Parker è una brava persona. Nessuno gli augura il male e meno che mai la morte.»

Avrei tanto voluto consolarla, ma non riuscivo a smettere di pensare che negli ultimi mesi mi era sembrato che il signor Parker fosse peggiorato.

Tornammo in casa e ci sedemmo al tavolo della cucina. Kate sembrava assente, così decisi di preparare io il caffè.

Quando fu pronto, mi sedetti accanto a lei e ne bevvi un sorso. Era pessimo. Fare il caffè non rientrava nei miei talenti, evidentemente. Kate non sembrava essersene accorta. Continuò a bere fissando davanti a sé.

«Non preoccuparti» cercai di consolarla, mettendole un braccio intorno alle spalle. «Il signor Parker si riprenderà. Comunque dovremmo avvertire suo figlio, non credi?»

Kate annuì e si soffiò il naso. «Sì, sarebbe la cosa migliore.»

27

Nei giorni seguenti ricevemmo poche notizie sulle condizioni di salute del signor Parker. Nel fine settimana eravamo andate in ospedale per chiedere informazioni, ma dal momento che non eravamo parenti non ci permisero di vederlo e nemmeno ci dettero informazioni.

Il figlio del signor Parker non si presentò. Avevamo provato a chiamarlo a casa, ma sua moglie ci aveva detto di non sapere niente. Quindi vivevamo alla giornata, temendo sempre il peggio. Kate cercava di distrarsi con il lavoro, cosa che a me riusciva sicuramente più facile, perché potevo uscire di casa e parlare con colleghe e clienti. Kate invece restava fra le quattro pareti di casa, sola con il ricordo delle terribili condizioni in cui aveva trovato il signor Parker.

«Kate, come stai?» le chiesi un venerdì sera, posando un pacchetto sul tavolo. Alcune clienti avevano disdetto gli appuntamenti, e Trudy era riuscita a mettere l'ansia a tutte parlando di accaparramenti. Così ero passata da Joe a prendere un paio di prelibatezze da condividere con Kate.

Kate non rispose. All'inizio non ci avevo fatto caso, ma ora notavo che stava fissando con aria assente la parete della cucina.

«Kate?» insistetti, con una stretta al cuore.

Alla fine si voltò a guardarmi. Nei suoi occhi c'era un'infinita tristezza.

«Il signor Parker è morto questo pomeriggio» disse con un

filo di voce. «Sono andata lì, anche se sapevo che non mi avrebbero lasciata entrare. Volevo soltanto stargli vicina… e me lo hanno detto.»

Mi lasciai cadere sulla sedia, accanto a lei. Quel barlume di gioia che avevo provato nel fare i miei acquisti da Joe si era spento di colpo.

Temevo che potesse succedere, ma avevo sperato fino all'ultimo che ce la facesse. Il timore di Kate si era trasformato in realtà. E ora?

«Mi dispiace tanto.» Non mi venne in mente altro da dire. Kate iniziò a singhiozzare, e anche i miei occhi si riempirono di lacrime. Alla fine ci abbracciammo strette e piangemmo come due figlie che avevano perso il padre.

Il pomeriggio del funerale del signor Parker si presentò con un cielo carico di nuvole.

Avevo dovuto convincere la signorina Hodgson a concedermi mezza giornata libera. Il signor Parker non era soltanto il mio proprietario di casa: lo consideravo a tutti gli effetti un amico. La Hodgson aveva dovuto cedere. «Recupererà le ore perse» aveva concluso.

Kate era ancora molto scossa. Mi aveva presa sottobraccio fissando le punte delle scarpe, concentrata nello sforzo di mettere un piede davanti all'altro.

Nemmeno io avevo voglia di parlare. Vivevamo nell'incertezza. Il signor Parker era stato felice di affittarmi la stanza, ma cosa ne avrebbe pensato suo figlio? E il resto della famiglia? Chi avrebbe ereditato la casa? O forse avrebbero deciso di venderla.

Le antiche tombe del cimitero di Greenwood erano una vista desolante sotto il cielo grigio. Mi strinsi addosso il cappotto, mentre la ghiaia scricchiolava sotto le nostre scarpe.

All'improvviso Kate mi trattenne. «Guarda» disse, indicando una tomba che somigliava alla miniatura di un castello delle fate. Al centro spiccava la statua di una bellissima bambina che salutava i visitatori con un sorriso dolce e la mano sinistra posata sul petto.

«È Charlotte Canda» spiegò, e per un istante sembrò dimenticare il dolore per la morte del signor Parker. «La tomba è ancora qui...»

«Perché non dovrebbe?» chiesi, affascinata dalla costruzione.

«Perché è molto antica» rispose Kate «e di recente ho letto che i cimiteri sono sovraffollati».

«Ma non distruggerebbero una tomba così bella, no?»

Kate non diede segno di aver sentito. «È stato il signor Parker a raccontarmi la storia. Lo avevo accompagnato al funerale di un amico, diversi anni fa. La povera piccola era figlia del direttore di una scuola. Stava per debuttare in società ed era fidanzata con un affascinante nobile francese. La sera del suo diciassettesimo compleanno, il 3 febbraio mi sembra, lei, un'amica e il padre tornavano dalla sua festa. Il padre accompagnò l'amica fino alla porta di casa, mentre Charlotte aspettava nella carrozza. Ci fu un temporale e un tuono spaventò i cavalli, che partirono al galoppo. Charlotte fu sbalzata dalla carrozza, e cadde sull'asfalto. Morì tra le braccia del padre.»

Mi venne la pelle d'oca. Una ragazza così giovane, morire il giorno del suo compleanno... Che destino terribile!

«Poco dopo, fra i suoi averi fu trovato un disegno» continuò Kate. «Era il monumento funebre per una zia morta da poco. Un castello delle fate. Il padre lo commissionò a uno scultore. L'altezza e la lunghezza dovevano misurare diciassette piedi, e diciassette rose dovevano decorarlo. Le ho contate, ed è proprio così. Più si guarda la tomba, più cose si imparano sul conto di

Charlotte. I suoi animali domestici, i suoi interessi, è tutto qui, immortalato per l'eternità.»

Kate tacque. Da lontano non si distinguevano tutti i dettagli, ma non potevo che ammirare quella straordinaria costruzione. Il marmo, anche se invecchiato e coperto di muschio, sembrava ancora brillare.

Dopo un po' Kate riprese a parlare. «Non ho bisogno di spiegarti cosa significa perdere un figlio. Sono sicura che i suoi genitori siano impazziti per il dolore. Anche il fidanzato non riuscì ad affrontare il lutto e si suicidò un anno dopo. Per questo non poté essere sepolto in un cimitero cristiano, ma riposa qui vicino, non troppo lontano dalla sua promessa sposa. Il signor Parker era commosso da questa tragedia. E ora anche lui riposerà qui.»

Le misi un braccio attorno alle spalle. Non potevamo restare, il funerale sarebbe iniziato a breve.

Pensavo ancora alla storia di Charlotte Canda quando iniziò la cerimonia di sepoltura del signor Parker. La sua salma si trovava in una bara di quercia decorata con una composizione di rose bianche.

Erano sicuramente più di diciassette.

La ragazza era morta il 3 febbraio, due giorni prima del signor Parker. Chissà se avrebbe approvato quel luogo di sepoltura. Avrebbe incontrato Charlotte in paradiso?

Provai a immaginare la scena, finché non sentii che Kate mi posava la mano sul braccio. Soltanto allora mi accorsi che la bara del signor Parker era già stata calata nella fossa.

«Andiamo a casa» disse, stranamente risoluta. «Finché è ancora casa nostra.»

«Non c'è nessuna cerimonia?» chiesi, guardandomi intorno.

Si era formato un capannello di persone intorno alla tomba, una donna aveva appena gettato una rosa bianca nella fossa scura.

«Sì, ma per la famiglia del signor Parker» rispose Kate. «Io sono soltanto una domestica, non mi vorranno fra i piedi.»

«Come fai a saperlo?» chiesi. «Hai lavorato per anni per il signor Parker. Sarebbe il minimo...»

Kate scosse la testa. «Conosco il figlio e anche gli altri membri della famiglia. Non gliene importa niente dei dipendenti. E non hanno una grande opinione delle persone semplici.» Rifletté un attimo e aggiunse: «Possiamo andare a berci un irish coffee alla salute del signor Parker. Deve esserci ancora una bottiglia di scotch di importazione nascosta da qualche parte, e sono sicura di avere della panna. Sono certa che il giovane Parker non se ne accorgerà.»

«Ottima idea! E io aggiungo una fetta di torta alle mele. Dobbiamo soltanto fare una piccola deviazione per fermarci in pasticceria.»

Kate era d'accordo.

Poco dopo eravamo in cucina davanti a una fetta di torta e a un irish coffee, che per me era una novità. Non amavo molto l'alcol, e a Berlino mio padre lo trovava sconveniente. Qui a New York il mio ultimo incontro con un cocktail mi aveva quasi fatta arrestare.

Ma l'irish coffe era tutta un'altra cosa. La panna e il caffè forte mascheravano in parte il sapore di whiskey, ma il caldo e l'alcol sciolsero i nodi nella mia testa. Charlotte Canda scomparve in una nebbia indistinta, così come la bara del signor Parker e il pensiero, latente ma onnipresente, di mio figlio.

Parlammo del nostro ex padrone di casa. Kate aveva un'infinità di aneddoti da raccontare, tra cui quello del suo litigio con un poliziotto per una bottiglia di limonata o di una cena in cui aveva fatto cadere "casualmente" un cucchiaio di salsa sul vestito di una parente insopportabile. Per la prima volta vedevo il signor Parker, che mi era sempre sembrata una persona colta ed erudita, sotto un'altra luce.

«Dovresti trovarti un uomo, tesoro» disse Kate di punto in bianco. «Qualcuno che ti aiuti a mettere un tetto sopra la testa e non ti cacci via.»

«Quale uomo può darmi una sicurezza simile, di questi tempi?» Mi tornò in mente Darren. Per qualche motivo ricordai la nostra serata allo speakeasy, quando avevamo parlato delle condizioni di lavoro degli immigrati. Forse era colpa dell'alcol.

«Uno che non spel… spec… insomma, che non gioca in borsa.» Il whiskey sembrava aver appesantito anche la lingua di Kate.

Scossi la testa e finii il mio irish coffee. «Meglio se riesco a guadagnare abbastanza da permettermi di avere un tetto senza aiuto. Gli uomini sono inaffidabili.»

«Hai ragione» rispose Kate. «Ma come fa una donna a guadagnare tanto? Guarda me!»

Sorrisi e pensai alla signora Arden e a Helena Rubinstein. Non sapevo come andassero le cose a Madame, ma ero sicura che la crisi non avesse affatto scalfito gli affari della Arden. Se un giorno fossi riuscita ad aprire un negozio tutto mio, forse avrei raggiunto l'indipendenza. Anche se avrebbe significato vivere da sola per sempre.

Nella notte i pensieri mi travolsero come una tempesta. Ero lontana anni luce dall'avere una casa e un'attività tutte mie. Lavoravo e guadagnavo, ma avevo un problema: se i parenti del signor Parker avessero venduto la casa, dove saremmo andate io e Kate? Con il mio stipendio non avrei avuto difficoltà a trovare un appartamento, ma che ne sarebbe stato di Kate? Come avrebbe fatto a trovare lavoro nel bel mezzo di una crisi economica?

Cercai una soluzione per ore, senza arrivare a niente.

Alla fine fu la sete a convincermi ad alzarmi dal letto. Mi misi addosso la vestaglia e scesi di sotto.

Già sulle scale sentii un singhiozzare sommesso. Kate era seduta al tavolo della cucina, con il viso nelle mani. I capelli erano scompigliati e aveva delle macchie umide sulla camicia da notte. A quanto pareva l'effetto positivo dell'irish coffee era svanito.

Esitai, incerta se andare a parlarle.

«Tutto bene?» le chiesi alla fine.

«No. Ho tanta paura di quello che succederà. In questo periodo, con la crisi… Nessuno vorrà mai una domestica.»

«Non puoi esserne sicura. Ci sono ancora tante persone benestanti. Noi abbiamo una marea di clienti che non sono state sfiorate dalla crisi.»

Avevo letto sul giornale che erano gli Stati agricoli del Sud a soffrire di più. Molte fattorie erano indebitate con le banche.

«Ma nessuno mi vorrà. Finirò in strada, oppure in un rifugio per senzatetto.»

«Non credo proprio» risposi, avvicinandomi a lei. «Forse il giovane Parker avrà bisogno di qualcuno che si occupi di questa casa.»

«In tal caso manderà uno dei suoi maggiordomi.»

Trovavo piuttosto irritante il fatto che il giovane Parker avesse un maggiordomo ma non fosse pronto a stipendiare una dipendente fidata del padre. Però in quel momento non serviva a niente.

«Vedrò cosa posso fare. Non ti abbandonerò.»

Kate tirò su con il naso. «Sei una brava ragazza. Ti ringrazio del tentativo.»

«Non voglio provarci e basta» risposi, con inattesa determinazione. «Ho intenzione di riuscirci.»

28

L'indomani arrivai al salone distrutta, con le membra pesanti. Non avevo dimenticato che la signorina Hodgson mi aveva chiesto di recuperare le ore perse, ma non sapevo proprio dove avrei trovato le forze per farlo.

Ero appena entrata quando Helen mi comunicò che aveva un messaggio da parte della signora Arden. «Ha chiamato un paio di minuti fa. Devi andare da lei, vuole vederti subito.»

Per poco non risposi che avrebbe potuto chiamarmi a casa, così mi sarei risparmiata un viaggio a vuoto.

«D'accordo, puoi informare tu le mie prime clienti?» dissi, invece. «Torno appena possibile.»

Sapevo che alcune signore non l'avrebbero presa bene, soprattutto visto che avevo già rimandato gli appuntamenti per il funerale. Ma quando il capo chiamava era meglio non lasciarlo aspettare.

Per tutto il viaggio in metropolitana mi chiesi perché la signora Arden mi avesse fatta chiamare. Non per licenziarmi, ormai era passato troppo tempo dall'incidente al The Gables, ma non sapevo cos'altro pensare.

Mezz'ora dopo attraversai la porta rossa e salii in ascensore. L'ascensorista mi sorrise allegro e poco dopo arrivai nella sala d'attesa della signora Arden.

Stava squillando il telefono, così la segretaria mi chiese di accomodarmi un attimo. Mi lasciai cadere avvilita su una poltrona.

«La signora Arden può riceverla ora» mi informò la segretaria dopo aver abbassato la cornetta. Mi alzai in piedi. Dall'ufficio si sentiva una voce maschile. C'era qualcun altro?

«Signorina Krohn, entri e chiuda la porta» esclamò la signora Arden senza degnarmi di uno sguardo.

Chiusi la porta e subito il mio sguardo si diresse verso l'uomo elegante che si era appena alzato dalla poltrona di pelle. Doveva avere circa quarant'anni. I suoi tratti erano scavati, ma gli occhi castani e i capelli scuri lo rendevano molto attraente. Aveva un naso lungo e sottile e labbra carnose. Sarebbe stato perfetto in una pubblicità per prodotti da uomo.

La signora Arden portava i capelli acconciati in morbide onde; il tailleur grigio con la camicetta bianca le stava d'incanto. Anche lei si alzò.

«Signorina Krohn, posso presentarle Henry Sell? È il responsabile della pubblicità dell'azienda.»

L'uomo affascinante si avvicinò e mi fece il baciamano. «Piacere di conoscerla, signorina Krohn.»

«Piacere mio» risposi un po' confusa. Perché era presente anche il responsabile della pubblicità?

«Si accomodi» disse la Arden, indicandomi una poltrona di fronte a lei. «Ho delle fantastiche novità per lei.» Lanciò all'uomo uno sguardo quasi innamorato. «O meglio, abbiamo.»

Subito i pensieri iniziarono a rincorrersi nella mia mente. Cosa significava?

«Qualche tempo fa mi ha chiesto di essere trasferita fuori da New York.»

Aggrottai la fronte. Il mio cervello impiegò un attimo a realizzare, ma poi… Era possibile? Voleva mandarmi a Parigi? Non ne avevamo più parlato dopo il primo giorno, ma forse la signora Arden aveva preso nota della mia richiesta.

Il cuore cominciò a battere forte per la gioia.

«Io e il signor Sell stavamo parlando della mia scuderia nel Maine. Si ricorda? La tenuta che abbiamo visitato insieme?»

Arrossii. Ma certo che ricordavo.

«Non aveva tutti i torti, in effetti» disse, tirando in ballo l'argomento che avevo sperato non toccasse. «Ma non voglio anticiparle niente.» Si girò verso il capo della pubblicità. «Henry, racconta pure del tuo conoscente di Lake Placid.»

Il signor Sell sorrise e disse: «Lo conosce senz'altro, quindi posso risparmiarmi di nominarlo. Diciamo che ha avuto l'idea di trasformare la sua villa in un club per gentiluomini, completo di tutto il necessario: biliardo, polo, tiro al piccione… All'inizio lo hanno preso tutti per pazzo, ma ora la cosa inizia a fruttare. Il numero di visitatori è cresciuto in modo esponenziale».

Mi sorrise di nuovo, ma non riuscivo a seguirlo. Cosa c'entrava quel club per gentiluomini con me?

Ma poi mi venne in mente una possibilità. «Per caso vuole trasformare la villa in un centro estetico per uomini?» chiesi cauta. «E ha bisogno di prodotti?»

A quanto ne sapevo la Arden non aveva una linea cosmetica dedicata agli uomini. Non ero granché esperta in materia, ma ricordavo bene la merce che mio padre vendeva nella sua erboristeria. Dopobarba e pomate per capelli e per la barba non potevano essere un problema!

La signora Arden scoppiò a ridere.

«No, mia cara, molto meglio» mi riportò con i piedi per terra. «Aprirò un club a Maine Chance.»

«Maine Chance?» chiesi, senza capire. Stavo ancora pensando a Parigi, ma evidentemente non era quello il motivo per cui la signora Arden mi aveva fatta chiamare.

«È il nuovo nome del The Gables. È stato mio marito a proporlo. Suona speranzoso.»

«Ha intenzione di aprire un club per gentiluomini?» Avevo la sensazione che il ghiaccio sotto i miei piedi fosse diventato più sottile.

«No, certo che no!» replicò lei. «Voglio aprire un club per signore! Uno scrigno di bellezza. Quando ho sentito quella storia mi si sono aperti gli occhi. Offriremo delle attività, come in un club per uomini, ma adatte ai nostri interessi. Cosmetici, sport, moda… Le possibilità sono infinite. Surclasseremo la Rubinstein Inc.»

"Uno scrigno di bellezza". Quando le avevo proposto di trasformare la tenuta in un hotel o in un salone se l'era presa con me.

«E sarà lei a costruire per me questo scrigno di bellezza!» continuò, prima che potessi rispondere qualcosa.

«Come, scusi?» domandai, sconcertata. Quindi niente Parigi. Voleva mandarmi nel Maine. Ero terribilmente delusa, ma feci del mio meglio per nasconderlo.

«Ha imparato molto dalla signorina Hodgson, no?» chiese la Arden allegra. «Sono certa che ormai avrà capito come si gestisce un salone di successo. Per il momento non le assegnerò compiti particolari. Al momento sto parlando con un'architetta per la ristrutturazione. Ma ho bisogno di qualcuno che supervisioni i lavori e sappia realizzare i miei desideri. E lei mi sembra la persona ideale per questo compito.»

«Ma io sono soltanto una chimica» risposi. «E un'estetista.»

«Apprezzo la sua modestia, ma ho sentito che ha molto talento e lavora con piacere. È esattamente quello di cui ho bisogno. Qualcuno che creda in questo progetto e sia in grado di realizzare i miei desideri.»

Era noto che la signora Arden preferisse assumere persone che non avevano niente a che fare con la cosmetica. Nella pubblicità lavoravano conduttori radiofonici e giornalisti, mentre nelle fabbriche erano impiegati addirittura principi russi, secondo quello che diceva Helen.

E ora io: una chimica con il compito di progettare un club per signore.

Pensai alla signora Marbury. Aveva detto che apprezzava molto le donne in gamba. Era stata lei a convincere la Arden che ero la persona giusta? Oppure voleva soltanto allontanarmi il più possibile dalla sfera di influenza di Madame?

La signora Arden mi fissò. «E allora? Vuole questo lavoro o no?»

Ricambiai lo sguardo e lanciai un'occhiata al signor Sell, che sembrava del tutto indifferente alla mia scelta. Aveva avuto un'ottima idea, e la signora Arden gliene sarebbe stata comunque grata.

Cosa potevo fare? Se accettavo di andare nel Maine, l'obiettivo di farmi trasferire a Parigi si sarebbe spostato in un futuro ancor più lontano. Dall'altra parte, se accettavo forse un giorno la Arden avrebbe esaudito il mio desiderio.

Un forse, però, non una garanzia. Forse mi avrebbe mandata in Europa. E forse mio figlio sarebbe cresciuto ancora, ma non lo avrei mai trovato…

«Non mi sembra entusiasta» osservò meravigliata la signora Arden, vedendomi esitare.

«No, è che…» Era sempre più difficile nascondere la mia delusione. Il cervello mi diceva che era un'opportunità unica.

Costruire un club per signore era una sfida che mi sarebbe piaciuto affrontare. Ma il cuore soffriva all'idea che mi allontanassi ulteriormente dal mio vero obiettivo.

«Se sarò soddisfatta del suo lavoro, diventerà direttrice del club. Ogni mia altra dipendente sarebbe invidiosa di lei.»

Non ne dubitavo. Ma nessun'altra voleva andare a Parigi per trovare suo figlio.

Ancora non mi ero decisa, ma sapevo di non poter prendere troppo tempo. La signora Arden si aspettava una risposta. Chiederle di avere pazienza significava mandarla su tutte le furie. E poi avrebbe dato il lavoro a un'altra e non avrebbe mai più pensato a me.

«Cosa la turba? Ha paura che sia un compito troppo impegnativo per lei?

«No!» esclamai. «È soltanto che speravo che mi avrebbe mandata a Parigi. Un giorno.» Arrossii.

La signora Arden mi guardò e scoppiò a ridere. «Ma mia cara, cosa vuole andarci a fare? Il futuro è qui! Le sto facendo un'offerta che non potrebbe ricevere in nessun altro posto al mondo. Parigi sarà anche una bella città, ma questo è il centro del mondo. E poi non ho bisogno di nessuno laggiù, ho bisogno di lei qui. Cosa dice, allora?»

Iniziavo ad avere caldo. Sudavo. La delusione non voleva saperne di sparire, e sentii un groppo in gola.

Ma sapevo di non potermi opporre. Rifiutando sarei uscita dalle grazie della Arden, e non avrebbe mai più preso in considerazione qualunque mia richiesta.

Sentii la mia voce pronunciare «Sì» mentre qualcosa si spezzava dentro di me. «Accetto.»

La signora Arden sorrise. «Visto, Henry?» disse al signor Sell, senza smettere di guardarmi. «Ti avevo detto che è una ragazza intelligente. Non sai quanto sono contenta di essere riuscita a portarla via alla vecchia strega.»

Madame. Non mi sarei mai abituata a sentire il mio capo parlare in modo così irrispettoso della sua rivale in presenza dei dipendenti. E un po' mi irritava anche che mi stesse trattando come una bambina. Non mi aveva portata via a nessuno, ero stata io a scegliere. Ma dubitavo che al signor Sell interessasse, così come non gli interessava il motivo per cui volevo andare a Parigi.

«Bene, signorina Krohn» disse la Arden. «Ha due settimane per assegnare le sue clienti alle colleghe e chiudere il contratto di affitto della sua abitazione. La pagherò ottomila dollari all'anno e le darò la possibilità di lavorare lì dopo l'inaugurazione. A patto che faccia un buon lavoro, ma questo è ovvio.»

Ottomila dollari! In piena crisi economica! Sapevo che la signora Arden non aveva risentito della crisi, ma mi sentivo quasi in imbarazzo a ricevere una somma simile, quando molti negozi della città erano stati costretti a chiudere e il numero dei senzatetto era in costante aumento.

«Avrei ancora una richiesta... O meglio, una clausola che dovremmo inserire nel suo contratto.»

Ricordavo fin troppo bene la clausola matrimoniale di Madame. Poteva essere qualcosa di simile? Ormai ero pronta a tutto.

«Dovrà mantenere il riserbo più assoluto a proposito di Maine Chance. Non rivelerà a nessuno lo scopo del suo lavoro. Al massimo potrà informare i suoi conoscenti del trasferimento. Ma le sarà consentito di parlare del club a persone non autorizzate soltanto quando gliene darò esplicito permesso.»

Annuii. Non avrei avuto problemi a tacere.

Mi risultava molto più difficile capacitarmi della mia fortuna.

«Bene, allora siamo d'accordo. Fra due settimane partirà per

Maine Chance.» La signora Arden si alzò e mi tese la mano. «Mi aspetto grandi cose da lei, signorina Krohn.»

Mi era stata data una grande opportunità, eppure non riuscivo a gioirne. Il mio obiettivo era Parigi, volevo cercare mio figlio. E invece dovevo trasferirmi nel Maine e non potevo sperare di tornare se non dopo un po' di tempo. Avevo preso la decisione giusta? Potevo sempre ripensarci e rifiutarmi di firmare il contratto. Sì, ma poi? La signora Arden mi aveva detto chiaramente che non aveva bisogno di nessuno a Parigi. E dal suo discorso si capiva che non avrebbe cambiato idea.

Se avessi accettato, almeno me ne sarei potuta andare dalla casa del signor Parker disinteressandomi dei piani del figlio. Avrei trovato un appartamento nuovo. E avrei avuto un lavoro che forse, prima o poi, mi avrebbe permesso di andare a Parigi.

Se solo il signor Martin si fosse fatto sentire!

A casa aprii la cassetta delle lettere, ma la trovai completamente vuota. Sospirai e la richiusi.

«Sei tu, Sophia?» chiese Kate dalla cucina. Era sempre lì, come se la considerasse il suo regno ereditario, anche se dopo la morte del signor Parker avrebbe potuto occupare qualsiasi stanza della casa.

«Sì, sono io» risposi dalla porta. Kate sedeva a tavola, davanti a lei c'era una federa logora.

«Finalmente ho tempo di rattoppare» spiegò in risposta al mio sguardo meravigliato. «Non c'è più molto da fare. Ah, ho anche tagliato il prosciutto in cantina. Se non lo mangiamo sarà da buttare, quindi ho pensato di prendermi questa libertà.»

«Il giovane Parker non avrà nulla da ridire. Sempre che si faccia sentire e non dimentichi del tutto questa casa.»

«Non aver paura, si farà sentire. Starà soltanto riflettendo sul da farsi.» Sospirò e mise via l'ago. «Comunque non gli darò la possibilità di dire che ero una parassita. Se venderà la casa, la troverà in perfetto stato.»

«Dovrebbe pagarti» osservai. «Al momento lavori in cambio di vitto e alloggio. Anzi, soltanto per l'alloggio.»

«Il signor Parker aveva lasciato ancora qualche dollaro per le spese di casa nel barattolo del caffè» disse Kate. «Ma non durerà a lungo, e non sarebbe male ricevere lo stipendio, in effetti, ma non parliamo di me.» Si sforzò di sorridere. «Che ti succede? Hai l'aria afflitta.»

Mi lasciai cadere sulla sedia della cucina. Il mio corpo era pesante come piombo. «La signora Arden mi ha convocata nel suo ufficio, oggi. Vuole che metta su un club per signore nel Maine.»

«Un club per signore?» chiese Kate sbalordita. «E cosa sarebbe? Un posto in cui le donne fumano sigari e giocano a biliardo?»

«Qualcosa del genere.» Sorrisi. Mi piaceva l'immagine di un gruppo di donne in giacca e cravatta che fumavano sigari e giocavano a biliardo. «Un posto in cui le donne possono riposarsi dal lavoro.»

«Sarebbe il posto perfetto per me, allora!» disse Kate con una risata.

«Perché no?» Non le dissi che la signora Arden pensava più a donne ricche, che non avevano problemi a sborsare una montagna di denaro. «Le ho chiesto perché ha scelto proprio me. In fondo sono soltanto una chimica, ma lei è convinta che sia la persona giusta.»

«Ma è fantastico! Perché quella faccia? Non capisco.»

«Perché speravo in qualcosa di diverso. Pensavo che volesse mandarmi in Europa, a Parigi.»

«Per tuo figlio?»

«Sì. Ero convinta che prima o poi mi avrebbe mandata nella sua sede in Europa. E invece mi spedisce nel Maine.»

Kate mi posò una mano sul braccio. «Le hai detto perché vuoi andare a Parigi?»

Scossi la testa. «No, non voglio che lo sappia. E poi ha detto che non ha bisogno di nessuno in Europa.»

«Allora devi cercare di trarre il meglio da questa esperienza, tesoro» replicò Kate. «Dopo tutto quello che hai passato è giusto che tu abbia una posizione migliore. Anche se non è esattamente quello che volevi.»

«Sono felice dell'offerta, davvero, ma… Nel profondo del mio cuore mi sento in colpa. Ho la sensazione che stia abbandonando mio figlio.»

«Hai novità da Parigi?»

«No, dall'ultima lettera non ho saputo più niente.»

«E pensi che la tua presenza a Parigi aiuterebbe il detective a trovare tuo figlio più in fretta?»

Strinsi le labbra. Mi sarebbe piaciuto crederlo, ma la verità era che non lo sapevo. Cosa potevo fare? Come avrei potuto aiutarlo?

Kate allungò una mano per spostarmi una ciocca di capelli dal viso. «È difficile, lo so. Ma forse per te andare nel Maine e iniziare un nuovo lavoro è la cosa migliore. Se il detective troverà tuo figlio potrai sempre tornare in Europa, ma temo che non gli saresti di grande aiuto nella ricerca.» Rimase per un po' a guardare la federa logora davanti a lei, poi aggiunse: «Sono molto felice che tu abbia ricevuto questa offerta. Il resto si sistemerà, vedrai».

«Grazie» dissi, ma un altro peso si aggiungeva al mio cuore. Avevo ricevuto un'offerta fantastica, mentre Kate non poteva smettere di preoccuparsi. Avrei dovuto lasciarla lì, in balia delle decisioni del giovane Parker.

Un altro macigno sulle mie spalle. Sapevo fin troppo bene come ci si sentiva a essere abbandonati.

«E se venissi anche tu? Nel Maine, intendo. La villa è enorme, la signora Arden avrà sicuramente bisogno di personale. Oppure potrei assumerti come mia domestica.» Avrei potuto proporle soltanto di venire con me, ma sapevo che avrei ferito il suo orgoglio. Si sentiva già in colpa a vivere in quella casa ora che non lavorava più per il signor Parker.

«Vuoi assumermi?» chiese Kate incredula. Poi scosse la testa. «Con il tuo stipendio risicato?»

«Il mio stipendio non è risicato» ribattei. «È molto più di quanto abbia mai avuto finora.»

Kate annuì e rifletté per un momento. «È molto carino da parte tua» disse alla fine. «Ma temo che non sopporterei il freddo. E poi ho vissuto qui per quasi tutta la vita. Non riesco a immaginare di trasferirmi in campagna.»

«Kate» dissi, prendendole la mano.

Lei sorrise. «Va tutto bene. Hai trovato il tuo posto, e io troverò il mio, ne sono sicura. Anche se ultimamente il mondo sembra impazzito.»

29

Dopo alcune notti insonni avevo fatto pace con il mio nuovo incarico e con l'idea che non sarei tornata a Parigi così presto. Non poter cercare Louis mi faceva soffrire, ma Kate aveva ragione. Non c'era niente che potessi fare per aiutare il signor Martin. E non sapevo nemmeno se Louis era vivo.

Poi c'era Kate. Cosa ne sarebbe stato di lei quando fossi partita? Come potevo aiutarla? Approfittavo di tutte le pause per leggere gli annunci di lavoro sulle riviste del salone.

Nel frattempo si era diffusa la voce della mia promozione ed ero diventata il centro dell'interesse nel salone della signorina Hodgson. Senza rivelare alle mie colleghe di cosa si trattasse, non mi lasciai sfuggire l'occasione di parlare dell'incarico che mi avrebbe portata nel Maine, nella magnifica villa che la signora Arden aveva comprato.

«Ti ha promossa a stalliere?» chiese Gladys maligna. Ignorai il suo commento e sorrisi.

«Non si tratta di cavalli» risposi. «A meno che tu non voglia considerare cavalle le nostre clienti.»

«Nel caso della signora Ross potrebbe non essere una cattiva idea» esclamò Jenna, fra le risate delle altre. Anch'io non riuscii a trattenere un ghigno. La dentatura cavallina della signora Ross era leggendaria.

Mi godevo le attenzioni e non fu difficile convincere la maggior parte delle ragazze a occuparsi in futuro delle mie clienti.

La signorina Hodgson, invece, pareva irritata. Ero sicura che la signora Arden non avesse detto nemmeno a lei il vero motivo del mio trasferimento, ma sembrava averlo intuito, perché aveva l'aria di chi si sente scavalcato.

Il mio entusiasmo per la partenza era mitigato anche dal destino incerto che attendeva Kate. Lei si mostrava forte, ma la sua preoccupazione era evidente. Le strade erano piene di donne in cerca di lavoro. Non volevo che Kate diventasse una di loro.

Ma cosa potevo fare per lei? Non conoscevo nessuno che fosse abbastanza ricco da permettersi una domestica a tempo pieno. Le mie clienti spendevano volentieri per un trattamento nel salone della signora Arden, ma dovevano risparmiare poi su altre cose. Avere un bell'aspetto era più importante che mai. Era un modo per dimostrare ai vicini che andava tutto per il meglio.

Quel pomeriggio, però, si presentò l'occasione di fare qualcosa per Kate. Guardai l'orologio. La signora Arden restava sempre in ufficio fino a tardi. Una volta in Maine avrei potuto parlarle di persona soltanto durante le sue visite. Il telefono non era il mezzo adatto per dirle quello che avevo in mente. Decisi quindi di affrontare il rischio di non essere ricevuta o che non fosse in ufficio. Salii in metropolitana e puntai verso Manhattan.

La ragazza alla reception mi guardò sbalordita quando le feci la mia richiesta. «È importante» insistetti.

«La signora Arden al momento è in riunione. Dovrà aspettare.»

«Non importa» risposi. «Ho tempo.»

Andai di sopra ed entrai nell'anticamera dell'ufficio.

«So che la signora Arden è in riunione» esordii, per risparmiare alla segretaria di spiegarmi quello che già sapevo. «Posso aspettare. È una cosa importante di cui devo discutere con lei prima di partire per il Maine.»

La segretaria mi aveva riconosciuta.

«Può accomodarsi in sala riunioni, se vuole» disse, indicandomi dove andare.

Mi mossi senza far rumore sulla moquette e mi sedetti. Speravo che non ci volesse troppo. All'improvviso sentii un rumore forte, come se qualcuno avesse rovesciato un vaso.

Mi guardai intorno, ma non vidi né la segretaria né nessun altro.

Anche la sala conferenze era stranamente silenziosa, ma un attimo dopo sentii gridare. Mi alzai di scatto. Forse qualcuno aveva bisogno di aiuto.

Non appena misi piede in corridoio, però, capii che il mio aiuto era l'ultima cosa di cui c'era bisogno.

«Cosa vai a pensare!» abbaiò una voce che doveva appartenere alla signora Arden. Non l'avevo mai sentita urlare così forte. «Ti ho sempre detto che era la mia azienda. Mia, e non tua!»

«Ma sono tuo marito!» ribatté una voce altrettanto furente. Il signor Jenkins. A volte rideva sguaiatamente, ma non lo avevo mai sentito urlare.

La sua tirata continuò. «Dovresti soltanto ringraziarmi. Dove pensi che saresti se non fosse stato per me?»

«Tu non hai fatto proprio niente! Sei un mio dipendente!» replicò la Arden.

Mi sentivo in imbarazzo ad ascoltare quella lite. Le parole non erano rivolte a me, ma mi turbarono lo stesso. Ripensai a mio padre, a come gridava quando mi cacciò di casa. Anche la signora Arden avrebbe cacciato via Thomas Jenkins?

Alla fine mi sbloccai e tornai al mio posto. Ero confusa.

Non dovetti attendere ancora a lungo. Una porta si aprì. Non quella della sala conferenze, però. Era una di quelle che davano sul corridoio, che fu spalancata e richiusa con violenza. Passi pesanti si mossero nella mia direzione.

Mi pentii di essere lì nel momento stesso in cui Jenkins entrò nella stanza.

All'inizio pensai che non si fosse accorto di me, ma poi lo vidi fermarsi. «Signorina Krohn, cosa la porta da queste parti?»

«Ehm...» Mi sentivo la gola improvvisamente secca. Arrossii. «Volevo vedere la signora Arden... Ho una domanda da farle.»

Jenkins mi fissò con occhi ancora ardenti di rabbia. Non era stata una grande idea nominare sua moglie. Ma poi annuì.

«Bene... Sarà da lei fra un attimo.» La sua voce tremava, come se faticasse a tenerla sotto controllo.

«Molte grazie, signor Jenkins.»

Mi guardò ancora per un secondo, prima di dirigersi ad ampie falcate verso l'uscita.

Poco dopo sentii altri passi. Mi irrigidii. Stavolta però non aspettai che la signora Arden, o chiunque altro, entrasse. Mi alzai per dare l'impressione di essere appena arrivata. E infatti mi ritrovai davanti la signora Arden. La sua espressione contratta cambiò appena mi vide.

«Signorina Krohn?» chiese, meravigliata. «A cosa devo il piacere?»

La sua voce non tremava, e anche il suo aspetto non tradiva la rabbia di poco prima. Il suo tailleur grigio scuro era perfetto e i boccoli rossi impeccabili.

«Signora Arden, mi perdoni se la disturbo senza preavviso. Avrebbe un momento per me? Avrei una richiesta. Non so a chi altri rivolgermi.»

«Venga nel mio ufficio.»

Mi precedette a passo di marcia, come un generale che ha appena vinto una battaglia decisiva.

Una volta in ufficio, aprì la finestra. Il rumore del traffico che veniva dalla strada non sembrava disturbarla.

«Mi dica tutto» fece, indicandomi la poltrona di fronte alla sua scrivania. Si passò una mano fra i capelli, anche se i suoi boccoli erano perfetti così. Sembrava più un gesto per placare il suo tumulto interiore.

La ringraziai e mi sedetti. «Ho una conoscente in difficoltà.»

«Be', lo sono tutti, di questi tempi?» replicò lei, e aggiunse in tono pungente: «Il risvolto positivo del crollo della Lehman Brothers è che sarà la rovina della signora Titus. Ammesso che la si possa ancora chiamare così».

Repressi un sospiro di frustrazione. Perché si comportava in quel modo? Anche lei aveva problemi con il marito, evidentemente. Gioire delle sofferenze altrui portava soltanto altre sofferenze.

«Allora, di chi si tratta? Una collega della fabbrica?»

Scossi la testa. «No, si tratta della domestica della casa dove vivo. Il padrone è morto di recente e a breve dovremo lasciare la casa. Nel mio caso non è una tragedia, grazie alla sua generosa offerta.» A giudicare dalla sua espressione, aveva apprezzato la sviolinata. «Volevo chiederle se è interessata ad assumerla come domestica. Lei è sicuramente molto impegnata e…»

La signora Arden sollevò una mano. «Ho domestici a sufficienza. Persone di cui mi fido. La sua amica sarà una bravissima persona, ma non la conosco.»

«Garantisco io per lei.»

La signora Arden mi fissò scettica. Poi scosse la testa. «La risposta è no.»

«Ma...»

«Ma» disse con enfasi, convincendomi a tacere. «Chiederò a Bessie. Nella sua cerchia ci sono sempre signore in cerca di bravi domestici. Di questi tempi non dovrebbe essere difficile trovare una persona, ma non tutti sono in possesso della giusta discrezione.»

«Sarebbe molto gentile da parte sua.» Era meglio di niente. Elisabeth Marbury aveva molti contatti. E se la signora Arden metteva una buona parola per Kate...

«Non posso prometterle niente.»

«Le sono già grata per l'interessamento.»

La signora Arden mi fissò per un istante, poi fece un cenno da cui capii che era arrivato il momento di lasciarla da sola.

«Ancora grazie, signora Arden.»

Mi alzai. Stavo per andarmene, quando la sentii aggiungere: «Buon viaggio per Maine Chance. È il progetto più importante che ho in ballo al momento. Non me lo rovini».

«Non lo farò.»

Mi voltai e lasciai l'ufficio.

30

I giorni passavano, e la mia partenza per il Maine si avvicinava. Ogni sera, di ritorno dal lavoro, facevo la lista delle mie cose. Fu così che ritrovai la mia valigetta degli esperimenti. Era ricoperta da uno spesso strato di polvere. Negli ultimi mesi non avevo quasi più pensato alla mia precedente attività. Ero così presa dal lavoro che non avevo nemmeno avuto il tempo di sentire la mancanza del laboratorio.

L'avrei mai usata di nuovo? Per aprire un mio negozio, magari?

Il suono del campanello mi strappò ai miei pensieri. Kate era uscita per andare a fare visita a un'amica. Non c'era nessun altro in casa, così corsi di sotto.

«Un attimo!» gridai, precipitandomi ad aprire la porta. Mi ritrovai davanti il postino.

«Avevo dimenticato questa» disse lui. «Mi scusi.» Mi allungò una busta.

Veniva dalla Francia ed era per me.

Lo ringraziai e lui sfiorò la tesa del cappello con due dita in risposta.

Chiusi la porta e osservai l'affrancatura: Parigi. Emisi un sospiro di sollievo quando lessi il nome del mittente. Allora al signor Martin non era successo niente di grave. Tornai nella mia stanza e aprii con ansia la busta.

Cara mademoiselle Krohn,

la prego di perdonarmi se mi faccio sentire solo dopo tanto tempo. Nelle ultime settimane ho avuto un po' di problemi. Non si preoccupi, non era Jouelle che voleva mettermi le mani addosso. Anzi, ora sono certo che non abbia niente a che fare con le sue indagini.
Come può immaginare, un detective è come il prezzemolo nella minestra, ma diciamo che alcune minestre erano un po' più... sensibili. Chi va in giro a mettere il naso negli affari degli altri sa di doversi aspettare qualche imprevisto, fa parte del mestiere. Ma è tutto superato ora, i lividi sono spariti e le ferite guarite. Posso rimettermi al lavoro.

Misi giù la lettera. Lividi? Ferite? La sola idea di cosa poteva essergli successo mi scombussolava lo stomaco. Chiusi gli occhi e provai a reprimere la nausea. La paura per mio figlio e la sensazione di impotenza erano tornate a travolgermi con tutta la loro forza. Corsi a spalancare la finestra. L'aria fresca della sera riuscì a tranquillizzarmi un po'. Continuai a leggere.

A causa del piccolo incidente ho potuto mettermi in cerca di madame DuBois soltanto da poco. O forse dovrei dire di madame Herver, come si fa chiamare ora.
Ho avuto conferma che è stata ostetrica a Parigi, proprio all'ospedale Lariboisière. E probabilmente sapeva anche qualcosa, ma ormai non può più dirlo a nessuno. In casa ho trovato soltanto il marito, che fra le lacrime mi ha raccontato che sua moglie si era tolta la vita qualche giorno prima. Si è impiccata nel fienile, senza lasciare un biglietto d'addio. Nelle settimane precedenti, così mi ha detto lui, gli era sembrato che qualcosa la tormentas-

se e che fosse diventata molto triste. Non voleva più nemmeno mangiare.
Naturalmente gli ho chiesto se gli avesse raccontato qualcosa, se aveva scritto lei la lettera. Ma ha sostenuto con forza di non saperne nulla.
"Probabilmente" ha detto "le si è spezzato il cuore perché le mancava la clinica. Quando poi ha scoperto che non avrebbe potuto avere figli è crollata."
A essere onesto, c'è qualcosa che non mi convince. Conosco alcune donne a cui è stata negata la gioia del parto, ma nessuna si è tolta la vita per questo.
Il suicidio può essere una prova di colpevolezza? Sono stati la disperazione e il pentimento a spingerla a togliersi la vita? Non posso esserne certo, e purtroppo non lo sapremo mai.
Mi dispiace non poterle dare notizie migliori. La morte di Aline DuBois ha mandato all'aria il mio piano. Ma dopo tutto quello che è successo quest'anno non mi stupisce affatto. I prossimi mesi porteranno nuovi indizi, forse, o almeno un'idea.
Nel frattempo abbia cura di lei. Le scriverò non appena avrò capito da dove ripartire. Se non dovessi ottenere niente nel giro di sei mesi, le restituirò i suoi soldi.
Suo,

Luc Martin

Mi caddero le braccia. La lettera svolazzò sul pavimento, ma non mi chinai a riprenderla. Mi sentivo troppo debole, e con il cuore troppo pesante.

Senza forze, mi sedetti sul letto a fissare le luci degli appartamenti di fronte, oltre le tende scostate della mia finestra. Si intravedevano delle ombre, persone che vivevano le loro vite, che affrontavano i loro problemi. Ognuno aveva la sua croce da portare. Eppure per un attimo desiderai essere al posto di chiunque altro al mondo.

Aline DuBois era morta, si era tolta la vita.

Il signor Martin non era certo di poterle attribuire la colpa di niente. Ma da dove sarebbe ripartito ora? L'ospedale lo avrebbe fatto arrestare se fosse tornato a fare domande. Un atteggiamento che non metteva i medici in buona luce, certo, ma non era probante. E senza prove era impossibile agire.

Alla fine, quando le luci di fronte si spensero, mi alzai e andai alla scrivania. Non mi importava niente dei soldi. Volevo fare qualcosa, ma non sapevo cosa.

E così pensai che non avevo mai risposto a nessuna delle lettere del signor Martin. Forse era ora di farlo.

Era inutile cercare di motivarlo ora che la pista si era raffreddata. Ma forse gli avrebbe fatto piacere sentirsi apprezzato, sapere che ero commossa dal fatto che avesse messo a repentaglio la sua sicurezza per mio figlio. Anche se mi addolorava l'idea che il ritrovamento di Louis fosse rimandato a data da destinarsi.

Presi la carta da lettere e iniziai a scrivere.

Carissimo signor Martin,

la ringrazio molto per le lettere con cui mi ha informata sullo stato delle sue ricerche. Mi ha molto spaventata con i racconti di tutti i suoi infortuni. Spero che ora stia bene e sia in salute. La prego di fare attenzione, non voglio che le succeda niente di male. Conoscere il destino di mio figlio significa molto per me, ma non voglio costruire questa gioia sul dolore di un'altra persona. Mi ha molto addolorato scoprire che madame DuBois si sia tolta la vita. Ho un bel ricordo di lei. Mi è stata accanto durante il parto e non ho mai avuto la sensazione che qualcosa la affliggesse, ma del resto la conoscevo a malapena. Chissà che significato ha la sua morte. Colpa o innocenza? Forse sarà il tempo a dircelo. Se pensa che non valga la pena continuare a cercare, non gliene vorrò. Io non ho intenzione di arrendermi, ma non so come portare avanti le mie ricerche. Se lei vede una via possibile, sono disposta a continuare a finanziare il suo lavoro, finché non arriverà al punto di non riuscire davvero ad andare avanti. O forse ci siamo già? Mi faccia sapere. Vorrei tanto scoprire cos'è successo, mi darebbe pace. Ma forse non è possibile.

Avevo scritto che non avevo intenzione di arrendermi, ma tutte le frasi successive lasciavano intendere il contrario. Non sarebbe stato più ragionevole dimenticare tutto? Forse la lettera che affermava che Louis era ancora vivo era stata davvero il prodotto di una mente malata.

Mi ricordai di Henny. Era assurdo anche solo pensarlo, ma l'oppio poteva avere effetti imprevedibili sulle persone.

Conclusi la lettera e la lasciai sulla scrivania. Avrei deciso se inviarla o meno l'indomani mattina. Ma almeno avevo capito di aver fatto la cosa giusta ad accettare la proposta della signora Arden.

31

Il pomeriggio del mio ultimo giorno al salone, quando ormai non avevo quasi più nulla da fare, la signorina Hodgson mi raggiunse in magazzino. Avevo promesso di riordinarlo come ultimo atto ufficiale.

«Bisogna integrare le scorte» dissi, dando per scontato che fosse venuta a controllare che stessi lavorando davvero. «Alcune creme stanno finendo, e ci è rimasto pochissimo tonico per il viso.»

«Se può farmi avere una lista, chiederò a Helen di ordinare quello che manca.»

Ero sicura che me lo avrebbe chiesto, così avevo già preparato un elenco. «Ecco qui.» Le passai il foglietto. «Resto ancora qualche minuto a finire di rimettere a posto.»

«Volevo soltanto dirle che sentiremo la sua mancanza» aggiunse inaspettatamente la signorina Hodgson.

La guardai sbalordita. Non mi aspettavo che dicesse una cosa simile. Ero convinta che fosse lì per sorvegliarmi.

«Grazie, è molto gentile.»

«È stata una delle migliori dipendenti che abbia mai avuto in questo salone.» La signorina Hodgson giocherellava con le dita, come se quei complimenti la mettessero in imbarazzo, o come se si sentisse costretta a farli. «Ammetto che all'inizio non ero per niente convinta che potesse combinare qualcosa di buono, ma ha dimostrato che mi sbagliavo. Dobbiamo tutti iniziare da qualche parte, no?»

Non sapevo bene come reagire.

«Grazie» mi limitai a dire. «Per tutto quello che mi ha insegnato.»

Sorprese anche me quanto quelle parole fossero vere. Avrebbe potuto assegnarmi incarichi assai peggiori. Certo, avevo passato ore a lavare vasetti di crema, ma alla fine la signorina Hodgson aveva tenuto fede alla promessa fatta alla Arden, e mi aveva insegnato molto.

«Forse ci rivedremo. La signora Arden è stata piuttosto vaga sui dettagli del suo incarico, ma chissà, magari ci sarà occasione di parlare a un congresso.»

Non capivo perché ne sentisse la necessità. Voleva mettermi alla prova o era soltanto curiosa e pensava che così mi avrebbe convinta a rivelare qualcosa?

Mi limitai a sorridere, ben sapendo che se avesse saputo davvero quale posizione mi era stata affidata mi avrebbe presa per il camice e dato una bella scrollata. «Mi farebbe molto piacere.» Le porsi la mano, e lei la strinse.

«Quando ha finito qui, vada pure. E non esiti a chiedere a me se ha bisogno di referenze.» E con questo lasciò il magazzino.

Verso le cinque avevo finito ed ero pronta ad appendere il camice al chiodo. Quando uscii con il cappotto sotto il braccio, trovai la signorina Denver, una delle segretarie della signora Arden, che mi aspettava nell'anticamera. Era una giornata piena di sorprese.

«Buonasera» la salutai. «È venuta per un trattamento?»

«La signora Arden ha un messaggio per lei» riferì con espressione così seria da darmi i brividi. Estrasse una busta dalla borsa. «Si raccomanda di trattare la cosa con la massima discrezione.»

Quale messaggio segreto poteva avermi mandato la Arden?

La ringraziai, riponendo la busta nella tasca del cappotto.

«Buona fortuna nel Maine» disse la segretaria con un sorriso timido. «Mi piacerebbe tanto andarci. Pare sia un luogo idilliaco.»

«Lo è, ma bisogna amare la vita di campagna.»

«Mi piacerebbe, credo» rispose senza esitare. «Chissà, magari la signora Arden manderà laggiù anche me prima o poi.»

Il suo sorriso si fece complice. A quanto pareva la mia missione segreta non lo era poi così tanto.

«Forse. Metterò una buona parola per lei, se possibile.»

«Grazie.» La signorina Denver mi sfiorò la mano per un istante e si congedò.

Aspettai che si allontanasse e tirai fuori la lettera dalla tasca. Pensavo che la signora Arden volesse darmi un paio di indicazioni prima della partenza, ma il contenuto del biglietto mi lasciò senza fiato. Scorsi rapidamente le righe una seconda volta e corsi fuori.

Il viaggio in metropolitana non mi era mai sembrato tanto lungo. Avrei voluto che il macchinista accelerasse o saltasse un paio di fermate.

«Kate!» esclamai eccitata entrando in casa del signor Parker. «Kate, ho una novità!»

Mi fermai di colpo per non andare a sbattere contro uno sconosciuto in giacca e cravatta con il colletto così stretto che la sua testa sembrava montata su un palo.

«E lei chi sarebbe?» domandò lui, scrutandomi con gli occhi grigi.

«Sophia Krohn» risposi, confusa. E lui chi era?

Poi sentii altre voci discutere concitate. «Sono l'inquilina del signor Parker» aggiunsi, perché lo sconosciuto non la smetteva di fissarmi.

«Oh, pensavo fosse interessata.»

«Interessata?»

«Il signor Parker vuole vendere la casa. Oggi è il primo giorno di visite, ma se lei non c'entra nulla…»

Per un attimo rimasi immobile, come se mi avesse colpita un fulmine.

«Temo di no» risposi. Kate non mi aveva detto niente di quelle visite. E nemmeno che il figlio del signor Parker stava pensando di vendere la casa.

Sentii distintamente dei rumori in cucina. «Mi scusi» dissi allo sconosciuto, evidentemente un agente immobiliare, e raggiunsi Kate mentre lui si ritirava in salotto.

La domestica era ai fornelli e stava versando acqua calda in un bricco di caffè con aria affranta.

«Ciao, Kate. Che succede?»

Quando si girò mi accorsi subito che doveva aver pianto.

«Tu che dici?» rispose affranta. «Il figlio del signor Parker non ha niente di più urgente da fare che vendere questa casa. Suo padre è morto da due settimane e lui pensa soltanto ai soldi!»

«Cosa dovrebbe farsene di una casa a New York?» cercai di rabbonirla. «Vive a Boston, non può trasferirsi qui senza un motivo.»

«In altri tempi lo avrebbe fatto. Nessuno avrebbe mai rinunciato così alla casa di un genitore.»

Mi avvicinai a Kate e le misi un braccio attorno alle spalle. Scoppiò in singhiozzi. «E ora cosa ne sarà di me? Il nuovo proprietario non vorrà mai una vecchia ciabatta come me.»

«Non ti venderà insieme alla casa, non sei un mobile» cercai di sdrammatizzare, mentre cercavo nella tasca la lettera che mi aveva portato la signorina Denver.

«Ecco, ho una cosa per te.» Le passai la busta.

Kate mi guardò interrogativa. «Cos'è?»

«Guarda tu stessa.»

Lei estrasse il biglietto, lo lesse e si portò una mano alla bocca. «La signora Morgan vuole assumermi?»

«Ha bisogno di qualcuno che si occupi della sua casa di New York. Una persona affidabile. La Arden deve aver parlato di te alla signora Marbury, e lei ha fatto girare la voce fra le sue conoscenti. Anne Morgan non è soltanto la figlia di un banchiere, è anche un'appassionata di letteratura. Credo che non ti annoierai con lei.»

Kate scosse la testa incredula, poi si strinse il foglio al petto. «Non riesco a crederci» sussurrò fra le lacrime.

«Devi, invece. E io posso partire tranquilla per il Maine.»

Kate fece una piroetta e mi abbracciò, stringendomi così forte da farmi mancare l'aria.

Quando mi lasciò andare, rideva e piangeva insieme. «Quanto vorrei tirargli il caffè sulla camicia a quella specie di pinguino impettito.»

«Meglio di no. Il giovane Parker dovrà scriverti le referenze» sorrisi. «Se vuoi posso darti una mano, che ne dici?»

Kate mi ringraziò.

Uscii dalla cucina. Non sapevo chi fosse più contenta delle due. Ma ero incredibilmente sollevata di non doverla lasciare alla benevolenza dei tizi in salotto.

Dedicai il giorno successivo a preparare i bagagli. Le visite del giorno precedente mi avevano portato via molto tempo. Il tentativo di andare a dormire presto era fallito miseramente a causa delle risate e delle voci degli uomini riuniti in salotto. Sembrava che nessuna donna si fosse presentata.

Soltanto verso la mezzanotte era tornato il silenzio. L'unica cosa che si sentiva erano i passi del giovane Parker nell'ingresso. Probabilmente sarebbe rimasto per la notte.

Mi svegliai alle sette e mezza e nel giro di pochi minuti raccolsi tutte le mie cose. Non era molto, ma decisamente più di quanto avessi portato con me da Berlino o da Parigi. Piegai i vestiti con cura e li sistemai nella valigia. Per ultima tirai fuori proprio la mia preziosa valigetta. Avrei mai più lavorato in un laboratorio?

L'aspetto creativo della chimica mi mancava, ma forse nel Maine avrei avuto la possibilità di dedicarmi a qualche esperimento.

Quando scesi di sotto trovai il giovane proprietario di casa seduto in cucina. Di Kate nessuna traccia.

«Buongiorno» salutai, puntando la caffettiera sui fornelli.

Parker alzò gli occhi dalla sua lettura. «Buongiorno» rispose, ripiegando il giornale.

«Sono Sophia Krohn, l'inquilina di suo padre. Le mie condoglianze.»

«Grazie, signorina Krohn, è molto gentile» rispose, e bevve un sorso di caffè.

Non sapevo cos'altro dire. Era strano avere in casa il figlio del signor Parker. In tutto il tempo che avevo trascorso lì non si era mai fatto vedere, ma lo avevo riconosciuto subito. Era la copia di suo padre.

«Kate non c'è?» chiesi, anche se avevo intuito che il giovane Parker non aveva molta voglia di parlare.

«No, ha detto che aveva un appuntamento.»

Non ricordavo che il colloquio con la signora Morgan fosse

fissato per le otto. Doveva essere uscita molto presto. Peccato, mi sarebbe piaciuto darle almeno un incoraggiamento.

Visto che il giovane Parker non sembrava intenzionato a lasciarmi sola in cucina, mi sedetti alla tavola con la mia tazza e chiesi: «Come sono andate le visite? Ha trovato un acquirente?».

Mi guardò come se fosse sorpreso di sentirsi rivolgere la parola.

«Per ora no» rispose evasivo.

«Spera che qualcuno possa abboccare?»

La mia formulazione sembrò irritarlo.

«Non so se il futuro proprietario sarà d'accordo ad affittare una stanza» disse senza mezzi termini. «Ma potrei mettere una buona parola per lei, alle giuste condizioni.»

Il suo sguardo si soffermò in modo poco opportuno sul mio corpo. Gli avrei volentieri tirato un ceffone. Evidentemente assomigliava al padre solo nell'aspetto fisico. Il signor Parker non si sarebbe mai permesso un simile atteggiamento.

«Non glielo chiedo perché voglio restare» risposi gelida. «Mi interessa e basta, niente di più. Ho già trovato un'altra sistemazione.»

Parker sembrò deluso. Pensava davvero che avrei offerto il mio corpo in cambio del prolungamento di un contratto di affitto?

«Buon per lei» concluse, tornando al suo giornale. Non aveva risposto alla mia domanda.

Finii il caffè e mi alzai. Meglio tornare in camera prima che gli venisse qualche idea stupida.

Un'ora dopo sentii la porta chiudersi. Forse il giovane Parker era uscito. Avevo reagito con prontezza, ma la sua battuta mi aveva lasciato una brutta sensazione. Quella casa era stata per tanto tempo il mio porto sicuro e mi dispiaceva lasciarla, anche se ero felice di aver accettato la proposta della signora Arden.

Scivolai fuori dalla mia stanza per controllare che fosse andato via, e feci appena in tempo a intravedere un lembo della gonna di Kate.

Corsi giù per le scale e la seguii in cucina.

«Allora?» chiesi con il cuore in gola, come se fossi in attesa del mio turno per il colloquio.

Kate fissava i fornelli con viso inespressivo. Significava che la signora Morgan non l'aveva assunta?

«Kate?» insistetti, facendola trasalire.

Mi guardò quasi intimorita e disse: «È una casa enorme!».

E quindi? Aggrottai la fronte.

«La signora Morgan sembra una bravissima persona.» Non mi venne in mente altro da dire.

«Soprattutto molto ricca» rispose Kate, ancora piuttosto scossa.

«E cosa ti ha detto la ricca signora?» domandai impaziente. Kate viveva da sempre in una grande città, come faceva a meravigliarsi di quella casa?

«Sì.»

«Ti ha detto di sì?» ripetei quasi incredula, abbracciandola.

Kate annuì.

«Ma è fantastico!» esclamai, stringendola ancora più forte. Finalmente Kate sembrò riprendersi.

«Non riesco ancora a crederci.» Finalmente sul suo volto si aprì un sorriso. «Una donna con una casa così bella vuole che lavori per lei! Ha detto che mi darà un paio di ragazze da tenere sotto controllo. Come un maggiordomo!»

«Una governante» la corressi. Mi sentivo il cuore esplodere

di gioia, come una bottiglia di soda agitata prima dell'apertura. «Ora sei una vera governante!»

«Sì, credo di sì.» Sorrise incredula. «Questa signora Arden deve davvero aver messo una buona parola per me.»

Proprio in quel momento si sentì di nuovo la porta chiudersi. Guardai fuori e vidi passare il giovane Parker davanti alla finestra. Evidentemente non gli era sembrato necessario salutarci.

«No, credo che sia stata tu a mettere una buona parola per te stessa. Ma non mi sorprende, con la tua esperienza e il tuo talento! E poi il signor Parker era amico della Rubinstein. Mi sa che fosse piuttosto conosciuto a New York.»

«Credo che quest'ultimo punto sia stato decisivo» disse Kate con gli occhi che le brillavano. «E se preparassi una bella torta, che ne dici? Ora che il giovane Parker se n'è andato…»

«Ma potrebbe tornare.»

Kate scosse la testa. «Detesta questa casa, vuole soltanto liberarsene il prima possibile. Per me può andare all'inferno, non mi interessa più.»

32

Il treno entrò in stazione con un gran frastuono e dieci minuti di ritardo. Fino a qualche istante prima i passeggeri non la smettevano di brontolare, ma ora correvano tutti verso le porte con le valige in mano. Lasciai passare una signora anziana che avanzava a fatica con il suo bastone. Quando la vidi inciampare le porsi un braccio a cui appoggiarsi. Era incredibilmente leggera. Sarei diventata anch'io così, un giorno?

«Grazie mille, signorina» disse, ansimando. «Quando ero giovane come lei camminavo senza problemi. Quante cose si porta via il tempo, eh?»

Le sue parole mi colpirono. Non ero anziana come lei, ma mi ero già lasciata alle spalle tante cose. Il mio amante, i miei genitori, mio figlio, Darren ed Henny. Berlino, Parigi e ora New York. E chissà quando avrei rivisto Kate, anche se ero felice di saperla al sicuro. La signora Morgan sarebbe stata contenta di lei, ne ero certa. La vita a volte è un susseguirsi di nuovi inizi. Guardai negli occhi la signora anziana. Chissà quanti viaggi aveva fatto. La sua mente sembrava ancora lucida, e le difficoltà motorie non le impedivano di salire su un treno.

Dopo un po' trovai il mio posto. Sistemare la valigia sulla cappelliera mi sembrava un'impresa impossibile, ma per fortuna un uomo mi offrì il suo aiuto.

«Lasci fare a me, signorina. Rischia di farsi male!»

Sollevò la valigia prima che potessi rispondere. Nel frattempo posai la valigetta per gli esperimenti sul sedile e sbottonai il cappotto.

«Mi chiamo Harry Styles» si presentò. «Sono in viaggio per lavoro, e lei?»

«Sophia Krohn» risposi. «Anch'io sono in viaggio per lavoro.»

Lui guardò prima me, poi la valigia. «Cosmetici?»

«Qualcosa del genere. Questa è la mia valigetta per gli esperimenti.»

Sembrava colpito. «Quindi è una chimica?»

«Sì» risposi, per semplicità.

«Oggigiorno le donne fanno di tutto.» Poi, come se avesse più dei suoi circa quarant'anni, aggiunse: «Un tempo si interessavano soltanto all'economia domestica. Ora fanno saltare in aria il mondo».

«Le assicuro che non mi occupo di dinamite» risposi. Mi divertiva non rivelargli tutto. «Lavoro con cose molto più pacifiche.»

«Mi sta incuriosendo» fece lui, ma prima che potesse continuare altri due uomini entrarono nello scompartimento. Distratto, sembrò dimenticarsi di me. Mi sedetti al mio posto e presi un libro dalla borsa. Avevo comprato un romanzo al chiosco della stazione. La quarta di copertina prometteva la "drammatica vicenda di Lady Bane", che aveva perso il titolo nobiliare e doveva lottare per il patrimonio del marito, naturalmente con un uomo misterioso dagli occhi azzurri al suo fianco.

Mentre il treno si metteva in movimento iniziai a leggere, ma presto i miei pensieri iniziarono a vagare. Verso la villa e Belgrade Lakes. Non avevo mai vissuto in campagna. Quando io e Henny immaginavamo il nostro futuro non avevamo mai pensato a una luogo immerso nel verde. Eravamo entrambe convinte che la vita di campagna fosse estremamente noiosa e potesse destare interesse soltanto se ci si stancava del proprio marito.

Poi ricordai che dovevo avvertire il signor Martin di non scrivermi più al vecchio indirizzo di New York. Avrei fatto meglio a farlo subito, perché dubitavo che il giovane Parker si sarebbe preso la briga di inoltrarmi la posta. Anzi, forse avrebbe messo piede in casa soltanto per firmare l'atto di vendita.

Quando arrivai a Maine Chance il sole inondava i campi e i boschi spogli. In primavera ci sarebbe stata un'esplosione di verde, ma per il momento la vegetazione si limitava a dei crochi sui lati del sentiero.

Ora che la vedevo per la seconda volta la villa mi sembrava più sobria, forse perché in estate la luce era più forte e i contrasti più marcati.

Ma nel giro di qualche anno lì sarebbe sorto qualcosa di unico al mondo. Credevo nella visione della signora Arden ed ero felice di farne parte.

«Posso aiutarla, signorina?» chiese una voce maschile. Mi girai e mi ritrovai davanti un uomo che teneva un cavallo marrone per le briglie. «Si trova sulla tenuta della signora Arden, di New York.»

«Lo so» risposi. Lo sconosciuto doveva essere uno degli stallieri della villa. «Mi chiamo Sophia Krohn, mi manda la signora Arden.»

L'uomo mi squadrò un attimo, poi disse: «Entri pure, allora. Sono già arrivate altre persone oggi, le troverà in casa».

Presi la valigia e mi incamminai lungo il vialetto di ghiaia.

Quando aprii la porta sentii subito delle voci femminili. Non capivo bene da dove venissero, ma senza dubbio da qualche parte della casa.

Un attimo dopo, con mia grande sorpresa, mi venne incontro Bessie Marbury.

«Sophia, mia cara, che bello rivederti!» esclamò, accogliendomi a braccia aperte. In men che non si dica mi ritrovai stretta al suo petto formoso.

«Lizzy mi ha detto che saresti venuta. Purtroppo lei non poteva esserci, ma visto che ero qui nella mia casa estiva mi sono offerta di occuparmi dell'accoglienza.»

«È molto gentile da parte sua, signora Marbury.» Era insolito che una donna della sua importanza si preoccupasse del personale. Sicuramente aveva un'assistente che poteva farlo al posto suo, ma ero felice di non essere del tutto sola in quella casa che aveva bisogno di tanta cura e lavoro.

«Vieni, ti presento le altre. A quanto mi ha detto Lizzy sarai tu a prendere in mano la gestione.»

«Ci proverò, almeno.» Per fortuna la signora Arden aveva promesso che mi avrebbe inviato istruzioni più precise. A quel punto avrei soltanto dovuto assicurarmi, come aveva detto lei, che andasse tutto per il meglio. Lo speravo.

La signora Marbury mi guidò nella cucina, che aveva subito una ristrutturazione provvisoria. Mi aspettavano una cuoca e due giovani cameriere. Mi domandai perché fossero lì. I muratori avrebbero devastato tutto, e dubitavo che avremmo accolto ospiti. Ma non stava a me mettere in dubbio le decisioni della signora Arden.

«Signore, vi presento la futura direttrice della struttura. Seguirete per filo e per segno le indicazioni della signorina Krohn, sono stata chiara?»

Le tre donne mi guardarono quasi intimorite. Sembravano

del posto, non erano né truccate né particolarmente ben vestite. Chissà come apparivo ai loro occhi. Forse troppo agghindata.

Le ringraziai, dissi che speravo che avremmo lavorato bene insieme e mi lasciai accompagnare dalla signora Marbury nella mia stanza.

«Non c'è ancora niente di finito» spiegò. «I precedenti proprietari hanno trascurato per troppo tempo questa perla. Stentavo a crederci quando ho sentito che l'avevano finalmente messa in vendita.» Aprì la porta. «Abbiamo fatto del nostro meglio, per il momento, ma sarai tu a farla sbocciare.»

La stanza era molto grande e luminosa, ma erano gli unici lussi che aveva da offrire. Non mi aspettavo granché, ma la moquette logora e i battiscopa ingialliti mi demoralizzarono. Mi ricordavano l'appartamento di Henny a Berlino. In più le finestre non chiudevano bene, sentivo uno spiffero freddo. Per non parlare del mormorio del vento.

I mobili sembravano arrivare da un mercatino delle pulci. Erano tanti, ma apparivano traballanti. Quantomeno la stufa prometteva degli inverni abbastanza caldi.

«Spero che ti sentirai a tuo agio qui.»

Lo speravo anch'io, prima o poi.

«Grazie, signora Marbury. Non deluderò la signora Arden.»

«È lodevole da parte sua, ma pensi prima di tutto a non deludere se stessa.» E con queste parole uscì dalla stanza.

Ne approfittai per guardarmi meglio intorno. Qua e là scovai dei dettagli carini: una rosa sbiadita dipinta sulle pareti, un pomello intarsiato. Ma avrei avuto molto da fare, così tanto che dubitavo avrei avuto il tempo di usare la mia cassetta degli esperimenti.

Prima di mettermi all'opera, però, dovevo fare una cosa. Presi la valigia. Avevo sistemato in alto carta da lettere e penna.

Dovevo scrivere immediatamente al signor Martin. E volevo comunicare anche ai miei genitori dove mi trovavo. Non speravo più che mi rispondessero, ma mi sentii in dovere di farlo. E poi a Henny. Anche se non voleva più vedermi, doveva sapere dove raggiungermi nel caso avesse avuto bisogno di me.

33

1933

I primi mesi del 1933 furono freddissimi nel Maine, ma per fortuna tutte le stufe funzionavano a meraviglia, e anche i lavori nella villa stavano volgendo a termine.

Quasi non riuscivo a credere che fossero passati già tre anni. Il tempo era volato. Il mio lavoro era stato interrotto solo dalle notizie che arrivavano da New York o dalle visite della signora Arden per controllare i suoi cavalli.

Avevo stretto amicizia con qualche abitante del paesino, con cui a volte uscivo per un caffè o una passeggiata. Ogni tanto veniva a trovarci Rue Carpenter, un'architetta di New York e buona amica della signora Arden.

Era una donna energica con i capelli grigi e sempre vestita in modo impeccabile con un tailleur e un cappellino ormai dall'aria antiquata. Tre anni prima aveva progettato un nuovo salone sulla Fifth Avenue, a New York, con un russo di nome Remisoff. Non ero ancora riuscita a vedere quella nuova, fantastica sede, perché proprio il giorno dell'inaugurazione ero rimasta bloccata nel Maine per la rottura di un tubo che aveva allagato la villa quasi completamente. Ma Peg, la nostra cuoca, mi aveva mostrato le foto sul giornale. Alla vista dei mobili sontuosi e delle ampie stanze, che ricordavano sale da ballo illuminate a giorno, avevo provato un moto di gelosia per non aver collaborato a quel progetto. Ma quando la signora Carpenter arrivò da noi capimmo che anche Maine Chance era parte di un piano grandioso.

Avevamo iniziato scegliendo le stanze per gli ospiti e assegnando le funzioni alle diverse aree della villa. Doveva esserci un salone da parrucchiere e un centro estetico, ma anche palestre e stanze per i massaggi e per la sauna. In più avevamo in mente un elegante salotto con biblioteca e camino in cui le signore potevano rilassarsi. Una volta visti i disegni il mio cuore aveva fatto salti di gioia. Non riuscivo a credere che un giorno sarei diventata la direttrice di quel posto!

Ma la preoccupazione in assoluto più grande, mia e della signora Arden, fu la morte improvvisa della Carpenter, il 7 dicembre 1931. I progetti per Maine Chance erano pronti, ma l'architetto non avrebbe potuto seguire la loro realizzazione. Mi dispiaceva molto, ma non intendevo rinunciare alle sue visioni. Per cui furono ingaggiati altri professionisti, che per fortuna portarono avanti il progetto della Carpenter rispettando quasi del tutto i suoi desideri.

I lavori avevano creato grande agitazione. Muratori e operai andavano e venivano di continuo. L'elettricità mancava spesso e l'acqua corrente arrivava a tratti. Per fortuna la casa della signora Marbury non distava molto, e lei era stata tanto gentile da offrirci il suo bagno per i casi di emergenza.

Mi piaceva chiacchierare con lei, anche se in sua presenza mi sentivo sempre leggermente insicura. Era così colta da farmi sentire inadeguata. Di tanto in tanto mi chiedeva come andassero gli affari di cuore, ma avevo poco da raccontarle al riguardo. A parte quelli che si occupavano della scuderia, gli uomini a Maine Chance erano pochi e non mi interessavano. Volevo solamente portare a termine la ristrutturazione.

Ormai mancava poco. Le sale per i trattamenti erano pronte, dovevano essere ultimati soltanto gli arredi. Il giardino era quasi finito, a parte gli ultimi angoli che sarebbero stati rifiniti a primavera. Le dependances ospitavano circa venti dipendenti, mentre io abitavo al primo piano. Dovevamo ancora decidere se sarei rimasta lì: la tenuta comprendeva anche un edificio annesso più piccolo, che poteva diventare una suite indipendente per gli ospiti oppure un appartamento per me.

Nel complesso la villa poteva accogliere da quindici a venti ospiti. Per la signora Arden la "beauty farm", come l'aveva ribattezzata, doveva essere una destinazione unica e quindi non era importante raggiungere il tutto esaurito. Si rivolgeva soprattutto alle donne che erano disposte a spendere una montagna di soldi per trattamenti personalizzati e prodotti eccezionali.

Talvolta mi sorprendevo a fantasticare sul futuro. Di lì a poco ci sarebbe stata l'inaugurazione. La signora Arden avrebbe esaudito un mio desiderio in cambio del lavoro svolto? Mi avrebbe permesso di mettere su un laboratorio per produrre cosmetici a Maine Chance? Avevamo abbastanza spazio per ricavarne uno. Stavo già pensando a quale prodotto esclusivo offrire, qualcosa che potesse piacere alla signora Arden e convincerla della mia idea.

Anche se mi ero entusiasmata durante la ristrutturazione, sentivo la nostalgia di creme e tonici per il viso. Negli ultimi due anni avevo coperto il ruolo di direttrice dei lavori e il mio compito era stato controllare che gli operai non facessero nulla che andasse contro i desideri della proprietaria. Dapprima mi avevano trattata come un'aliena, ma in poco tempo si erano abituati a ricevere le mie istruzioni.

E avevano dovuto imparare, come me, che il mio capo non

accettava un no se non dalla sua amica Bessie che era l'unica a poter esprimere liberamente la sua opinione.

Maine Chance era una bolla separata dal resto del mondo. Mentre nel resto del paese imperversavano fame e povertà, la signora Arden ci procurava tutto ciò di cui avevamo bisogno.

Lei stessa si concedeva il lusso di fare visita alle stalle nel fine settimana, e comprare i cavalli che le piacevano. Il suo preferito, e il mio, era un arabo allevato da un vero principe russo. Helen aveva ragione: il principe Kader Guirey, emigrato negli Stati Uniti da tempo, durante la settimana produceva cipria in una delle fabbriche della signora Arden, ma nel weekend si infilava i pantaloni da cavallerizzo e galoppava sui prati con la foga di un cosacco. Quasi tutte le ragazze che lavoravano a Maine Chance erano innamorate di lui.

Di tanto in tanto andavo in paese e regalavo a chi ne aveva bisogno il materiale che ci avanzava: ciocchi di legno, mattoni, finestre… Così riuscii a farmi apprezzare e contribuii alla diffusione della fama della signora Arden nel circondario. Anche la Marbury ne rimase colpita. Aveva trascorso gli ultimi mesi nella sua casa di campagna con qualche problema di salute, in parte sicuramente a causa del tempo. Ero andata a trovarla tutte le volte che potevo, certa che alla signora Arden avrebbe fatto piacere. Dopo tutto quello che aveva fatto per me e per Kate mi sentivo in dovere di prendermi cura della sua amica.

Nel frattempo era stato eletto un nuovo presidente, che di lì a poco si sarebbe insediato. Franklin Delano Roosevelt aveva promesso di rimettere in sesto l'economia e trovare una soluzione alla fame che affliggeva molte famiglie americane. Piaceva alla gente, e dopo aver letto una sua intervista sul giornale anche io nutrivo delle speranze. Era ora che qualcuno aiutasse gli americani a uscire dalla miseria.

Mentre il fuoco scoppiettava nel camino e fuori iniziava a cadere una neve leggera, guardai giù in cortile. Le impronte degli zoccoli lasciate dai cavalli durante l'uscita mattutina stavano lentamente scomparendo. Per la signora Arden era fondamentale che i suoi cavalli uscissero a galoppare all'aria aperta tutti i giorni, anche con il freddo e con la neve.

Quando avevo tempo andavo sempre a sbirciare. Alcuni dei cavallerizzi erano piuttosto attraenti, e forse sarebbero stati anche interessati a me, ma mi vergognavo troppo e non mi avvicinavo. Iniziare una relazione mi avrebbe costretta a rivelare il mio segreto.

Anche se ormai non pensavo spesso a Darren, capitava che i ricordi mi travolgessero all'improvviso, scoraggiandomi nel cercare qualche contatto. E poi quegli uomini erano dipendenti della signora Arden, proprio come me. Avevo iniziato ad accettare il fatto che sarei rimasta sola. Nessuno mi sembrava degno di ascoltare la mia storia.

Di sotto scoppiò il caos all'improvviso. Avevamo visite? Mi allontanai dalla finestra e uscii dalla stanza.

Peg, la cuoca, parlava concitata con una delle cameriere.

Corse da me non appena mi vide.

«Santo cielo, signorina Krohn!»

«Che succede, Peg?»

«Sono appena tornata dal paese. La signora Marbury è morta la scorsa notte, a New York. È appena arrivato un telegramma della governante. È fuori di sé.»

Rimasi paralizzata. Ci eravamo viste a Natale! Era voluta tornare a New York dopo aver ricevuto una lettera dalla signorina De Wolfe. Evidentemente il viaggio aveva peggiorato le sue condizioni di salute...

«È terribile. Com'è potuto succedere così in fretta?»

«Non lo sappiamo. Forse è stato un attacco di cuore.»

Ripensai a Kate e alla morte del signor Parker. Anche i dipendenti della signora Marbury avrebbero dovuto temere la vendita della villa da parte dei suoi eredi?

«Grazie, Peg. Telefono alla signora Arden. Immagino lo sappia già.»

«Sarà stata la prima a saperlo» rispose Peg. «Oh cielo, poverina. Sarà distrutta. La signora Marbury era la sua migliore amica.»

Non dubitavo che la Arden fosse devastata dalla notizia. E per questo raccolsi tutte le mie forze prima di alzare la cornetta e chiedere di essere messa in contatto con l'ufficio del capo.

Mi rispose con voce scossa dal dolore. «È terribile, la povera Bessie» disse con voce nasale. Avrei potuto scommettere che si stava tamponando gli occhi con un fazzoletto. «Un momento fa scoppiava di salute, e ora...»

In verità la signora Marbury non "scoppiava di salute" da diverso tempo, ma speravamo tutti che sarebbe stata meglio con l'arrivo della primavera.

«E la signorina De Wolfe? È riuscita a parlare con lei?»

«No, non ancora. Al momento non vuole sentire né vedere nessuno.»

«È comprensibile.» Non sapevo cos'altro dire.

«Verrà al funerale?» chiese la signora Arden. «Bessie aveva grande considerazione di lei.»

«Certo, verrò. Qui c'è ancora tanto lavoro da fare, ma gli operai sanno come procedere, e prima di poter andare avanti con il resto bisogna finire di sistemare le dependance per i dipendenti.»

«Bene.» Ora la signora Arden sembra molto più sicura di sé. «Le farò prenotare una stanza in albergo. Il Waldorf Astoria può andarle bene?»

Il Waldorf Astoria? Non lo avevo mai visto, ma ne avevo sentito parlare. Era l'albergo che ospitava divi del cinema e politici. Ray, che aveva sempre sognato di sposare un uomo ricco, ne sarebbe stata entusiasta. A dire il vero pensavo fosse troppo elegante per me, ma sapevo che era inutile protestare. E poi ero curiosa.

«Certo, va benissimo. Grazie mille, signora Arden.»

«Bene. La mia segretaria le comunicherà l'orario esatto delle esequie. Ci vediamo lì.» E chiuse la telefonata.

Sarei andata ai funerali della signora Marbury anche se la Arden non mi avesse pregata di prendervi parte, dal momento che la ammiravo per la sua intelligenza e il suo spirito ribelle.

Verso le dieci del mattino salii sul treno per New York. Ero felice di tornare in città. Avevo sentito delle voci secondo cui alcuni amici si sarebbero riuniti per occuparsi delle ultime volontà della signora Marbury. Fra loro c'erano il futuro presidente Roosevelt, il signor Vanderbilt, che avevo incontrato ai tempi di Madame, e Anne Morgan. E infatti speravo di rivedere anche Kate, che era ancora al servizio della signora Morgan. Ci eravamo scritte qualche volta, ma purtroppo non eravamo riuscite a incontrarci da quando avevamo lasciato la casa del signor Parker.

Quando arrivai a Grand Central Station, quella sera, trovai l'autista della signora Arden ad aspettarmi. Mi avrebbe accompagnata al Waldorf Astoria.

«Buonasera signorina Krohn, posso occuparmi della sua valigia?» chiese James.

«Sì, certo, grazie» risposi, passandogliela. Avrei potuto portarla benissimo da sola, ma negli anni avevo imparato che a volte non c'era niente di male nel lasciarsi aiutare.

Dal sedile posteriore della macchina contemplai ammirata le luci della città. Le pubblicità erano aumentate, anche se il paese viveva ancora nella miseria. Era un tentativo di far dimenticare ai newyorkesi che il periodo era tutt'altro che roseo?

Ci fermammo di fronte a un imponente edificio bianco illuminato da una miriade di faretti. Il nome dell'hotel campeggiava in lettere dorate sopra le finestre che davano sull'atrio. Un portiere in livrea si avvicinò alla macchina della signora Arden e aprì la portiera.

«Buonasera, signora, benvenuta al Waldorf Astoria!»

Ricambiai il saluto, ringraziai e scesi dalla macchina mentre James prendeva la mia valigia. Gliela tolsi di mano prima che potesse offrirsi di portarmela, lo ringraziai e mi avviai verso l'ingresso.

Entrai nella hall e rimasi immobile per un momento, come frastornata. Lo splendore degli arredi mi lasciò a bocca aperta. Marmo e oro ovunque. Colonne di legno scuro sostenevano il soffitto con ornamenti che ricordavano lo stile greco. Al centro della hall spiccava un orologio enorme.

Mi avvicini al bancone di marmo nero della reception, dietro il quale mi attendeva un concierge in livrea grigia.

«Sophia Krohn. Dovrebbe esserci una stanza prenotata a mio nome.»

«Ah, la collaboratrice di Elizabeth Arden» rispose l'uomo, allungandomi un foglio. «Può compilare questo, se non le dispiace?»

Mentre scrivevo il mio nome e la mia data di nascita, il concierge si avvicinò al pannello con le chiavi e tornò porgendomene un paio con il portachiavi d'oro.

«Il fattorino si occuperà del suo bagaglio, se vuole.»

«Non è necessario, ho una borsa leggera. Ma mi farebbe piacere se poteste stirarmi un vestito.»

«Certo, signora.»

Quando entrai nella stanza fui ancora una volta sopraffatta dal lusso dell'albergo. Non riuscivo a credere di essere lì. Anche se lo dovevo soltanto alla generosità della signora Arden, avrei trascorso la notte in un edificio da cui andavano e venivano le persone più influenti del paese, e forse del mondo.

Mi guardai intorno. Le pareti della stanza erano tappezzate con jacquard di seta color crema, abbinato alle sedie Luigi XIV e al drappeggio del letto a baldacchino. Sembrava di essere in un castello. Ne avevo fatta di strada dalla stanzetta della pensione che avevo condiviso con Henny!

Dopo aver disfatto i bagagli e aver appeso il mio vestito per la cerimonia a una gruccia, mi avvicinai al tavolino di marmo accanto alla finestra. Lì trovai una busta color crema. Era un messaggio per me da parte della signora Arden.

Bentornata a New York. Le suggerisco di provare un menu à la Oscar!

E.A.

Avevo già sentito la signora Arden parlare con entusiasmo del maître d'hôtel del Waldorf Astoria. Oltre a essere l'anima più nobile dell'albergo, e un uomo molto stimato, le sue ambizioni in cucina e il suo talento per l'organizzazione erano leggendari.

Dopo la fatica del viaggio non avevo molta fame, ma sapevo che le porzioni non sarebbero state generose ed ero certa che la signora Arden mi avrebbe chiesto come avevo trovato la cena, così decisi di scendere al ristorante e provare la cucina di Oscar.

Entrai nell'enorme sala, e non riuscii a credere ai miei occhi.

All'inizio vidi soltanto il bagliore di due immense pietre preziose, e soltanto dopo il viso. Era madame Rubinstein. Era seduta proprio davanti a me, in un séparé con dei divanetti di pelle gialla intorno a un tavolo di legno scuro, insieme a due uomini in giacca e cravatta.

A guardarla non si sarebbe mai detto che erano passati diversi anni dal nostro ultimo incontro. Portava sempre i capelli raccolti in uno chignon tirato e la sua pelle era perfetta. Non sembrava invecchiata di un giorno.

Esitai. Mi avrebbe riconosciuta?

Di colpo si voltò verso di me, come se avesse percepito la mia presenza. Non potevo più fingere di non averla notata. Mi ripresi e mi avvicinai a lei per salutarla. Se la Arden lo avesse scoperto sarebbe andata su tutte le furie, ma non volevo essere scortese. In fondo dovevo ringraziare Madame se ero arrivata a New York. Era stata lei a darmi la prima grande possibilità.

«Sophia Krohn!» Ero sbalordita. Helena Rubinstein ricordava il mio nome. Lei, che aveva sempre chiamato collaboratori e dipendenti "tizio delle confezioni", "il vedovo" o "la tipa con i nervi fragili". Era raro che parlasse di qualcuno chiamandolo per nome.

«Madame Rubinstein, che piacere rivederla.» Le porsi la mano e ci scambiammo due baci sulle guance, come si usava in quegli ambienti.

«Santo cielo, sei diventata ancora più carina!» disse con gli occhi che scintillavano di meraviglia.

Mi insospettii subito. Non si era mai mostrata tanto contenta di vedermi. Forse era la presenza dei due uomini, non voleva far trapelare la sua irritazione.

«Signori, vi presento una delle chimiche di maggior talento che abbiano mai lavorato per me.»

Gli uomini si presentarono a loro volta, ma i nomi non mi dicevano niente.

«Mi fa piacere rivederti. E in questo posto, poi! A quanto pare te la passi molto bene.» Mi squadrò dalla testa ai piedi, poi il suo sguardo si fissò sul mio viso. «E la pelle! Meravigliosa. Ne deduco che sei rimasta fedele ai miei prodotti.»

Risposi con un sorriso neutrale. Sarebbe stato molto scortese ammettere in presenza dei due sconosciuti che in realtà utilizzavo le creme della Arden.

«Avrebbe un momento per me, *Fräulein* Krohn?» A quanto pareva non aveva smesso di mescolare tutte le lingue che conosceva. «Vorrei farle una domanda. A quattr'occhi.»

«Vuole che vi lasciamo sole?» chiese uno degli uomini.

Madame scosse la testa. «No, è ora di fare quattro passi per sgranchirmi le gambe.»

«Certo, Madame» dissi, e la accompagnai in salone. Lì, sotto un pesante lampadario di cristallo, alcuni ospiti si godevano un improvvisato concerto di pianoforte. Nessuno fece caso a noi, la musica copriva le nostre voci.

«Ho sentito dire che ora lavori per quella donna» esordì senza giri di parole, come suo solito. «Come diavolo ti è venuto in mente, dopo tutto quello che ho fatto per te?»

La guardai con occhi sgranati. Come lo aveva scoperto?

Poi capii che doveva essere stata proprio la signora Arden. Non aveva perso tempo a vantarsi della sua conquista quando la Rubinstein era tornata a New York.

«Non ho avuto scelta» risposi. «Dopo il licenziamento ho dovuto cercarmi un altro lavoro e la signora Arden mi ha dato una possibilità.»

Helena Rubinstein fece una smorfia simile a quella della signora Arden quando avevo nominato madame in sua presenza.

«Ti hanno licenziata? Com'è potuto succedere?»

La guardai meravigliata. «Non lo sapeva? Tante sue ex dipendenti sono state cacciate subito dopo la vendita. Io sono stata fra le prime. Probabilmente le vendite di Glory non erano eccezionali, quindi erano convinti di poter fare a meno di me.»

Di colpo gli occhi di Helena Rubinstein si accesero di rabbia. «Quegli idioti!» mormorò furibonda. «Avevamo un accordo, non avrebbero dovuto licenziare nessuno!»

«Evidentemente lo hanno ignorato. Mi hanno cacciata via senza lasciarmi nemmeno delle referenze. A dire il vero mi sorprende che la signora Arden mi abbia assunta.»

«C'è poco di cui sorprendersi» ribatté lei, come se mi avesse letto nel pensiero. Almeno non sapeva niente della lettera che la Arden mi aveva inviato dopo la festa dai Vanderbilt. «Sapeva benissimo chi eri. E sarà stato un piacere assumerti, perché sa che detesto che mi portino via un bravo collaboratore. Ma la pagherà.»

Il suo tono di voce tetro e vendicativo mi diede i brividi. Era cambiata, anche se non all'apparenza.

Meditò per un attimo, poi disse: «Avrai sentito dire che ho ricomprato la quota americana dell'azienda. Perché non sei tornata da me? Il tuo licenziamento è stato un grosso errore».

«Ero già stata assunta dalla signora Arden, non avrei mai osato presentarmi da lei. E poi ho pensato che avesse già abbastanza da fare con il divorzio e...»

«Divorzio?» mi interruppe lei, alzando le sopracciglia. «Chi ha parlato di divorzio?»

Arrossii, mi sentivo accaldata come se avessi passato l'ultima ora davanti a una stufa.

«La signora Arden mi ha accennato...»

«Puah!» esclamò Madame, così forte che un paio di persone

si girarono a guardarla. «Quella donna farebbe bene a concentrarsi sul suo di matrimonio.» Tacque, come per ritrovare il controllo, e mi diede un colpetto sulla mano. «Non ti preoccupare, non hai colpa per le sciocchezze che si sentono in giro.»

«Quindi lei e il signor Titus vi siete riavvicinati?»

Il suo sguardo gelido diceva tutt'altro. «Mettiamola così: Edward si occupa dei suoi affari in Europa, e io dei miei qui. Ma non abbiamo divorziato.»

Non sapevo se esserne sollevata. Sembrava che non fossero capaci di liberarsi dalle catene che si erano imposti a vicenda.

«Mi dispiace che sia andata così.»

Dopo avermi guardata a lungo negli occhi, Madame annuì. «Apprezzo l'interesse, signorina Krohn. E non posso negare che mi piacerebbe molto se tornasse a lavorare per me.»

Aggrottai la fronte. Non mi aspettavo proprio che volesse soffiarmi alla Arden.

«Io… non ho parole.»

«Durante la mia assenza sono successe molte cose spiacevoli» continuò Madame. «Soltanto perché volevo salvare il mio matrimonio. Ma ora quel capitolo è chiuso. Il nome Rubinstein brilla più luminoso che mai. Ho aperto due nuove sedi a Milano e a Roma, e da quando ho ripreso gli affari, anche qui l'azienda va a gonfie vele. Sono sicura che quella donna stia ribollendo di rabbia.»

Non sapevo quanto i successi di Madame dessero sui nervi alla signora Arden. Probabilmente l'idea della beauty farm e la convinzione di star creando qualcosa che nessuno aveva mai osato fare prima la aiutavano ad affrontare meglio il ritorno della Rubinstein.

«Potrei offrirti un posto in uno dei miei laboratori. Oppure, se ti interessa, potresti diventare assistente di mia sorella a Roma. È una città meravigliosa. E saresti una delle donne più pagate del posto.»

I miei pensieri cominciarono a vorticare. Roma era sicuramente bellissima, e del resto non c'era nulla che mi trattenesse in America. Sarei stata più vicina a Parigi e avrei avuto la possibilità di ritrovare il signor Martin e aiutarlo nella ricerca.

Ma cosa ne sarebbe stato del mio lavoro per Maine Chance? E di tutti gli anni che avevo investito nel progetto? La signora Arden era una persona particolare e a volte aveva reazioni smodate, ma non mi aveva mai trattata male. Le ero debitrice tanto quanto lo ero nei confronti della signora Rubinstein. Entrambe mi avevano dato, a modo loro, la possibilità di sopravvivere.

«Ci penserò» risposi evasiva. Non volevo mettermi contro Madame. Il vento poteva sempre girare, ed era possibile che avessi bisogno di bussare a una porta diversa da quella rossa. Meglio assicurarsi di non trovarla chiusa. «Devo prima valutare se un trasferimento a Roma potrebbe convenirmi. Sono certa che possa capire.»

Madame mi osservò con l'aria di chi ha smascherato una bugia, ma poi sorrise. «D'accordo, pensaci pure. Ma non troppo a lungo. Posizioni come questa non restano libere a lungo. Non posso aspettare in eterno.»

«Ne sono consapevole, Madame, la ringrazio per l'offerta. E anche per aver riconosciuto che il mio licenziamento è stato un errore. Ero distrutta quando ho dovuto lasciare la fabbrica.»

«Se torni, cercherò di farmi perdonare» rispose, mi strinse un'ultima volta la mano e si allontanò.

Non la seguii subito. Rimasi ancora un po' ad ascoltare la musica. Non avrei accettato la sua proposta, lo sapevo, eppure qualcosa dentro di me si era smosso. Avrei dovuto aspettare prima di andare subito da Elisabeth Arden? No, mi servivano soldi, e nessuno avrebbe potuto prevedere il ritorno di Madame in America.

Dopo poco lasciai il salotto e tornai nel ristorante. Mi era tornato l'appetito, e non vedevo l'ora di provare i piatti di uno chef la cui fama si era spinta fino al Maine.

Cercai con lo sguardo il tavolo dove prima era seduta la Rubinstein. Era vuoto.

34

Anche se la signora Marbury non era una mia amica, fu con una certa malinconia che l'indomani mattina indossai il vestito nero per il funerale. Non provavo tristezza per Bessie Marbury, ma dispiacere. Era stata una donna gentile e affettuosa. Sarei stata felice se avesse vissuto qualche anno ancora.

Non riuscii a non pensare a mio figlio. La sua presunta morte e il fatto di non aver potuto partecipare alla cerimonia funebre mi avevano assillata per anni. Se avessi assistito alla sepoltura avrei considerato la lettera in maniera diversa. E invece ero destinata a tormentarmi.

Bessie Marbury invece non sarebbe tornata dal regno dei morti, ne ero certa.

Arrivai al cimitero e constatai subito di non essere l'unica a cercare di arrivare puntuale. I posti non riservati erano già tutti presi. Buona parte degli ospiti che volevano dare un ultimo saluto alla signora Marbury si sarebbe dovuta accontentare di restare in piedi.

Non mi dispiaceva, perché così avevo una vista migliore sui presenti. In prima fila scorsi la signora Arden in compagnia di una donna che non conoscevo, entrambe con la veletta al cappello, come vedove ai funerali del marito. Non vedevo la signorina De Wolfe. Possibile che non venisse alle esequie della sua compagna?

Si sarà sentita devastata. Stando alle voci che giravano nel salone, la signora Marbury non aveva mai fatto mistero della sua preferenza per le donne, e il suo cuore apparteneva alla signorina De Wolfe.

La signora Arden era la sua migliore amica, invece, e a quanto avevo scoperto, negli ultimi anni aveva molto di cui essere grata a Bessie, oltre a Maine Chance. La loro amicizia somigliava tanto a quella fra me e Henny. Anche se era quasi doloroso pensarci, soprattutto perché ormai era lontana anni luce.

Dopo un po' notai un gruppo di uomini in completo scuro che sulle prime avevo scambiato per la guardia d'onore. In realtà erano le guardie del corpo dell'appena eletto presidente Roosevelt.

Si muoveva lento, sostenendosi alle stampelle. Avevo letto che da bambino aveva contratto la poliomielite. Era già un miracolo che riuscisse a reggersi in piedi. Dimostrava grande forza di volontà, autocontrollo e tempra, tutte qualità che gli erano tornate utili durante la campagna elettorale.

I presenti si alzarono in segno di rispetto. Un mare di cappotti scuri che formò un'onda.

Quando furono arrivati tutti, il reverendo iniziò il suo lungo discorso. Oltre ai momenti più importanti della vita della defunta, elencò i nomi di una serie di celebrità di cui Elisabeth Marbury era stata amica o mecenate. Di tanto in tanto si sentiva qualcuno singhiozzare. La maggior parte dei presenti ascoltava a capo chino, ma sospettavo che l'attenzione di alcuni non fosse del tutto rivolta all'anima della signora Marbury.

Mi guardai intorno in cerca di visi conosciuti. Individuai Kate ai margini del prato. Evidentemente la signora Morgan aveva insistito perché i suoi domestici partecipassero insieme a lei alla cerimonia. Il più discretamente possibile, lasciai il mio posto e mi avvicinai a lei.

Kate sorrise raggiante appena mi vide.

«Ciao» sussurrai, prendendole la mano. Lei ricambiò il saluto e si affrettò ad assumere di nuovo l'espressione grave che si addiceva al contesto. Alcune persone si erano girate a guardarci. Decisi di tacere, almeno per il momento.

La predica durò ancora diversi minuti. Iniziavano a dolermi le gambe. Cos'avrei dato per una panchina!

Finalmente il reverendo concluse il suo discorso e il coro intonò una marcia funebre. Mentre le spoglie mortali della signora Marbury venivano sepolte nella terra molte persone si alzarono per avvicinarsi alla sua tomba.

Ora potevo parlare con Kate.

«Come stai?»

«Bene, come vedi. Ho perso un paio di chili, ma non perché stia male. La signora Morgan ci tiene molto alla salute dei suoi dipendenti. Non mi era mai capitata una cosa simile.»

«Fantastico!»

«E a quanto pare a te la campagna fa bene! Hai le guance rosse come mele!»

«È un'altra vita rispetto alla città, non si può uscire per andare al supermercato. C'è un negozietto nel piccolo paese più vicino, ma non è fornito di tutto e per raggiungere un posto più grande si deve per forza prendere la macchina o andarci a cavallo.»

«Non riesco proprio a immaginarti a cavallo!» rise Kate.

«Nemmeno io, a essere onesta» ridacchiai a mia volta. «Mi piacciono i cavalli, mi diverto a guardarli, ma non ci salirei mai. Se cadessi e mi rovinassi la faccia la signora Arden mi licenzierebbe in tronco.»

Lanciai un'occhiata al mio capo che stava parlando con due uomini.

«Sei mai più tornata a casa del signor Parker? Sai chi l'ha comprata?»

«No, dopo la tua partenza è successo tutto molto in fretta. Ho fatto i bagagli, ho scritto un biglietto al giovane Parker e sono andata via. Non sarebbe stato necessario licenziarsi, dal momento che il mio datore di lavoro era morto. Ad ogni modo, il giovane Parker non mi ha pagato l'ultimo stipendio. Ma non me la prendo. Non ha mai fatto molto caso a me, forse pensava che il cibo e il caffè si materializzassero da soli sulla tavola.» Scosse la testa.

«È incredibile che sia figlio del signor Parker.»

«A giudicare dalle sue maniere se ne potrebbe dubitare seriamente. Ma quando lo si guarda in faccia...» Alzò le spalle. «Comunque, la vita va avanti e la signora Morgan è davvero fantastica. Mi sono abituata in fretta alla vita da governante.» Mi prese la mano. «Non so davvero come ringraziarti.»

«Non devi, sono felice che tu stia bene.»

Ci scambiammo un sorriso, poi Kate chiese: «Ti va una tazza di tè? La signora voleva che venissi al funerale, ma la cerimonia è riservata a un ristretto numero di invitati. Possiamo andare nella cucina della signora Morgan e chiacchierare come ai vecchi tempi».

Quanto mi sarebbe piaciuto accettare! Ma ero stata invitata alla commemorazione.

«Mi dispiace, ma devo andare all'onoranza funebre. Un'altra volta, magari.»

«D'accordo.» Kate accettò con aria delusa, ma poi mi prese di nuovo la mano. «Torna presto a New York, promettilo.»

«Appena possibile...»

«Kate!» gridò una voce di donna.

Ritrasse la mano. «Non c'è pace, eh? Stammi bene in campagna.»

«E tu in città!»

Ci separammo. Kate raggiunse la signora Morgan, mentre io andavo dalla Arden.

La maggior parte degli invitati si era allontanata, probabilmente in direzione dell'albergo in cui si sarebbe tenuta la festa. Soltanto la cerchia più ristretta di amici e conoscenti era rimasta ad assistere alla chiusura della tomba. La signorina De Wolfe ancora non si era vista. Forse stava male.

Attesi che la signora Arden si accorgesse di me prima di avvicinarmi.

«Signorina Krohn, che piacere vederla» disse con una sfumatura nella voce che mi mise in guardia. Poteva anche essere in lutto, ma non dimenticava mai gli affari. Le sue dipendenti dovevano essere sempre perfettamente truccate e vestite. Ero sicura di essere entrambe le cose, quindi doveva trattarsi di qualcos'altro.

«Sono contenta anch'io di vederla» risposi in tono cortese. «E grazie di avermi fatta soggiornare in un magnifico hotel. Ho seguito il suo consiglio: il menu di Oscar è divino!»

«Mi fa piacere. Tuttavia mi domando perché si intrattiene con la servitù.»

Si era accorta che avevo parlato con Kate? Ma era in prima fila, e io in fondo!

«Kate è una mia amica» affermai, stupita dalla strana ostilità nella sua voce. «La donna per cui le avevo chiesto aiuto.»

«Il suo posto è al mio fianco. Con altre persone come noi. Vuole avere successo nella vita, o mi sbaglio?»

«Ma certo.» Non capivo. Che problema c'era se conversavo con Kate?

«Avrebbe potuto sfruttare quel tempo per fare amicizie importanti. Questo posto brulicava di celebrità. Anche se sono certa che nessuno apprezzasse Bessie quanto me.»

E chi di loro avrebbe avuto piacere a stringermi la mano? Non ero una parente della signora Marbury, potevo a stento considerarmi una sua amica.

La signora Arden sembrò leggermi nel pensiero. «Le ho affidato il mio progetto più importante. Mi aspetto che si presenti anche a persone che non la conoscono. Il suo compito è rappresentare l'azienda, anche a un funerale.»

«Sì, signora Arden» risposi, cercando di reprimere la mia rabbia. Forse era soltanto il suo modo di sfogare il dolore.

«Bene, allora mi segua. Voglio presentarle qualcuno. Se vuole può scrivere alla sua amica, ma da ora in poi pensiamo a lavorare.»

Si girò e non mi lasciò altra scelta che seguirla.

Quella sera non riuscivo più a ricordare i visi di tutte le persone che avevo conosciuto. Avevo stretto la mano del neo eletto presidente o no? Non ne ero più sicura. Di certo avevo incontrato un'infinità di rappresentanti dell'industria. Mi aveva ricordato la festa a casa dei Vanderbilt a cui avevo accompagnato Madame, solo che in quell'occasione le circostanze erano decisamente meno tristi.

Ascoltando la signora Arden parlare con gli ospiti mi resi conto che mettere in mostra il dolore faceva bene agli affari. Dopo aver lodato la signora Marbury con parole sentite, accennava subito al progetto rivoluzionario a cui stava lavorando. Io concordavo, guardandomi però bene dal rivelare alcunché. Le notizie giravano in fretta nell'ambiente, ed era soltanto questione di tempo prima che giungessero alle orecchie di Madame. E lei, scaltra com'era, sarebbe stata capace di mettere in piedi un club per signore prima che noi riuscissimo a inaugurare il nostro.

A fine serata la signora Arden mi era sembrata soddisfatta. Si era seduta accanto a me sul divano e si era abbandonata contro lo schienale con un sospiro. Non era una cosa che le si vedeva fare spesso.

Mi tornò in mente la signorina De Wolfe. Non l'avevo vista nemmeno alla festa.

«La compagna della signora Marbury sta bene?» La Arden mi guardò confusa, come se non sapesse a chi mi stavo riferendo.

«La signorina De Wolfe» precisai. «Non l'ho vista.»

«Non è venuta» rispose la Arden con voce inespressiva. «Non ce la faceva.»

I funerali erano faticosi, certo, ma partecipare era un segno di affetto nei confronti di una persona a cui si teneva. Ai miei occhi né una malattia né il fatto di vivere a qualche ora di distanza giustificavano l'assenza.

«Ma la signorina De Wolfe era l'amica più intima della Marbury.»

«Chi può guardare nel cuore delle persone?» rispose la Arden. Dal suo sguardo capii che era meglio non chiedere altro.

Mi fece intendere che fosse ora di rientrare in albergo. «Il suo lavoro qui è terminato, domani può tornare nel Maine. Vada a riposarsi.»

Ero ancora sconcertata dal fatto che avesse trattato i funerali della sua migliore amica come un'occasione per fare affari. Continuai a pensarci per tutto il viaggio in taxi fino al Waldorf Astoria.

Verso mezzanotte, finalmente, mi lasciai cadere sul morbido letto dell'albergo. Chiusi gli occhi e allontanai dalla mente le sensazioni della serata. Lentamente mi calmai.

Non vedevo l'ora di tornare nella mia stanza, al silenzio. Che stessi invecchiando? Oppure mi ero ormai abituata alla vita di campagna e New York era troppo stancante per me?

Era stato bello rivedere Kate, anche se per poco e subito redarguita della Arden. Ma ero felice di tornare a Maine Chance e al mormorio del vento fra gli alberi. All'inizio mi dava fastidio, ma ora non riuscivo a immaginare niente di più pacifico e rilassante.

35

Il giorno dopo il mio ritorno la signora Arden si presentò a Maine Chance accompagnata della signorina De Wolfe, che sembrava essersi un po' ripresa. Qualunque fosse il motivo per cui non aveva trovato le forze di partecipare ai funerali della sua compagna, ora sembrava stare meglio.

Il signor Jenkins non c'era, ma ciò non mi sorprese. All'inizio veniva spesso, nonostante la signora Marbury fosse diventata piuttosto acida nei suoi confronti. Ma negli ultimi tempi la Arden aveva iniziato a venire da sola o in compagnia della segretaria.

Gli occhi della Arden brillavano di gioia. Mi chiese di mostrare la villa alla sua ospite. Non serviva mantenere dei segreti con lei, perché sicuramente la signora Marbury le aveva già detto tutto. E così Elise De Wolfe fu la prima donna dell'alta società a vedere le sale per i trattamenti e le palestre.

«Abbiamo intenzione di mettere in programma anche delle lezioni di yoga» spiegò orgogliosa la signora Arden. «Voglio far arrivare un insegnante direttamente dall'India. I maschi indiani non sono particolarmente attraenti, soprattutto quelli che si dedicano allo yoga, ma fanno cose incredibili.»

«Le tue clienti troveranno altre gioie per i loro occhi» la rassicurò la signorina De Wolfe. «Un'imprenditrice di successo non avrà difficoltà a trovare una sistemazione nei paraggi per un'amante, e molte di loro non sono interessate agli uomini. In più, se posso dirlo, i tuoi stallieri non sono affatto male.»

«È vero, ma loro devono accudire i cavalli. Nei prossimi anni ho intenzione di ingrandire anche la scuderia. E non solo per dare alle signore la possibilità di fare gite a cavallo.»

«Allora fai sul serio.»

«Una persona come me ha bisogno che si parli di lei in società, non sei d'accordo?»

La signora Arden si lanciò in una discussione sui purosangue e gli accoppiamenti, mentre io mi sentivo sempre più invisibile a ogni passo. E la signorina De Wolfe era così immersa nella conversazione che se fossi scomparsa non se ne sarebbe accorto nessuno.

Fu soltanto dopo aver visitato l'aula destinata al corso di cosmetica che la signora Arden si ricordò di me.

«Signorina Krohn, sarà felice di sapere che ho trovato la persona che la aiuterà a ideare la campagna pubblicitaria per la beauty farm.»

Aggrottai la fronte. Un aiuto per la campagna pubblicitaria? Avevo dato per scontato che se ne sarebbe occupato il signor Jenkins. Per fortuna ebbi il buonsenso di non chiedere niente su suo marito.

«È un'ottima notizia» dissi invece. «Credo che saremo pronti ad accogliere le prime clienti al più tardi in estate. Ci mancano ancora un paio di estetiste e qualcuno che possa tenere i corsi.»

«Ho già in mente la persona adatta. Ricorderà che la signorina Hodgson ha un certo talento nel formare la nuova forza lavoro.»

Fu una sorpresa sentire il nome della Hodgson. Certo, era

una delle migliori direttrici dei saloni Arden, ma non sapevo che la signora stesse valutando di coinvolgerla nel progetto. Significava che sarebbe venuta nel Maine?

Pregai in silenzio che non fosse così, mentre la Arden continuava a parlare.

«È un uomo straordinario, competente e anche di bell'aspetto. L'ho conosciuto a una festa un mese fa e ho capito subito che era perfetto per questo lavoro.»

Era tipico della Arden fare scelte del genere. Non aveva problemi a far dirigere i suoi saloni alle donne, e aveva affidato a me la ristrutturazione della villa e la costruzione della beauty farm, ma quando si trattava di incarichi più pubblici preferiva gli uomini.

«Posso chiederle di chi si tratta?»

«Si chiama Darren O'Connor. A quanto ho capito anche lui ha lavorato per la signora Titus.»

Mi raggelai. Darren O'Connor? Quante erano le possibilità che non fosse lui?

Quasi zero, immaginavo.

Scossi la testa.

«Qualcosa non va?» chiese la signora Arden.

«No, io... sono soltanto confusa.» Mi accorsi che anche la De Wolfe mi stava fissando.

«Perché? Conosce il signor O'Connor?»

«Sì» ammisi. «Ho lavorato con lui alla linea di prodotti Glory. Il signor O'Connor si è occupato delle confezioni.»

«Ma è meraviglioso!» La Arden batté le mani eccitata, i suoi occhi luccicavano di gioia. «Quindi vi conoscete! Lui non mi ha detto niente.»

Gli aveva fatto il mio nome, allora? Darren sapeva che avremmo lavorato insieme?

Il cuore iniziò a battere più forte. Non potevo fare a meno di chiedermi perché avesse finto di non conoscermi. Mi aveva dimenticata? Aveva così tanto bisogno di quel lavoro che aveva deciso di accettarlo nonostante sapesse di doverlo fare con me? Mi aveva perdonata? Erano passati quattro anni dall'ultima volta che ci eravamo visti.

«Sembra sconvolta. C'è qualcosa che non va?»

«No, sono solo sorpresa.»

«Ha avuto qualche difficoltà con il signor O'Connor?»

«No, nessuna.» Sapevo che avrei insospettito la Arden se avessi continuato a comportarmi in quel modo. «Non lo sento da molto tempo, tutto qui.»

«Bene» disse lei, osservandomi con fare indagatore. Poi si girò verso la signorina De Wolfe. «Ti va di vedere le stalle? La nostra giumenta ha messo al mondo una figliata meravigliosa prima di Natale.»

«Con molto piacere, cara» rispose l'altra, e la signora Arden mi congedò.

Dopo una notte insonne, la mattina del 4 marzo mi svegliai di buonora. Era il giorno dell'insediamento del presidente Roosevelt. E il giorno in cui avrei rivisto Darren.

Mi piazzai di fronte all'armadio. Cosa dovevo mettermi? Durante il viaggio a New York avevo comprato diversi maglioni e gonne di lana. Erano perfetti per il clima invernale del Maine, ma di colpo mi sembravano fin troppo accollati.

Non avevo avuto altri uomini dopo di lui, ma non volevo fargli pensare che fossi diventata una vecchia zitella.

Perché mi importava tanto? Darren e io avremmo lavorato di nuovo insieme. Non ci speravo, ma era anche possibile che non sapesse ancora della mia presenza. In ogni caso, la signora Arden non sapeva niente della nostra precedente collaborazione.

Sentii un brivido lungo la schiena. Dovevo sbrigarmi, altrimenti avrei potuto ammalarmi solo perché non sapevo decidermi. Durante la notte, nonostante le stufe efficienti di Maine Chance la temperatura scendeva parecchio.

Infilai in fretta un maglione rosa e una gonna a quadri grigia.

I capelli ormai mi arrivavano alle spalle, e avevo imparato a usare il ferro per arricciarli e tenerli in ordine.

Una volta pronta, mi guardai allo specchio. Quando la signora Arden non c'era non mi truccavo, ma immaginavo che avrebbe accompagnato Darren, quindi mi misi all'opera. Scelsi un rossetto rosa scuro e dell'ombretto per gli occhi.

Anche se a Darren non importava, la signora Arden avrebbe apprezzato.

Santo cielo, avrei rivisto Darren! Mancava ancora un po' al suo arrivo, ma mi sentivo già le ginocchia molli.

Potevo accoglierlo con un gesto amichevole? Mi venne in mente il ciondolo che mi aveva regalato al Martha's Vineyard. Lo avevo conservato per tutti quegli anni, senza mai trovare il coraggio di indossarlo. A volte mi capitava fra le mani, mentre cercavo qualcosa nella cassettiera, ma lo rimettevo sempre via cercando di dimenticarlo.

Mi avvicinai al mobile e aprii il primo cassetto. Il ciondolo era ancora nella sua scatolina.

Mi sembrò di sentirla vibrare quando la sfiorai. Ripensai a come fosse finita. Alla rabbia sul suo viso, alle sue accuse e alla mia vergogna. Aprii la scatola e sfiorai con il dito la moneta dei pirati. Non aveva perso la sua lucentezza, e ancora non sapevo chi fosse la regina che raffigurava. Se fosse andata diversamente, Darren lo avrebbe scoperto e me lo avrebbe detto.

Estrassi il ciondolo dalla scatola, ma esitai a indossarlo. Da un lato avrei preferito che la signora Arden non lo avesse mai incontrato. Così non avrei più pensato a lui. Ma il destino aveva voluto che le nostre strade si incrociassero di nuovo.

Sarebbe arrivato verso l'una. Potevo soltanto sperare che rinunciasse al lavoro. Ma sospettavo che non sarebbe successo. Non si sarebbe mai lasciato sfuggire un'opportunità del genere. Non mi restava che assicurarmi che la sua stanza fosse in ordine e che ricevesse un'accoglienza degna.

Finalmente mi decisi a indossare il ciondolo e a uscire nel corridoio.

Mi piaceva quando la villa era così tranquilla. I domestici non arrivavano prima delle sei. Le cameriere erano quasi sempre stanche e con gli occhi gonfi di sonno, mentre Peg, la cuoca, era già vivace e attiva. Entrava in casa sprizzando energia da tutti i pori e con l'aria di una che ha già sbrigato una marea di commissioni.

Ma non c'era ancora nessuno. Accesi la stufa in cucina e tornai di sopra.

La stanza in cui avrebbe dormito Darren era una tra quelle destinate alle clienti molto ricche. A dire il vero era una delle più belle che potevamo offrire. L'imbianchino aveva rimosso la vecchia carta da parati ingiallita e aveva dipinto le pareti di rosa chiaro, aggiungendo un battiscopa di legno scuro. Le tende erano di velluto rosa scuro e all'occorrenza non lasciavano filtrare un raggio di luce.

I quadri dalle cornici bianche erano tutti originali e appartenevano a un pittore francese di cui non ricordavo il nome. Non avevo mai avuto tempo di soffermarmi a guardarli. C'era troppo da fare, anche se stavamo rispettando la tabella di marcia. Mancava soltanto la campagna pubblicitaria. E una data per l'inaugurazione, che aspettavo da tempo, ma che per qualche ragione la signora Arden non si decideva a fissare. A questo si aggiungeva che negli ultimi tempi i rapporti con il signor Jenkins sembravano peggiorati. I pettegolezzi arrivavano in ritardo in campagna, ma Peg aveva saputo dalla cuoca della signora Marbury che i due litigavano spesso perché lui si assumeva compiti oltre le sue competenze. Osava dare ordini a sua moglie e agire alle sue spalle. Per il bene di lei, sosteneva, ma per la signora Arden era un tradimento della sua fiducia.

«Prima delle nozze aveva messo in chiaro che l'azienda è sua e lui è soltanto un collaboratore» era venuta a sapere la cuoca della signora Marbury. «Immaginate le facce degli invitati dell'alta società quando l'hanno vista tornare al lavoro subito dopo la cerimonia. Non hanno fatto festa.»

Un matrimonio senza festaggiamenti per me era inconcepibile. Da piccola sognavo un abito bianco e un ricevimento da fiaba.

Più lontana che mai dal realizzare quel sogno, ero certa però che non sarei mai e poi mai tornata in ufficio subito dopo la cerimonia. La signora Arden aveva sparlato tanto del divorzio di Madame, ma tutto lasciava supporre che lei e suo marito fossero più distanti tra loro dei signori Titus.

Allontanai quel pensiero e tolsi il panno di protezione dal letto. La polvere si accumulava in fretta, quindi avevo deciso di scoprire il letto soltanto all'ultimo momento.

Il piumino era rosa scuro, decorato con fiori e uccelli. Le donne che realizzavano quelle coperte si attenevano a regole ben precise che riguardavano, fra le altre cose, la scelta del motivo, alcune con una simbologia religiosa, altre più mondane. Non mi sorprendeva che la signora Arden avesse preferito la mondanità. Uccelli cardinali e rose bianche su fondo rosa forse sembravano un po' troppo natalizi, ma erano stupendi e si adattavano perfettamente allo stile della stanza.

Il gusto era indubbiamente più femminile, ma ero certa che a Darren non sarebbe dispiaciuto.

Prima di uscire sistemai ancora una volta il piumino e sprimacciai i cuscini. Per fortuna la stanza era abbastanza lontana dalla mia.

In cucina trovai Peg. Era arrivata mezz'ora prima, come sempre quando aspettavamo una visita della signora Arden, come se quella mezz'ora in più di lavoro potesse far felice il nostro capo.

«Ha acceso lei il fuoco, signorina Krohn?» chiese, sfilandosi il cappotto di feltro grigio. Era rovinato sui gomiti e all'altezza del busto, ma la cuoca vi era affezionatissima e non voleva separarsene.

«Non riuscivo più a dormire.»

«Immagino» rispose Peg, avvicinandosi alla piccola e antiquata pompa dell'acqua. «Finalmente avremo un uomo in casa.»

«Dimentica forse tutti gli uomini della scuderia?»

«Sì, ci sono anche loro, ma non possono entrare. Questo è il primo dopo un lungo periodo di dominazione femminile. Chissà se è bello.»

A parte la signora Arden, nessun altro sapeva che conoscevo Darren.

«Credo di sì» risposi, facendo del mio meglio per apparire disinteressata. Ma non bastò a fermare Peg.

«Alla signora Arden piacciono gli uomini attraenti. Non ha notato che si fa vedere in pubblico sempre circondata da bei giovani?»

«E lei quando l'ha vista circondata da bei giovani in pubblico?» chiesi, meravigliata. Quando la incontravo io, la signora

Arden era quasi sempre in compagnia femminile. Belle donne, certo, ma donne.

«Su *Harper's Bazaar*!» esclamò Peg. «Una mia amica è abbonata. Non so come fa lei a non leggere qualche rivista.»

«Sono molto impegnata» risposi sorridendo, e presi due tazze dalla credenza. Un caffè forte e una bella passeggiata mi avrebbero preparata al lavoro che mi aspettava.

36

Alla vista della macchina della signora Arden il mio cuore partì al galoppo come uno dei cavalli della nostra scuderia. A pranzo non ero riuscita a mandare giù un solo boccone, nonostante i brontolii del mio stomaco. E ora avevo la gola serrata.

Mi ero ripromessa di mostrarmi disinvolta, ma in verità avevo la sensazione di andare alla deriva. Mi aggrappai al ciondolo come a un'ancora di salvezza. Era stata una buona idea indossarlo? E se Darren si fosse irritato?

Quando sentii i passi nel cortile scesi di sotto. Ero appena arrivata in fondo alla scala quando la porta si aprì. Darren cedette con galanteria il passo alla signora Arden.

«La tenuta è davvero impressionante» stava dicendo in quel momento Darren. Il suono della sua voce mi scatenò uno stato di agitazione in tutto il corpo. Una parte di me non attendeva altro che mi vedesse, l'altra sarebbe fuggita per paura della sua reazione.

Rimasi piantata in fondo alle scale, immobile come una colonna.

«Senza la mia defunta amica Bessie non avrei mai potuto comprare una simile meraviglia» rispose la signora Arden. Un attimo dopo mi accorsi che era venuto anche Tom Jenkins. Trotterellava imbronciato dietro Darren e la moglie.

«Ah, ecco la nostra fatina buona!» esclamò la Arden, indicandomi. «Ho sentito che vi conoscete già.»

Darren alzò lo sguardo e rimase impietrito. Era evidente che la signora Arden non gli avesse detto con chi avrebbe lavorato. In qualche modo la cosa mi tranquillizzò.

«Buongiorno» li salutai raggiungendoli. Strinsi la mano alla signora Arden e al signor Jenkins e andai incontro a Darren. «Piacere di rivederla, signor O'Connor.»

Darren si riprese in fretta e ricambiò la mia stretta di mano. «Il piacere è tutto mio, signorina Krohn.» Il suo sguardo si posò sul ciondolo, ma quella che scorsi nei suoi occhi non era gioia. Avevo commesso un errore. Mi irrigidii. Avrei voluto soltanto scappare via.

Né la signora Arden né il signor Jenkins sembravano essersi accorti di nulla.

«Le dispiace farci fare un tour della villa, signorina Krohn?» chiese la Arden.

«Con piacere» risposi, cercando di dominare il maremoto di emozioni che minacciava di travolgermi.

Li precedetti, felice che nessuno si aspettasse di fare conversazione.

La prima stanza era in uno stile da club per gentiluomini inglese, ma con l'aggiunta di un tocco femminile. Dominavano i toni del rosa, e al posto del tavolo da biliardo c'erano scaffali pieni di libri e una vetrinetta in cui erano esposti oggetti d'arte. I quadri alle pareti erano ancora coperti, e non tutti gli oggetti erano al loro posto. Immaginavo che la signora Arden avrebbe voluto mostrare a Darren la villa, quindi avevo scoperto i mobili che di solito erano protetti da teli per evitare che si sporcassero o che le imbottiture sbiadissero.

«Questo è il salone in cui le nostre clienti potranno rilassarsi o passare il tempo fra un trattamento e l'altro» spiegai. «Alcuni di questi mobili vengono dall'Europa. Non è stato facile, ma siamo riusciti a farli arrivare integri. Ad ogni modo, li terremo coperti fino all'inaugurazione.»

Parlare del progetto mi stava aiutando a rilassarmi. *Pensa a lui come se fosse un estraneo*, mi dissi. *Come se fosse qualcuno a cui vuoi davvero far vedere la villa.*

Ci spostammo in palestra, e poi nei saloni dedicati all'estetica e al trattamento dei capelli. Lì mancavano ancora gli specchi e buona parte dei mobili.

«Immaginate una serie di specchi e tavolini, tutti separati da paraventi in stile orientale. Qui accanto ci saranno anche delle stanze private per trattamenti specifici, con le apparecchiature più moderne disponibili.»

Guardai Darren, che sembrava avere la testa da un'altra parte. Teneva le mani nelle tasche dei pantaloni e sembrava deciso a non posare lo sguardo su di me. Non gli interessava cosa avevo da dire? Mi dava molto fastidio, e per quanto cercassi di dominarmi finii per parlare con sempre meno enfasi.

Quando arrivammo ai bagni mi sentivo sul punto di esplodere. Avrei voluto afferrarlo per il collo e chiedergli perché aveva accettato di lavorare per la signora Arden. Madame era tornata a New York, perché non era andato da lei?

Ma riuscii a contenermi e a spiegare che le nostre ospiti lì avrebbero potuto rinfrescarsi e rilassarsi dopo un'uscita a cavallo o una partita di tennis.

Finito il giro il signor Jenkins mi chiamò in disparte. Darren si era allontanato verso il recinto dei cavalli con la scusa di voler fumare una sigaretta. La signora Arden era al telefono con l'architetta per comunicarle le sue ultime decisioni.

«Va tutto bene, signorina Krohn?» chiese il signor Jenkins. «Percepisco una certa tensione fra lei e il signor O'Connor.»

Come aveva fatto ad accorgersene? Darren e io non ci eravamo praticamente rivolti la parola, e non aveva commentato le mie spiegazioni.

«Non è niente. Ho soltanto un po' di mal di testa.»

Era ovvio che non mi credeva.

«Ci sono stati problemi tra voi mentre lavoravate insieme per madame Rubinstein? Mia moglie mi ha accennato che ha reagito in modo strano quando le ha fatto il suo nome.»

Sua moglie aveva litigato con lui eppure gli raccontava tutto? Che strano.

«No, certo che no» risposi subito, perché non volevo che Darren perdesse il lavoro. «È soltanto che...»

«Sì?» chiese Jenkins. Mi sarei presa a schiaffi. E ora cosa potevo dire? Che avevo avuto una relazione con lui? Che era scappato via quando aveva scoperto il mio segreto?

«Per caso aveva... una passione per lui?»

Arrossii. Jenkins evidentemente lo prese per un sì, perché scoppiò a ridere.

«Ecco cos'è, allora. Si era presa una cotta!»

Era più vicino alla verità di quanto avrei voluto, ma comunque non sembrava considerare sul serio il mio amore.

«Sono cose che capitano fra colleghi. Non ci pensi troppo» disse, come se sapesse per certo che era stata una semplice infatuazione. O come se pensasse che non ero abbastanza per un uomo come Darren. «Persino io devo ammettere che è davvero attraente. Mia moglie ha buon occhio.»

Pronunciò l'ultima frase a denti stretti.

«Si concentri sul lavoro, la aiuterà a non perdere la testa per lui. Ho visto come lavora, comunque, e mi sembra molto competente. Voi due insieme trasformerete questo club in un successo senza precedenti.»

Avevamo pensato lo stesso della linea cosmetica di Madame, e alla fine era stato un grandioso buco nell'acqua, come la relazione in cui eravamo coinvolti, anche se la colpa non era nostra.

«Farò tesoro del suo consiglio, ma le assicuro che è tutto superato. Quasi non riesco a credere di essermi infatuata di lui.»

«Mi fa piacere.» Jenkins mi sorrise, poi annuì. «Bene, signorina Krohn. Non voglio trattenerla oltre.»

Ero sollevata, ma anche infastidita. Non erano fatti del signor Jenkins i rapporti tra me e Darren. Il passato era passato.

Ma allora perché mi turbava tanto che fosse lì e dovessimo lavorare insieme?

La signora Arden e il signor Jenkins non rimasero a cena, nonostante Peg avesse provato a convincerli in tutti i modi. Andarono via nel tardo pomeriggio, lasciando soli me e Darren.

Li salutammo insieme e restammo a guardare la macchina che si allontanava. La morsa che mi stringeva il petto era quasi insopportabile.

Come dovevo comportarmi con lui? Avrei voluto dire qualcosa di importante che potesse farci riconciliare, ma non riuscivo a pensare a niente. Nemmeno Darren pareva a suo agio. Teneva le mani nelle tasche dei pantaloni e si guardava le punte delle scarpe.

«Eccoci qui» disse alla fine, alzando lo sguardo. I suoi occhi sembravano stranamente insensibili. «Non mi aspettavo di rivederti.»

«Nemmeno io.» L'unica cosa che volevo dirgli davvero era quanto mi dispiacesse non avergli raccontato tutto. Ma ormai erano passati più di quattro anni. Entrambi avevamo avuto la possibilità di vivere la nostra vita, e di perdonare. Se avesse provato ancora qualcosa per me mi avrebbe cercata.

«Avrebbe fatto la differenza?» chiesi. Lui mi guardò senza capire.

«Cosa?»

«Sapere che ero qui. Avresti rifiutato l'offerta della Arden se lo avessi saputo?»

Darren sbuffò di malavoglia. «Di questi tempi non si rifiuta un'offerta simile. Nemmeno se c'è un cerbero ad attenderti sulla soglia. Si può soltanto accettare e fare del proprio meglio.»

Deglutii. Era così che mi vedeva? Come una creatura infernale pronta a tendergli un agguato?

Calò di nuovo il silenzio. La delusione mi serrava la gola. Sarei voluta correre in camera a nascondermi.

«Ce l'hai ancora» disse lui all'improvviso. Lo guardai confusa, finché non capii che si stesse riferendo al ciondolo.

«Sì. Non sono riuscita a buttarlo via, è troppo bello.» E mi ricordava lui, anche se era un ricordo doloroso. E ora mi pentivo terribilmente di averlo indossato. «Ho pensato che oggi fosse l'occasione giusta per metterlo.»

«È molto carino da parte tua, ma non era necessario» rispose con una freddezza che mi ferì profondamente. «Sono qui per lavoro. Parleremo se non potremo farne a meno e quando avremo finito ognuno andrà per la propria strada.»

Mi si formò un groppo in gola. Quindi dovevamo comportarci come sconosciuti che si trovano per caso a lavorare insieme?

«Bene!» Incrociai le braccia sul petto e mi allontanai a grandi passi, diretta alla casa. Forse l'arte culinaria di Peg sarebbe riuscita a riconciliarmi con quella giornata.

Cenai in cucina, mentre Darren rimase nella sua stanza. Si fece portare il cibo in camera e non lo vedemmo per tutta la sera. Chissà se gli dispiaceva di avermi trattata in modo sprezzante.

A pensarci bene la sua reazione era piuttosto esagerata dopo tutto quel tempo. Nel frattempo aveva sicuramente trovato un'altra fidanzata, e anche il lavoro andava alla grande. Era stato assunto da una delle donne più ricche d'America!

Era così difficile mostrarsi più gentile con me?

Quanto a me, avevo fatto scomparire il ciondolo nel cassetto e mi ero ripromessa di non tirarlo fuori mai più. Lo avrei lasciato lì anche quando fossi tornata a New York. Chissà, magari a una delle ospiti della beauty farm sarebbe piaciuto.

«Sembra abbattuta» osservò Peg mentre metteva da parte i resti della cena preparata anche per la signora Arden e il marito. Avremmo mangiato costolette per una settimana, ma non importava.

«Sono solo stanca» risposi, servendomi altro purè di patate. Se fosse stato colloso o insipido non lo avrei mangiato, ma Peg riusciva a fare magie anche con i piatti più semplici.

«Il signor O'Connor è proprio un bell'uomo» continuò la cuoca, riprendendo la conversazione di quella mattina, ma era l'ultima cosa di cui volevo parlare. «Però sembra piuttosto chiuso e di poca compagnia.»

«Forse ha soltanto bisogno di tempo per ambientarsi» risposi, felice che non fosse lì con noi. Come minimo avrebbe continuato a giudicarmi in silenzio, oppure avrebbe tentato di conquistare Peg con il suo fascino. E nessuna delle due cose mi avrebbe fatto piacere.

«Lei ha mangiato con noi sin dall'inizio» replicò Peg. Era vero. Avevo subito stretto amicizia con le tre donne che si prendevano cura di me.

Forse proprio per quello Darren si teneva alla larga.

«Si scioglierà, non si preoccupi» provai a tranquillizzarla. «La sua cucina riuscirà nell'impresa.»

«Spero gli piaccia. Non sopporto quando la gente si fa portare la cena in camera, a meno che non sia malata. Non vedo le reazioni. Magari vengono da me tutti gentili a dire che hanno apprezzato, ma la verità è che gli ha fatto schifo.»

«Il signor O'Connor non si farà problemi a lamentarsi se qualcosa non è di suo gradimento» replicai ad alta voce, e aggiunsi, sussurrando: «O almeno in passato non si è mai fatto problemi».

«Cos'ha detto?» chiese Peg, che evidentemente aveva un udito molto fine.

«Niente di importante» risposi, scuotendo la testa. «Pensavo ad alta voce.»

Nella notte rimasi a fissare il soffitto della mia stanza, che era stato ridipinto come il resto della casa. Avevo pregato i muratori di non toccare il piccolo rosone di gesso da cui pendeva il lampadario, simile a un frutto di dimensioni spropositate. Da qualche parte dietro le nuvole splendeva la luna piena. Non la vedevo, ma la luce era incredibilmente intensa.

Il mormorio del vento continuava a farsi sentire, nonostante le finestre nuove. In genere aveva un effetto calmante su di me, ma quella notte il mio cuore si rifiutava di ascoltarlo.

Era strano essere sotto lo stesso tetto di Darren. Pur essendo lontano da me, perché le stanze degli ospiti si trovavano in un'ala diversa dalla mia, mi pareva comunque di avvertire fisicamente la sua presenza.

In alcuni rari momenti avevo desiderato che tornasse ma negli ultimi anni Darren si era trasformato in un'ombra ai margini della mia coscienza. Pensavo di averlo dimenticato, ma chiaramente non era così.

Come sarebbe andata la mia vita se non ci fossimo lasciati? Se gli avessi rivelato il mio segreto fin dall'inizio? Ci saremmo sposati? Avrei mai iniziato a lavorare per la signora Arden?

Avrei avuto un figlio? E soprattutto mi avrebbe fatto dimenticare che ignoravo ancora la vera sorte del mio bambino? Avrei avuto modo di conoscere il signor Martin, che non avevo più sentito dopo l'ultima lettera di tre anni prima?

Erano tutte domande senza risposta. Riguardavano tutte un'altra versione di me, di una donna che non era mai esistita. Mi dispiaceva? Sì, certo. Mi capitava ancora di immaginare una vita parallela a Berlino, una vita in cui non incontravo Georg e non lasciavo che distruggesse tutto.

Ma non potevo tornare indietro. Negli anni ero diventata quel che ero. Potevo soltanto guardare avanti.

37

I giorni successivi portarono con loro uno strano umore. Anche se tutto andava come sempre e le nostre strade non si incrociavano spesso, la presenza di Darren mi teneva in costante tensione.

Riuscivo a rilassarmi soltanto nelle stalle oppure osservando gli stallieri andare al trotto nel recinto. Appena tornavo alla villa il mio corpo si tendeva di nuovo, come se dovesse reagire da un momento all'altro.

Era strano, considerato che Darren era quasi sempre in ufficio a lavorare ai suoi schizzi. E anche nei pochi casi in cui ci incontravamo non parlavamo più del necessario.

Ero sicura che la signora Arden gli avesse indicato di chiedere a me tutte le informazioni di cui aveva bisogno, ma per il momento non lo aveva fatto. Preferiva ragionare e raccogliere da solo le sue impressioni.

All'inizio mi era dispiaciuto, ma ora mi indispettiva veramente. Che facesse pure, se pensava di poterci riuscire. Prima finiva, prima si sarebbe tolto dai piedi.

Provai a distrarmi andando a dare un'occhiata alla palestra. Mancavano ancora un paio di macchine per l'allenamento. La signora Arden ne aveva ordinata una per rinforzare le braccia con dei pesi attaccati a cordicelle di metallo. Non mi era molto chiaro che attinenza avesse tutto ciò con l'estetica e la cosmesi, ma le indicazioni della Arden avevano sempre un senso.

In mattinata, prima della pausa pranzo, feci una passeggiata nella tenuta. Ora che gli operai se n'erano andati c'era molta più pace. Soltanto nelle stalle fervevano le attività: la collezione di cavalli della signora Arden era in costante espansione. Mi chiedevo perché non si fosse ancora trasferita in campagna. Quando veniva nel Maine da sola lasciava perdere i vestiti eleganti e indossava i pantaloni da cavallerizza per andarsene al galoppo nei prati.

Il principe Guirey si era offerto di darmi lezioni di equitazione, ma avevo rifiutato. I cavalli non mi trasmettevano sicurezza e non volevo mettere a rischio il mio lavoro con qualche caduta. A volte però provavo un moto di invidia per quegli uomini che cavalcavano liberi, in perfetta sintonia con gli animali.

Al ritorno alla villa trovai una delle cameriere ad aspettarmi. «È arrivata questa per lei» disse Ella, porgendomi una lettera. Riconoscevo il francobollo. Veniva dalla Francia.

Ero in fibrillazione. Girai la busta. L'aveva spedita il signor Martin! Doveva essere in viaggio da diverso tempo, sembrava essere stata inoltrata almeno due volte. Il detective doveva aver scritto male l'indirizzo.

Ringraziai Ella e portai la lettera nel mio ufficio, che si trovava nel seminterrato. Per la verità lo usava la signora Arden quando veniva nel Maine, ma finché fossi rimasta a capo dei lavori per la beauty farm, l'avrei considerato il mio regno.

Mi chiusi la porta alle spalle, mi avvicinai alla scrivania e cercai il tagliacarte con mani tremanti. Tutto il disagio che avevo provato per la convivenza con Darren era svanito di colpo.

Rimasi sorpresa perché il signor Martin aveva battuto a macchina il messaggio, tutte le altre lettere, invece, erano scritte a mano.

La carta era di qualità inferiore, e alcune parole erano parzialmente cancellate. La crisi economica aveva colpito anche la Francia, e doveva essere difficile procurarsi dei buoni fogli per scrivere. Ma in quel momento avrei anche potuto ricevere un messaggio scritto sulla carta da pacchi, non mi sarebbe importato.

Andai alla finestra e cominciai a leggere.

Cara mademoiselle Krohn,

O almeno spero che si chiami ancora così, per poterla raggiungere. Mi perdoni se ho atteso così tanto. Tre anni sono molti, e le assicuro che non è passato giorno senza che provassi rimorsi di coscienza. Ma cosa avrei potuto scriverle? Il mondo è sempre più nel caos e Parigi non fa eccezione.

Non so se riceve notizie dalla Germania, ma gli ultimi sviluppi sono preoccupanti. E lo stesso vale per la mia patria. Potrebbe diventare sempre più difficile raccogliere informazioni. Dopo la morte di Aline DuBois non sapevo che pesci prendere e dovevo anche cercare di sbarcare il lunario. Spero che capirà.

Ma ora sono tornato e il motivo è che sento il bisogno di andare fino in fondo alla sua storia. A volte nuovi indizi possono saltare fuori all'improvviso, anche se a lei questi intervalli infiniti fra una notizia e l'altra sembreranno crudeli. A questo punto suo figlio, se il mittente della lettera non ha mentito, dovrebbe avere quasi sette anni. Ma so per esperienza che i criminali tendono a comportarsi in modo tanto più avventato quanto più sospettano che le ricerche si siano interrotte.

Qualche giorno fa mi è giunta voce, quasi per caso, di altri casi di furto di bambini fuori città. Non sono completamente identici al suo: lì vengono rubati dalla culla o sottratti alle madri durante una passeggiata. Comunque, nessuno sa dove vengano portati i poveri piccoli. Sto cercando in tutti i modi di trovare qualcuno che sappia dirmi di più.

Almeno la polizia fuori città non è indisponente come a Parigi. Hanno promesso di aiutarmi, forse anche perché le loro indagini languono, ma le prometto che non farò passare di nuovo degli anni prima di scriverle, la aggiornerò non appena scoprirò qualcosa di nuovo, però la prego di non inviarmi del denaro. Anche se ne avrei bisogno, non potrei accettarlo: so di non essermi ancora guadagnato il mio onorario. Perciò mi sono rimesso all'opera e spero di trovare la pista giusta.

Stia bene nel frattempo!

Suo,

Luc Martin

Lasciai cadere la lettera, travolta da un'ondata di delusione. Si faceva sentire dopo tanti anni, ma senza risultati. Almeno sembrava esserci una traccia. Era abbastanza per coltivare speranze? Louis avrebbe avuto sette anni, e se era cresciuto con altri genitori non mi avrebbe mai accettata come madre, non avrebbe creduto a quello che era successo.

Provai a immaginarmi il suo viso. A chi somigliava? A mio padre? A Georg?

Nessuno dei due si meritava il mio Louis, in realtà, visto che non lo avevano voluto. Ma io sì, invece, lo desideravo tantissimo. E non aveva importanza a chi somigliasse, purché avessi la possibilità di vederlo anche solo una volta, e di parlare con lui.

Qualcuno bussò alla porta, strappandomi ai miei pensieri. Ripiegai la lettera e la rimisi nella busta. Doveva essere Ella con il pranzo. Peg preparava dei sandwich fantastici, mi stava venendo l'acquolina in bocca soltanto a pensarci.

E invece era Darren. Cercai di nascondere la mia agitazione, raddrizzai la schiena e chiesi perché era qui.

Darren fissò un punto alle mie spalle, come sempre quando ci incontravamo.

«Ho elaborato un paio di proposte e volevo chiederti di dar loro un'occhiata.»

Senza aspettare la mia risposta, le posò sulla scrivania e si infilò le mani in tasca. Non mi era chiaro cosa significasse quel gesto, ma lo faceva ogni volta che mi rivolgeva la parola.

«Grazie, lo farò.» Avevo la voce roca.

Darren annuì e si girò. Per qualche motivo all'improvviso sentii il bisogno di raccontargli della lettera del detective, ma sapevo che non gliene sarebbe importato niente. Quindi tenni la bocca chiusa e sentii il rumore della porta che si chiudeva.

I giorni passarono. Prima del weekend non riuscii a trovare un attimo di calma per esaminare le proposte di Darren. C'erano stati problemi con una delle dependance: gli operai avevano trovato chiazze di umidità e aree rosicchiate dalle termiti sotto il pavimento. Quel contrattempo metteva a rischio sia la stabilità dell'edificio che la nostra tabella di marcia. Un crollo poteva costarci mesi di lavoro in più. E purtroppo al momento il legno scarseggiava e trovare un disinfestatore che si occupasse delle termiti era come cercare un ago in un pagliaio.

Accaldata e stremata dalle lunghe telefonate, il venerdì pomeriggio uscii dal mio ufficio e presi la giacca per fare un giro in giardino.

Ero felice che il fine settimana fosse alle porte. Forse avrei potuto prendere il treno per raggiungere una delle cittadine vicine, sedermi in un caffè e dimenticare che io e Darren eravamo costretti a stare sotto lo stesso tetto.

Appena sfumato questo pensiero sentii dei passi nel corridoio. Alzai lo sguardo e trasalii. Era lui. Mi stava venendo incontro e anche lui sembrava immerso nei suoi pensieri. Mi pentii all'istante di non essere uscita un minuto dopo, ma sarebbe stato ridicolo rifugiarsi in ufficio.

Quando si accorse di me alzò gli occhi e per un momento ci guardammo. Distolse subito lo sguardo, come se fossi fatta di aria.

«Hai guardato le mie proposte?» domandò, gelido.

Scossi la testa. «Non ancora. Non ho avuto tempo.»

Darren sbuffò.

«Ho avuto molto da fare in questi giorni» mi scusai, pur non avendo nulla di cui giustificarmi. Non mi ero mai intromessa nel suo lavoro.

«Sai che la signora Arden è impaziente di avere gli schizzi. E per me è fondamentale consegnarli in tempo. Non voglio fare brutta figura per colpa tua.»

«Pensi che lo faccia per rovinarti la reputazione?» replicai, mettendomi le mani sui fianchi. Sentivo qualcosa spingere contro il torace, come un animale che prova a uscire dalla gabbia.

Darren fece una smorfia. «Ce l'hai ancora con me per quella storia? È per questo che non hai guardato i progetti? Vuoi vendicarti? Mandarmi via?»

Lo guardai negli occhi. La belva nel mio petto era riuscita a liberarsi. Il nervosismo che mi prendeva in sua presenza era sparito, sostituito da una pulsione oscura che di solito riuscivo a dominare, ma che ora stava per esplodere. Potevo sopportare che mi ignorasse, ma essere accusata di trascurare il mio lavoro per motivi personali era troppo.

Mi bruciavano gli occhi e per un attimo fui sul punto di scoppiare a piangere. Ma poi la rabbia prevalse.

«Venga con me, signor O'Connor» sibilai, facendo appello a tutto il mio autocontrollo, e mi misi a camminare senza aspettare una risposta.

Dopo un attimo di esitazione mi seguì.

Uscii dalla villa, non volevo fare una scenata davanti a Peg e alle ragazze. Notai i loro sguardi sconcertati mentre le superavo ad ampie falcate. Chissà come avrebbero guardato Darren, che segretamente adoravano.

Imboccai il vialetto e puntai verso il recinto dei cavalli.

«Dove diavolo vuoi andare?» brontolò. Mi stava ancora seguendo. Bene.

Arrivata allo steccato, mi voltai. «Cosa ti salta in mente?» Fu con una certa soddisfazione che lo vidi arretrare. «Sono passati quattro anni. Quattro anni! Pensi davvero che non abbia superato la cosa? Sul serio?» Sputai fuori le parole insieme a un sacco di saliva, ma non mi importava. La furia era divampata in un incendio.

«E non sono io a non voler lavorare con te! Sei tu che mi escludi, sei tu quello che mi porta rancore, dopo quattro anni, perché non ti ho detto tutto!»

«Io...» Cercò di parlare, ma lo interruppi di nuovo.

«Va bene! Per me puoi continuare a farlo. Ma non sono io a dover venire nel tuo ufficio, casomai è il contrario. Pensi che voglia correrti dietro? Se hai qualcosa da chiedermi la mia porta è sempre aperta, ma no... tu non ti abbassi, tu non fai queste cose!»

La rabbia mi scioglieva la lingua. Mai prima di allora mi ero sfogata in quel modo. Non stavo urlando solo contro Darren, ma anche contro Georg, contro mio padre e contro Henny. Tutte persone che mi avevano delusa e si comportavano come se fossi stata io la responsabile.

«Se proprio lo vuoi sapere, penso che quello che ti ho taciuto sia una cosa da nulla, una sciocchezza che non avrebbe mai dovuto farci separare» continuai. «Ma ho ferito il tuo indiscutibile orgoglio, e in un mondo in cui tutto ruota intorno a te è imperdonabile!»

«Quindi non avermi detto di tuo figlio sarebbe una sciocchezza?» domandò lui, riprendendosi dallo spavento. Il problema era sempre lo stesso, anche dopo anni.

«Ti avrei detto di mio figlio» risposi. «Forse non subito, ma lo avrei fatto. È successo tutto troppo in fretta, e tu mi hai dimostrato che le paure che avevo erano fondate.»

Abbassò la testa come un gatto pronto ad attaccare, ma lo anticipai.

«E ora, come se non bastasse, te ne esci con quest'accusa ridicola e osi insinuare che non abbia superato la cosa, quando in realtà sei tu quello che non ha superato un bel niente!» Presi fiato, e poi aggiunsi: «Hai idea di cosa mi porto dentro da tutto questo tempo? Sai cosa si prova a sentirsi in colpa? Puoi immaginare come mi senta a chiedermi di continuo se abbia fatto tutto il possibile per proteggere mio figlio mentre lo portavo in grembo?».

Feci una pausa, ma non abbastanza lunga da dargli l'opportunità di rispondere.

«Sono tutte domande che mi tormentano da quando ho scoperto che era morto. Ero furiosa con me stessa. Furiosa per essermi concessa a suo padre. Furiosa di non essere riuscita a nutrirlo abbastanza da dargli neanche una possibilità di sopravvivere. Mi hai giudicata senza avere la minima idea di cosa abbia passato. Eri il primo uomo di cui credevo di potermi fidare. Ma avrebbe richiesto del tempo. Ti avrei detto di mio figlio, però riuscivo a pensare soltanto che avrei fallito di nuovo, che non potevo essere la vergine che evidentemente desideravi.»

«Questo non è vero.»

«Ah no? Quindi non sei fuggito perché avevo offeso il tuo ego? Non è per questo che mi hai trattata come se fossi invisibile per tutto il viaggio di ritorno? Non è per questo che hai rifiutato le mie scuse?»

Darren strinse le labbra, dandomi ragione. Ed era proprio così. Erano stati il suo orgoglio e la sua vanità la vera causa della nostra rottura. Non il mio silenzio e la paura di aprirmi con lui.

«Ero distrutta. Non ho più lasciato avvicinare nessun uomo perché non riuscivo a togliermi dalla testa la tua reazione a una cosa che appartiene al mio passato. Non riuscivo a pensare ad altro!»

Chinai la testa, ansante. «Da quattro anni mi chiedo se mio figlio è ancora vivo! Quattro anni, e non ho ancora avuto una risposta. Saresti potuto essere al mio fianco. Saremmo potuti andare a Parigi insieme. Ma no, hai preferito mortificarmi.»

Darren scosse il capo, confuso. «Mi stai incolpando delle tue miserie?»

«No, per niente!» replicai. Mi sentivo la gola in fiamme. Non sarei riuscita a trattenere le lacrime ancora a lungo. Il pianto avrebbe preso il posto della rabbia. Ma in quel momento ero furente e volevo rimanerlo.

«E non l'ho mai fatto! Ma avresti dovuto essere più paziente invece di scappare a gambe levate quando hai visto la cicatrice. Avresti dovuto parlare con me, invece di offenderti. Hai idea di quanto ti sei comportato da idiota? Come un bambino viziato che scopre che il suo giocattolo non è esattamente come pensava!»

Inspirai a fondo. Mi stavo accalorando sempre di più, ma parlare mi stancava terribilmente. E già che c'ero volevo dirgli anche un'altra cosa.

«E ora hai anche il coraggio di accusarmi di volerti rovinare la reputazione. È questo che pensi di me? Quando sei tu che mi stai respingendo da quando sei arrivato? Pensavi davvero che volessi tornare con te? Che avessi messo il ciondolo per quello?»

Non rispose.

«L'ho indossato come segno di pace. Sarebbe stato molto infantile buttarlo via, non credi?» Misi le mani sui fianchi, come per controllarmi. «Presumo che ti sia liberato del fermacravatta, ma io non sono fatta così. Supererò anche questa cosa per quieto vivere, ma se non ho tempo di guardare i tuoi schizzi non è certo perché voglio fartela pagare. Per me puoi andartene all'inferno!»

Mi girai e mi allontanai a grandi passi verso il boschetto che costeggiava il recinto dei cavalli. Non volevo più vederlo né sentirlo. Non volevo né altre offese né le sue scuse. In quel momento speravo soltanto che sparisse dalla mia vita.

Dopo un po' ero senza fiato, ma lontana da Darren e dal recinto. Appoggiai la schiena a un tronco nodoso e chiusi gli occhi. Mi sentivo meglio ora che gli avevo detto tutto e gli avevo urlato contro. Ma l'inquietudine e l'irritazione non erano svanite. Probabilmente non aveva capito. Ma perché m'importava tanto? Perché volevo che riconoscesse che era stato lui a sbagliare al Martha's Vineyard?

Rimasi lì per un po' a guardare il cielo che sbucava tra le chiome degli alberi. I rami erano spogli e su alcuni stavano appollaiate delle cornacchie grigie. La signora Arden aveva intenzione di inaugurare la beauty farm in autunno, intorno alla metà di ottobre, quando iniziava la stagione del *foliage* e i boschi si tingevano di infinite sfumature dal rosso al giallo. Dovevo concentrarmi su quello. Cosa mi importava di Darren? Se ne sarebbe andato appena finito di progettare la campagna pubblicitaria. Avrei dato un'occhiata ai suoi schizzi. Se erano già abbastanza buoni poteva andarsene.

Un fruscio improvviso mi distolse dal mio rancore. Mi voltai di scatto, ma era soltanto uno scoiattolo che correva tra le foglie secche per arrampicarsi su un tronco.

Quando tornai al recinto Darren non c'era più. Non mi stupiva. Come minimo era già al telefono con la signora Arden per dirle che rinunciava all'incarico.

Fui assalita da un misto di paura e senso di colpa. Se l'era meritato, ma non mi sarei dovuta lasciare andare in quel modo. E se lo avesse riferito alla signora Arden? Lui aveva sempre manifestato la sua disapprovazione e la sua delusione andandosene: lo aveva fatto la sera dello speakeasy, quando non avevo voluto baciarlo, e anche quando aveva scoperto la mia cicatrice. Non mi sarei stupita nel trovarlo con la valigia pronta ai piedi delle scale. Ma la casa era silenziosa, a parte l'acciottolio di piatti in cucina.

«Ah, signorina Krohn, stavo giusto per mandarle il pranzo di sopra.»

Stavo per rispondere che non avevo fame, ma poi vidi i sandwich: farciti con abbondante maionese, fette di prosciutto della nostra cantina e i cetriolini messi sottaceto da Peg l'estate prima.

«Ti dispiace se mangio qui?» chiesi, sedendomi sulla panca di legno che in genere ospitava la servitù. «Voglio stare lontana dall'ufficio ancora per qualche minuto.»

«Qualche seccatura?» chiese Peg.

«Diciamo delle divergenze. Il signor O'Connor pensa di essere a New York...»

«Sì, per un cittadino è difficile abituarsi alla vita di campagna» disse bonaria. «Ma sarebbe lo stesso al contrario.»

Glielo lasciai credere e iniziai a mangiare il panino.

Dopo pranzo tornai in ufficio. Il raccoglitore con gli schizzi e le proposte di Darren erano sempre lì sulla scrivania. Desiderai più che mai tornare in un laboratorio. Chissà se madame Rubinstein mi avrebbe lasciata lavorare di nuovo in uno stabilimento. Pur segnata da tante difficoltà la mia vita di allora mi sembrava molto più tranquilla di quella di oggi, fra progetti, autorizzazioni, scelte di tessuti per tende e tappezzeria.

Aprii una delle finestre per lasciare entrare l'aria primaverile. Dagli alberi veniva il cinguettio degli uccelli. Di lì a poco quel posto sarebbe rifiorito.

Rimasi ad ammirare lo spettacolo della natura finché non trovai le forze per tornare alla scrivania.

Aprii il raccoglitore. Darren aveva passato le ultime due settimane a buttare giù bozze di annunci per la beauty farm e appunti per la campagna pubblicitaria.

I disegni erano impressionanti, come sempre, ma già dalla prima occhiata mi accorsi che nessuno rispecchiava pienamente l'idea della signora Arden. Sembrava la pubblicità di un golf club.

Chiusi il raccoglitore con un sospiro. Non sapeva che la clientela si sarebbe composta soprattutto di donne dallo spirito imprenditoriale? La signora Arden non glielo aveva detto? Ne dubitavo.

Quando provavo a immaginare a chi era rivolto il club, mi venivano in mente Anne Morgan, Bessie Marbury o Elsie De

Wolfe. Donne che volevano sia essere rispettate dagli uomini, sia ammirate per il loro bell'aspetto alle feste dell'alta società come quelle del signor Vanderbilt.

E naturalmente anche le mogli di uomini ricchi erano le benvenute, ma conoscevo la signora Arden abbastanza bene da sapere che preferiva quelle più influenti. Donne di cui le sarebbe piaciuto essere amica.

Forse potevo scrivere un biglietto a Darren con tutte le spiegazioni e lasciarlo nel raccoglitore. Sarebbe bastato?

Andai nel suo ufficio, ma lo trovai deserto. Era tutto così perfettamente in ordine che non escludevo avesse fatto le valigie e se ne fosse andato. Aveva chiamato un taxi?

No, se fosse arrivata una macchina me ne sarei accorta di certo. Dov'era finito?

Dovevo ammettere che una parte di me era felice di non averlo trovato. Un po' mi vergognavo del mio sfogo, anche se continuavo a pensare che se lo fosse meritato. Uscii dall'ufficio con un sospiro, chiudendomi la porta alle spalle.

38

Non vidi Darren per tutto il giorno successivo. Provai a chiedere a Peg. La cuoca mi disse di averlo visto allontanarsi dalla tenuta nel pomeriggio, ma non le pareva che fosse rientrato. Non sapeva dirmi se avesse avuto con sé una valigia.

Per un momento mi preoccupai. E se gli fosse successo qualcosa? Non credevo che le mie parole potessero averlo spinto a farsi del male, ma era possibile che avesse incontrato un malintenzionato nel bosco o fosse finito in una rissa al pub del paese vicino.

La sua sparizione aveva mandato all'aria i miei piani per una gita rilassante.

Dopo colazione indossai il cappotto e uscii di casa per andare a controllare i campi da tennis. Con la pioggia delle ultime settimane si erano allagati, ma gli operai mi avevano promesso di occuparsi del drenaggio. Speravo che ora fossero asciutti.

Secondo la signora Arden il tennis era lo sport all'ultimo grido per le signore dell'alta società newyorchese. Anche a Berlino mi era capitato di vedere delle donne giocare a tennis, con gonne lunghe e cappellini in testa. Nel frattempo l'abbigliamento sportivo era cambiato: del resto la moda era in continua evoluzione. Di recente avevo ripescato una camicetta dei miei anni berlinesi e l'avevo trovata incredibilmente antiquata. E anch'io ero maturata. Con i miei quasi ventisette anni ero praticamente una vecchia zitella. Come passava in fretta il tempo, e quante cose si perdevano per strada! Ormai pensavo di rado ai miei genitori, anche se dopo il trasferimento nel Maine gli avevo scritto per comunicare loro il mio nuovo indirizzo. Avevo scritto anche a Henny, ma dubitavo che avesse ricevuto la mia lettera. Nessuno di loro mi aveva mai risposto, ma anche quel pensiero non faceva più male come un tempo.

Una volta arrivata mi soffermai a pensare che in realtà non sembravano affatto campi da tennis, o meglio non lo sembravano ancora. I pali per la rete erano ancora in piedi, ma le strisce che delimitavano l'area di gioco erano state cancellate dall'allagamento. Avremmo dovuto tracciarle di nuovo appena avesse smesso di piovere.

Di colpo sentii di non essere più sola. Mi girai. Darren era in piedi a pochi metri da me. Aveva il viso arrossato, sembrava quasi che avesse pianto. Ma era impossibile, non era da lui.

Da dove veniva? Gli era davvero successo qualcosa? Qualunque cosa fosse, rivederlo era un sollievo.

«Dovrei uscire di più.» Era chiaro che non sapeva da dove cominciare.

«Dov'eri?» chiesi. «Pensavo che fossi andato via.»

Darren abbassò gli occhi. «Avevo bisogno di tempo per riflettere. Ho dormito alla locanda in paese.»

Accolsi l'informazione con un cenno del capo. Restammo entrambi in silenzio e capii che stava aspettando qualcosa.

La mia rabbia era sbollita abbastanza da farmi fare il primo passo.

«Ascolta, mi dispiace averti aggredito. Negli ultimi giorni è successo di tutto, e i ricordi che sono tornati a galla da quando ho saputo che saresti venuto qui hanno fatto il resto. Ero davvero confusa…»

Darren scosse la testa. «Mi sono comportato da idiota. Oggi come allora.»

Mi lasciò un attimo di tempo per pensare a una risposta.

«Avrei dovuto dirtelo, Darren. Sono stata un'idiota anch'io. Comunque, dall'idiozia si guarisce» gli sorrisi. «Non sai quanto mi sarebbe piaciuto condividere con te alcune cose, ma forse potremo recuperare. Prima o poi.»

Darren annuì.

«Quindi tuo figlio è ancora vivo?» chiese poi.

Inspirai a fondo e mi sistemai una ciocca di capelli dietro l'orecchio. «Ti interessa veramente?»

«Sì, mi interessa.»

Mi girai completamente verso di lui. Eravamo ancora lontani, ma avevo paura di accorciare le distanze. Per molto tempo avevo sperato che potessimo tornare insieme, ma ora sentivo che la scintilla si era spenta. Forse potevamo essere amici.

«Poco dopo la nostra rottura» esordii. «Poco dopo essere stata licenziata da Madame, ho ricevuto una lettera anonima. Il mittente mi implorava di perdonarlo e sosteneva che mio figlio era vivo. Sono andata a Parigi per scoprire se era vero, ma non sono riuscita a trovare né il mittente della lettera né mio figlio. Quindi non so, potrebbe essere ancora vivo oppure potrebbe essere stato tutto uno scherzo infame.»

«Dev'essere terribile per te.» Chinò il capo e spostò qualche foglia con la punta della scarpa, come un ragazzino che deve farsi perdonare una malefatta.

«Lo è, ma me la cavo. Ho il mio lavoro qui, e c'è una persona che lo sta cercando.»

«Un detective?»

Annuii.

«Quindi credi che riuscirà a trovare tuo figlio? Dopo tanti anni?»

«Lo spero. Finché non si arrende niente è perduto. Ma se abbandona la ricerca vorrà dire che non c'è speranza. E dovrò accettarlo.»

Fissai il terreno per un attimo, poi sentii Darren che diceva: «Spero che avrai presto una risposta chiara».

«Grazie, è molto gentile da parte tua.»

Ci guardammo negli occhi, e per un istante percepii di nuovo il calore che avevo provato anni prima in sua compagnia. Ma era diverso. Non era più amore quello che sentivo.

«Secondo te riusciremo ad affrontare questa cosa da amici?» chiese lui alla fine. «O almeno da persone civili che non vogliono odiarsi a vicenda?»

«Per me va bene» risposi. «Ma se pensi di non riuscire a sopportarlo...»

Darren mi rivolse un sorrisetto. «Te l'ho già detto, di questi tempi è difficile trovare contratti così importanti. È stato un miracolo essere assunto dalla signora Arden.»

«La signora ha un debole per gli ex collaboratori di madame Rubinstein. È per questo che ha assunto me.»

Darren scoppiò a ridere. «Sì, può darsi. Allora forse dovrei essere grato a Madame, anche se dubito che si ricordi di me.»

Fece una pausa, prima di aggiungere: «Perdonami per averti paragonata a cerbero. Non sei per niente un mostro».

«Non ti preoccupare.» Ci stringemmo la mano e ci guardammo come due ragazzini imbarazzati. Alla fine dissi: «Ho dato un'occhiata ai tuoi schizzi. Non credo che vadano bene. La signora Arden avrà anche un debole per i cavalli e la vita di campagna, ma questo posto non sarà un golf club. Devi ripensare tutto e renderlo più femminile».

«Femminile?»

«Qui non si giocherà a golf, ma a tennis.» Indicai i campi alle mie spalle. «Forse ora non sembra, ma un giorno sarà così.» Non riuscii a trattenere un sorriso al ricordo della nostra discussione di fronte alle vetrine di Macy's, quando parlavamo dei colori che sarebbero piaciuti a madame Rubinstein. Provai un improvviso senso di vicinanza e intimità. Ora che era tutto finito poteva esserci un nuovo inizio.

«Okay, quindi tennis.» Darren fece una pausa. «Pensi che a Peg dispiaccia aggiungere un posto a tavola per me? È un po' noioso mangiare in camera mia da solo.»

Sorrisi. «Sono sicura che troverà una sedia.»

Quella sera Darren scese a cena, con grande gioia della nostra cuoca e delle cameriere. Come trasformato, raccontò dei suoi anni a New York dopo la nostra rottura.

Così scoprii che aveva trovato un socio che poi lo aveva piantato in asso, e che la crisi economica aveva contratto il mercato. Quasi nessuno aveva più bisogno di pubblicità, soprattutto quando non si sapeva nemmeno se le aziende avrebbero resistito fino alla stampa dei tabelloni pubblicitari. Le confezioni di lusso erano sempre meno richieste e la gente meno disposta a spendere soldi per prodotti non essenziali.

Ma per qualche motivo i cosmetici facevano eccezione. Ed era evidente, altrimenti la signora Arden non avrebbe osato lanciarsi in un'impresa come la beauty farm.

A fine serata le guance di Peg erano accese di entusiasmo. «Non so cosa gli sia successo, ma il signor O'Connor sembra un'altra persona. Che uomo interessante, non trova?»

«Certo» risposi, sforzandomi di non sorridere troppo.

«Sarebbe perfetto per lei» aggiunse Peg, guardandomi speranzosa, ma la fermai subito scuotendo la testa.

«Non credo proprio. Avrà sicuramente una fidanzata.»

«Ma non ne ha parlato!»

«Non sono cose che si raccontano a delle sconosciute.»

«Ma noi non siamo sconosciute!» si indignò Peg.

«Può darsi, ma comunque era la prima volta che usciva dalla sua stanza. Dobbiamo dargli tempo.»

Non volevo darlo a vedere, ma anch'io mi ero accorta che non aveva parlato di una moglie. E che non portava la fede.

Comunque non volevo pensarci troppo. Eravamo colleghi e il nostro unico obiettivo era fare un buon lavoro. Niente di più, niente di meno.

Non potevo aspettarmi altro, non dopo tutto quello che era successo fra noi.

39

Il litigio catartico fra me e Darren sembrava aver fatto meraviglie. Lui accettò di buon grado i miei consigli, e tornammo a fare battute e ridere insieme delle cose che succedevano. Mi sembrava di capirlo e accoglierlo in modo completamente diverso ora che non ero accecata dai sentimenti. Era un buon segno che riuscisse subito a mettere in pratica le mie indicazioni.

Nonostante ciò, ero un po' preoccupata per le notizie che arrivavano dalla Germania. Durante il viaggio a New York avevo appreso dai titoli dei giornali che un certo Adolf Hitler era salito al potere, promettendo ai tedeschi lavoro e una via d'uscita dallo stato di miseria.

La cosa avrebbe dovuto tranquillizzarmi, ma la foto di Hitler circondato dai suoi seguaci mi aveva causato una profonda inquietudine. Aveva un che di militaresco, a partire dalle espressioni dure dei suoi adepti. O almeno, risvegliavano in me reminiscenze della Grande Guerra che ricordavo dagli articoli sui giornali, ma ormai erano passati quindici anni. Come pensava di alleviare la povertà del paese?

«Non resterà al potere a lungo» aveva detto con convinzione il principe durante una cena a cui aveva partecipato anche la signora Arden. «Gli uomini come lui promettono tanto e mantengono poco. Credetemi, nel giro di un paio d'anni nessuno si ricorderà più di lui.»

«Speriamo» disse la Arden. «E speriamo anche che non mi rovini gli affari in Germania. Ho sentito che vogliono imporre un nuovo modello di donna, una specie di selvaggia priva di gusto ma pronta a sfornare figli.» Assunse un'espressione sprezzante. «Non ci riusciranno. Le donne vogliono essere belle, a prescindere dai tempi. E i nostri numeri nell'ultimo anno di crisi lo dimostrano.»

Speravo che il principe avesse ragione, non soltanto per gli affari della signora Arden ma anche per il bene dei miei genitori. Un'altra guerra avrebbe sconvolto la vita di tutti, e anche se non eravamo più in contatto volevo comunque saperli al sicuro.

Ad ogni modo non avevo tempo di arrovellarmi sui problemi della Germania.

Tutte le mattine sulla scrivania trovavo una montagna di lavoro, e più andavamo avanti più c'era da fare. La signora Arden riponeva grandi speranze nella sua beauty farm. Alla bellezza e alla forma fisica delle signore abbienti si accompagnava sempre di più il tema della salute. La Arden mi aveva fatto avere un dossier secondo cui l'interesse delle donne per il benessere del loro corpo era molto aumentato. Stava pensando di mettere a disposizione delle signore un medico che consigliasse loro diete per perdere peso e migliorare l'aspetto della pelle.

E questo significava modificare alcune delle idee di Darren.

«Quindi dobbiamo pubblicizzare una specie di centro medico?» chiese quando portai i documenti nel suo ufficio.

«Un misto fra un centro medico e un centro estetico» precisai. In realtà non facevo fatica a immaginarlo: le nostre clienti avrebbero potuto iniziare la giornata con un giro a cavallo o un allenamento in palestra, proseguire con una colazione sostanziosa, seguita da vari trattamenti di bellezza, per passare, nel pomeriggio, ad attività rilassanti come leggere o ascoltare la musica.

«E perché soltanto per le donne di successo?» chiese Darren. «La signora Arden lo ha detto anche a me quando mi ha assunto, ma non sarebbe meglio rivolgersi a donne di tutte le classi sociali? Prendersi cura della propria salute sarebbe importante soprattutto per quelle che hanno minor successo.»

Scossi la testa. «Con la crisi economica saranno in poche a potersi permettere un soggiorno qui. E poi hanno ben altro a cui pensare che presentarsi in forma smagliante alle feste.»

Darren accettò la mia osservazione con un cenno. «Forse ti chiederà di creare una mistura terapeutica.»

«Non sono una farmacista» replicai divertita.

Darren alzò le sopracciglia. «Sei una ricercatrice. Sono sicuro che ci riusciresti. Le medicine sono composte da elementi chimici, e tu in quel campo hai talento.»

Sorrisi. Mi faceva piacere che Darren credesse in me. L'ultimo uomo che lo aveva fatto era stato Georg. Rividi il suo viso. Il modo in cui mi parlava. Rabbrividii, confusa e turbata.

«Che c'è?» chiese Darren.

Scossi la testa e allontanai l'immagine di Georg. Non aveva più niente a che fare con la mia vita.

«Niente, vecchi ricordi.» Mi fermai un attimo e poi aggiunsi: «Allora, siamo d'accordo?».

Darren mi guardò stupito, ma poi annuì. «Sì, cercherò di inserire il tema della salute. Vediamo se riesco a non farla sembrare la pubblicità di un ospedale. Che ne dici se mettiamo la piscina nelle immagini?»

«Ma non è ancora pronta!»

«Non ti fidi delle mie capacità immaginative? Posso disegnarla esattamente come sarà: con l'acqua azzurra come quella di Maui e brillante come un mare di diamanti.»

Sapevo che fare un viaggio alle Hawaii era il suo sogno. «Non riesci a non pensare alle isole, eh?» chiesi, ricordando la nostra gita domenicale sulla costa del New England.

«Sulle isole si sta tranquilli, non trovi?» replicò. «Ma credimi, Maui non è come Martha's Vineyard. Se vuoi puoi venirci con me.»

Eccome se lo volevo! Ma mi imposi di nuovo l'ordine. Darren e io non eravamo cambiati, e anche se la mia cicatrice era sbiadita nel frattempo, c'era ancora e rappresentava tutto ciò che non aveva tollerato.

Quando le saune e le palestre furono pronte, arrivò un certo signor Gayelord Hauser. La signora Arden lo aveva nominato spesso durante le sue ultime visite, presentandolo come un illustre dietologo. Non era un medico, ma era considerato un luminare nel suo campo. Non mi sorprendeva che lo avesse assunto per elaborare le diete. Inoltre la sua presenza poteva essere considerata un vero e proprio collaudo della villa, almeno per quel che riguardava le stanze degli ospiti. Naturalmente avere quindici clienti molto viziate, ognuna delle quali con un programma personalizzato, sarebbe stato ben diverso, ma anche il signor Hauser era piuttosto esigente. Seguiva lui stesso le diete con cui intendeva rimettere in forma le nostre ospiti, e un giorno prima del suo arrivo aveva fatto avere a Peg un piano dettagliato dei suoi pasti.

«Non è un po' esagerato?» chiese lei disperata, dopo aver esaminato il foglietto che conteneva ingredienti come melassa, lievito di birra, germe di grano, latte scremato e yogurt senza grassi.

«Dobbiamo abituarci all'idea che le nostre ospiti avranno richieste particolari» risposi, aggrottando la fronte. In effetti non era per niente facile procurarsi quella roba. A New York sarebbe stato diverso, ma la metropoli era lontana.

«Certo, ma allora dobbiamo pensare di ampliare la dispensa in modo da avere sempre a disposizione tutto ciò che le loro signorie potranno desiderare» borbottò la cuoca, spedendo il fattorino a cercare quegli strani ingredienti.

Il signor Hauser arrivò a bordo di un'elegante macchina color crema, come un divo del cinema, portandosi dietro un entourage che comprendeva un allenatore e una specie di maggiordomo che trascinava una quantità di valigie che gli sarebbe potuta bastare per diversi mesi.

Con il suo fisico atletico, i capelli scuri e il completo chiaro, il dietologo fece sospirare subito le due cameriere. E avevo l'impressione che anche Peg lo avesse perdonato dopo aver ricevuto il suo baciamano.

«È un piacere averla qui» lo accolsi, accompagnandolo nell'ingresso. Gli altri dipendenti erano tornati al lavoro, ma sentivo ancora i mormorii e le risatine delle ragazze. Probabilmente ci stavano guardando da lontano.

«Lavoro già da qualche tempo con la signora Arden, e ho sentito lodi sperticate sul suo conto.»

Con mia grande sorpresa, notai che aveva un leggero accento tedesco. Mi squadrò per un attimo. «La signora Arden mi ha detto che siamo connazionali» aggiunse, stavolta in tedesco. «Immigrati di successo, così ci ha definiti.» Scoppiò in una breve risata.

«Da quale parte della Germania viene?» Parlare in tedesco era strano. Sognavo e pensavo nella mia lingua madre, ma la mia bocca emetteva parole inglesi.

«Tubinga. E lei?»

Stavo per chiedergli come mai i suoi genitori lo avessero chiamato Gayelord, ma poi realizzai che doveva trattarsi di uno pseudonimo che aveva scelto perché il suo nome tedesco suonava troppo strano alle orecchie americane.

«Berlino.»

«Cosa può spingere una berlinese a emigrare? Suo marito ha avuto un'offerta di lavoro in America, forse?»

Scossi la testa. «No, non sono sposata.» Ma non volevo nemmeno spiegargli le circostanze della mia scelta. «Mi ha scoperta Helena Rubinstein a Parigi.»

Trasalì leggermente quando sentì il nome di Madame. Poi mi fissò con aria colpita.

«Helena Rubinstein! Una donna affascinante. Un po' corpulenta per la sua età, ma i chili le donano. È incredibile come sia riuscita a rilanciare il suo marchio da quando è tornata… È stata capace di ottenere grandi guadagni dopo il disastro combinato dalla Lehman Brothers.» Si interruppe per chiedere: «Perché l'ha lasciata? La signora Arden le ha fatto un'offerta così buona?».

Ero certa che tutto ciò che stavo per dire prima o poi sarebbe arrivato alle orecchie della Arden.

«In effetti sì, ma a dire il vero il fattore scatenante è stato il disastro combinato dalla Lehman Brothers.»

«E la signora Rubinstein non ha provato a riassumerla?»

«Non sono tanto volubile. Per me la lealtà nei confronti di chi mi ha dato una possibilità è fondamentale.»

Il signor Hauser annuì. Ed ero certa che la risposta sarebbe piaciuta anche alla Arden.

«Bene, allora facciamo un giro della tenuta. I miei accompagnatori dovrebbero pernottare nelle vicinanze, se possibile.»

«Certo, mi segua.»

Decisi di fare una piccola deviazione passando per il salone per mostrare al signor Hauser una delle sale per i trattamenti. Senza dubbio la signora Arden si aspettava un resoconto da parte sua.

«È tutto ancora più bello di come lo ha descritto la signora Arden.»

«Non viene a trovarci da qualche tempo, e qui le cose cambiano quasi tutti i giorni.» A dire il vero, dalla morte di Bessie Marbury la signora Arden si faceva vedere di rado. Supponevo che fosse troppo doloroso non poter andare alla tenuta Marbury per trascorrere un pomeriggio con la sua migliore amica.

«Mi sembra che stia facendo un ottimo lavoro. Farò del mio meglio per offrire un programma dietetico all'altezza della struttura. Spero che abbiate una brava cuoca.»

«L'ha conosciuta poco fa, le ha baciato la mano. Peg è la cuoca migliore della zona.»

«Vedremo. Se dovesse aver bisogno di migliorare sotto alcuni aspetti, potrei farla affiancare dal mio cuoco personale.»

Speravo proprio di no e decisi di non dire niente a Peg per il momento, o avrei rischiato di causare un terremoto in cucina!

Alla fine del giro accompagnai il signor Hauser nella sua stanza, e anche questa parve piacergli. La signora Arden aveva chiesto agli architetti di arredare ogni camera in modo diverso, prestando attenzione che nessuna risultasse più bella delle altre. L'allenatore e il maggiordomo ne sarebbero stati felici.

«Si conceda un po' di riposo, chiederò a Peg di prepararle uno spuntino.»

«Ha ricevuto le mie istruzioni?»

«Sì, sarà un piacere seguirle.»

Lo salutai e andai da Peg, impaziente di sentirla lamentarsi delle richieste del dietologo.

Nel pomeriggio ci fu la prima riunione con il signor Hauser a cui prese parte anche Darren. La signora Arden voleva che abbozzasse un prospetto che, oltre alla struttura, descrivesse anche le cure di bellezza offerte.

L'incontro iniziò con una specie di conferenza su quello che il signor Hauser aveva in mente per le ospiti del club.

A quanto pareva aveva regole rigidissime sull'alimentazione e lo sport: niente alcol, pochi grassi e zuccheri. Molte verdure e cereali, poca carne e niente dolci. Inoltre suggeriva il consumo dei prodotti segnati sulla sua lista, quella che aveva gettato Peg nella disperazione.

«Non ha idea di quanto siano eccitate per la mia dieta le star di Hollywood! Marlene Dietrich e Greta Garbo ne vanno pazze! E anche il barone De Rothschild mi ha inviato un biglietto di ringraziamento.»

Lo guardai un po' dubbiosa. L'idea era che le donne venissero da noi per rilassarsi, e una cucina gustosa mi sembrava un elemento fondamentale. E anche una fetta di dolce ogni tanto.

Quando provai a dare voce a questo pensiero il signor Hauser mi guardò come se gli avessi tirato uno schiaffo.

«Forse lei non lo sa, ma da giovane, poco dopo il mio arrivo in America, mi sono ammalato di artrite alle anche. I medici si erano arresi, sostenevano che non ci fosse nulla da fare, così mi rivolsi a un naturopata. Mi consigliò una dieta vegetariana, e le mie condizioni migliorarono. Continuai la dieta vegetariana durante un soggiorno curativo in Svizzera. Le mie anche si rigenerarono nel giro di poche settimane. Un successo che non avrei ottenuto con la medicina tradizionale. E nemmeno con una fetta di dolce.»

Io e Darren ci scambiammo un'occhiata. Immaginavo cosa stesse pensando. Avrei voluto far notare al signor Hauser che la nostra struttura non era una clinica ma un luogo dedicato alla bellezza, ma mi trattenni.

Pensai che le ricche ospiti della signora Arden sarebbero venute anche soltanto per il nome illustre.

«Possiamo citare nel prospetto gli attori e le attrici con cui ha lavorato?» chiesi.

«Ma certo! E non dovete assolutamente dimenticare di citare il mio.»

«Oh, il suo sarà scritto a caratteri cubitali!» disse Darren. Percepii un velo di scherno nel suo tono di voce.

Il signor Hauser, invece, non sembrava essersene accorto. Sorrise soddisfatto e continuò a illustrare il suo piano.

Quando ci lasciò per un'ora di allenamento con il suo personal trainer, Darren mi chiese: «Credi davvero che le nostre ricche signore si accontenteranno dei germi di grano e rinunceranno allo champagne? Non dovrebbe essere una vacanza di lusso? Devo dirtelo, le sue diete mi sembrano più un supplizio».

«Hai sentito, no? Marlene Dietrich e Greta Garbo ne sono entusiaste!»

«Sì, sappiamo che sono disposte a tutto se qualcuno promette loro eterna gioventù.»

«E pensi che le imprenditrici di successo siano diverse?» Sorrisi. «Tutte le donne vorrebbero restare giovani per sempre.»

Il signor Hauser se ne andò, e arrivò l'estate. Finalmente mettemmo in funzione la piscina progettata dalla Carpenter poco prima della sua morte. Ci volle un giorno intero a riempirla d'acqua, ma finalmente potevamo rinfrescarci nelle giornate afose.

«Quanto mi piacerebbe avere una piscina tutta mia» disse Darren, tuffandosi nell'acqua fresca. «D'estate non uscirei mai.»

«E il lavoro?» chiesi dal bordo, mentre guardavo Peg avvicinarsi con una grande caraffa di limonata.

«Se sarò abbastanza ricco da avere una piscina potrò anche permettermi dei dipendenti che disegnino al posto mio.»

«Non ti resta che sperare in altri contratti come questo.»

Sorrisi e per un attimo mi persi nella contemplazione di Darren. In costume da bagno era incredibilmente attraente. Era sempre stato così muscoloso?

Quando ripensavo alla sera in cui avremmo potuto fare l'amore, mi venivano in mente soltanto la sua espressione furiosa e gli occhi pieni d'ira. Il Darren che avevo di fronte adesso, che nuotava nella piscina, mi sembrava un'altra persona. E mi sorpresi a desiderare di conoscerlo di nuovo.

40

A fine settembre fui convocata a New York per l'annuale assemblea dei collaboratori della signora Arden. Con l'inaugurazione della beauty farm alle porte, immaginavo di dover rendere conto dei progressi. Preparai i bagagli eccitata e chiesi a Darren di accompagnarmi alla stazione.

«È strano che non mi abbia invitato…» osservò Darren in macchina la mattina dopo. «Faccio parte della squadra!»

L'invito era arrivato a fine agosto. Darren aveva finito i suoi disegni, ma la signora Arden sosteneva di aver ancora bisogno di lui. Non avevo obiettato, ero felice che restasse nel Maine.

«Forse vuole parlare con le direttrici. E io lo sono, anche se non abbiamo ancora avuto una sola cliente.»

«Beata te, potrai respirare di nuovo aria di città!»

«Puoi sempre accompagnarmi pagando di tasca tua.»

Darren scosse la testa. «Uno dei due deve restare qui a controllare. E poi il principe vuole insegnarmi ad andare a cavallo.»

«Tu a cavallo?» chiesi, stupita. «E se cadi dalla sella e ti rompi un polso?»

«Mi procurerò dei guanti da boxe» rispose lui divertito.

«Non ti aiuteranno se il cavallo si impenna!» Nutrivo ancora un certo timore per quegli animali. Non avrei mai imparato a cavalcare, ma iniziavo a pensare sempre più spesso che mi sarebbe piaciuto guidare l'automobile, il mezzo più comodo per spostarsi. Chissà, forse potevo convincere Darren a darmi lezioni di guida.

Quando uscii dalla metropolitana il sole si rifletteva sulle finestre della sede centrale di Elisabeth Arden. Ero di ottimo umore. Sicuramente anche gli altri partecipanti alla riunione sarebbero rimasti entusiasti per gli sviluppi della beauty farm. Le idee mie e di Darren erano piaciute molto al capo, che era addirittura arrivata al punto di paragonarci alla sua cara amica, la signora Carpenter. «Sembra quasi che il suo spirito sia rinato in voi» aveva detto durante una passeggiata a Maine Chance in agosto.

Salii in ascensore carica di speranza, ma mi accorsi subito di qualcosa di strano. Ero sola. Ero in ritardo? Guardai l'orologio e constatai con sollievo che avevo ancora un po' di tempo.

Ma anche al piano degli uffici regnava un innaturale silenzio.

«Che succede?» chiesi alla segretaria, che aveva un'aria vagamente spaventata. «Dove sono le altre?»

«Come, prego?» domandò lei, confusa.

«Le altre direttrici dei saloni… Non dovrebbe esserci una riunione oggi?»

Per un attimo la segretaria mi guardò come se l'avesse colpita un fulmine, poi rispose: «Non c'è nessuna riunione. La signora Arden vuole parlare con lei. Non gliel'hanno detto?».

Alzai le sopracciglia. «No, pensavo che…»

«La signora Arden mi ha detto di informarla del suo arrivo. Se nel frattempo vuole sedersi…»

Frastornata, mi lasciai cadere su una delle poltrone. Cosa significava? Perché non ero stata messa al corrente?

Poco dopo entrai nell'ufficio della signora Arden. Indossava un tailleur nero e la nuvola temporalesca che aleggiava sulla sua testa era impossibile da ignorare.

«Si sieda, signorina Krohn.»

Cosa stava succedendo? Avevo fatto qualcosa che l'aveva contrariata? Forse il signor Hauser si era espresso in termini negativi sul mio conto? Mi sembrava impossibile, dopo tutto quello che avevo fatto per lui.

«Dovremo rinviare l'inaugurazione del club» annunciò la signora Arden con espressione dura.

«Rinviare?» le feci eco. «Ma abbiamo quasi finito!»

La signora Arden mi allungò un foglio. «Legga qui.»

Scorsi rapidamente le righe. Era una querela. La signora Arden veniva accusata di aver pagato delle mazzette. Non ne capivo il significato.

«Mazzette? Cosa significa?»

«Alcune aziende pagano le commesse dei grandi magazzini o gli agenti di commercio perché consiglino i loro prodotti invece di quelli della concorrenza. Le altre aziende ci accusano di questo.»

Aggrottai la fronte. Mi sembrava una cosa insensata. «E questa gente lo fa?»

«Per la giusta somma, certo.»

Continuavo a non capire. «E perché sarebbe un reato?»

«Perché così si costringono i clienti a comprare prodotti diversi da quelli che acquisterebbero senza pressioni. E questo non è permesso.»

Quelle parole mi colpirono come un pugno.

Ripensai al lancio di Glory. Madame aveva detto che la signora Arden aveva fatto in modo di escludere la sua nuova linea dalle vendite. Era questo il punto? O qualcosa di ancora più sinistro?

«Ed è tutta colpa di quella strega polacca!» sibilò, sottraendomi ai miei pensieri.

Quindi la denuncia veniva da Madame? Non riuscivo a crederci. Sul foglio c'era il nome di un avvocato, non il suo.

«Non credo che Madame sarebbe capace di un simile colpo basso.»

«Non la chiami "madame"!» mi aggredì la signoria Arden. «È un'impostora!»

Era troppo furiosa per ragionare.

«Signora Arden» ripresi in tono rassicurante, anche se la sua esplosione mi aveva turbata nel profondo. «La cosa più importante è capire se è successo davvero e se ci sono prove.»

Se Glory avesse venduto meglio forse gli amministratori della Lehman Brothers non mi avrebbero licenziata. E starei ancora lavorando per la Rubinstein.

«Ora vuole farmi anche da consulente legale?» sibilò.

Scossi la testa. Sapevo che era molto difficile farsi ascoltare in momenti come questo, ma la sua rabbia aveva assunto un livello mai visto prima.

«No, signora Arden, credo che il suo consulente legale saprà affrontare meglio di me la questione.» La guardai negli occhi. Era fondamentale cercare di tenerle testa in quei momenti, altrimenti era la fine. «Però devo sapere cosa rispondere se mi faranne delle domande. E se devo mentire.»

La signora Arden sostenne il mio sguardo a lungo, dandomi tutto il tempo di notare la furia che covava nei suoi occhi. Era per me o per la denuncia?

«Naturalmente non mentirebbe se si trovasse a respingere queste accuse. Non ho mai preso in considerazione certe pratiche.»

«E il signor Jenkins?» chiesi, cauta. «Potrebbe...?»

«Sono il capo di questa azienda» rispose furibonda la Arden. «Tutto ciò che accade passa dalla mia scrivania.»

Annuii. Mi bastava, per il momento non pretendevo di sapere altro.

«La ringrazio per la schiettezza, signora Arden. Io e il signor O'Connor ci assicureremo che il rinvio dell'inaugurazione non venga messo in cattiva luce.»

«Grazie» rispose fredda la signora Arden.

Aspettai che mi congedasse, ma non lo fece. Restò invece a fissarmi a lungo.

«Reagirò a questa sciocchezza» disse alla fine. «Non permetterò a un'accusa del genere di rovinarmi la reputazione.» Fece una breve pausa prima di continuare. «Apriremo la beauty farm l'estate prossima, a quel punto il polverone si sarà calmato. Fino ad allora ce ne resteremo tranquilli.»

Significava che sarei dovuta rimanere un altro anno confinata nel Maine, per giunta senza niente da fare? La prospettiva non mi entusiasmava.

«E cosa faremo io e il signor O'Connor laggiù, nel frattempo?»

«Contenere i danni. Rabbonire la stampa. Immagino che avrete già preso accordi con fornitori e riviste.»

«Naturalmente.» Gli spazi pubblicitari dovevano essere prenotati per tempo. Se ne era occupato Darren, mentre io avevo iniziato a evadere gli ordini per la dispensa. Le consegne non erano ancora partite, ma i fornitori non sarebbero stati contenti del rinvio.

Si prospettava una montagna di lavoro.

«E inoltre dovrete cercare di evitare che si diffondano voci. È più importante che mai in un momento come questo.» Un sorriso triste aleggiò sul suo viso. «Le farò sapere se dovessero esserci novità su questa diceria.»

«D'accordo, signora Arden.» Mi sforzai di nascondere la mia delusione. Cosa avrebbero detto Darren e gli altri?

Mi avviai verso la stazione, talmente scossa dall'annullamento dell'inaugurazione che sbattei contro diverse persone, attirandomi una serie di insulti. Tremavo, avevo il cuore a mille e le tempie che pulsavano.

Per distrarmi comprai una rivista al chiosco della stazione, qualcosa di leggero con cui intrattenermi sul treno. Se avevo sperato di rilassarmi, però, mi ero sbagliata di grosso. Il treno aveva appena lasciato Grand Central Station quando incappai in un articolo che mi mozzò il fiato.

Miss Arden e Tom Jenkins stanno per separarsi? titolava il giornale. Curiosa, continuai a leggere. *Negli ultimi tempi non si vedono quasi mai insieme in pubblico. Le voci su una possibile crisi non sono una novità, ma ora potrebbe essersi verificato un evento tale da poter mettere fine al matrimonio. Una fonte non ufficiale sostiene che il signor Jenkins abbia provato ad agire alle spalle della moglie, chiedendo a tutte le filiali e ai centri estetici dell'azienda di inviare i rendiconti delle attività commerciali esclusivamente a lui. Chi conosce la signora Arden, che ha costruito un impero con la sua volontà di ferro ed è diventata la regina dell'industria della bellezza, può immaginare come avrà accolto questo tradimento…*

Abbassai la rivista, incapace di dominare la mia indignazione. Non solo l'azienda veniva accusata di pratiche commerciali disoneste: ora anche i giornali da quattro soldi gettavano benzina sul fuoco! Lì per lì avrei buttato la rivista dal finestrino, ma poi mi tornò in mente il litigio a cui avevo casualmente assistito prima della mia partenza per Maine Chance. Già allora sembrava che litigassero su chi era il vero capo dell'azienda. Davvero il signor Jenkins si era permesso un simile passo falso? Eppure lo avevo sempre visto impegnarsi per il bene dell'azienda e di sua moglie!

Abbassai lo sguardo. Una giovane attrice che non conoscevo mi sorrideva dalla copertina della rivista. Ci si poteva fidare del giornalista e della sua “fonte non ufficiale”? Era a questo che la signora Arden si riferiva sostenendo che avremmo dovuto contrastare i pettegolezzi? In qualche modo spiegava perché mi era sembrata tanto suscettibile.

Avevo bisogno di parlare con Darren. Il rinvio dell’inaugurazione e le voci sul divorzio fra la signora Arden e il signor Jenkins mi tormentavano. Forse il giornalista aveva esagerato. Del resto i tabloid amavano diffondere false notizie per vendere più copie.

Appesi il cappotto all’ingresso e corsi nell’ufficio di Darren.

Lo trovai alla sua scrivania, chino a studiare la stampa di un cartellone pubblicitario che aveva disegnato qualche settimana prima. Occupava tre fogli e mostrava una delle nostre piscine. Era riuscito davvero a far sembrare l’acqua scintillante come una pietra preziosa. Lo vidi aggiungere una correzione.

«Vedo che le tue mani sono ancora tutte intere» esordii divertita, riferendomi all’ultima conversazione prima della mia partenza.

Darren trasalì. «Santo cielo! Non ti ho sentita arrivare.»

«È la mia tecnica per sorprendere il nemico.» Sorrisi.

«Com’è andata a New York? Manhattan è ancora in piedi?»

«Tutto al suo posto, ma temo di avere brutte notizie.» Mi fermai un attimo e vidi che Darren aggrottava la fronte. «La signora Arden è stata denunciata, insieme ad altri imprenditori, per un illecito. Pare che alcune aziende paghino i dipendenti di negozi e grandi magazzini per vendere i loro prodotti invece di quelli della concorrenza.»

«Ma è terribile! E la signora Arden cosa dice?»

«È molto arrabbiata. Sostiene che siano tutte calunnie e che non ha mai fatto niente di simile.»

«Hai detto che lo sostiene...»

«Devo credere a quello che mi dice, no?»

«Ma hai dei dubbi.»

«Nessuno sa di cosa è capace una persona quando i suoi affari sono in pericolo. Madame è tornata...»

Mi interruppi. Non volevo fare insinuazioni, ma era possibile che i rappresentanti commerciali della signora Arden esercitassero pressioni quando si trattava di promuovere il marchio Arden rispetto al marchio Rubinstein.

«Comunque, l'inaugurazione della beauty farm è rimandata all'estate prossima.» Sospirai. Avrei dovuto giocare al capo cantiere ancora per qualche tempo. Non era il momento di chiedere alla signora Arden di mettere su un laboratorio chimico nella tenuta. Anzi, non escludevo che rinunciasse del tutto all'idea della beauty farm. Aveva speso una fortuna per la ristrutturazione, ma si diceva anche che a volte prendesse decisioni estreme quando era di cattivo umore.

«Allora non ci resta che aspettare.» Darren rifletté per un momento e mi guardò. «Ti ha per caso detto cosa vuole che facciamo?»

«Contenimento dei danni. Tu devi occuparti dei giornalisti e della pubblicità, e io dei fornitori.» Guardai le inserzioni pronte. Quando le avremmo pubblicate?

Darren annuì. Era deluso quanto me, lo vedevo. Dovevamo attenerci alle indicazioni della Arden.

«E poi c'è un'altra cosa che mi preoccupa. Forse non è importante, ma la signora Arden mi ha chiesto di stare attenti ai pettegolezzi...»

Darren aggrottò la fronte. «Spero non sia un'altra bomba.»

«Temo di sì, invece. Sembra che le cose fra la signora Arden e il signor Jenkins vadano così male che l'unica soluzione possibile sia il divorzio. E si dice che Jenkins abbia cercato di tradire sua moglie.»

«Con un altro?» si meravigliò Darren.

«No, sul lavoro. Era un articolo confuso, diceva che Jenkins ha chiesto ai saloni e alle filiali di mandare i rendiconti soltanto a lui. Li ho sentiti litigare, questo sì, ma fare una cosa del genere…»

Guardai Darren, che taceva pensieroso. «Se è vero, si tratta di una cosa molto grave» disse alla fine. «Ma in quel caso la signora Arden lo denuncerà o prenderà altre misure.»

«Ma chi può averlo raccontato ai giornalisti?»

«Forse qualcuno che non è molto bendisposto nei suoi confronti.»

«Quindi pensi sia vero?»

Darren sospirò. «Mi risulta difficile crederlo, ma è possibile. E spiegherebbe perché la Arden ci ha chiesto di tenere a bada la stampa. Il divorzio e la denuncia sono già abbastanza, non vuole danneggiare Maine Chance prima dell'inaugurazione.»

«E cosa possiamo fare?»

«Mi farò venire in mente qualcosa» disse Darren. «Comunque ti do un consiglio: se dovessero chiederti qualcosa, sostieni all'infinito di non sapere niente. Se la signora Arden avesse voluto informarci lo avrebbe fatto.»

«Quindi la speranza che non sia vero è minima» sospirai, e dal viso di Darren capii che era così.

«Aspettiamo le dichiarazioni ufficiali, e nel frattempo restiamo tranquilli e concentriamoci su Maine Chance.» Darren cercò di incoraggiarmi con un sorriso e mi accarezzò il braccio. «Ce la faremo.»

Lo guardai. Avrei voluto trovare conforto fra le sue braccia, ma non osavo farlo. Con un cenno di ringraziamento uscii dall'ufficio per andare in cucina a cercare qualcosa da mangiare.

41

Purtroppo nelle settimane seguenti si scoprì che l'articolo aveva detto la verità. A novembre la signora Arden convocò tutte le direttrici delle filiali e gli altri dirigenti per comunicare ufficialmente la sua separazione dal signor Jenkins. In quell'occasione scoprimmo anche che gli aveva vietato di lavorare per qualsiasi altra azienda per cinque anni.

Era una pessima notizia, tutti i presenti erano scioccati. Nonostante le sue mancanze Tom Jenkins era apprezzato dalla maggior parte dei dipendenti della Elizabeth Arden. Ma tutti sapevano che da quel momento in poi fare il suo nome era come dare fuoco a una polveriera.

Ero ansiosa di scoprire la nuova data dell'inaugurazione, ma la signora Arden ci tenne ancora sulle spine.

Io e Darren avevamo molto da fare. Mentre lui cercava di intensificare i contatti con i media, io ricevevo quasi tutti i giorni telefonate in cui mi chiedevano se il divorzio avrebbe avuto ripercussioni sul lavoro. In teoria sarebbe stato compito di Darren rispondere, ma il fatto è che non si trattava di giornalisti curiosi, ma di produttori di tovaglie, tovaglioli, fazzoletti o attrezzature sportive.

Di sera mi fischiavano le orecchie. Volevo soltanto che finisse alla svelta e che la gente perdesse interesse per la questione.

Nonostante l'inquietudine generale, le feste di Natale trascorsero tranquille in compagnia dei dipendenti della tenuta. Era rimasto con noi anche l'amante dei cavalli, il principe Guirey. Peg aveva sperato che si sarebbe fatta vedere anche la signora Arden, ma il capo non si mosse da New York. La capivo: era assillata da un mucchio di seccature, a cui si aggiungeva l'assenza della signora Marbury. Un tempo la Arden avrebbe sfidato anche una tormenta di neve pur di vederla, ma il vuoto lasciato dalla sua migliore amica era un altro buon motivo per tenersi alla larga da Maine Chance.

Ad ogni modo, facemmo del nostro meglio per passare le vacanze piacevolmente. Il pranzo celebrativo fu piuttosto frugale. Dopo avermi sentita parlare dei Natali della mia infanzia Peg era riuscita a procurarsi la ricetta dei Lebkuchen. Con l'avvicinarsi del nuovo anno ricevetti di nuovo posta dal signor Martin, un biglietto di auguri in cui mi assicurava di essere ancora all'opera sul mio caso.

Lo contemplai a lungo, cercando di mettere a fuoco i miei sentimenti. No, non nutrivo quasi più alcuna speranza. Apprezzavo i suoi sforzi, ma temevo fossero vani. Misi via il biglietto insieme alle altre lettere. Continuavo a pregare che trovasse mio figlio, ma ero convinta che alcuni desideri fossero destinati a non avverarsi.

La neve da cui fummo quasi sepolti all'inizio del 1934 si ritirò soltanto agli inizi di marzo. Darren aveva accettato di insegnarmi a guidare.

Ormai conoscevo la teoria ed ero impaziente di mettermi al volante.

«Ma guai a te se trasformi la mia auto in un rottame!» mi minacciò scherzando quando salimmo a bordo. L'auto che aveva usato per venirmi a prendere per le nostre gite fuori porta aveva diversi anni, ma Darren continuava a trattarla con la massima cura, come se fosse la luce dei suoi occhi.

«Sei seduto accanto a me, non può andare tanto male.»

Darren mi guardò scettico, ma poi mi consegnò la chiave.

La lezione di guida iniziò con una conferenza di Darren sui pedali, le loro funzioni e le modalità di utilizzo.

Ogni tanto le nostre mani si sfioravano per caso, scatenando un brivido di fuoco in tutto il mio corpo. Ripensai alle nostre uscite in macchina la domenica, e per un attimo fu come se non ci fossimo mai separati.

Mi imposi la calma. Io e Darren eravamo amici, niente di più. Mentre parlava, però, mi accorsi che a tratti si soffermava a guardarmi più a lungo del necessario. Mi sforzai di ignorare la cosa, ma il mio corpo stava inequivocabilmente reagendo alla sua presenza.

«Ora gira la chiave e avvia la macchina.»

Feci come mi aveva detto e il motore si svegliò con un forte rombo.

«Bene, ora schiaccia la frizione, innesta la marcia e abbassa piano il pedale dell'acceleratore mentre togli il piede dalla frizione.» Mi prese la mano e la mise sulla leva del cambio, poi mi diede un colpetto sulle ginocchia. «Prima questa gamba e poi l'altra.»

Eseguii, ma invece di partire la macchina sussultò e si spense.

Darren emise un sospiro frustrato. «Lentamente. Devi rilasciare la frizione lentamente.»

«Non me l'avevi detto.»

«Allora riprova. Ma non farlo troppo spesso, altrimenti possiamo salutare il motore.»

Girai la chiave e il motore si accese subito, ma l'occhiata che

Darren mi lanciò quando di nuovo lasciai andare la frizione troppo in fretta mi spaventò e mi mise l'ansia.

«Scusami» dissi a mezza voce.

«Stai imparando, è normale» rispose, e mi fece cenno di riaccendere.

Provammo ancora un paio di volte.

Darren sbuffò. Si stava impegnando per non perdere la pazienza. Volevo fare meglio, ma per qualche motivo non ci riuscivo.

«Darren, io...» La mia voce si spezzò quando i nostri occhi si incontrarono. Il cuore mi batteva fortissimo, e di colpo non desiderai altro che mi prendesse tra le sue braccia come un tempo.

Oppure era colpa dell'automobile?

«Che c'è?» chiese, alzando le sopracciglia. «Hai cambiato idea?» La sua voce era quasi speranzosa.

Scossi la testa. Non stavo rispondendo soltanto alla sua domanda. Non potevo dirgli assolutamente cosa provavo, non volevo rovinare la nostra amicizia.

Ma perché mi guardava in quel modo? E perché mi toccava così dolcemente, quasi troppo per essere una coincidenza?

Per scacciare quei pensieri misi di nuovo in moto. Questa volta riuscii a schiacciare i pedali nell'ordine giusto e a innestare la marcia senza che il motore producesse strani rumori.

«Hai visto? Ce l'hai fatta!» esclamò Darren con entusiasmo mentre avanzavamo verso il cancello a passo di lumaca.

Per tutto il tempo tenni le mani letteralmente incollate al volante per il sudore. La macchina mi sembrava troppo grande, lo sterzo troppo rigido, e avevo la sensazione di dover usare tutte le mie forze per manovrarla nelle curve. Ma più procedevo, più mi sentivo a mio agio. Quando incrociammo un furgoncino mi sentii il cuore in gola, ma ci superò più in fretta di quanto pensassi.

«Vedi, non è così difficile» disse Darren, e mi sembrò di

sentire una nota di orgoglio nelle sue parole. Anche io ero orgogliosa di me stessa. Avevo imparato a guidare!

Mentre rientravamo Darren mi consigliò di prendere la patente in campagna. «Nel traffico della città impazziresti. E gli istruttori hanno poca pazienza.»

«Ma la patente mi servirebbe in città.»

«Per cosa? Lì c'è la metropolitana, se non andassi fuori città di tanto in tanto non avrei mai preso una macchina.»

«Davvero? Pensavo ti piacesse.»

Ci fu una breve pausa.

«Dove hai imparato?» chiesi, senza staccare gli occhi dalla strada.

«In campagna anche io» rispose. «Nella fattoria di mio padre. Mi sembrava uno mezzo fondamentale per andarmene.»

Ricordavo ancora la triste storia della sua famiglia e capivo perché fosse importante per Darren essere autonomo.

«Anche per una donna è molto importante essere autonoma. L'ho capito negli ultimi anni. Non avrei mai potuto immaginare di lasciare la Germania. Ma adesso sento di essere nel posto giusto.»

Percepii lo sguardo di Darren sul mio viso. Ogni fibra del mio corpo mi gridava di girarmi, ma ormai ci stavamo avvicinando alla casa e l'ultima cosa che volevo era scontrarmi contro la recinzione.

Quando fermai la macchina nel cortile una cameriera corse verso di noi. Ero soddisfatta e, anche se avevamo continuato a sostenere il passo di lumaca, nella seconda parte del viaggio avevo avuto meno paura.

L'espressione agitata di Mindy, però, mi mise in allarme.

«Signorina Krohn! La signora Arden al telefono!»

Quelle parole mi colpirono come un fulmine. Cosa voleva? Il tribunale aveva raggiunto un verdetto?

Lanciai una rapida occhiata a Darren, che sembrava sorpreso quanto me, saltai fuori dalla macchina e corsi in casa.

In ufficio sollevai il ricevitore.

«Buone notizie, signorina Krohn!» esclamò la Arden, cogliendomi di sorpresa. «Possiamo inaugurare il club all'inizio dell'estate. Il primo giugno!»

Mi sfuggì un gridolino di sorpresa. La signora Arden tacque, sconcertata.

«Mi scusi, mi sono lasciata prendere dall'entusiasmo. Quindi è sicuro?»

«Sì, è certo. Non so come ringraziarla per la pazienza e la dedizione. Stupiremo il mondo.»

Era vero. La nostra creazione era unica. Madame avrebbe sputato veleno e bile scoprendo che la scuderia era soltanto una copertura per qualcosa di molto più complesso.

Riappesi il ricevitore e corsi da Darren, che nel frattempo era entrato in cucina e si era appena versato un bicchiere d'acqua. «Ci siamo! La beauty farm partirà! La signora Arden ha detto che potremo aprire il primo giugno!»

Peg lanciò un grido di trionfo, facendo rovesciare a Darren il contenuto del suo bicchiere.

«Mi scusi, signore!» disse Peg, affrettandosi a porgergli un canovaccio.

«Ma è meraviglioso!» esclamò Darren, mettendo via il bicchiere per tamponarsi i vestiti.

«Sì, lo è!» Sorridevo così tanto che gli angoli della bocca mi facevano quasi male.

«Dobbiamo festeggiare!» disse Peg. «Meglio approfittare prima di essere sommersi da imprenditrici.»

«Dovremmo proprio» dissi guardando Darren. All'improvviso mi assalì un pensiero inquietante. Il suo lavoro sarebbe terminato con l'inaugurazione della beauty farm, e la cosa mi rattristava più di quanto avrei pensato poche settimane prima. Eravamo andati d'accordo, ma se fosse andato via non avrei mai scoperto se saremmo potuti diventare di nuovo qualcosa di più che semplici amici.

Due giorni dopo ero pienamente cosciente che presto avremmo aperto davvero. Ero sinceramente emozionata e la mattina saltavo giù dal letto all'alba. Mentre fuori era ancora buio, mi vestivo in fretta e vagavo per le sale adibite ai trattamenti, provando a immaginare come sarebbero state le attività una volta avviate.

Mi sembrava di vederle davanti ai miei occhi: donne giovani e anziane che volevano rimettersi in forma dopo aver affrontato il programma dietetico del signor Hauser. Potevo letteralmente sentire l'odore di sapone, profumo, tonico per il viso e trattamenti per capelli!

Era il momento giusto per proporre alla signora Arden un laboratorio interno? Anche le case di cura li avevano, quindi perché non il nostro centro di bellezza?

Ripensai a Madame e alla sua teoria che la cosmetica fosse da considerarsi una branca della medicina.

Forse la signora Arden sarebbe stata disposta ad ascoltare. Si poteva trovare un'altra direttrice per il club. Avrei fatto delle ricerche, e forse sarei riuscita a convincerla a tenere Darren. Ovviamente non sapevo quali fossero i suoi piani, ma speravo che non rifiutasse un'offerta del genere.

Andai in cucina. Peg di solito arrivava presto, se ero fortunata potevo gustare un bel caffè caldo. La nostra cuoca faceva un caffè buonissimo che per me era diventato una specie di elisir di lunga vita.

Con mia grande sorpresa, però, in cucina non trovai la cuoca, ma Darren. Sedeva a tavola chino in avanti e si massaggiava le tempie. Sembrava quasi che si stesse riprendendo da una sbornia.

«Stai bene?» chiesi, preoccupata.

Alzò lo sguardo. «Sì, ho solo mal di testa. Non ho bevuto niente ieri.»

Senza riflettere, gli misi una mano sulla fronte. Era fredda, per fortuna. Darren mi guardò sorpreso, e quasi mi vergognai di averlo toccato in quel modo. Ma poi sorrise.

«È perché te ne stai sempre seduto alla scrivania. Non fa bene stare ore e ore nella stessa posizione.» Ricordavo ancora benissimo il dolore al collo dei primi periodi nel salone.

«Potresti avere ragione. Ma cosa posso farci? Non si può disegnare passeggiando.»

«Dovrei chiedere alla signora Arden di mandare qui il massaggiatore in anticipo. Dopotutto, ha bisogno del suo uomo della pubblicità.»

«Uomo della pubblicità» mi fece eco Darren. «Sembra quasi un'espressione che avrebbe potuto usare Madame.»

«Tizio delle confezioni… Aveva problemi a ricordare i nomi.»

«Immagino che non sia cambiata, da questo punto di vista, ma almeno non mi ha mai chiamato uomo della pubblicità.»

«Ma lo sei!» Esitai un attimo, prima di aggiungere: «Se vuoi posso farti un massaggio al collo, per allentare la tensione. Ho imparato nel salone della signorina Hodgson».

«Davvero? Te ne sarei eternamente grato.»

Si tolse la vestaglia e aprì la giacca del pigiama. La vista del suo petto nudo mi lasciò confusa per qualche istante. Con il cuore in gola, mi avvicinai a lui e mi strofinai le mani, che si erano raffreddate. A volte avevo sognato di toccarlo, ma in questo momento avrei voluto soltanto girare sui tacchi. Perché gli avevo offerto un massaggio?

Ormai era tardi, non potevo tirarmi indietro. Posai le mani sulle sue spalle.

Darren trasalì. «Ehi, sono fredde come il ghiaccio!»

«Scusa» dissi, cercando di calmarmi. «Tra un attimo si scalderanno.»

Provai a convincermi di avere davanti una delle mie clienti, ma non era facile con quei muscoli che guizzavano sotto la sua pelle; per fortuna le mie mani ricordarono da sole cosa fare.

Darren gemette soddisfatto, confondendomi ancora di più.

«I tuoi muscoli sono tesi e duri» osservai, felice che non potesse vedere le mie guance arrossite. «Non mi stupisce che tu abbia mal di testa.»

«Allora forse dovresti massaggiarmi più spesso. Lode alla signorina Hodgson per i suoi insegnamenti!»

Avvampai ancora di più mentre le mie dita si facevano strada tra i muscoli contratti. Sentii un formicolio allo stomaco e un desiderio mai provato prima.

«Cosa sta succedendo qui?»

Sussultai e mi fermai immediatamente. Peg sorrideva dalla soglia.

«Non è come sembra» dissi subito.

«Quindi è questo che fate voi bambini quando non ci sono.»

«Sono teso e ho un mal di testa terribile» spiegò Darren. «Non potrei mai tradirti. Peg.»

«Ah ah, certo, si prenda gioco di una vecchia!» Peg tirò fuori il grembiule da cucina. «Volete un caffè?»

«Sì, grazie» confermò Darren, mentre io restavo paralizzata. Lui forse non aveva visto la mia faccia mentre lo massaggiavo, ma a Peg non poteva essere sfuggita.

Qualcuno bussò alla porta. Ero salva. «Vado io!» esclamai. Le ragazze non erano ancora arrivate. «Si rivesta, signor O'Connor, così i suoi muscoli non si raffredderanno.»

«Sarà fatto, dottoressa!» Il suo sorriso mi seguì mentre uscivo dalla cucina.

Alla porta c'era Pete, il fattorino dell'ufficio del telegrafo, un sedicenne allampanato a cui stava iniziando a spuntare appena un po' di barba. Doveva aver fatto la strada di corsa, a giudicare da come ansimava.

«Buongiorno, Pete!» Lo salutai. «Cosa ti porta da noi?»

«C'è un telegramma per lei, signora.» Tirò fuori una busta dalla tasca. «Il signor Usher ha detto che dovevo portarglielo subito.»

Guardai la busta, ma non trovai indicato il mittente.

«Grazie» dissi, allungandomi verso la piccola pila di monete sul mobile vicino alla porta. Tenevo sempre un po' di spiccioli per dare una mancia ai fattorini. «Ecco. E saluta il signor Usher da parte mia!»

«Lo farò!» Il ragazzo mi salutò toccandosi il berretto e se ne andò.

Mi chiusi la porta alle spalle e portai il telegramma in cucina. L'odore del caffè si era diffuso nella stanza.

«Era Pete.»

«Pete?» chiese Darren. «Phil ha un apprendista?»

Il postino era diventato un buon amico di Darren negli ultimi mesi, perché in genere consegnava la posta durante la sua passeggiata dell'ora di pranzo.

«Pete lavora all'ufficio del telegrafo» spiegai mentre aprivo la busta con mani tremanti. Cosa poteva essere successo? Raramente un telegramma significava qualcosa di buono. La signora Arden aveva cambiato idea?

Tirai fuori il foglio, lo aprii e rimasi di sasso.

URGENTE! +++ SI PREGA DI CONTATTARE IL NOTAIO BALDER A BERLINO +++ EREDITÀ KROHN +++ REGOLAMENTO LASCITO DI SUA MADRE +++

Alle parole seguivano una serie di cifre, probabilmente il numero di telefono del notaio.

Le lettere e i numeri sembravano ardere davanti ai miei occhi. Emisi un gemito, incespicai all'indietro e riuscii ad afferrare una sedia su cui sedermi. Mi lasciai cadere pesantemente.

«Sophia?» fece Darren, ma la sua voce era lontana, come se venisse da un'altra stanza.

Non riuscivo a rispondere. I miei pensieri vorticavano e non trovavano appiglio. La felice eccitazione di poco prima mi sembrava assurda. Quasi mi vergognavo di averla provata.

«Sophia, che succede?» Darren era accanto a me ora. Sentivo il profumo del suo dopobarba e la sua voce, ma ancora non riuscivo a muovermi.

"Eredità". La parola echeggiava nella mia testa come i rintocchi di una campana. "Regolamento del lascito di sua madre".

La mamma era morta? Non era possibile! Aveva poco più di cinquant'anni. Non era un'età in cui si moriva.

«Sophia?» chiese di nuovo Darren. Ma fu solo quando la sua mano mi sfiorò leggermente la spalla che riuscii a fuggire dal turbine di pensieri in cui ero precipitata.

«Mia madre» dissi d'istinto in tedesco, ma poi lo ripetei in inglese e aggiunsi: «È morta. Mi ha informata il notaio».

«Oh mio dio!» sentii Peg in sottofondo.

«Mi dispiace» disse Darren, avvicinandosi a me. La sua mano rimase sul mio braccio come per impedirmi di ricadere in quei pensieri. «Posso fare qualcosa per te?»

Scossi la testa intorpidita. Non poteva cambiare quello che era successo. E non poteva cancellare l'atrocità commessa da mio padre che evidentemente non aveva ritenuto necessario informarmi delle condizioni di mia madre. E della sua morte, alla fine.

«Devo... telefonare...» balbettai confusa, alzandomi. «Devo chiamare questo notaio a Berlino.»

«D'accordo» disse Darren. «Ma sei pallida, forse dovresti restare sdraiata per un qualche minuto.»

Scossi di nuovo la testa e sentii la furia avvolgermi il corpo come una fiamma.

«Devo chiamare subito!» Mi precipitai fuori dalla stanza, diretta al telefono.

Darren mi seguì. «Pensi che sia una buona idea? Concediti un momento per riprenderti dallo shock.»

«Non voglio riprendermi!» A cosa serviva sdraiarmi? Mia madre non sarebbe tornata in vita se mi riposavo. E la crudeltà di mio padre non sarebbe stata meno pesante. «Devo sapere cos'è successo! Perché mio padre...» Mi premetti una mano sulla bocca mentre le lacrime mi scendevano sul viso. Non riuscivo più a muovermi.

Darren mi raggiunse e mi mise un braccio intorno alle spalle. Ero frastornata, le mie ginocchia cominciarono a tremare. Di tutte le notizie che pensavo di poter ricevere, era la più inattesa. Peggio ancora: avevo desiderato tanto avere notizie dai miei genitori. E ora le avevo avute.

Lasciai che Darren mi trascinasse fuori dall'ufficio, nel salotto. Poco dopo mi ritrovai sdraiata su uno dei comodi divani.

Non percepivo più nulla di ciò che mi circondava. Le lacrime scorrevano inarrestabili. Il mio cuore batteva forte e il dolore era così lacerante che nemmeno la vicinanza di Darren e la dolcezza con cui mi accarezzava la schiena potevano lenirlo.

42

A un certo punto le mie lacrime si asciugarono. Il dolore era ancora lì, infuriava nelle mie viscere, intenso come quando avevo saputo della morte di mio figlio.

Anche la confusione nella mia testa si placò e la mia mente tornò a funzionare.

«Devo chiamare» dissi con voce nasale, asciugandomi gli occhi con il fazzoletto che Darren mi aveva offerto. Purtroppo non poteva fare molto per le mie palpebre gonfie o per la mia gola irritata. Dovevo telefonare il prima possibile, se avessi aspettato non ne avrei avuto più la forza.

«Certo» disse Darren dolcemente, scostandomi una ciocca di capelli dal viso. «Vengo con te. Non voglio che ti succeda niente.»

Stavo per chiedergli cosa pensava che potesse succedermi, ma appena mi alzai avvertii un leggero capogiro, così restai in silenzio, grata dell'offerta.

Passando davanti alla cucina sentii dei rumori, ma nessuno osò uscire. In ufficio mi sedetti e presi il telefono. La voce della centralinista era così fresca che mi sentivo quasi a disagio a comunicarle la mia richiesta in tono avvilito e con voce rauca.

Ci volle un po' di tempo prima che la centralinista riuscisse a mettersi in collegamento con l'Europa. Mentre aspettavo, pensai quanto fosse incredibile quello che la tecnologia moderna era riuscita ad ottenere negli anni. Potevamo attraversare l'oceano, telegrafare e ora anche fare telefonate.

Poi, all'improvviso, fui travolta da un'ondata di rabbia.

Quanto sarebbe costato a mio padre contattarmi? Nessuna notizia per anni e ora dovevo scoprire da uno sconosciuto che mia madre era morta.

Provai una stretta al cuore e trattenni le lacrime.

«Pronto?» La voce dell'operatrice interruppe i miei pensieri. «Ci siamo, la collego con l'altro utente.»

La ringraziai e un attimo dopo la voce di un uomo risuonò nella cornetta.

«*Fräulein* Krohn?» Non ero più abituata al tedesco. Per un attimo pensai di aver dimenticato come rispondere, ma le parole sgorgarono da sole dalla mia bocca.

«Eccomi. Buongiorno, signor Balder.»

«Buongiorno, o meglio, qui da noi dovremmo dire buon pomeriggio. Ma non è importante. Presumo lei abbia ricevuto il telegramma.»

«Sì, esatto.» Repressi un singhiozzo.

«Le faccio le mie condoglianze» proseguì l'uomo. «Sua madre era malata da qualche tempo. Avrei voluto avvisarla prima, ma suo padre...» Fece una pausa, poi riprese: «Suo padre mi ha chiesto di non dirle niente».

Mi tappai la bocca con la mano per non gridare di rabbia. Mio padre mi portava ancora tanto rancore per la gravidanza da non farmi nemmeno sapere che mia madre stava male? Sentirne la conferma fu come una pugnalata.

«Signorina Krohn?» chiese la voce del notaio. «È ancora in linea?»

Facevo fatica a riprendermi, ma alla fine riuscii a produrre un rauco: «Sì».

«Sua madre le ha lasciato dei soldi e una scatola. Presumo che suo padre non sappia cosa contenga: non fa parte della sua eredità. Vuole che gliela invii?»

«No!»

«No?» ripetè il signor Balder. «Significa che rifiuta l'eredità?»

Mi presi un istante per riflettere. «No, non è questo. Voglio dire che verrò a prenderla personalmente. Se per lei va bene.»

«Certo» rispose il notaio. «Ma è un bel viaggio dall'America.»

«Non importa. Voglio visitare la tomba di mia madre. Lei sa dov'è, immagino.»

«Naturalmente. Al cimitero di Zehlendorf.»

«Zehlendorf?» gli feci eco sorpresa.

«Non lo sapeva?» chiese il notaio. «I suoi genitori si sono trasferiti a Zehlendorf tre anni fa. In Kronprinzenallee.»

Anche questa notizia mi colpì come un pugno in faccia. In tutti quegli anni non avevo mai mancato di comunicare ai miei genitori i miei cambi di indirizzo. Non aver nemmeno pensato di informarmi del loro trasferimento, anche solo tramite un avvocato o il notaio, aggravava ancora di più la mia tristezza e la mia delusione.

«No, non lo sapevo» mi sentii rispondere inebetita.

«A dire il vero credo che una visita sia davvero necessaria. Dovrebbe cercare di parlare con suo padre.»

Per poco non scoppiai in una risata amara. Non sapevo cosa avesse detto mio padre al notaio, ma perché avrei dovuto parlare con lui? Per riappacificarsi con me avrebbe potuto avvisarmi personalmente.

Stavo quasi per mettere giù il telefono, ma realizzai che non era colpa del signor Balder.

«Cercherò di chiarire ciò che è necessario.»

«Bene» rispose Balder. «Allora la prego di inviarmi un telegramma per quando è previsto il suo arrivo. Sarò felice di rispondere a qualsiasi domanda lei abbia sulla sua eredità, per quanto possibile. Di nuovo condoglianze, signorina Krohn.»

Ringraziai e salutai.

Quando Balder riattaccò, lasciai cadere il braccio. Non sentivo più il peso del ricevitore, e nemmeno l'ambiente circostante.

Dentro di me infuriavano confusione, dolore e rabbia. Non riuscivo a interpretare le mie sensazioni né a dar loro un nome.

La morte di mia madre mi sembrava irreale, come un errore che speravo sarebbe stato presto chiarito. E poi la questione del trasloco...

Feci qualche considerazione. Mio padre era sulla cinquantina, troppo giovane per andare in pensione. Allora perché spostarsi? Era stato il mio ricordo a spingerli a cambiare casa? Oppure la crisi economica? I suoi affari andavano così male?

Era sempre stato un lavoratore entusiasta, ma aziende molto più grandi della sua erano state rovinate da quella crisi. Era andata così? L'erboristeria di cui era sempre stato così orgoglioso, il primo posto in cui ero entrata a contatto con la chimica, non esisteva più? E ora, cosa faceva? Di cosa viveva?

Trasferirsi a Zehlendorf, tuttavia, significava che non era certo in miseria. Mi era capitato di andare in quel nuovo quartiere di Berlino ed era piuttosto elegante...

«Sophia?» La voce di Darren mi strappò ai miei pensieri.

Alzai lo sguardo per scoprire che ero ancora davanti al telefono. Lentamente, come se avessi un enorme macigno sulle spalle, mi voltai. Darren non aveva capito una parola della mia conversazione perché avevo parlato in tedesco.

«I miei genitori si sono trasferiti» spiegai.

Darren aggrottò la fronte. «Ma...» Si interruppe quando gli feci cenno di lasciarmi finire.

«Il notaio mi ha detto che mia madre è stata sepolta a Zehlendorf. È un quartiere a sud-ovest di Berlino, ma i miei genitori vivevano a Charlottenburg quando sono andata via. Avevano un bellissimo appartamento, non c'era motivo di spostarsi da lì.»

«I tempi cambiano» rispose Darren. «Forse qualcosa è cambiato nella loro vita.»

«Me ne sono andata.» La mia voce mi sembrava provenire da un luogo lontano. «Sono andata via, ma ho sempre fatto sapere ai miei genitori dove mi trovavo. E loro... Non hanno nemmeno avuto la decenza di informarmi.»

Darren non disse niente al riguardo. Cosa si può dire quando i propri cari cancellano un figlio dalle loro vite, mentre quel figlio continua a nutrire un barlume di speranza?

Prima di sprofondare di nuovo nel dolore, decisi che avrei chiamato la signora Arden. Darren era partito in macchina per Portland, la città più grande del circondario, per trovarmi un biglietto su qualche nave. Gliene ero profondamente grata. Ma ero anche in ansia per ciò che dovevo riferire: l'inaugurazione era prevista per il primo giugno, il viaggio sarebbe durato almeno tre settimane, perciò chi si sarebbe occupato dei preparativi? Naturalmente Darren poteva controllare che tutto andasse per il meglio, e la maggior parte del lavoro era fatta. Ma la responsabilità era mia.

Con la sensazione di aver ingoiato una pietra, mi sedetti di nuovo al telefono nel tardo pomeriggio e chiesi un collegamento con New York. Speravo che la Arden fosse in ufficio.

Per fortuna la segretaria rispose subito e me la passò.

«Che succede, signorina Krohn?» mi chiese la signora di buonumore, cosa a cui non ero quasi più abituata.

«Signora Arden, avrei bisogno di andare in Europa per tre settimane? Mia madre è morta e…»

«Sua madre?» chiese con dolcezza la Arden.

«Sì» singhiozzai.

«Ma è terribile!» Sentii il rumore di una sedia che si muoveva, come se la signora Arden si fosse alzata in piedi di scatto. «Le mie condoglianze… c'è qualcosa che posso fare?»

«Devo andare a Berlino. Ci vorrà un po' per arrivare, quindi ho pensato che tre settimane sarebbero un periodo appropriato.»

«Più che appropriato. Ho una filiale in Germania e so quanto è faticoso il viaggio…»

«Quindi mi dà il permesso?»

«Ma certo» confermò, con un tono insolitamente materno. «Vada. Ognuno ha il diritto di partecipare al funerale di sua madre.»

Non la corressi spiegando che non si trattava del funerale.

«Grazie.» Avrei voluto dirle che mio padre mi aveva tradita e che si era rifiutato di parlarmi, anche quando mia madre stava morendo, ma la signora Arden non era un'amica e come avevo imparato dalla signorina Hodgson, era bene non mostrare troppa debolezza.

«Posso aiutarla in qualche altro modo? Ha bisogno di soldi o altro?»

«No, grazie, è sufficiente avere qualche settimana di libertà per il viaggio.»

«Ma avrà bisogno di un alloggio. Contatterò la filiale di Berlino perché le trovi una stanza.»

Stavo per rispondere che non era necessario, ma poi considerai che gli hotel erano costosi e non avevo nessuno da cui andare. Mio padre sicuramente non mi avrebbe lasciato passare la notte da lui.

«È molto gentile, grazie mille. E per quanto riguarda Maine Chance...»

«Manderò un sostituto per le prossime settimane» mi interruppe la signora Arden prima che potessi suggerire qualcosa. «Mi faccia soltanto sapere quando parte. E non si preoccupi, quando tornerà troverà tutto al proprio posto.»

Chissà se la signora Arden si era accorta di quanto avessero significato per me le sue parole. Non potevano annullare il dolore, ovviamente, ma era confortante sapere di avere il suo supporto incondizionato.

«Grazie, signora Arden» dissi, sforzandomi di non emozionarmi troppo per la sua gentilezza. Non importava cosa sarebbe successo nelle prossime settimane, ce l'avrei fatta. E poi avrei atteso con gioia il ritorno a Maine Chance.

Quella sera mi sedetti in salotto, sul divano da cui Darren aveva tolto il telo di protezione. Tutti gli altri mobili erano ancora coperti. Non riuscivo a trovare il coraggio di tornare nella mia stanza. Ero rimasta rannicchiata tra i cuscini per ore senza che il dolore si placasse.

Alla luce di una piccola lampada avevo fissato a lungo il vuoto mentre i pensieri prendevano forma e poi scomparivano rapidamente come erano apparsi.

Il vento frusciava fuori dalla finestra. Ogni tanto sentivo qualche rumore dalla cucina, ma Peg era già andata via. Si era offerta di restare ancora un po' nel caso avessi avuto bisogno di qualcosa, ma non avevo bisogno di niente. Non avevo fame, soltanto sete. La caraffa dell'acqua sul pavimento accanto a me era mezza vuota.

Darren non era ancora tornato. Era difficile trovare un biglietto? E se non ci fosse riuscito?

Lo scricchiolio delle ruote della macchina allontanò i miei pensieri. I fari sfiorarono la finestra e illuminarono a giorno il salotto.

Mi girai. Era Darren. Avrei dovuto andargli incontro, ma in quel momento avevo la sensazione di non riuscire ad alzarmi. Mi misi seduta e aspettai che la porta si aprisse.

«Sophia?» lo sentii chiamare. Sapeva che non c'era nessuno in casa a parte me.

«Sono nel salone!» gridai quanto più forte le corde vocali me lo consentissero.

Poco dopo Darren varcò la porta. «Che ci fai qui seduta al buio?» Il lampadario di cristallo si accese.

Accecata per un attimo dalla luce, risposi: «Non è buio. Ho una lampada».

«Quel vecchio rottame a olio! Come se qui non arrivasse l'elettricità!»

Guardai la lampada. I primi tempi, qui nel Maine, dovevo usarla piuttosto spesso. L'elettricità era instabile e i lavori di ristrutturazione non miglioravano molto la situazione.

«Mi ha sempre servita benissimo. Mi fa sentire al sicuro...»

Darren fece un sospiro profondo e annuì. «Capisco.»

Restammo in silenzio per un momento, poi Darren mi comunicò: «Ho trovato una nave. La *Mary Of The Seas* parte da New York tra due giorni alle dieci. Dovresti fare la valigia e partire domani mattina».

«Quindi ce l'hai fatta?»

«Non è stato facile, sono dovuto andare a New York, ma dove c'è la volontà c'è il modo.»

«Grazie.» Tirai un sospiro di sollievo. Avrei tanto voluto abbracciarlo, ma mi sarebbe sembrato strano in quel momento.

«Un'altra cosa.»

Alzai le sopracciglia. «Sì?»

«Non so come la vedi, ma ho pensato che potrebbe farti piacere avere qualcuno che ti stia vicino in questa situazione. Soprattutto con tuo padre.»

Guardai Darren confusa. «Cosa intendi?»

«Se non ti dispiace, vorrei venire con te.»

«A Berlino?»

«Sì. Non sono mai stato in Europa e mi piacerebbe vedere la tua città natale.» Infilò le mani nelle tasche della giacca. «Non è un viaggio facile e potresti sentirti sopraffatta dai sentimenti nel momento sbagliato. Se me lo permetti, mi prenderò cura di te.»

Come voleva prendersi cura di me? Cosa si aspettava che potessi fare?

Lo guardai negli occhi e mi resi conto che non era necessario giocare a chi era il più forte in quella situazione. Mio padre mi aveva tenuto nascosta la morte di mia madre, mi aveva tolto l'opportunità di rivederla e di salutarla. In effetti, probabilmente avevo bisogno di qualcuno che mi impedisse di ucciderlo.

La sua offerta mi commosse così tanto che mi vennero le lacrime agli occhi.

«E la signora Arden?»

«Glielo farò sapere.»

«Ma ce l'hai il biglietto?» Repressi un singulto.

Darren si infilò la mano nella tasca della giacca e ne estrasse dei documenti. «Non ero sicuro che avresti accettato, ma ho comprato due biglietti per precauzione. Se non avessi accettato, avrei provato a farti cambiare idea.»

Gli saltai al collo singhiozzando.

«Su, su, non è niente di così eroico» disse, accarezzandomi la schiena con dolcezza. Ma per me in quel momento le sue parole significavano tanto.

«Sì, invece, non ce l'avrei mai fatta da sola.»

«Ci saresti riuscita benissimo, ma sono contento di poter venire con te.» Mi tenne stretta per un po', poi mi guardò. «Dovresti andare a dormire. Abbiamo molto da fare nei prossimi giorni, e devi recuperare le forze per il viaggio.»

Volevo contraddirlo e dirgli che non sarei mai riuscita a dormire dopo tutto quello che era successo. Ma quando mi accarezzò delicatamente la guancia, la mia resistenza si annullò.

«Va bene» dissi, desiderando segretamente di poterlo portare a letto con me, anche solo per coccolarmi e dirmi che non ero sola, ma non osai proporglielo, così salii di sopra, con la certezza che il mio viaggio stava per iniziare.

Non riuscii nemmeno a svestirmi. Mi sdraiai con l'intenzione di riposarmi un attimo, ma non appena il mio corpo sfiorò il letto caddi in un sonno profondo.

43

Avevo il cuore pesante come un pezzo di granito quando lasciammo Maine Chance. Avrei voluto essere già a Berlino, o meglio ancora, essere già sulla strada del ritorno. I giorni di viaggio mi sembravano un ostacolo insormontabile. Volevo vedere la tomba di mia madre, certo, ma ero anche spaventata di dovermi confrontare con mio padre.

«Perché non c'è ancora nessun altro modo per attraversare l'oceano?» chiesi salendo sull'auto di Darren. «Un modo più veloce.»

«A quanto pare la *Mary Of The Seas* è il piroscafo più veloce che la compagnia di navigazione può offrire» spiegò Darren mentre controllava di nuovo i bagagli. «Ci garantiscono che saremo in Europa in una settimana. C'era scritto nel prospetto.»

«È comunque troppo.» Feci un respiro profondo e ripensai a poche ore prima. Mentre cercavo di fare la valigia con mani tremanti, avevo scoperto che la camicetta nera che indossavo al funerale della signora Marbury era stata rosicchiata delle tarme. Il tailleur almeno era ancora intatto. Mi sarei comprata una camicetta nuova a Berlino.

«Sono sicuro che un giorno saremo in grado di viaggiare più velocemente» disse Darren, voltandosi verso di me mentre si metteva al volante. «Ma per ora non abbiamo scelta. Almeno finché i nuovi dirigibili non saranno in funzione.»

Soltanto pochi giorni prima, a colazione, Darren aveva letto un articolo secondo cui la Germania era in procinto di lanciare dei nuovi modelli di dirigibili. Con uno di quei mostri pieni di gas si sarebbe potuto attraversare l'oceano molto più velocemente e comodamente. Uno di quei mezzi aveva impiegato solo quattro giorni per coprire la distanza dall'Europa all'America, un vero record. Ma a parte il fatto che i voli in dirigibile non erano frequenti come i piroscafi, era praticamente impossibile permettersi un biglietto.

Darren accese il motore e poco dopo uscimmo dal cortile. Pensai di nuovo che avrei dovuto prendere la patente. In realtà avevo deciso di iscrivermi a una scuola guida dopo l'inaugurazione di Maine Chance. Speravo di averne il tempo.

Passammo la notte in una piccola pensione nella periferia di New York.

Non era un posto particolarmente elegante, ma fu bello sdraiarsi nella vasca calda, dimenticare tutto per un attimo e godersi la cena semplice compresa nel prezzo.

Per risparmiare avevamo preso una stanza matrimoniale, fingendoci sposati. Per fortuna il facchino aveva controllato solo i documenti di Darren.

Mentre lui aveva subito iniziato a russare al mio fianco, io ero rimasta a fissare il soffitto. Ero sfinita, ma allo stesso tempo troppo nervosa per dormire. Il mio corpo era pesante, ma la mia mente continuava a girare intorno agli stessi pensieri. Mi chiedevo di cosa fosse morta mia madre. Se era successo all'improvviso, magari mentre dormiva o in ospedale, se aveva chiesto di me nei suoi ultimi istanti.

Alla fine il sonno arrivò, ma precipitai in sogni confusi e agitati da cui sarebbe stato difficile svegliarsi.

Per fortuna c'era Darren a impedirmi di dormire troppo.

Quando mi alzai, le mie tempie pulsavano e mi sembrava di avere la testa avvolta nell'ovatta.

«Mal di testa?» chiese Darren mentre si frugava in tasca.

«È come se avessi bevuto troppo.»

«Non ti ricordi il nostro giro per locali?»

«Come, scusa?» chiesi, sorpresa. Ma poi capii che stava scherzando.

Mi porse una pillola. «È un'aspirina. Dopo ti sentirai meglio.»

Alla vista della pastiglia bianca mi venne in mente mio padre. Anche lui vendeva aspirina nella sua erboristeria. A volte lo aiutavo a impilare le boccette sugli scaffali.

Accettai il farmaco con gratitudine e lo buttai giù con un bicchiere d'acqua. Mentre aspettavo che iniziasse a fare effetto, mi guardai allo specchio del bagno. La notte aveva scurito ulteriormente le ombre sotto i miei occhi. Notai una ruga di preoccupazione tra le mie sopracciglia. Era sempre stata lì?

Provai a sistemarmi con creme e trucco. Non volevo essere scambiata per una barbona a bordo del piroscafo. Ma feci a meno del rossetto. Non mi sembrava appropriato.

Quando uscii dal bagno, Darren era seduto sul letto, in pantaloni e canottiera, e si stava pulendo le scarpe. Si fermò quando si accorse che ero uscita.

«Come stai?» Mi chiese dopo avermi guardata un attimo.

«Sembro molto provata.»

«No, sei stupenda.»

«Ma dài!» sbuffai.

«No, dico sul serio. Hai un aspetto molto ordinato. Ma so che la parvenza esteriore non sempre corrisponde a come ti senti dentro. Allora, come stai?»

Sospirai. «Non molto bene.»

«L'aspirina ci mette un attimo a fare effetto.»

«Lo so.» Lo guardai. «È solo… Mi sento una specie di automa, ma dentro di me infuria il caos.»

«È comprensibile. Per questo sono felice di essere con te.»

«Anch'io sono felice che tu ci sia. Ma il viaggio è lungo, avrò un sacco di tempo per preoccuparmi.»

«Non dovresti» disse Darren, alzandosi. «Anzi, potresti sfruttare questo tempo per prepararti.»

«Come posso prepararmi a incontrare un uomo che mi ha eliminata dalla sua vita? Non so perché il notaio pensa che dovrei parlargli.»

«Tuo padre potrebbe volerti chiedere scusa. Forse ci ha pensato su.»

Scossi la testa. «Non credo proprio, non mi avrà perdonata. Lo conosco troppo bene.»

«Le persone possono cambiare.»

«Mio padre no. Se ripenso a quando ero piccola non ricordo una sola volta in cui abbia cambiato opinione. Se mi avesse perdonata, mi avrebbe cercata di persona.»

Chinai la testa. L'aspirina iniziava a fare effetto, il dolore si era attenuato e la sensazione di fastidio alle tempie si stava dissolvendo.

«Forse un incontro sembra più necessario al notaio che a mio padre. Il fatto che non sapessi nulla della morte di mia madre e che probabilmente non l'avrei scoperto se non ci fosse stata l'eredità dimostra che qualcosa non va e deve essere chiarito.»

«E tu vuoi chiarire?» Darren mi prese le mani e mi fece girare verso di lui.

«Per alcuni aspetti, sì. Quanto avrei voluto che mi scrivesse almeno una volta!» Chiusi gli occhi perché non volevo piangere di nuovo. «E invece ora ho paura. Temo che possa essere peggiorato. Non so se dovrei andare a trovarlo.»

Darren rifletté per un momento, poi disse: «Be', se non vuoi, nessuno può costringerti. Andiamo dal notaio, alla tomba di tua madre e poi ripartiamo».

Annuii. «Forse hai ragione. Ma...»

Darren mi prese tra le sue braccia. «Non pensare troppo a questa cosa. Per ora godiamoci la traversata, e magari vorrai mostrarmi i posti che preferisci nella tua città natale quando saremo lì. Mi entusiasma vedere il posto in cui sei nata e hai vissuto.»

Non ci avevo pensato. Certo, Darren non era mai stato a Berlino! Lo guardai e per un attimo sentii che il dolore scemava.

«Sì, forse ci sono un paio di cose che ti potrebbero piacere.» Di colpo mi venne in mente il signor Nelson e sentii il desiderio di rivederlo. Mi aveva aiutata nel momento del bisogno e mi aveva incoraggiata. Forse sarebbe stato felice di vedere come stavo. «Potremmo andare al teatro del signor Nelson.»

Esitai. Era appropriato andare al varietà dopo la morte di mia madre? D'altra parte, chissà quando Darren avrebbe avuto l'opportunità di tornare a Berlino.

«Nelson? È americano?»

«No, tedesco, per quanto ne so. Forse è un nome d'arte, la mia amica Henny mi ha detto che molte persone che lavorano nel teatro cambiano nome. Per sembrare più professionali, forse.»

Darren mi sorrise: la fitta di dolore che sentivo tutte le volte che pensavo a Henny o parlavo di lei si stava dissolvendo.

«Mi piacerebbe molto andare a teatro con te. E ti accompagnerò a qualsiasi altro appuntamento.»

«Non capirai una parola» risposi, ma poi mi ebbi un'illuminazione. «Potrei insegnarti qualche parola della mia lingua durante il viaggio. Parlata non è poi così male.»

«Veramente? Ti ho sentita al telefono, suonava un po' severa.»

«È una questione di abitudine.» Sorrisi, ma qualcosa nel mio petto ricacciò quell'accenno di allegria.

«Dovremmo prepararci. Col traffico non si può mai sapere.»

Darren annuì. «Hai ragione, diamoci una mossa.»

L'aria del mattino era fresca e limpida, e grazie alla pillola per il mal di testa e alla conversazione con Darren mi sentivo meglio. Attraversare la città richiese meno tempo di quanto temessi, e arrivammo al porto in largo anticipo.

La fila di passeggeri davanti al molo era lunga. Qua e là alcuni viaggiatori si abbracciavano, in lacrime. Quando arrivò il nostro turno, mostrammo i biglietti al controllore.

Stavolta rinunciai a guardare la Statua della Libertà svanire all'orizzonte. Volevo stare da sola, seppellirmi nel mio letto e dormire per tutto il viaggio. Per fortuna Darren capì.

Mi aiutò a portare la valigia in cabina e si ritirò. Per lasciarmi alla mia tranquillità, aveva accettato di condividere una cabina con uno sconosciuto. Gliene ero molto grata.

Quando la nave salpò guardai dall'oblò della mia cabina, ma da lì la città non si vedeva. Così volsi lo sguardo verso l'oceano, verso casa.

44

I giorni di viaggio trascorsero più rapidamente di quanto mi aspettassi. Ero rimasta a letto per la maggior parte del tempo perché il dolore mi travolgeva a ondate e non mi dava tregua. Darren aveva cercato di tirarmi su il morale come meglio poteva, ma non era stato un successo. Io invece ero riuscita a insegnargli qualche parola di tedesco, così almeno poteva ringraziare e chiedere la strada, se si fosse trovato in giro da solo.

Il vantaggio di avere Darren con me era che, a differenza del mio ultimo viaggio, gli uomini mi giravano alla larga. Sentivo i loro sguardi, ma la maggior parte delle volte si voltavano rapidamente non appena si accorgevano di lui. Spesso mi ritrovavo a guardarlo di nascosto e a chiedermi come sarebbe stato se avessimo ricominciato tutto da capo, ora che non c'erano più segreti fra noi. Ma lo voleva anche lui?

A Dover prendemmo il traghetto per Calais e da lì proseguimmo il viaggio in treno. Mi persi nella contemplazione del paesaggio, che mi distrasse per un po' dai miei pensieri. Più ci avvicinavamo alla Germania, però, più diventavo irrequieta. Cosa poteva avermi lasciato mia madre? Perché il notaio voleva che parlassi con mio padre?

Finalmente, nel tardo pomeriggio del giorno successivo, arrivammo a Berlino.

La stazione di Lehrte brulicava di persone. Stormi di piccioni si contendevano una manciata di briciole tra il fumo delle locomotive.

Per la prima volta da molto tempo sentivo frammenti della mia lingua che mi turbinavano intorno. Mi vennero le lacrime agli occhi. Ripensai all'ultima volta che ero stata su quei binari, pronta a iniziare una nuova vita con Henny.

Quante cose erano cambiate da allora...

Anche la stazione era cambiata. Notai molte persone in uniforme. Non erano poliziotti, sembravano più dei soldati, anche se il loro abbigliamento non aveva nulla a che fare con quello dell'esercito imperiale che avevo visto nelle fotografie.

La nostra prima tappa fu la dogana. In fondo eravamo stranieri, anche se avevo ancora il passaporto tedesco.

Per fortuna la fila non era troppo lunga.

«*Heil Hitler*» salutò il doganiere, tendendo una mano.

Rimasi perplessa. Avevo letto in qualche articolo notizie sconcertanti sul nuovo governo e già allora mi era sembrato molto strano.

«Buongiorno» risposi, un po' incerta. «Veniamo da New York, vorremmo dichiarare il nostro bagaglio.»

L'uomo mi squadrò. «America? Parla molto bene il tedesco!»

«Sono nata qui, ma vivo negli Stati Uniti da quasi sette anni.»

«È ebrea?» chiese. Alzai le sopracciglia. Cosa gli importava della mia religione?

«No, evangelica.» In realtà non mettevo piede in una chiesa da tempo, ma non era necessario che il doganiere lo sapesse.

«E suo marito?»

«Oh, non è mio marito. È un conoscente che mi accompagna, siamo qui per un lutto in famiglia.»

«Intendevo se è ebreo» mormorò l'ufficiale.

«No, non è ebreo.»

Darren mi lanciò un'occhiata interrogativa. Gli spiegai brevemente cosa stava succedendo. Non sapendo se l'ufficiale capiva l'inglese, cercai di esprimermi in termini neutri.

«Cosa dice?» chiese l'agente quando Darren mi rispose.

«È cattolico, ma dovrebbe essere tutto nei nostri passaporti.»

Il doganiere borbottò qualcosa di incomprensibile e controllò i documenti.

«Ha qualcosa da dichiarare?» domandò. «Caffè, sigarette, alcol?»

«No. Le ripeto, siamo qui per un lutto.»

«Quanto restate?»

«Pochi giorni. Devo andare dal notaio di mia madre.»

L'ufficiale esaminò il visto di Darren e timbrò i nostri passaporti, restituendoceli con un grugnito.

«Simpatici i tuoi compatrioti» commentò Darren mentre uscivamo dalla stazione per raggiungere la stazione dei taxi.

«Gli ufficiali della dogana non sono particolarmente simpatici da nessuna parte, ma quel saluto era piuttosto inquietante.»

«E tutte quelle domande sugli ebrei?»

«Anche quelle. Sembra che siano cambiate tante cose con il nuovo governo.»

Darren alzò il braccio e poco dopo un taxi si fermò davanti a noi. Comunicai la nostra destinazione al tassista e salimmo a bordo.

Durante il viaggio verso l'ufficio della signora Arden, in Budapester Strasse, notai diversi manifesti che esaltavano Hitler come il salvatore del popolo tedesco, oltre a immagini di uomini alti e biondi in canottiera e con il martello in mano che "portavano avanti l'economia tedesca".

«Stanno cercando di vendere qualcosa?» commentò Darren

allungando il collo. «Da quando in qua i politici sono testimonial pubblicitari?» Naturalmente anche lui riconosceva Hitler dalle foto sui giornali.

«Non sono interessati alle vendite, se interpreto bene i manifesti. Mi sembra più un modo di dire alla gente come comportarsi.» Mi fermai un momento, poi aggiunsi: «Solitamente si faceva così per incitare alla mobilitazione generale».

«Spero che non vogliano scatenare una guerra.»

«Non lo so. Sarebbe stupido, vero? Così poco tempo dopo l'ultima.»

«Sarebbe una follia, ma chissà cosa passa nelle teste dei politici.»

Darren guardò di nuovo fuori dal finestrino. Ora i manifesti erano diminuiti, ma le parole di Darren mi avevano fatto preoccupare. E se ci fossero stati altri disordini? Ricordavo fin troppo bene la paura che i miei genitori avevano provato con il colpo di stato del 1920. Per non parlare del dolore che la Grande Guerra si era lasciata dietro.

La filiale della signora Arden si trovava vicino allo zoo, non molto distante dalla Kurfürstendamm. Chissà quante volte ci ero passata davanti, durante le mie passeggiate con Henny, senza mai aver notato che potesse essere la filiale di una grande azienda di cosmetici. Adesso ero davanti alla magnifica vetrina piena di flaconi e bottigliette lucenti. Anche qui le clienti entravano da una porta rossa. La signora Arden ci teneva molto che le filiali dell'azienda fossero riconoscibili in tutto il mondo.

Entrammo accompagnati dal tintinnio del campanello. Proprio come in America, c'era un bancone di vetro che fungeva da reception e comode poltrone dove le clienti potevano sedersi mentre aspettavano. Una giovane donna dai riccioli biondi e con il rossetto rosa ci sorrise gentile.

«Ciao, sono Sophia Krohn di New York» mi presentai. «La signora Arden l'ha informata del mio arrivo? Voglio dire, del nostro...»

Mi ricordai che non avevo detto alla signora Arden che Darren sarebbe venuto con me. L'aveva informata lui prima di partire? Avevo la testa così piena di altre cose che non ci avevo pensato.

L'addetta alla reception sembrò capire al volo. «Un momento, per favore, chiamo la signorina Rieker.» Scomparve dietro una tenda di velluto che separava la reception dalle stanze sul retro.

Mi guardai intorno. Anche qui il gusto della signora Arden era perfettamente riconoscibile. Tende rosa scuro, poltrone morbide e accoglienti e quadri colorati creavano una atmosfera rilassante. La tenda si spostò e apparve una giovane donna con i capelli scuri e un abito blu. Teneva una cartellina sotto il braccio e sembrava molto indaffarata.

«Sono Käthe Rieker, assistente della direzione» si presentò, tenendoci la mano.

«Lei è il signor Krohn?» chiese. Darren scosse la testa.

«No, il mio nome è O'Connor. Darren O'Connor. Accompagno la signorina Krohn. È stata una decisione... ehm, piuttosto improvvisata.»

La giovane donna accettò la spiegazione con un cenno del capo. «La signora Wienicke mi ha chiesto di accompagnarla al suo alloggio. Purtroppo il nostro capo, il signor Yates, non c'è, ma la signora Wienicke spera di trovare il tempo di parlare con lei.»

«Grazie mille, è molto gentile, ma non è necessario» risposi, un po' imbarazzata. Ci trattava come ospiti d'onore, ma eravamo lì per una questione privata. «Sono qui solo per mia madre…»

«Lo so. Le mie condoglianze per la sua perdita. La signora Arden ci ha informate.»

«Grazie. E apprezzo davvero che ci abbiate trovato una sistemazione.»

La signorina Rieker annuì, poi si voltò. «Seguitemi, per favore.»

Salimmo le scale, lasciandoci alle spalle le sale per i trattamenti, diretti verso un'altra rampa di scale. Alla fine entrammo nelle stanze private in cui viveva la signora Arden quando era a Berlino. Un'enorme sala da pranzo si aprì davanti ai miei occhi, seguita da una camera da letto.

«L'appartamento è questo» annunciò la Rieker, e si girò verso Darren. «Al signor O'Connor possiamo offrire la stanza in fondo al corridoio. La teniamo sempre libera, nel caso in cui la signora Arden venga qui con suo marito.»

«Magnifico» sentii dire a Darren, poi si girò a farmi l'occhiolino senza farsi vedere dalla nostra accompagnatrice.

Käthe Rieker annuì. «Prego, venite. Ho prenotato un tavolo in un ristorante qui vicino. Così possiamo chiacchierare un po', se volete.»

Avevo fame, ma non mi andava di parlare con la signorina Rieker. Mi sarebbe piaciuto restare sola con Darren, come negli ultimi giorni. Lo guardai e lessi nei suoi occhi che stava pensando la stessa cosa.

Ma non volevo essere scortese, e nemmeno lui.

«È molto gentile da parte sua, signorina Rieker.»

Guardai Darren e la giovane donna allontanarsi lungo il corridoio, poi entrai nella mia stanza. La prima cosa che attirò la mia attenzione fu il copriletto rosa sull'ampio letto. Il resto della stanza era nei toni dell'oro e del bianco crema, ma a quanto pareva la signora Arden non sapeva rinunciare a un tocco di rosa nell'arredamento della sua stanza.

Appoggiai la valigia a terra e andai alla finestra. Il sole si stava abbassando sull'orizzonte, le ombre si allungavano. Alcuni ciclisti passarono davanti all'edificio. Di fronte a me si estendeva lo zoo.

Erano trascorsi molti anni da quando mi ci avevano portata i miei genitori. All'epoca erano appena state inaugurate le nuove strutture esterne. Gli alberi erano diventati più alti e le siepi più folte. Forse sarebbe bello fare una passeggiata...

Qualcuno bussò alla porta. «Avanti» dissi, e un attimo dopo Darren apparve sulla soglia.

«La tua stanza è più bella.»

«Non eri atteso» risposi, e lui rise.

«Sono sempre pronti, a sentire loro, ma sembra che al signor Jenkins piaccia uno stile più... spartano.»

«Non riesco a immaginarlo.» Stavo per andare alla porta per vedere di persona ma Darren mi trattenne, posandomi delicatamente le mani sulle braccia.

«Va tutto bene, non devi preoccuparti» mi rassicurò con uno sguardo che mi provocò qualche brivido. Ogni fibra del mio corpo voleva baciarlo. Perché non lo facevo e basta?

Un colpo alla porta mi distolse dal mio piano. Arrossii, anche se non era successo niente.

«Signorina Krohn?» chiese una voce.

«Sì?»

La porta si aprì e apparve una giovane donna con un piccolo cestino contenente un asciugamano bianco e una serie di flaconi, tutti prodotti cosmetici Arden.

«Un omaggio della casa. La signorina Rieker vi sta aspettando di sotto.»

«Grazie, arriviamo.»

La ragazza arretrò con un inchino e scomparve nel corridoio. Guardai il cestino e provai l'improvviso desiderio di poterlo regalare a mia madre. Scossi la testa per scacciare quel pensiero.

«Allora suppongo che non dovremmo far aspettare la nostra ospite» disse Darren mentre guardava il regalo. «Sono curioso di vedere se la signorina Rieker ha un cesto anche per me.»

«La signora Arden non produce cosmetici per uomini, ma sarò felice di condividere i miei con te, se vuoi.»

«Grazie, apprezzo l'offerta.»

Si avvicinò a me, mi mise un braccio attorno alle spalle e mi baciò la fronte.

Rimasi paralizzata per la sorpresa, ma poi desiderai che quell'istante durasse per sempre.

La signorina Rieker ci portò al Gourmenia-Palast, non molto lontano dalla Bahnhof Zoo. «Il ristorante Traube è uno dei migliori della città. Spero vi piaccia il vino.»

«Non sono una grande intenditrice, ma sono certa che avranno anche da mangiare, vero?» Guardai Darren, che sembrava divertito.

«Naturalmente. È uno dei ristoranti più famosi della città. Trovare un tavolo è sempre più difficile, ma la moglie del proprietario impazzisce per i nostri prodotti. Non è ancora stata scoraggiata dalla propaganda.»

«Propaganda?»

«Sì, le donne in Germania sono convinte che non sia da vere tedesche truccarsi. A loro bastano acqua e sapone.»

«Veramente?»

La signorina Rieker annuì. Scossi la testa incredula. «E le donne ci credono davvero?»

«Alcune sì. Soprattutto quelle delle classi meno ricche. Non che prima venissero nei nostri saloni, ma quelle idee si stanno diffondendo anche fra le signore borghesi. I mariti di alcune di loro sono completamente assorbiti dal Partito.»

Avevo già letto sul giornale che "il Partito" era quello nazionalsocialista, NSDAP, capeggiato da Hitler e che guidava il governo da un anno.

La signorina Rieker si interruppe e poi aggiunse, abbassando la voce: «Ma dovreste vedere le mogli dei pezzi grossi! Non gliene importa niente del fanatismo dei mariti. Continuano a venire da noi per sottoporsi ai migliori trattamenti. Le mie colleghe scherzano sul fatto che tutte quelle storie sul sapone siano invenzioni dei loro mariti per assicurarsi che le mogli non debbano più temere la concorrenza».

Ridacchiò fra sé, ma poi si guardò intorno come se temesse che qualcuno potesse averla sentita.

«Non ditelo a nessuno. Ormai qui anche i muri hanno le orecchie, meglio fare attenzione. Posso ancora garantire che nessuna informazione esca dalla nostra sede, ma fuori le cose peggiorano sempre di più. Ci sono fin troppe persone che cercano di guadagnarsi il favore dei nuovi capi.»

«Allora forse non dovremmo parlare di queste cose qui» dissi, avvertendo un brivido lungo la schiena. A Berlino non avevo mai avuto il sospetto di non poter parlare di qualcosa.

«Non si preoccupi, stiamo parlando in inglese» rispose lei. «Qui non lo parla quasi nessuno. Il popolo di Hitler crede che conti solo il linguaggio della razza superiore.»

Nemmeno questo suonava gradevole. Il solo concetto di "razza superiore" mi provocò un altro brivido.

Raggiungemmo il Gourmenia-Palast, che a quanto pare ospitava numerosi ristoranti. Riconobbi l'insegna del Café Berlin e un ristorante chiamato Stadt Pilsen. Gli occhi di Darren si illuminarono visibilmente quando scorse il buffet americano. Chissà quanto sarebbe durato, visto che il Paese stava cambiando rapidamente. Se il trucco veniva già considerato non tedesco…

L'esterno del palazzo era semplice, e sembrava risalire a un'altra epoca. Lo stesso poteva dirsi per l'enoteca Traube.

L'architettura degli interni era semplice e al tempo stesso impressionante. Distribuiti su tre piani, i clienti sedevano su balconate che ricordavano alcuni edifici di New York. Grandi lampade rotonde appese al soffitto emanavano una luce calda.

E poi le piante: ce n'erano a ogni angolo, enormi banani da un lato, poi palme e altri esemplari esotici. Al centro della sala si apriva un atrio a vetri, anch'esso illuminato, che lasciava spazio alle piante più grandi.

Ero certa che sia Madame che la Arden avrebbero apprezzato il posto.

«Sembra quasi di essere all'Orto botanico, vero?» disse la signorina Rieker mentre ci faceva cenno di seguirla.

Non potevo che darle ragione, soprattutto per il cinguettio della miriade di uccelli che svolazzavano sopra le teste degli ospiti.

«Incredibile, vero?» Mi rivolsi a Darren mentre la signorina Rieker parlava con il cameriere alla reception.

«A molti uomini d'affari newyorchesi piacerebbe molto» disse lui, guardandosi intorno. «Semplicemente incredibile che ci sia qualcosa di simile nel Vecchio Mondo.»

«Il nostro tavolo è pronto» ci informò la signorina Rieker. Il cameriere ci accompagnò al secondo piano, dal quale si godeva di una bellissima vista sull'atrio e sulla magnifica vegetazione. Un uccellino giallo e bianco atterrò sulla balaustra e cinguettò allegro.

«Un canarino!» esclamò Darren entusiasta. «Santo cielo, perché li lasciano liberi? E se scappasse?»

«Gli uccelli probabilmente sanno che è meglio restare vicini al cibo» rispose la signorina Rieker.

La clientela non era molto diversa da quella che si sarebbe potuta trovare in un ristorante di New York, a parte alcuni uomini con le uniformi nere. Molte donne erano truccate, ma le acconciature erano diverse. I tagli di capelli corti sembravano essere spariti. Alcune signore portavano i capelli in morbide onde che ricadevano sulle spalle, altre li tenevano legati stretti sulla nuca.

Gli ospiti ai tavoli di sotto sembravano essere un po' meno ricchi di quelli che sedevano nelle nostre immediate vicinanze. Le donne avevano trecce, come le bambine. Alcune le portavano legate intorno alla testa e avevano visi così pallidi e cerei che la signora Arden avrebbe avuto molto da commentare. Anche i vestiti erano diversi. Le gonne erano più lunghe, gli abiti venivano indossati con una cintura in vita e abbinati a una giacca di forma strana. Le donne che accompagnavano gli uomini in uniforme, invece, sfoggiavano abiti da sera di tessuti scintillanti. A quanto pareva il doppio standard valeva anche nella moda.

Il cameriere ci portò il menu. La signorina Rieker ci consigliò il roast beef e un Borgogna francese. E noi non ci opponemmo.

«Sapete, mi piacerebbe molto che la sede centrale dell'azienda fosse qui a Berlino. Quando la signora Arden viene qui porta una ventata di eleganza… La invidio molto per aver attraversato l'oceano, signorina Krohn.»

«Non è stato facile, ma sono contenta che la signora Arden

mi abbia assunta.» Decisi di non dirle che era stata Helena Rubinstein a spianarmi la strada nel Nuovo Mondo.

«Crede che la signora Arden possa assumere anche me a New York?» All'inizio mi era sembrata molto sicura di sé, eppure la sua voce ora suonava quasi infantile. Senza dubbio le sue motivazioni erano diverse dalle mie, ma mi rivedevo in lei. Anch'io avevo la speranza di poter andare a Parigi, ma la signora Arden seguiva i suoi piani, ormai lo avevo capito. E forse era un bene che non mi avesse accontentata. Di mio figlio si erano perse le tracce e mi sarei pentita di essere andata lì.

«Molte persone stanno emigrando in America dalla Germania» continuò la signorina Rieker. «Dicono che sia facile diventare ricchi laggiù.»

«Temo che sia un falso mito» rispose Darren. «Per alcuni è vero, certo, ma negli ultimi tempi è diventato difficile. Può confermarglielo chiunque abbia cercato di avviare un'attività in proprio.»

«Comunque non mi sembra che la gente si stia scoraggiando.» La signorina Rieker si voltò, poi continuò sussurrando: «E li capisco, se posso dirvelo. A prima vista si potrebbe pensare che vada meglio di prima, ma temo che il peggio debba ancora venire. Sono felice di lavorare per la signora Arden, potrebbe offrirci una via d'uscita se le cose qui dovessero peggiorare».

«Cosa potrebbe accadere?»

«Non lo so, ma ho una brutta sensazione. Forse ai nuovi capi salterà in mente di vietare del tutto i cosmetici. Ogni giorno saltano fuori nuove regole. Chissà cos'altro succederà.»

Avrei voluto chiedere di più sulle imposizioni. E perché mai un governo dovrebbe avere qualcosa contro i cosmetici? Madame Rubinstein mi aveva detto che quando aveva iniziato la sua attività il trucco era uno strumento di liberazione per le donne. Il governo tedesco temeva la libertà? Avevano paura delle donne?

In quel momento arrivò il cameriere con la nostra ordinazione. Mi venne l'acquolina in bocca. Peg era un'ottima cuoca, ma nemmeno lei riusciva a rendere il roast beef tanto tenero e succoso.

Per il resto della serata parlammo di lavoro e di argomenti leggeri. La signorina Rieker voleva sapere tutto sul progetto a cui stavo lavorando. Ormai l'apertura era prossima, così le raccontai alcune cose, soprattutto aneddoti come quello del campo da tennis allagato o del nutrizionista vanitoso con il suo personal trainer. Darren parlò della sua campagna pubblicitaria.

La Rieker ci ascoltava con occhi scintillanti. Sentivo chiaramente il suo desiderio di andarsene e la paura di veder crollare tutto ciò che aveva costruito in patria. Tornando alla sede centrale della Arden parlò poco. Non incontrammo quasi nessuno, a quanto pareva il nuovo governo aveva fatto passare ai berlinesi anche la voglia di festeggiare. Un tempo non si poteva passeggiare per le strade della città senza incontrare gruppi di persone allegramente su di giri. Ora i marciapiedi erano deserti.

La signorina Rieker ci salutò sulla porta e mi consegnò le chiavi dell'ingresso principale della sede.

«Abito qui vicino e vi ho lasciato il mio numero di telefono alla reception. Se doveste aver bisogno di qualcosa...»

«Grazie mille, comunque non sarò sola.»

Guardò Darren e sorrise timidamente.

«È stata una bella serata. Grazie.»

«Sono io che devo ringraziarvi. Da quando qui le cose sono cambiate è difficile farsi un'idea del mondo esterno. Siamo schiacciati dall'ideologia. Vorrei poter venire con voi.»

«Forse un giorno la signora Arden la porterà negli Stati Uniti. Non si sa mai nella vita, e glielo dico per esperienza.»

Lei annuì, poi ci salutò. Aprii la porta.

Stare da soli in una sede dell'azienda era strano. Ogni passo riecheggiava nelle sale vuote e gli aromi delle creme e dei profumi erano ovunque.

Essere sola con Darren accendeva la mia fantasia, ma mi imposi subito un richiamo all'ordine. Ci stavamo avvicinando molto, e capivo che anche a Darren faceva piacere, ma non osai seguire il mio cuore in quel momento, perché mi sembrava di camminare su una sottile lastra di ghiaccio che rischiava di rompersi per un movimento sconsiderato.

«Cosa ne pensi della mia patria?» chiesi a Darren mentre salivamo le scale diretti alle nostre stanze. «Devo ammettere che l'ho trovata molto cambiata. Quella storia del trucco…»

«Non è l'America» disse Darren. «Ma sembra un posto piacevole. Un po' rigido e formale, forse. Molto pulito. Mi preoccupa il fatto che le persone non possano esprimere liberamente le loro opinioni. Hai visto come continuava a guardarsi intorno? Anche se non ha pronunciato una sola parola in tedesco.»

«Sì. Anche questa è una novità. O almeno io non me ne ero mai accorta.» Emisi un profondo sospiro. Non era proprio così che avevo immaginato il mio ritorno in patria e sospettavo che la parte peggiore dovesse ancora venire. «Vediamo come andrà domani.»

«Sarò con te» disse Darren, accarezzandomi il braccio. «Basta chiedermelo e verrò ad aiutarti.»

Scossi la testa. «È carino da parte tua, ma dal notaio devo andare da sola. Sono felice che tu sia qui, comunque. Non so se sarei riuscita a mantenermi calma senza qualcuno con cui parlare.»

«Hai passato di peggio, se ricordo bene.»

«Sì, forse hai ragione.» Mi sforzai di sorridere, ma pareva che la mia bocca fosse troppo stanca. Darren mi sorrise, e all'improvviso il suo viso fu così vicino al mio che mi vidi riflessa nei suoi meravigliosi occhi verdi.

Avrei voluto dire qualcosa, ma sentivo la gola secca. E mi pareva che anche Darren fosse titubante. Ricordavo bene il nostro primo bacio. Eravamo vicini allo stesso modo. Se solo avessi saputo come mandargli un segnale! Avevo ancora tanto da imparare nel gioco dell'amore. Ero brava nel mio lavoro, ma non ero per niente capace di flirtare con gli uomini.

La cosa non sembrò disturbarlo, comunque. Dopo avermi guardata negli occhi per qualche istante, si avvicinò ancora e poco dopo sentii le sue labbra sulle mie. Un bacio caldo e gentile, quasi rapido, come per controllare se fossi pronta. Lo ero, e anzi, volevo di più.

Questa volta fui io a baciarlo, più a lungo e più intensamente. Chiusi gli occhi per vivere fino in fondo quella sensazione. E fu come se non ci fossimo mai separati. Come se non fossero passati degli anni.

Restammo così per qualche tempo, uniti nel bacio, ma all'improvviso lui si ritrasse, tremando.

«Ho fatto qualcosa di sbagliato?» chiesi.

«No, no, al contrario. Io...» Fece una pausa. «Perdonami, ti prego.»

Mi sentii arrossire. «Cosa dovrei perdonarti?» chiesi. «È stato uno dei baci più belli della mia vita.» A dire il vero era anche il primo da quando ci eravamo lasciati. Ora sapevo perché non avevo mai aperto il mio cuore a un altro uomo.

«E vorresti che... Voglio dire...»

«Che ci baciassimo di nuovo?»

«Che tornassimo a stare insieme. Sai cosa intendo.» Darren, che di solito non era mai a corto di parole, sembrava non sapere cosa dire.

«Sono la stessa persona di quattro anni fa. Sì, sono cresciuta e ho cambiato occhiali, ma...» Mi fermai e lo guardai. Era difficile soffocare il desiderio che provavo. «Ma ho ancora quella cicatrice, con tutto ciò che rappresenta.»

«Lo so. E ne abbiamo già parlato, no? Se hai altre cose che ti turbano, me ne puoi parlare tranquillamente.»

«No, non c'è niente. Ma mio figlio... Continuerò a chiedermi se è ancora vivo. È una domanda che mi accompagnerà a lungo, finché non lo troverò o finché non morirò.»

Darren mi abbracciò. «Lo so. E ti assicuro che mi dispiace. Se potessi...»

Gli posai un dito sulla bocca. «Per favore, non fare promesse che non puoi mantenere. Trovare mio figlio è... difficile. E lo sarà sempre, a meno che il signor Martin non scopra una traccia valida. Forse un giorno mi arrenderò.»

«Ti starò accanto, te lo prometto. Qualunque cosa succeda.»

«Grazie» dissi allontanandomi con cautela da lui. Il mio cuore batteva all'impazzata. Avrei voluto portarlo nella mia stanza, ma poi feci un passo indietro.

«Dovremmo andare a dormire» dissi. «Domani sarà una giornata dura.»

Darren annuì e si mise le mani in tasca. «Certo.»

«Per quanto riguarda la tua proposta, ci penserò.» Gli sorrisi. «In realtà credo di non aver mai smesso di amarti e ora le cose fra noi stanno andando così bene... Siamo buoni amici. Ho bisogno di tempo per decidere se possiamo essere qualcosa di più.»

«Va bene.» Sul viso di Darren ora era apparso un timido

sorriso. Mi guardò per un momento, poi tese la mano e mi accarezzò la guancia.

«Buonanotte, Sophia» disse e scomparve nel corridoio.

Andai nella mia stanza. Appena entrata mi appoggiai allo stipite della porta perché le mie ginocchia erano deboli e il mio cuore non si era ancora calmato.

A essere del tutto onesta non desideravo altro che tornare con Darren. Il bacio era stato fantastico e aveva fatto passare la mia tristezza in secondo piano. Ma potevo davvero osare? Un bacio era un bacio, niente di più e niente di meno. Non doveva per forza portare a qualcosa, anche se lo desideravo. Non avevamo più segreti l'una per l'altro, ma sapevo che ogni tanto avrebbe reagito in modo eccessivo. Andavamo d'accordo da amici, ma come coppia? Non potevo essere del tutto sicura anche se lo desideravo tanto.

Chiusi gli occhi per ascoltare il battito del mio cuore e i miei pensieri. Quando entrambi si furono placati, iniziai a prepararmi per la notte.

45

Dato che il mio appuntamento con il signor Balder era fissato per la tarda mattinata, subito dopo colazione andai in Leipziger Strasse con Darren. Forse lì avrei trovato una camicetta da abbinare al mio tailleur.

I grandi magazzini Wertheim erano il posto in cui io e mia madre andavamo sempre a fare acquisti. Avrei potuto scegliere un altro negozio, ma mi piaceva lasciarmi guidare dai ricordi. Mi sembrava fosse passata un'eternità da quando passeggiavamo insieme per quelle strade in perfetta armonia.

L'aria era mite e il sole splendeva. Prendemmo l'autobus, insieme a tanti normali berlinesi e qualche uomo in uniforme. Chiacchieravano fra loro e nessuno sembrava trovare strana la cosa.

Dovetti fare uno sforzo per non fissarli. Parlavano degli stessi argomenti di qualsiasi altro lavoratore, ma i loro sguardi contraddicevano l'apparente innocenza dei discorsi.

Mi sentii sollevata quando scendemmo alla nostra fermata. A prima vista, i grandi magazzini non erano cambiati. L'imponente struttura era identica a come la ricordavo dalla mia infanzia.

Mentre ci avvicinavamo all'ingresso, però, notai un ragazzo con un cartello in mano. Sulle prime pensai che fosse una pubblicità, ma poi lessi la scritta in caratteri grandi: NON COMPRATE DAGLI EBREI!

Era simile a quella che avevo visto sui manifesti.

«Cosa c'è?» chiese Darren. «Ci sono offerte speciali?»

Scossi la testa confusa. «No, significa... un'altra cosa.»

Darren inarcò le sopracciglia con aria interrogativa.

Mi girai verso il ragazzo, sentivo che ci stava guardando. Non spiegai a Darren cosa ci fosse scritto e puntai dritto verso la porta d'ingresso.

«Perché vuoi comprare dagli ebrei?» chiese quello, sbarrandomi la strada. Rimasi paralizzata. Non sapevo cosa fare, ma poi decisi di fingere di non capire.

«Come, scusi?» risposi in inglese. Gli occhi del ragazzo si spalancarono. «Non capisco.»

«Branco di stranieri» ringhiò, ma ci lasciò passare.

«Cos'è successo?» domandò Darren, confuso, una volta entrati.

«Non so cos'abbia la gente» risposi, agitata.

«Perché gli hai parlato in inglese?»

«Per fingere di non capire quello che diceva.»

«E cosa diceva? Ti ha detto qualcosa di sconveniente?»

Scossi la testa. «No, niente del genere. Ma voleva impedirmi di entrare.»

«Mi scusi signora» disse una voce di donna un po' incerta. «Posso aiutarla?»

«Sì, io...» Alzai lo sguardo. Oltre ad apparire spaventata, la giovane commessa sembrava anche che lo fosse realmente. Soltanto allora mi accorsi che i grandi magazzini erano praticamente vuoti. Davvero la gente dava retta al cartello di quell'individuo lì fuori? Lo ascoltavano e si lasciavano intimidire?

«Sto cercando una camicetta nera. Mia madre è morta e...»

La giovane donna mi fissò. «Mi... mi dispiace.»

«Venivo spesso qui con lei.»

«Che gentile…» rispose, e dopo aver gettato un'altra occhiata spaventata alla porta ci fece cenno di seguirla.

Mi sentivo a disagio. Dovevo chiederle cosa stava succedendo?

Il reparto femminile era quasi deserto, a parte una anziana signora.

La commessa ci accompagnò a un divano e ci disse di accomodarci, un trattamento riservato anni prima soltanto ai clienti abituali. Tuttavia io e mia madre non lo eravamo. A quanto pareva, però, ora aveva molto tempo da dedicarci.

Poco dopo apparve con un appendiabiti a rotelle a cui erano appesi vari modelli di camicette. Alcuni erano démodé, ma ne intravidi anche altri più attillati e dal taglio semplice.

«Questo è tutto il nostro assortimento di camicette nere. Se vuole può provarle.»

«Non è necessario» mi affrettai a rispondere. Non volevo causarle ulteriori problemi. «Le guardo e provo quelle che mi piacciono.»

La giovane donna annuì e fece un passo indietro. Incrociò le mani in grembo e abbassò lo sguardo.

Osservai le camicie, le tolsi dalla gruccia una per una e mi domandai se fossero adatte all'occasione. Il silenzio dei grandi magazzini era inquietante. A New York l'aria vibrava del brusio di voci e di un allegro sottofondo musicale. Lì dentro sembrava di essere in un mausoleo.

«Da quanto tempo c'è quel tizio fuori dal vostro ingresso?» chiesi alla fine.

«Quale tizio?» rispose, con la voce che tremava. Sapeva a chi mi riferivo.

«L'uomo con il cartello. Quello che cerca di impedire alla gente di entrare.»

La commessa iniziò a giocherellare con la cintura del vestito, a disagio. «Non ferma proprio tutti» rispose, cauta. «I nostri clienti ebrei possono entrare.»

«E gli altri? Voglio dire, quelli che non sono ebrei?»

«Possono entrare, naturalmente, ma...» emise un sospiro. «È meglio se non dico altro... Saprà come vanno le cose negli ultimi anni.»

«No, non lo so» risposi. «Vivo da tanto in America.» Ero felice di aver finto di non capire. Chissà cosa poteva succedere altrimenti.

«Be', è fortunata» disse con un sorriso teso. «Anche mio zio è andato in America. Ci ha invitati a raggiungerlo, ma come facciamo a lasciare tutto?»

Avrei voluto dirle che aveva la mia comprensione, ma il mio era un caso diverso. Io ero stata cacciata da mio padre, mentre qui c'era uno sconosciuto alla porta che voleva rovinare gli affari del negozio.

«E se chiamassi la polizia? Se chiedessi di mandare via quel tizio?»

«Non lo farebbero. Funziona così ormai. Anzi, siamo fortunati a poter restare aperti. Ad altri negozi è andata peggio. Non avevano più clienti e sono stati costretti a chiudere. Chi non lo faceva si ritrovava con le finestre sfondate. Ma questo edificio ha un valore. Non hanno il coraggio di distruggerlo, almeno non ancora.»

Un brivido gelido mi corse lungo la schiena. Era così che andava quindi?

«E perché?» chiesi, dando voce ai miei pensieri.

La ragazza assunse un'espressione rassegnata. «Pensano che non abbiamo alcun valore. Prima o poi dovremo imparare a conviverci. In tutto il Paese gli ebrei stanno perdendo il lavoro.

Una nuova legge afferma che non possono ricoprire cariche pubbliche. Mio fratello ha perso il posto nell'amministrazione comunale.»

Scossi la testa incredula. «Ma è assurdo!»

La ragazza sorrise mesta. «È gentile da parte sua mostrare comprensione, ma le garantisco che non mi invento niente. Basta chiedere in giro per la città. Non troverà un solo ebreo impiegato in un ufficio pubblico, un ospedale o altrove. Chissà, forse anche i negozi spariranno presto.»

Le sue parole mi scossero al punto che non riuscii a rispondere.

La commessa rimase in silenzio per un momento, poi sospirò e disse in tono professionale: «Possiamo farle un piccolo sconto se compra più di una camicia».

Non sapevo cosa farmene di due camicette nere, ma mi dispiaceva così tanto per la ragazza e per il proprietario che ne presi due.

All'uscita dal negozio il ragazzo era ancora lì, ma aveva messo giù il cartello. Stava staccando grandi morsi da un panino che emanava un intenso odore di formaggio. Per fortuna non ci guardò.

«Andiamo dal notaio» decisi, prendendo Darren sotto braccio. Ci allontanammo a grandi passi dal negozio. Le parole della commessa continuavano a occupare i miei pensieri, ma non osavo riferirle a Darren lì fuori, dove qualcuno poteva sentirmi.

Prendemmo la metropolitana e mezz'ora dopo arrivammo a Charlottenburg. Il sole illuminava la strada piena di passanti. Notai subito che la moda era nettamente diversa da quella di New York. In America le donne sfoggiavano abiti variopinti, se potevano permetterseli. E anche se non erano ricche facevano del loro meglio con ciò che avevano. Si truccavano e indossavano foulard colorati. Acconciavano i capelli in onde morbide e mettevano il profumo, anche se da pochi centesimi.

Le donne che incrociavamo per le strade di Berlino erano diverse. I cappotti apparivano incolori e senza forma, e i capelli... Niente caschetti né acconciature eleganti. Sembravano tutte uguali, senza volto.

Ricordai quello che aveva detto la signorina Rieker. Le donne che avevano paura di truccarsi mi inquietavano. Perché non amavano mostrarsi nelle migliori condizioni?

I loro sguardi mentre mi passavano accanto mi facevano sentire quasi nuda. Eppure erano loro ad avere volti incolori. La signora Arden avrebbe disapprovato il loro aspetto.

Eravamo in anticipo, così cercammo un bar vicino allo studio del notaio. Era un giorno feriale, quindi i clienti erano pochi: soltanto qualche anziano seduto sui divanetti a leggere il giornale. Un po' come quando mi fermavo nei caffè vicini all'università. Mi prese la nostalgia per quegli anni. Prima di incontrare Georg avevo trascorso un periodo spensierato e pieno di aspettative.

Prendemmo posto a un tavolino e ordinammo un caffè e una caraffa d'acqua.

«Sei molto silenziosa» osservò Darren dopo che il cameriere si fu allontanato.

«Ho un paio di cose per la testa.»

«È per via dei grandi magazzini?»

«Sì, e anche per quello che ha detto la Rieker... Non ho mai visto né sentito niente di simile. Voglio dire, un tizio davanti a un negozio con un cartello offensivo... Quanto pensi che sarebbe rimasto da Macy's?»

«Non molto, la sicurezza lo avrebbe mandato via immediatamente. O meglio, si sarebbe preso un sacco di bastonate.»

«Ma qui... Sembra che non importi a nessuno. E la commessa era spaventata, anche se faceva di tutto per non darlo a vedere.»

Il sole pomeridiano splendeva luminoso e limpido nel cielo azzurro, ma la mia anima era offuscata da nuvole scure mentre salivo le scale per l'ufficio del notaio. L'ingresso mi ricordò quello dello studio del dottor Sahler, dove più di otto anni prima avevo scoperto di essere incinta.

Qui, però, non c'era odore di disinfettante, ma di cera per pavimenti. Voci soffocate si percepivano da dietro la porta alla quale bussai un attimo dopo.

La giovane donna che mi aprì aveva i capelli tirati indietro e legati stretti in uno chignon. Indossava una camicetta blu con un colletto alla marinara e una gonna sopra il ginocchio.

«Cosa posso fare per lei?»

«Mi chiamo Sophia Krohn, ho un appuntamento con il dottor Balder.»

Sapeva chi ero e mi fece cenno di accomodarmi in sala d'attesa.

Mi sedetti e cominciai a osservare la facciata della casa di fronte. Una delle finestre era aperta e una tenda bianca continuava a volare fuori, come se volesse salutarmi.

Darren era andato a fare un giro nei dintorni. Ora mi pentivo di non avergli chiesto di venire con me.

«Signorina Krohn?»

Mi voltai. Balder era un uomo alto, con spalle larghe e braccia forti. A prima vista si poteva pensare di avere davanti un campione di lotta. Portava degli occhiali con una sottile montatura in argento, troppo piccoli per il suo viso largo. Gli occhi grigi brillavano sul viso abbronzato. I capelli, già piuttosto radi, avevano perso quasi tutto il loro colore. Soltanto qua e là si intravedevano ciocche biondo scuro.

Il notaio mi squadrò dalla testa ai piedi, come se avesse avuto una visione.

«Non ci vediamo da molto tempo» disse, tendendomi la mano forte. «Non assomigli neanche lontanamente alla ragazza che conobbi a casa dei tuoi genitori.»

All'epoca indossavo dei brutti occhiali e la mia faccia era quasi sfigurata dall'acne. Non mi stupiva apparire diversa e persino migliorata, ma il complimento mi fece piacere. Se non fossi stata lì per la morte di mia madre forse avrei anche potuto manifestarlo.

«Sì, è passato molto tempo» mi limitai a dire, invece. «Grazie per aver trovato il tempo di ricevermi.»

«Ci mancherebbe.» Balder mi fece cenno di andare con lui.

Il suo ufficio era pervaso da una mite luce pomeridiana piena di minuscole particelle di polvere. L'aria profumava di legno, carta e caffè. Le assi del pavimento scricchiolarono sotto i miei piedi mentre mi avvicinavo alla scrivania, di fronte alla quale si trovavano due poltrone imbottite.

«Si accomodi, prego!» mi invitò Balder mentre prendeva posto dietro la scrivania.

Mi sedetti con l'ansia che mi opprimeva il petto.

La morte di mia madre mi sembrava ancora irreale. E sarebbe stato così finché non avessi visto la sua lapide.

«Dunque» esordì Balder con un lungo sospiro. «In genere non ho difficoltà ad aprire un testamento, ma nel suo caso...»

«La prego, signor Balder. Non so cosa le abbia detto mio padre, ma negli ultimi anni sono riuscita a ricostruirmi una vita agiata. Ho un lavoro di grande responsabilità e un certo successo. Anche se mio padre era convinto che non avrei mai combinato niente di buono.»

Iniziai a tremare. Niente di tutto ciò aveva importanza, non era quello il luogo in cui parlarne. E il signor Balder non meritava la rabbia che avrei dovuto rivolgere nei confronti di mio padre.

Feci un respiro profondo. «La prego di scusarmi.»

«Va tutto bene» mi tranquillizzò Balder. «Ognuno di noi ha la sua croce da portare. Ma vediamo cosa voleva lasciarle sua madre.»

Non aveva detto "in eredità", aveva detto "lasciarle" e basta. Raddrizzai la schiena e lo guardai tirare fuori una busta e posarla accanto alla scatolina di cui mi aveva parlato al telefono. Era grande più o meno come una scatola di sigari. Pensai di nuovo a mio padre e la mia bocca diventò secca.

«Mi accingo a leggere le ultime volontà di Elisabeth Krohn, nata Gründling, il 21 marzo 1883 e scomparsa il 5 marzo 1934.»

Il notaio fece una pausa, poi riprese.

Cara Sophia,

mi dispiace che la nostra vita sia andata come sappiamo. Prima di tutto, vorrei chiederti perdono per quello che ho fatto e per quello che non ho fatto. Durante la mia malattia, nella mia stanza d'ospedale, ho avuto molto tempo per pensare. La perdita di mia figlia mi ha ferito più del cancro che mi stava lentamente divorando. Ho sperato tanto che venissi, ma come potevi saperlo? Ho chiesto a tuo padre di avvisarti, ma lui si è rifiutato. E quindi non mi resta che dirti addio con questa lettera.

Mi sfuggì un singhiozzo, e il notaio si fermò. Aprì il cassetto della scrivania e ne estrasse un fazzoletto lavato e stirato.

«Grazie» piagnucolai, asciugandomi le guance. «Ora mi riprendo. È soltanto... mia madre... questa malattia...» Lo guardai con gli occhi velati di lacrime.

«Tua madre è stata molto coraggiosa. Sono stato al suo capezzale per scrivere questa lettera. Non aveva più la forza di farlo da sola.»

Provai a immaginare mia madre in un ospedale, in un letto come quello in cui ero stata a Parigi. Mia mamma non si era mai ammalata. E aveva dovuto subire quella terribile sofferenza.

«Per favore, continui» dissi, stringendo il fazzoletto nel pugno. Volevo uscire il prima possibile; mi sentivo a disagio, ma potevo farlo soltanto dopo aver ascoltato la lettera di mia madre e aver ricevuto la mia eredità. Certo, sarei anche potuta scappare via, ma non reagivo mai in quel modo. Non sarei mai andata via di casa se mio padre non mi avesse cacciata.

Balder mi lanciò uno sguardo comprensivo per un momento, poi continuò.

Io, Elisabeth Krohn, ti lascio i miei risparmi, i miei gioielli e la scatola. Contiene tutte le lettere che mi hai scritto. Non sono riuscita a salvarle tutte da tuo padre. Se era lui a trovarle nella cassetta della posta, finivano nel fuoco senza che potessi leggerle. Eppure tante ce l'hanno fatta! E credimi, mi sarebbe piaciuto risponderti, ma tuo padre non mi ha mai permesso di farlo, anche se ti avevo perdonata da tempo. E poi, c'era davvero qualcosa da perdonare, in fondo? Hai soltanto commesso un errore dovuto alla giovinezza. Ti meritavi una possibilità, ma ero troppo debole per dartela.

Heinrich era spietato. Dopo aver trovato una delle tue lettere ha iniziato a controllare con attenzione maniacale i conti di casa e i francobolli nel suo ufficio. Mi ha chiesto di dare una mano nel negozio, per non lasciarmi da sola. Alla sera, quando tornavo esausta dal lavoro, mi aspettavano anche le faccende domestiche. Così ho rinunciato. Per mantenere la pace famigliare ho rinunciato a risponderti. Puoi immaginare come mi sentivo?

La voce del notaio Balder tremò. Sentivo che quelle parole lo commuovevano nel profondo. Probabilmente anche lui aveva sempre avuto un'immagine diversa di mio padre. Notai lo sforzo che fece per mantenere la compostezza.

Mi sono chiesta spesso come fare a contattarti, ma tuo padre non mi perdeva mai di vista. Con il tempo è diventato sempre più sospettoso e alla fine ha deciso di trasferirsi in un altro quartiere. Ho provato a oppormi, ma senza successo. Una donna come me non ha molte possibilità. Ti lascio una piccola eredità, una somma che proviene principalmente dalla vendita dei miei gioielli che ho commissionato al notaio Balder, che non sarebbe stata sufficiente a separarsi da Heinrich e condurre una vita indipendente.
Gli sforzi di Heinrich per tenerti fuori dalla nostra vita hanno dato i loro frutti.
Ho letto le tue lettere, più e più volte, quando sentivo la tua mancanza. Ho saputo che sei stata da Henny e sei andata a Parigi con lei. So della tua perdita, della morte di mio nipote. Come mi sarebbe piaciuto conoscerlo! Quanto avrei voluto che fosse sopravvissuto. E poter venire da te.
Ma niente di tutto questo è successo. Quindi posso solo sperare di rivederti nell'aldilà. E sperare che un giorno tu possa parlare con tuo padre. L'ho perdonato per quello che mi ha fatto e spero che un giorno possa farlo anche tu.
Ti voglio bene, bambina mia

Tua madre

La lettura finì nel silenzio. Fuori dalla finestra alcuni passeri cinguettavano con insistenza, come se stessero litigando.

Mi sentivo il cuore pulsare nelle orecchie, mentre le parole di mia madre mi riecheggiavano nella mente. Mi avrebbe perdonata, anzi, mi aveva perdonata! Era stato mio padre a impedirle di contattarmi.

Era sconvolto a tal punto da prendersela con lei. L'aveva trattata come una prigioniera, controllata, probabilmente anche minacciata. E poi si era trasferito, perché non potessi più raggiungerla. Cosa gli era successo?

Misi un freno ai pensieri non appena sentii le lacrime riaffiorare. Non era il posto giusto, potevo farlo appena uscita. Allora avrei pianto. Darren era lì, mi avrebbe consolata.

«Accetti l'eredità di tua madre?» chiese il notaio, visibilmente commosso.

«Accetto l'eredità» risposi. «Ma... come ha fatto a trovarmi?» Avevo dato ai miei genitori l'indirizzo del Maine, ma probabilmente mio padre aveva distrutto immediatamente la lettera.

«Ti ho fatta cercare dalle autorità.»

«Avrebbe potuto chiedere a Elizabeth Arden» dissi, cercando in qualche modo di calmarmi. «Lavoro lì, sa... L'ho scritto a mia madre.»

Balder scosse la testa. «Mi dispiace, non mi ha detto niente.»

Potevo immaginare il motivo. «Mio padre avrà distrutto la lettera.» Strinsi le labbra, non volevo imprecare in presenza di Balder, anche se mio padre se lo sarebbe sicuramente meritato.

Il notaio mi guardò dispiaciuto prima di consegnarmi alcuni documenti. «Firmi qui, per favore, così potrà portare con sé la scatola. Farò in modo che abbia il denaro oggi stesso. Sono circa un migliaio di marchi.»

«Mille?» Mi sembrava una somma enorme. Ricordavo i gioielli di mia madre. Possedeva diversi cimeli di sua nonna, alcuni d'oro con pietre preziose. Si era sempre rifiutata di venderli, anche se le era stato richiesto durante la Grande Guerra. Allora mio padre l'aveva sostenuta… E poi li aveva lasciati a me come un'eredità. Mi si spezzava il cuore.

«Ho cercato di contrattare per il prezzo migliore» spiegò Balder.

«E mio padre? Gliel'ha lasciato fare?»

«Non sapeva niente. Tua madre mi ha dato la chiave e mi ha detto dove trovare i gioielli.»

«Quindi è entrato di nascosto nell'appartamento, come un ladro?»

«Non come un ladro. Per ordine e con il permesso di tua madre. Credimi, non mi sentivo per niente a mio agio. Quando tuo padre ha scoperto che i gioielli erano spariti, ha fatto una sfuriata.»

Mi chiedevo con insistenza perché mai il notaio mi avesse consigliato di parlare con mio padre. Ciò che aveva fatto Heinrich Krohn era imperdonabile. «Le ha causato problemi?»

«No» rispose Balder. «Non sapeva chi avesse venduto i gioielli. Sono stato molto discreto. Quando è venuto fuori che tua madre aveva fatto testamento soltanto a tuo favore si è infuriato, naturalmente.»

Sapevo fin troppo bene come diventava mio padre quando si incolleriva.

Scossi la testa. Nella mia vita erano successe molte cose strane, ma era impensabile che mio padre si fosse trasformato in un carceriere e il nostro notaio avesse dovuto sottrarre in segreto i gioielli di mia madre dall'appartamento.

Con dita tremanti, afferrai la penna e firmai i documenti. Il notaio li riprese.

«Perché mi ha suggerito di parlare con mio padre?» chiesi. «Dopo tutto quello che ha fatto a mia madre...»

Il notaio fece un respiro profondo. «Penso che tuo padre sia malato. A prima vista dà l'impressione di essere sano, ma temo che dietro tutto ciò che ha fatto ci sia un profondo turbamento.»

«Sta dicendo che è impazzito?»

«No, questo sicuramente no. Sembra essere sano di mente. Ma le sue azioni nei confronti di tua madre... Potrebbe essere consigliabile il trattamento di uno specialista. Ma non posso costringerlo, può riuscirci soltanto sua figlia.»

«Se glielo chiedesse, direbbe che non ha più una figlia» replicai. Mi faceva male il petto, quasi come il giorno in cui avevo ricevuto la notizia della morte di mia madre.

«Almeno provaci. Se gli succedesse qualcosa... Non te lo perdoneresti.»

Ero tentata di dire di no, ma mi fermai. Cosa poteva succedergli?

«Pensa che potrebbe farsi del male?»

«No, non credo che arriverebbe a quel punto. Ma se avesse un incidente... È l'unico familiare che ti resta.»

«Ha rinchiuso mia madre come una prigioniera!»

«Vero, ma potrebbe essere una manifestazione della sua malattia. È tuo padre.»

Guardai Balder sbalordita. Un attimo fa mi era parso commosso dalle parole di mia madre, e ora mi stava supplicando di andare da mio padre e di convincerlo a curarsi...

«Vedrò cosa posso fare» dissi per tagliare corto e mi alzai. Non aveva senso discutere della folle condotta di mio padre con uno sconosciuto, anche se il signor Balder era chiaramente dalla parte di mia madre. Avrei deciso io se andare a trovare mio padre o meno. «Ha bisogno di altro da parte mia?»

«No.» Anche Balder si alzò. «Puoi prendere la scatola. E lascia i dati del tuo conto in banca alla signorina Weber per l'accredito dell'importo.»

«Grazie mille, signor Balder!» Ci stringemmo la mano, presi la scatola e aprii la porta.

Mi presi il mio tempo per scendere le scale. La scatola che avevo in mano aveva un peso enorme, pur essendo piuttosto leggera.

Quanto avevo desiderato una risposta a quelle lettere! Riceverla avrebbe potuto rendermi la vita molto più facile. E se avessi saputo come stava mia madre… Sarei potuta correre al suo capezzale.

Quel pensiero mi tolse il fiato, costringendomi a fermarmi e appoggiarmi al muro.

Mio padre… Aveva fatto qualcosa di crudele. Trattare mia madre come una sua proprietà, controllarne ogni singolo passo, ogni azione per impedirle di contattarmi. Dopo un atto del genere si meritava che mi preoccupassi per lui? Perché doveva importarmi di lui sapendo che aveva trattato la mamma senza alcuna umanità?

Finalmente ripresi a camminare. Era la rabbia nei confronti di mio padre a spingermi.

Mentre lasciavo l'edificio, un paio di giovani con le camicie marroni mi vennero incontro. Mi fissarono così intensamente da farmi sentire a disagio, ma poi se ne andarono. Sul braccio indossavano delle fasce con il simbolo della svastica.

Uno di loro grugnì qualcosa che non riuscii a capire. Gli altri risero. Rimasi paralizzata. Forse non avevano detto niente di offensivo, ma mi lasciarono una brutta sensazione. Avevano dei modi così rozzi, così brutali. Se li avessi incontrati in metropolitana, probabilmente avrei aspettato il treno successivo.

Un attimo dopo apparve Darren. A quanto pareva aveva fatto un giro della piazza. «Com'è andata?»

«Bene, per quanto si possa dirlo date le circostanze.» Sollevai la scatola. Le mie ginocchia tremavano ancora e un velo di tristezza mi avvolgeva il cuore. «Mia madre mi ha lasciato questa. E dei soldi.»

«Cosa c'è dentro?»

«Lettere. Le mie lettere» risposi. «O almeno quelle che mia madre ha salvato.»

Raccontai a Darren quello che mi aveva detto il notaio. Quando finii, notai che stringeva le labbra, turbato.

«Cosa devo fare?» chiesi. «Devo andare da lui?»

«Temo che potresti farlo esplodere» rispose Darren. «E ne avresti il diritto, dopo tutto quello che ha fatto a tua madre.»

Non aveva torto, mi sarebbe piaciuto davvero, ma dentro di me si stava facendo strada una tristezza sconfinata, una disperazione che non provavo da quando avevo perso mio figlio.

«Torniamo in camera» riuscii a dire. «Non voglio più stare fuori, devo pensare.»

«Va bene» rispose Darren, prendendomi per mano. «Ti riporto nell'appartamento. E se c'è qualcosa che posso fare per te, dimmelo. Soddisferò ogni tuo desiderio.»

Guardai Darren e sentii un calore indescrivibile diffondersi nel mio petto. Per un attimo tutto sembrò allontanarsi da me, la tristezza, la paura, la rabbia. Esisteva soltanto Darren. Ed ero felice che fosse con me.

46

Passai le due ore successive davanti alla scatola, fissando il coperchio dipinto a colori vivaci.

Il dolore per la perdita di mia madre bruciava dentro di me. Continuavo a immaginarla in un letto d'ospedale e a desiderare di essere stata con lei.

Se fosse riuscita a rispondere anche soltanto a una delle lettere che aveva ricevuto… Se solo avesse trovato il coraggio…

Ma non potevo biasimarla. Sapevo come esplodeva la rabbia di mio padre, e a parte la paura, essendo sua moglie doveva essergli leale.

Dovevo andare da mio padre? Provare a parlargli? Non ne ero sicura.

Quella storia tremenda mi aveva prosciugato del tutto le forze. Quando Darren venne a bussare alla mia porta per chiedermi di andare a mangiare fuori, scossi la testa.

«Vuoi che provi a cercare qualcosa? Dovrebbe esserci una specie di negozio di alimentari.»

Non avevo fame, ma apprezzai la sua offerta. «Ci sarà sicuramente qualcosa alla stazione dello zoo. Vuoi provare lì?»

Darren sorrise, felice di poter fare qualcosa per me.

Appena uscì tornai a sdraiarmi sul letto. Non riuscivo a credere che mio padre avesse sviluppato una forma di ossessione quasi patologica. Cosa ci guadagnava a impedire che mia madre mi contattasse? Era per questo che si era ammalata?

Mentre pensavo, i miei occhi si chiusero e sprofondai in uno strano sogno.

Stavo camminando in un cimitero che non conoscevo, con una lanterna in mano. Si stava facendo buio e la strada iniziava a essere poco visibile.

Cercavo qualcosa, ma non sapevo cosa. Dopo un po' scoprii delle lapidi, molte delle quali con scritte impossibili da decifrare o coperte da uno spesso strato di muschio.

Camminavo e camminavo, finché il terreno sotto i miei piedi diventò morbido e fangoso, come se avesse appena piovuto.

Poi intravidi qualcosa di bianco fra gli alberi. Spinta da un'attrazione quasi magica, mi girai e puntai in quella direzione. Alla luce della lanterna che pendeva da un albero, scoprii un letto bianco. Mi stavo giusto chiedendo chi potesse aver messo delle lenzuola fresche di bucato su un terreno fangoso, quando con la coda dell'occhio vidi apparire una sagoma. Mi voltai e riconobbi mia madre. Indossava una camicia da notte ed era più giovane di come la ricordavo l'ultima volta che l'avevo vista. Le somigliavo molto.

«Ti ho aspettata tanto» disse, e si sdraiò a terra senza dire un'altra parola.

«Sono qui, mamma» gridai. «Sono qui, non mi vedi?»

Mia madre non rispose. Chiuse gli occhi e si addormentò.

Mi svegliai di soprassalto, con il cuore in gola. Le immagini del sogno svanirono, e mi resi conto di essere nella mia stanza, alla Arden e che non si era ancora fatta sera.

Mi alzai e mi sedetti alla scrivania. Mi decisi ad aprire la scatola e tirai fuori le lettere. Erano tante, anche se col tempo avevo smesso di scrivere ai miei genitori.

Mi sentii in colpa. Forse, se avessi scritto altre lettere non le sarebbero mai arrivate, ma non ci avevo nemmeno provato... avevo rinunciato alla speranza di riconciliarmi con mia madre...

Scorsi le lettere e mi accorsi di quanto fosse cambiata la mia calligrafia negli ultimi otto anni. All'inizio sembrava un po' infantile, mentre in seguito era diventata quella di una donna adulta.

Constatai che in effetti la lettera in cui raccontavo di aver ricevuto un'offerta di lavoro dalla signora Arden non c'era. Doveva averla presa mio padre, e probabilmente distrutta. Dopodiché doveva essere giunto alla conclusione che non avrei mai smesso di scrivere finché non avesse cambiato casa; le mie lettere non l'avrebbero più raggiunta.

Poi mi accorsi che, oltre alle mie lettere, nella scatola ce n'erano altre. Erano in buste senza indirizzo. Ne estrassi una e la aprii.

Mia cara Sophia, lessi, *anche se non so quando avrai la mia lettera e se arriverà mai tra le tue mani...*

Mi portai una mano alla bocca per soffocare un gemito. Mia mamma mi aveva scritto! Nella scatola non c'erano soltanto le mie lettere, ma anche le sue risposte. Non riuscivo a crederci. Era come parlare con lei!

Un colpo alla porta mi distolse dai miei pensieri. Entrò Darren con un sacchetto di carta.

«Devo ammetterlo, i mini market non sono all'altezza dei nostri, ma le panetterie sono meravigliose. Ti ho preso una cosa.»

Aprii la busta e trovai un dolce alla cannella. La sua vista mi fece salire le lacrime agli occhi.

«Cosa c'è?» chiese Darren preoccupato. «Ho fatto qualcosa

di male? Mi sembrava deliziosa, mi ha ricordato un po' i nostri *cinnamon rolls.*»

«No» singhiozzai, asciugandomi le lacrime. Ma era inutile, non riuscivo a fermarle. «È soltanto che... Mia mamma... A volte quando andavamo insieme in panetteria mi comprava un dolce alla cannella.»

«Oh!» esclamò Darren. «Non lo sapevo. Posso mangiarla io, non preoccuparti.»

«No, va bene.» I singhiozzi si placarono lentamente, ma le lacrime continuarono a scorrere. «Mi piacciono molto. Grazie.»

«Prego» Darren mi guardò. Mi sarei voluta nascondere sotto il letto. Chi è che si mette a piangere alla vista di un dolce?

«Mi ha scritto» dissi, allungandogli una lettera. «Mia mamma ha sempre risposto alle mie lettere, senza mai spedire le risposte.»

«È... bellissimo» Darren guardò la busta, poi me la restituì.

«È come se stesse parlando con me. Io...» Le lacrime continuarono.

Darren si rannicchiò davanti a me e mi accarezzò delicatamente la guancia. «Andrà tutto bene, vedrai. E tua madre veglierà su di te. Sono convinto che il paradiso esista e che d'ora in poi lei si prenderà cura di te.»

Le sue parole avrebbero dovuto confortarmi, ma servirono a rompere tutti gli argini. Gli gettai le braccia al collo, mi aggrappai a lui e lasciai che le lacrime scorressero liberamente.

Passai la serata a leggere le lettere. Non le lessi tutte perché procedevo lentamente, tornando su alcune più volte, e anche perché volevo conservarne qualcuna per il viaggio di ritorno in nave.

Mia madre si esprimeva con grande circospezione, come se temesse che papà potesse trovarle, ma ebbi un saggio della vita che aveva condotto in mia assenza. Le ero mancata, ma non aveva mai potuto manifestarlo perché papà la sorvegliava costantemente. A poco a poco l'odio che nutriva per me era cresciuto, spingendolo a svuotare la mia stanza e a distruggere tutte le fotografie che mi ritraevano. Scoprirlo fu un duro colpo, ma mi sforzai a continuare.

Quando arrivai alla lettera in cui mia mamma esprimeva la sua tristezza e il suo dolore per la morte di mio figlio, fu troppo. Le parole si bagnarono di lacrime e fui costretta a smettere. Tremando e singhiozzando, rimisi la lettera nella scatola e la riposi nell'armadio. Poi mi rifugiai sotto le coperte e mi addormentai, piangendo.

La notte fu molto agitata. Continuavo a svegliarmi da sogni confusi, finché non mi arresi e mi misi a fissare il soffitto. La luce cambiò, l'oscurità svanì e i primi raggi di sole si affacciarono nella stanza.

Mi alzai e andai in bagno. Sotto la doccia, mentre l'acqua mi scorreva addosso, mi chiesi cosa mi restava da fare a Berlino. Avevo avuto la mia eredità. Non era meglio ripartire subito?

No, prima dovevo a mia madre una visita alla sua tomba. E poi volevo vedere come stava il signor Nelson. Non avevo voglia di svago, ma forse avrei potuto fare quattro chiacchiere con il proprietario del teatro e dirgli che ero riuscita a combinare qualcosa nella vita.

Quando uscii dalla mia stanza verso le dieci, vestita e con i capelli in ordine, trovai Darren che mi veniva incontro. Al contrario mio, sembrava fresco e riposato.

«Com'è andata la notte?» chiese, offrendomi il braccio.

«È stata piuttosto irrequieta» ammisi, poi lo guardai negli occhi. «Vorrei andare al cimitero di Zehlendorf a visitare la tomba di mia madre.»

Darren annuì. «Va bene. Facciamo colazione e andiamo.»

Scendendo le scale sentii suonare il campanello. Il salone brulicava di clienti. Tutto intorno si diffondeva un aroma speziato misto al profumo di spray per capelli.

«Buongiorno» salutai la ragazza alla reception. Lei ricambiò il mio saluto e si rivolse subito alla cliente che era entrata un attimo prima. A giudicare da quanto era elegante e ben curata, la signora doveva essere la moglie di uno dei "pezzi grossi", come li aveva definiti Käthe Rieker.

Mi resi conto che non avevamo più visto la signorina Rieker. Era malata, forse?

Attesi che l'addetta alla reception invitasse la cliente ad accomodarsi in sala d'attesa, poi chiesi: «Ha notizie della signorina Rieker?».

La giovane donna mi guardò perplessa. «Non lo sa?»

«Cosa dovrei sapere?»

«È partita ieri, per Londra.»

«Su richiesta della signora Arden?»

«No, a quanto pare ha deciso improvvisamente. È stata una sorpresa anche per noi.»

Cos'era successo? Perché era sparita in quel modo?

«Quindi ha dato le dimissioni?» Mi sentii prendere dall'inquietudine. Tutto quello che aveva detto la signorina Rieker sul suo desiderio di emigrare in America…

«Non che io sappia, ma forse può chiederlo alla signora Wienicke.»

La direttrice della filiale lo sapeva senz'altro, ma ne avrebbe parlato con me? Ringraziai la receptionist e tornai da Darren.

«Cosa c'è?»

«Avevi notato che la signorina Rieker non si è più fatta vedere da quella sera al Traube?»

«Sinceramente no, non ci ho fatto caso.»

«La ragazza alla reception mi ha detto che è partita per l'Inghilterra.»

«Forse qualcuno stava origliando la nostra conversazione.» Darren lanciò un'occhiata alla giovane donna, che cancellò qualcosa nel registro degli appuntamenti e si allontanò verso le sale dei trattamenti.

Il fatto che la Rieker fosse andata in Inghilterra mi innervosiva. Forse qualcuno l'aveva minacciata?

Decisi di parlarne con la signora Wienicke nel caso l'avessi vista. Forse ne avrei saputo di più una volta tornata in America. Sicuramente la Arden era al corrente di cosa succedeva nella sua filiale tedesca.

Dopo una rapida colazione in cui ero riuscita a malapena a buttare giù il caffè, partimmo alla volta di Zehlendorf.

Salimmo sulla corriera che partiva dalla stazione e che ci avrebbe portati alla nostra meta. Conoscevo il quartiere per esserci stata un paio di volte con Henny e anche con i miei. Durante il viaggio, cercai di ricordare come fosse: le case eleganti, le vie dello shopping, le stazioni della S-Bahn.

Ricordava Charlottenburg, le differenze non erano molte. Perché mio padre si era trasferito là? Così lontano dai suoi affari… Era davvero soltanto per chiudermi fuori dalla sua vita? Svuotare la mia stanza non era bastato?

Finalmente arrivammo. Secondo la piccola mappa comprata all'edicola il cimitero si trovava su Onkel-Tom-Strasse. Passammo davanti a case e negozi, attraversammo un incrocio, oltrepassammo alcuni alti edifici e alla fine raggiungemmo il cimitero.

La cappella era un edificio rosso e massiccio che sembrava

abbastanza recente. Lunghe file di lapidi si alternavano a mausolei e gruppi di alberi. Anche se avessi saputo dov'era, ci sarebbe voluto del tempo prima di trovare mia madre in uno spazio così grande.

Varcammo il cancello e ci incamminammo lungo l'ampio sentiero. Presi Darren a braccetto. Averlo al mio fianco mi calmava e mi dava forza. Non avevo voglia di parlare, e Darren sembrava averlo capito, per cui si limitò a indicare un numero qua e là per non sbagliare strada.

Superammo splendide costruzioni erette allo scopo di preservare la memoria dei defunti. Alcune avrebbero potuto competere con i mausolei di New York. Angeli addolorati contemplavano i passanti, tendevano le mani verso di loro o si appoggiavano alle lapidi o alle pareti del mausoleo.

«Sophia, guarda qui!» esclamò Darren all'improvviso.

Mi voltai e il mio cuore ebbe un sussulto. L'aveva trovata.

La lapide di mia madre era semplice. Nome, data di nascita e di morte erano incisi su una pietra color grigio chiaro. Le lettere erano coronate da una piccola croce.

Mi mancava il respiro: non perché non fosse adatta a lei, ma perché vedere il suo nome inciso sulla pietra mi dimostrò che non era un errore. Louis non aveva avuto la sua lapide, per questo continuavo a sperare che fosse ancora vivo. Ma lì sotto riposava mia madre. Non c'era niente da fare.

Sentii che le ginocchia mi cedevano, così mi sorressi alla lapide con una mano. Ripensai alle sue lettere, mi sembrava di sentirle leggere dalla sua voce. Il rimpianto, la nostalgia...

Cercai di percepire la sua presenza, ma sentivo soltanto rabbia e un profondo dolore. Ed era tutta colpa mia. Se non avessi ceduto alle avances di Georg allora... Se mi fossi impegnata di più per contattare i miei genitori... La mia mente fu assalita da mille pensieri. Ma era inutile. Quello che era successo non si poteva cancellare. Non potevo tornare indietro nel tempo e andare a trovarla al suo capezzale. Non potevo rivederla prima che si ammalasse.

Sentii la mano di Darren sulla schiena. Non disse nulla, ma il calore delle sue dita mi scaldò il cuore. Era come una corda che mi teneva ancorata alla terra mentre andavo alla deriva in un mare di lacrime.

Ancora un po' incerta sulle gambe, mezz'ora dopo mi avviai verso l'uscita al braccio di Darren. Per un attimo fui tentata di chiedergli di tornare in camera, ma poi uscimmo dall'ombra degli alberi e il sole mi sfiorò il viso. Era come se mia mamma mi stesse accarezzando per confortarmi. Quel tocco mi ridette forza. Mia madre non avrebbe mai voluto vedermi sprofondare nell'oscurità. Avrebbe voluto che vivessi. Che mi godessi la vita. E in quella città c'era ancora una persona che era stata gentile con me.

Mi fermai al cancello.

«Andiamo a teatro.»

«Teatro?» domandò Darren. «Da quel signor Nelson?»

«Sì, a quest'ora dovrebbe essere in ufficio. Vorrei salutarlo, poi magari possiamo restare per lo spettacolo di stasera. I suoi varietà erano sempre piacevoli.»

Uno sguardo dubbioso apparve sul viso di Darren. «Pensi che sia la cosa giusta? Tua madre…»

«Mia madre avrebbe voluto che parlassi con il signor Nelson e che andassi a teatro. Non sai quanta tristezza e disperazione ci fossero nella lettera che ha dettato al notaio… Mio padre la teneva prigioniera. Sicuramente avrebbe preferito venire a teatro con me piuttosto che rimanere sotto il suo controllo.»

«Lo penso anch'io» Darren mi attirò a sé e mi baciò sulla testa. «Va bene, andiamo al Teatro Nelson. Ma se dovessi cambiare idea per strada, basta che tu lo dica. Non devi farlo per me se non ne hai voglia.»

Lo guardai sbalordita, ma poi mi ricordai della conversazione che avevamo avuto durante il viaggio.

«Non lo faccio soltanto per te» dissi. In effetti, avevo completamente dimenticato di avergli promesso di andare a teatro. «Lo faccio per me stessa. Il signor Nelson è sempre stato così buono con me, parlare con lui mi aiuterà a sopportare meglio il lutto. Per me è stato come un padre in quel periodo.»

«Va bene, allora sono impaziente di conoscerlo. Vengo con te, vero?»

«Certo» dissi, e lo presi per mano.

47

La Kurfürstendamm era più affollata che mai. Dopo essere scesi dall'autobus, passammo davanti a una serie di grandi vetrine in cui erano esposti vestiti alla moda e gioielli.

«Il glamour non fa proprio per i tedeschi, non trovi?» osservò Darren. «Sembra tutto così...»

«Serioso?» suggerii. Anche a me l'esposizione sembrava piuttosto sottotono, forse mi ero abituata troppo allo sfarzo di Macy's.

«Lo definirei compassato» rispose Darren. «In America non attireresti mezzo cliente con una vetrina del genere. Nella migliore delle ipotesi riusciresti a convincere la gente di provincia.»

«Meglio non dirlo a voce troppo alta, o ti aggiungono alla lista degli indesiderati.»

«Non è che muoia dalla voglia di entrarci. Ma dove sono finiti i colori? Dalla signora Arden è tutto molto vivace. E anche madame Rubinstein sa come attirare la clientela.»

Aveva ragione, le vetrine dei negozi sembravano davvero un po' scialbe. Quando vivevo a Berlino non avevo mai avuto quell'impressione. Era uno scherzo della mia memoria? Forse all'epoca mi sembrava tutto più bello perché non avevo soldi?

Percorremmo la Kurfürstendamm fino al numero 217.

La tristezza nel mio cuore lasciò gradualmente il posto a un formicolio di eccitazione. Chissà come stava il signor Nelson. Cosa avrebbe detto? E le ragazze del botteghino e del guardaroba? Mi sentivo un po' come se stessi tornando a casa dalla mia famiglia: una famiglia che mi aveva accolta con il mio vissuto, senza alcuna esitazione.

Un attimo dopo mi fermai. Non riuscivo a credere ai miei occhi.

Davanti all'ingresso del Teatro Nelson c'erano delle impalcature. Sulla porta era attaccato un cartello con la scritta "chiuso" ed erano scomparse anche le locandine degli spettacoli in programma.

«Sei sicura che sia il posto giusto?» chiese Darren scettico.

«Sì!» Confusa, alzai lo sguardo verso l'edificio. Era il teatro, ne ero sicura, anche se niente ormai lo lasciava supporre.

Il rumore di un martello mi strappò al mio torpore. Feci il giro dell'impalcatura e trovai un operaio che aveva appena terminato la sua pausa.

«Mi scusi!» lo chiamai. «Sa dove posso trovare il signor Nelson?»

«Chi?» chiese senza capire.

«Il proprietario dell'edificio. Rudolf Nelson.»

«Questo posto non appartiene a nessun Nelson. Lei è una parente?»

«No» risposi, prima di capire cosa intendesse. «Lavoravo qui, in teatro...»

«Bene, allora puoi festeggiare. L'ebreo è andato via da un anno. Noi lavoriamo per Rudolf Möhring: il teatro diventerà un cinema. Molto meglio di quegli spettacoli ebraici.»

Rudolf Möhring. Mai sentito prima. E un cinema al posto del Teatro Nelson? Cosa avrebbe detto Henny?

«Sa dov'è andato il signor Nelson?»

«No» ringhiò l'operaio. «E ti conviene non nominarlo di nuovo.»

Fissai l'uomo sconcertata. Cosa poteva aver fatto il signor Nelson? Perché non potevo chiedere di lui?

Una strana sensazione mi trattenne dall'insistere oltre.

«Grazie» mi limitai a dire, e mi voltai.

Fu solo un attimo dopo che compresi appieno il significato delle parole dell'operaio. Il modo sprezzante in cui aveva parlato del varietà… E il cartello di quel tizio davanti ai grandi magazzini Wertheim. A quanto pareva gli ebrei erano stati dichiarati un nemico pubblico. Ma perché? Avevamo alcuni ebrei nel nostro vicinato, alcuni dei quali ricchi e rispettati. Tutti apprezzavano i Wertheim. Di quale colpa si erano macchiati?

Tornai da Darren, scossa.

«Cosa c'è?» mi chiese. «Cosa ti ha detto quel tizio?»

«Il signor Nelson non è più qui» risposi, avvilita. «Il teatro è stato comprato da qualcuno che vuole trasformarlo in un cinema. Le impalcature servono per questo.»

«Oh, mi dispiace.»

«Anche a me. È tutto così strano. L'operaio ha detto qualcosa sugli spettacoli ebraici. E ti ricordi il cartello davanti ai grandi magazzini? Il tizio che non voleva farci entrare?»

Darren annuì. «Sì, a quanto pare hanno qualcosa contro gli ebrei.»

«Non era così, prima.» Tornai a guardare il teatro.

Mi sentivo a disagio. Berlino non era più come la ricordavo. Le facciate dei palazzi erano rimaste uguali, forse, ma sotto la superficie le cose erano cambiate.

«Posso aiutarvi?» chiese una voce alle nostre spalle.

Mi voltai e vidi un uomo anziano con un cappotto grigio scuro, logoro.

«Ehm...» Mi fermai per guardare l'operaio, che nel frattempo aveva ricominciato a martellare. «Ho appena scoperto che il Teatro Nelson è chiuso.»

«Sì, è un peccato. Il buon Nelson è scappato poco dopo l'ascesa al potere di Hitler.» Lo sconosciuto sbuffò. «Mi piaceva il suo teatro. I suoi varietà così allegri mettevano di buon umore.»

Cercai di ricordare il suo viso, ma non ci riuscivo: avevo visto troppi volti negli ultimi anni.

L'uomo strinse gli occhi. «Lavorava qui, vero?»

«Molto tempo fa» ammisi. In effetti sembrava trascorsa un'eternità da quando facevo la guardarobiera.

I colpi di martello cessarono all'improvviso. L'uomo alzò la testa e disse, abbassando la voce: «Venite con me, meglio trovare un altro posto per parlare».

Spiegai brevemente a Darren cosa ci eravamo detti e seguimmo l'anziano sconosciuto, che ci condusse in silenzio alla porta di una casa estremamente elegante. Sbalordita, vidi lo sconosciuto tirare fuori dalla tasca un mazzo di chiavi.

«Benvenuti nella mia umile dimora» annunciò. Vide che eravamo un po' esitanti, perciò aggiunse: «Oh, non mi sono nemmeno presentato. Mi chiamo Breisky. Hubert Breisky. E se non vi dispiace, vorrei invitarvi a prendere un caffè».

«È molto gentile da parte sua, signor Breisky. Io sono Sophia Krohn e questo è Darren O'Connor.»

Mi girai verso Darren, che seguiva la nostra conversazione con un'espressione interrogativa. Il poco tedesco che gli avevo insegnato durante la traversata non gli consentiva assolutamente di capire.

«Ah, irlandese, suppongo» disse Breisky.

«Americano.»

«Ho sempre desiderato andare in America!» Si rivolse a

Darren. «Piacere di conoscerla» disse in un ottimo inglese, tendendogli la mano.

«Piacere mio, signor Breisky» rispose Darren.

Gli occhi dell'anziano brillavano come se avesse appena ricevuto un regalo.

«Oh, che strana la vita! Venite, faccio un ottimo caffè. E forse è rimasta anche una fetta di torta. La mia Berta prepara le migliori torte del mondo.»

Non ero ancora sicura se fosse il caso di accettare l'invito, ma Darren sembrava molto più disponibile. «Grazie, signore, accettiamo volentieri.»

Prima che potessi protestare, mi trascinò su per le scale con lui. Appena entrati in casa ci accolse un profumo dolce e piacevole.

«È passato molto tempo dall'ultima volta che ho avuto ospiti dall'estero» disse Breisky mentre ci guidava in corridoio. «Un tempo, quando il teatro era ancora aperto, mi succedeva spesso. Ora non viene quasi più nessuno in città. O meglio, nessuno viene da me. Non dopo che tutto è cambiato.»

«A sua moglie dispiacerà, immagino» dissi mentre mi toglievo il cappotto.

«Mia moglie?» chiese Breisky con stupore. «Oh, no, Berta è la mia governante. Il mio grande amore è morto pochi anni fa. Da allora vivo solo. Prego, accomodatevi in salotto.»

Rimasi a bocca aperta. Il cappotto del signor Breisky poteva essere consumato, ma lo stile del suo appartamento, come la sua mente giovane e brillante, era sorprendentemente moderno. Le fotografie artistiche di ballerini e le sculture in bronzo sarebbero piaciute molto anche a Madame. Orchidee dai colori brillanti davanti alla finestra erano responsabili del profumo che ci aveva accolti all'ingresso. La sfumatura di alcune non aveva niente da invidiare al rosa Arden; tanto splendore avrebbe estasiato la signora.

Ci accomodammo su un divano in stile inglese di pelle marrone, mentre il signor Breisky si muoveva con aria indaffarata.

«Mettetevi comodi! Posso offrirvi una limonata, prima del caffè?»

«Sì, grazie» risposi. E subito il nostro ospite uscì dalla stanza. Mi sembrava tutto così insolito, ma Darren pareva rilassato.

«Non preoccuparti, il vecchio non morde. Probabilmente vuole solo compagnia. E forse può parlarti del signor Nelson.»

Mi guardai intorno alla ricerca di un ritratto della moglie, ma niente, nessuna foto da nessuna parte. Strano. Non l'aveva appena definita il suo grande amore? Chissà se mio padre aveva in giro fotografie della mamma. Scacciai il malumore aiutata dall'aroma del caffè cha aveva riempito la stanza, coprendo il profumo delle orchidee.

Breisky ricomparve con un vassoio e tre bicchieri pieni di un liquido giallo.

«Il caffè sarà pronto fra un minuto, deve restare ancora in infusione. Quanto alla torta, siamo fortunati!»

Mi sentivo in imbarazzo a lasciarmi servire.

«Posso aiutarla?» mi offrii, ma lui non volle assolutamente.

«Siete miei ospiti! Non si preoccupi, non sono così fragile.»

La limonata era ottima. Un attimo dopo si allontanò di nuovo e ritornò con un vassoio più grande. Le tazze tintinnavano allegramente e dalla caffettiera usciva un profumo inebriante.

«Spero vi piaccia la torta al limone. Non ne troverete una migliore in tutta Berlino, ve lo garantisco.»

«Grazie, molto gentile da parte sua.»

Il signor Breisky ci versò il caffè. Il profumo della torta mi fece venire l'acquolina in bocca e, sebbene trovassi ancora la situazione un po' insolita, dovetti controllarmi per non lanciarmi subito sulla prima fetta.

«Mi chiedeva di mia moglie...» ricordò Breisky dopo aver bevuto un sorso di caffè. Si alzò e andò ad aprire un piccolo cassetto della scrivania. Ci porse una fotografia con mani leggermente tremanti. Il giovane ritratto indossava abiti fuori moda e aveva i capelli impomatati. Gli uomini non li portavano più così da tempo.

«Questo è il mio Joseph» disse, trattenendo a fatica le lacrime. «Era un attore. Probabilmente è per questo che sono ancora tanto affezionato al Teatro Nelson e ogni tanto ci passo davanti. Ci siamo andati insieme un paio di volte dopo l'inaugurazione e ho continuato ad andarci anche dopo la morte di Joseph, avvenuta nel 1925. Era un modo per sentirlo vicino.»

All'improvviso mi venne in mente la prima festa della signora Marbury nel Maine. E capii. Anche se mi stupì che stesse rivelando quel segreto a due perfetti sconosciuti.

«Potrebbe essere pericoloso mostrare questa foto» mi anticipò Darren. «Da quello che abbiamo visto finora...»

«Ha ragione, giovanotto» rispose Breisky. «Ma sono bravo a capire le persone, so benissimo a chi posso mostrarla e a chi no, mi creda. Ho capito subito che non lavorate per loro.»

Potevo immaginare a chi si riferisse. Mi venne la pelle d'oca al pensiero dei giovani con le camicie marroni e le fasce con la svastica.

«Questo paese sta per precipitare nell'oscurità» continuò l'anziano, rimettendo il ritratto nel cassetto. «Diversi miei amici erano preoccupati da questo Hitler, ma nessuno credeva che avrebbe combinato granché. Lo credevano tutti soltanto un tipo strano. E ora si fa chiamare *Führer*! E appena è salito al potere tutto è cominciato.»

«Cosa è cominciato?»

«All'inizio era soltanto un boicottaggio. La gente si piazzava fuori dai negozi degli ebrei con dei cartelli per scacciare i clienti. Poi è stata approvata la "legge per il ripristino della funzione pubblica professionale", che altro non è che un divieto di assunzione dei non ariani nella pubblica amministrazione. Come se non bastasse, ogni lavoratore deve presentare un attestato che dimostri che è ariano. Nel frattempo anche le aziende private hanno iniziato a licenziare i lavoratori. E di recente ho assistito di persona a cosa succede in teatro quando uno degli attori è ebreo. Era una giovane donna che interpretava Desdemona, una performance davvero toccante! Ma poi sono arrivati questi tizi delle SA, si sono seduti in prima fila e hanno cominciato a infastidirla con insulti e minacce. Gran parte del pubblico è andata via. Ci hanno dato un taglio soltanto quando il regista ha trascinato l'attrice giù dal palco. Povera ragazza...» Si fermò e aggiunse: «Il signor Nelson ha fatto bene. È andato all'estero appena in tempo».

«È all'estero?»

«È scappato, sì. Prima a Vienna e ora è in Svizzera, se sono bene informato.»

«Ma perché?»

«Oh, il signor Nelson è ebreo, non lo sapeva?»

Scossi la testa. Non era mai stato un problema, o almeno non mi era mai sembrato che lo fosse. Neanche Henny me ne aveva parlato. E che differenza faceva?

«Il suo vero cognome è Lewysohn. Ha scelto Nelson perché suona meglio alle orecchie tedesche. Anche se è un nome inglese.»

«Come l'ammiraglio Nelson?» chiese Darren.

«Sì, come l'ammiraglio Nelson.» Un sorriso apparve sul viso del signor Breisky, ma si spense alla svelta. «Probabilmente era per dare un tocco cosmopolita al suo teatro. E ha funzionato, ma questo nuovo governo non scherza.»

Pensai alla signorina Rieker. A quanto pareva lo scopo ultimo era trasformare la Germania in un luogo privo di gioia. Niente trucco, niente divertimento, solo acqua, sapone e tristezza.

«Non so per quanto tempo ancora la gente lo sopporterà. Finché non ne avrà abbastanza, immagino. Per ora sono tutti convinti che ci sarà la ripresa economica. Ma quanto potrà durare? Purtroppo io sono troppo vecchio per ricominciare una vita altrove. E non posso andare via, per Joseph. Ci resterebbe male se smettessi di far visita alla sua tomba.»

Sul suo viso apparve un'espressione malinconica, quasi triste, ma poi scosse la testa. «Non voglio annoiarvi, ora sapete cosa è successo al signor Nelson e al teatro.»

«È un peccato» constatai. «E non ci annoia affatto. È da quando siamo qui che mi chiedo cosa stia succedendo. Non riconosco più la mia Berlino, anche se all'apparenza è rimasto tutto come prima.»

«Per il momento. Speriamo che i nuovi capi non si inventino altre sciocchezze. Per me possono andare al diavolo.»

Lasciammo la casa del Breisky poche ore dopo, profondamente commossi dalla sua storia. Né io né Darren eravamo in vena di parlare. Ero contenta che il signor Nelson fosse al sicuro, ma il fatto che fosse stato costretto a fuggire mi preoccupava. Chi altri poteva averne sofferto? Pensai alle ballerine, alle maschere, agli addetti del teatro. Oltre ad aver perso il lavoro, probabilmente non avevano trovato un nuovo impiego perché erano ebrei, come il signor Nelson.

Darren mi sfiorò delicatamente la spalla. «Dovremmo tornare alla filiale.»

Scossi la testa con vigore. «No, andiamo a Zehlendorf. Voglio parlare con mio padre.»

«Adesso?» chiese Darren sorpreso. «Pensi che sia una buona idea? Dopo quello che hai appena scoperto?»

«Dopo quello che ho sentito vorrei soltanto andarmene» risposi. «Lontano da qui, lontano da Berlino. Ma non posso lasciare la città senza dirgli come la penso. Deve sapere che lo ritengo un indegno miserabile! Quando saremo a Zehlendorf sarà tornato dal lavoro. Sempre che l'erboristeria esista ancora.»

Mi avviai, seguita da Darren. Ero estremamente agitata e iniziavo ad avere molto caldo. Mi sentivo anche impotente. E c'era un unico modo per non farsi sopraffare da tutte quelle emozioni, anche se mio padre non era responsabile di tutto ciò.

Alla stazione di Uhlandstrasse prendemmo la metropolitana per Wittenbergplatz. Lì cambiammo linea in direzione di Zehlendorf. La mia mente girava ossessivamente intorno agli stessi pochi pensieri. Con le labbra serrate guardai fuori dal finestrino, mentre dentro di me la ragione lottava contro la rabbia. Darren provò un paio di volte ad avviare una conversazione, ma rimasi in silenzio. Pur sapendo che non sarebbe servito a molto, volevo che mio padre sapesse cosa avevo scoperto. Volevo che sapesse che ero a Berlino di passaggio e che la mia vita era felice.

E volevo ferirlo come lui aveva ferito me. Appena scesi alla stazione di Oskar-Helene-Heim, afferrai la mano di Darren. Lui mi guardò preoccupato.

«Devo farlo e basta» dissi. «Prometto che manterrò la calma. Nei limiti del possibile, ovviamente, ma ho bisogno di parlare con lui. Non può farla franca. Voglio che sappia che ci sono ancora. E che ho scoperto cos'ha fatto a mia madre.»

«Non sarebbe meglio punirlo dimenticandolo?» chiese

dubbioso Darren. «Anche io ho avuto dei problemi con mio padre. L'ho escluso dalla mia vita per quello che ha fatto a mia madre, e questa decisione non mi crea problemi.»

«Temo che per me non sia così facile.» Con la coda dell'occhio notai che alcuni passanti ci fissavano incuriositi. Pensavano che stessimo litigando? Ero abbastanza sicura che anche in un quartiere aristocratico come Zehlendorf non tutti capissero l'inglese. «Lui sarà sempre una parte di me: porto il suo cognome e non dimenticherò mai che mi abbia cacciata di casa. E poi mia madre… Quello che le ha fatto è imperdonabile e voglio che lo sappia. Devo dirgli che ora sono io a volerlo fuori dalla mia vita.»

Darren annuì. «Va bene, ma promettimi che non ti lascerai sopraffare dalla rabbia. Quell'individuo non se lo merita.» Fece una pausa e mi rivolse un sorriso incoraggiante. «Ci parlerei io con lui, davvero, ma temo che il mio tedesco non sia sufficiente.»

«Non è necessario. Ho già litigato con lui in passato. Posso farcela.»

Gli presi la mano e lo trascinai verso l'uscita della stazione.

La casa dei miei genitori, all'indirizzo che mi aveva indicato il notaio, mi sembrava tetra e strana. Si estendeva su due piani con un tetto a mansarda. Una delle finestre al piano inferiore era aperta e dalla strada si sentiva un vago ronzio. Sembrava che qualcuno stesse facendo le pulizie. Era quello l'appartamento di mio padre?

Guardai l'orologio: quasi le sei di pomeriggio. Era lì, me lo sentivo.

Avevo le dita paralizzate e il cuore a mille, ma ormai era deciso.

«Ce la puoi fare!» Dopo un'ultima stretta alla mano di Darren, mi voltai.

Aprii il cancello del giardinetto, nascosto dietro una fitta siepe, e andai alla porta d'ingresso.

La mia rabbia si era leggermente placata durante il viaggio e ora iniziavo a provare un vago senso di paura. Come sarebbe andata?

Cercai di prepararmi al confronto, ma avevo la netta sensazione che nemmeno un carro armato sarebbe bastato a farmi uscire indenne.

Guardai fuori, oltre il cancello, dove Darren mi aspettava, poi schiacciai il pulsante del campanello.

Avevo il cuore in gola. Non ero sicura che mi avrebbe fatto entrare. Poteva lasciarmi sulla porta.

Per molto tempo non successe niente, poi si udì un crepitio.

«Chi è?» La voce di mio padre non era cambiata. Sentirla mi riportò alla mente una valanga di ricordi. La mia ultima sera a casa. Le nostre chiacchiere. Come si era chinato su di me quando ero svenuta e come era cambiato di colpo quando aveva scoperto che ero incinta.

«Non ho più una figlia!» aveva gridato. Poi si era chiuso nel suo studio.

«Chi è?» ripeté, ora un po' seccato.

«Sono Sophia» riuscii a dire, nonostante avessi la gola secca e irritata. Anche lo stomaco mi doleva. Tutto il mio coraggio sembrava essere svanito.

Silenzio. Forse si era ritirato nel suo studio e mi stava ignorando. La mia mano era rimasta sospesa sul campanello. Dovevo suonare di nuovo?

Lasciai perdere. Se non voleva farmi entrare non potevo farci niente.

Stavo per voltarmi quando la porta si spalancò e mi ritrovai faccia a faccia con mio padre. Era furibondo.

«Cosa ci fai qui?» mi aggredì.

A parte i capelli, che erano diventati più grigi e radi, non era cambiato. Anche la sua rabbia nei miei confronti era rimasta la stessa.

Il suo sguardo furente mi spaventò, ma poi mi ricordai di quello che aveva scritto mia madre.

«Sono stata dal notaio Balder» dissi, e mi accorsi che lui sussultava. «Non preoccuparti, questa non è una visita di cortesia. E non sono nemmeno venuta a chiederti di nuovo perdono.»

Mi interruppi un attimo, chiedendomi come facesse a essere ancora così spietato dopo tanto tempo. Di fronte a lui non c'era una mendicante. Avevo combinato qualcosa nella vita, ero indipendente, ma non sembrava interessargli. Così come sembrava ignorare che stava dando spettacolo sulla soglia di casa, sotto gli occhi dei vicini.

«Sono qui perché il signor Balder mi ha letto il testamento della mamma» continuai. «Hai idea di cosa le hai fatto? Sai come si è sentita quando le hai nascosto le mie lettere?» Rimasi in attesa di una risposta.

Mio padre serrò le mascelle. I suoi occhi lampeggiavano, tutto il corpo era in tensione, ma non mi tirai indietro.

«Hai il coraggio di presentarti qui» riuscì a dire alla fine, sforzandosi di controllare la voce. Evidentemente non voleva che i vicini sentissero la nostra conversazione. «Dopo tutto quello che ci hai fatto.»

«Cosa vi ho fatto?» chiesi, per provocarlo.

«Lo sai benissimo.»

«Ho commesso un errore. Sono rimasta incinta. La mamma mi ha perdonata, perché non hai accettato la sua decisione?»

«Tua madre non sapeva cosa fosse meglio per lei» rispose. «Come osi affermare di sapere come si è sentita tua madre?»

«Mi ha lasciato una lettera, me l'ha letta il notaio Balder. La sua ultima volontà. Non ne sapevi niente, immagino.»

La rabbia divampò dentro di me, facendomi arrossire. Niente di quello che avrei potuto dire mi sembrava abbastanza per vendicare mia madre. O per spegnere il dolore lancinante che provavo.

«Le tue lettere hanno peggiorato la situazione!» sbottò all'improvviso. «Non si decideva a lasciarti andare! Credeva ancora di avere una figlia!»

«E perché avrebbe dovuto? Sono sua figlia. Pensi che si possa cancellare?» La mia voce era diventata acuta. Inspirai a fondo per non sembrare troppo isterica. «Pensi che non sappia cosa si prova a perdere un figlio? Purtroppo lo so per esperienza. Peccato che invece tu le abbia impedito di contattare me che sono viva e vegeta. Sappi che non ha mai smesso di provarci. Ma tu l'hai tenuta prigioniera, l'hai controllata. Non avevi il diritto di farlo.»

«Era mia moglie!» gridò lui. «Ho fatto quello che pensavo fosse giusto. Ora sparisci, non voglio più vederti.»

Sussultai quando alzò la mano. Non mi aveva mai picchiata, ma il gesto mi spaventò. Invece voleva soltanto indicare il cancello alle mie spalle.

«Quindi non vuoi sapere come sto?» domandai, trattenendo la rabbia.

«No!» rispose senza nemmeno pensarci.

Cosa mi aspettavo? Serrai le labbra. Mi avevano insegnato a essere rispettosa dei miei genitori, ma in quel momento avevo voglia di schiaffeggiarlo. Strinsi i pugni, ma tenni le braccia al loro posto. «Bene. Allora cancellami dalla tua vita!» urlai. «Ma questo non cambia il fatto che hai fatto soffrire mia madre, la donna che si fidava di te, più di tutti.»

Mi voltai e mi incamminai verso il cancello, ma mi fermai per girarmi un'ultima volta verso di lui. Il mio viso era alterato, ma la rabbia era come un fuoco purificatore. «Per me sei morto! Non ho bisogno di un padre come te. Puoi andartene al diavolo!»

Mi allontanai. Il suo viso furibondo era impresso nella mia memoria. Piansi lacrime amare di delusione. Non avrei mai pensato che un giorno avrei osato dire una cosa del genere a mio padre, ma era la verità. Non avevo bisogno di lui e non volevo più pensare a lui.

Darren mi aspettava lì fuori. Aveva assistito alla conversazione e anche se non capiva il tedesco, il tono era inequivocabile, in qualsiasi lingua.

«Stai bene?» chiese, scrutandomi. Annuii, anche se non era affatto vero, ma in realtà non ero sorpresa. Mio padre non era cambiato, e probabilmente non sarebbe mai cambiato. Ora che mia madre era morta era arrivato il momento di lasciarmi alle spalle lui e la mia infanzia.

«Andiamo» risposi, sforzandomi di non guardare più verso la casa. Mio padre era ancora lì? Non lo sapevo e non mi interessava.

Quella sera, dopo che Darren aveva comprato qualcosa da mangiare, rimasi a lungo a guardare fuori dalla finestra. Vidi il sole scomparire oltre l'orizzonte, mentre il traffico diventava sempre più silenzioso. Alla fine rimase soltanto il rumore dei treni nella stazione, lo stridio delle ruote sui binari e i fischi del vapore.

Sapendo che ero sconvolta Darren mi lasciò riposare. Non avevamo quasi parlato durante il viaggio, ma più si faceva buio, più desideravo stare con lui. Non volevo restare sola.

Quando oltre lo zoo vidi soltanto una sottile striscia rossa di sole, mi alzai e uscii dalla mia stanza.

Arrivai alla sua porta, esitante. Ciò che desideravo era giusto? Il mio corpo bruciava di desiderio per lui. Poteva esserci una sola cura: Darren.

Alla fine bussai.

Sentii dei rumori, e poco dopo la porta si aprì. Darren sbirciò assonnato attraverso uno spiraglio. Evidentemente era già andato a letto. quando mi riconobbe chiese: «Sophia! Che succede?».

«Scusa se ti disturbo. È che... volevo chiederti...»

Mi interruppi all'improvviso. Dovevo aspettare di essermi calmata prima di riuscire a continuare. «Non voglio rimanere sola. Ho bisogno di stare con qualcuno, di stare con te...»

Darren mi guardò per un momento, poi si fece da parte e aprì la porta.

La stanza era davvero spartana. Pensai a Thomas Jenkins. Dubitavo che fosse stato felice di trascorrere le sue giornate in una stanza come quella. Le pareti erano dipinte di una tonalità di grigio-blu e il mobilio era limitato all'essenziale: un letto, un armadio e una scrivania. Tutto della massima semplicità. L'unico quadro era una stampa espressionista di un artista a me sconosciuto. L'aria fresca della sera entrava dalla finestra leggermente aperta. Rabbrividii.

Al Martha's Vineyard, dove io e Darren avevamo condiviso una camera da letto, non era andata molto bene. Cercai di non pensarci. Volevo sentirlo vicino, volevo essere stretta dalle sue braccia. «Sophia...» esordì lui, ma mi girai di scatto e gli chiusi la bocca con un bacio.

All'inizio sembrava un po' sorpreso, ma poi sentii il suo desiderio crescere. Finché non iniziammo a spogliarci.

«Sei sicura?» chiese Darren, prima che ci lasciassimo andare del tutto.

«Sì. Se mi vuoi.»

«Ti voglio» rispose lui, attirandomi a sé e baciandomi sul collo. Mi tolse anche la biancheria intima. Sussultai un attimo quando mi sfiorò l'addome e il suo dito scivolò sulla cicatrice.

Era la ragione per cui ci eravamo lasciati. Ma ora la accarezzò quasi con tenerezza, poi si chinò a baciarla. Io stessa la ignoravo da tempo, ma ora i suoi baci scatenavano tempeste di fuoco nel mio corpo, sensazioni che non avevo mai provato prima.

Quando cademmo sul letto, finalmente uniti, sembrò che il resto del mondo fosse scomparso. Non esisteva più un paese con un governo folle, nessun padre con cui non riuscivo ad andare d'accordo, nessuna azienda, nessun lavoro. Soltanto noi due, due corpi nudi che si muovevano e scivolavano sulle lenzuola, finché il piacere non raggiunse il culmine.

Più tardi, sdraiati l'una accanto all'altro, felici ed esausti, Darren mi accarezzò delicatamente i fianchi. La sua mano indugiò sulla cicatrice.

«Non riesco a credere di essere stato tanto idiota» sussurrò. «Questa cicatrice…»

Gli presi la mano. «Va tutto bene. Abbiamo chiarito. E se non ti dà fastidio…»

«Per niente. Si vede a malapena.»

In effetti ormai si era ridotta a una sottile linea bianca. Lo sapevo anche senza guardarla. Ovviamente era ancora visibile, non mi avrebbe mai abbandonata, ma non mi vergognavo più di fronte a lui.

«Tuo figlio…» aggiunse un attimo dopo. «Pensi che il detective possa trovarlo?»

«Non lo so. È passato tanto tempo. Nell'ultima lettera mi ha detto di aver perso le sue tracce, e da allora non ho avuto più notizie.»

Rabbrividii. Darren mi strinse a sé e avvolse i nostri corpi con la coperta.

«Mi dispiace.»

«Anche a me.»

I sentimenti per mio figlio erano lì, sopiti ma sempre presenti. E sapevo che non mi avrebbero mai lasciata.

«Ma ora ho te» continuai. «Ti ho desiderato tanto in questi anni. Ero convinta che il lavoro non mi avrebbe lasciato tempo per una relazione, e invece è stato proprio il lavoro a farmi trovare la persona a cui aprire il mio cuore.»

Nessuno di noi disse altro. Ci tenemmo stretti finché non mi addormentai tra le sue braccia.

La mattina dopo scivolai fuori dal letto di Darren e tornai nella mia stanza. Era ora di preparare i bagagli e partire. Non sopportavo più Berlino e sentivo la mancanza di Maine Chance.

Dopo aver fatto la doccia ed essermi vestita, tirai fuori la valigia dall'armadio e iniziai a riempirla di vestiti.

Poco dopo qualcuno bussò alla porta.

«Avanti!» esclamai. Era Darren.

«Ecco dov'eri!»

Soltanto ora notavo che era ancora in vestaglia.

«Non volevo svegliarti.»

«E quella?» Indicò la mia valigia.

«Voglio tornare a New York.»

«Ma la nave parte fra quattro giorni!»

«Non voglio più restare qui. Voglio tornare a Maine Chance. Con te.»

Chiuse la porta, si avvicinò e mi prese fra le braccia. Mi baciò dolcemente e mi tenne stretta a lungo. «Potremmo andare da qualche altra parte» disse alla fine. «Mi hanno detto che Amburgo è molto bella.»

«Come lo sai?»

«Una volta ho lavorato con un tipo di un'azienda alimentare. Aveva vissuto per qualche tempo ad Amburgo e mi ha detto che ci sono molte cose belle da vedere. La Reeperbahn, per esempio.»

«Meglio di no» risposi. «Uno dei dipendenti del Teatro Nelson si era vantato di esserci stato e di aver goduto dei servizi di una prostituta: così oltre a perdere il portafogli ti prendi anche una malattia.»

Darren rise. «Sono certo che Amburgo abbia da offrire anche divertimenti più innocui.»

Sospirai. Mi sarebbe piaciuto viaggiare per la Germania con lui, ma quello che avevo sentito e visto nella capitale mi aveva fin troppo inquietata.

«Ricordi cosa ha detto il signor Breisky? La situazione è la stessa in tutto il Paese, non soltanto a Berlino.»

Darren annuì e, dopo una pausa di riflessione, disse: «Posso provare a cambiare il biglietto. Magari troviamo posto su un'altra nave».

«Sarebbe perfetto. Non deve per forza essere un piroscafo veloce. Abbiamo tempo.» Guardai la scatola con le lettere mie e di mia madre. Avrei saputo come passare il tempo durante la traversata.

«Come desidera, signorina!» sorrise Darren. Poi mi tirò a sé e mi baciò.

48

Dieci giorni dopo arrivammo a New York. Stavolta rimasi sul ponte per guardare la Statua della Libertà che ci accoglieva. Darren mi abbracciava, e per la prima volta da molto tempo mi sentivo al sicuro. Ciononostante evitavo di fare progetti. Sapevo che il vento poteva sempre girare.

Quando sbarcammo ritrovai l'atmosfera familiare di New York. Era bello essere tornati! Percorsi il molo sotto braccio a Darren. Avrei voluto non lasciarlo andare mai più. Avevamo passato la maggior parte dei giorni sulla nave nel mio letto, e avevo iniziato a sognare di nuovo un futuro insieme.

Mi girai verso Darren. «Che ne dici, quando dovremmo rendere pubblica la nostra relazione?»

«Se vuoi possiamo fermarci all'ufficio del *New York Times* e penso subito a un annuncio da pubblicare.»

«Così la signora Arden si strozzerebbe con la colazione.» Sorrisi. Durante il viaggio il ricordo dei giorni di Berlino era un po' sbiadito, anche se avevo letto le altre lettere di mia madre. Ne avevo tradotte alcune per Darren, che era rimasto con me abbracciandomi mentre piangevo. Il suo perdono e la possibilità di dirle addio mi avevano restituito la pace. Anche se l'occasione del viaggio era dovuta a un motivo triste, ero più felice che mai con Darren.

«Andremo per gradi. Prima di tutto gli altri di Maine Chance devono abituarsi all'idea. E non devono pensare che il nostro lavoro ne risentirà. Non so come potrebbe prenderla la Arden.»

«Hai ragione. Per fortuna ancora non ci sono ospiti; qualcuno potrebbe sorprenderci mentre ci baciamo.»

«E questo è un bene. Ma quando verrà il momento...» Mi fermai. La signora Arden non aveva ancora rivelato il nome della direttrice della beauty farm. Mi aveva affidato il compito di ristrutturare la villa, ma cosa sarebbe successo una volta terminati i lavori? Mi avrebbe tenuta lì? Oppure potevo chiederle di essere trasferita in laboratorio?

«E se ricominciassi a lavorare come chimica? Che ne pensi?» chiesi mentre salivamo sulla macchina di Darren.

Lui inarcò le sopracciglia. «Non ti piace più lavorare alla beauty farm?»

«Sì, ma mi piacerebbe tornare a fare il lavoro che so fare meglio. Produrre cosmetici, sviluppare una linea di prodotti, magari in esclusiva per Maine Chance.»

«Mi sembra un'idea fantastica. Dovresti parlarne con la signora Arden. Sono sicuro che le piacerà.» Darren rifletté per un momento, poi aggiunse: «Ma penso che saresti anche un'ottima direttrice. Pensa a quello che hai ottenuto negli ultimi anni...».

«È carino da parte tua. Spero che anche la signora Arden lo pensi, ma ancora di più spero che mi permetta di allestire un laboratorio sul posto.»

«Perché non glielo hai proposto prima?»

Darren accese il motore e si immerse nel traffico.

«Non c'è mai stata occasione. E a dire il vero, in genere sono così impegnata a eseguire gli ordini della Arden che me ne dimentico.»

«È vero, sa essere molto convincente.» Un sorriso apparve il viso di Darren. «Ma forse avrà voglia di ascoltarti dopo l'inaugurazione della beauty farm.»

«Speriamo.» Mentre l'auto di Darren sfrecciava fra i grattacieli di New York e finalmente raggiungeva la periferia, mi concessi di sognare il laboratorio e un futuro con lui.

Arrivammo a Maine Chance al tramonto, quando le facciate e i tetti degli edifici risplendevano di una luce rossastra. Sentii subito di essere tornata a casa.

Avevamo tante cose di cui essere felici. Forse avrei finalmente dimenticato cos'era successo in Germania. Non ci sarei tornata tanto presto. Avevo chiuso con mio padre, ma mi sarei portata mia madre nel cuore per sempre.

Quando entrammo in cortile notai un'altra macchina. La riconobbi subito.

«La signora Arden è qui» dissi, sorpresa.

Darren annuì. Anche lui aveva riconosciuto la macchina.

«Secondo te per quale motivo?»

«Sarà venuta a controllare che tutto vada bene. Forse non ha trovato nessuno che potesse sostituirti.»

La cosa mi turbava, anche se sapevo che non c'era nulla per cui dovessi sentirmi in colpa.

«Le avevi detto che non ci saresti stato?» chiesi, pensando ad alta voce.

«Certo!» rispose Darren. «Non preoccuparti, va tutto bene.»

«Quando arriva il capo sono sempre preoccupata. Forse è successo qualcosa durante la nostra assenza.»

«Se è così, non è una tua responsabilità» disse, fermando la macchina. «Ti ha dato il permesso di andare in Germania, non trovi?»

Era vero, ma la presenza della signora Arden mi inquietava comunque.

La incontrammo nell'atrio. Doveva essere appena rientrata da un giro serale perché era vestita per andare a cavallo.

Lasciai subito la mano di Darren. Non sapevo se avrebbe approvato una relazione fra due suoi dipendenti. Quello che io e Darren facevamo in privato non erano affari suoi, ma non era il momento giusto per informarla.

«Ah, signorina Krohn! È tornata dalla Germania?»

«Sì, signora Arden.»

«Immagino che il signor O'Connor sia venuto a prenderla a New York?»

Non sapevo come rispondere. Da quanto tempo era nel Maine? E Darren non le aveva detto che sarebbe venuto con me?

«Sì, io...» Di colpo avevo la gola secca. «Ho anticipato il ritorno. La mia visita in patria è stata... sconvolgente.»

«Mi dispiace» commentò lei, poi guardò Darren. Con la coda dell'occhio mi accorsi che era arrossito.

«La sua vacanza è andata bene, almeno?» chiese la Arden.

Vacanza? Mi sforzai di non guardare Darren. Non le aveva detto che era a Berlino con me?

«Molto bene, grazie per avermelo chiesto» rispose lui tutto d'un fiato.

«Allora sta bene?»

«Sì, ho risolto le questioni familiari. Ora posso dedicarmi di nuovo al cento per cento al lavoro.»

La signora Arden accolse queste parole con un cenno del capo. Mi sembrava strano che si concentrasse tanto su di lui. Io ero stata liquidata con una frase.

«A proposito di lavoro, signor O'Connor, mi piacerebbe vedere i suoi progetti. Avrebbe un minuto più tardi?»

«Certo» confermò Darren. «Accompagno di sopra la signorina Krohn con la valigia e le mostro tutto.»

«Bene.» La signora Arden mi lanciò un'altra occhiata indecifrabile prima di scomparire in corridoio.

Soltanto allora mi arrischiai a guardare Darren. Si era accorto della mia perplessità? Ad ogni modo, non la espressi ad alta voce. Salii le scale, Darren mi seguì poco dopo con la valigia.

Quando entrò nella mia stanza, chiusi a chiave la porta e gli chiesi: «Perché le hai detto che la tua era una vacanza?».

Darren arrossì. «Io… Non volevo che pensasse…»

«Che fossimo tornati insieme?» Alzai le sopracciglia. Prima di partire eravamo buoni amici. Non c'era niente di cui aver paura.

«Non volevo che traesse le conclusioni sbagliate o si rifiutasse. Le ho detto che avrei fatto visita a un parente per un problema familiare. E se ci pensi bene non era una proprio una bugia.»

«Era una bugia bella e buona! Se lo scopre…»

«E come potrebbe?» replicò lui con un sorriso sfacciato. «A meno che non sia tu a tradirmi.» Posò la valigia, mi cinse la vita e mi tirò a sé.

«Non ho intenzione di tradirti» dissi, rannicchiandomi contro di lui. «Però dovresti stare attento. Sai, la Arden può assomiglire a una porta girevole: si esce tanto velocemente quanto si è entrati.»

«Non troverà alcun motivo per licenziarmi. I miei progetti sono fantastici!»

«Sono d'accordo, ma dovresti fare attenzione. Ho una strana sensazione…»

«Sei carina a preoccuparti, ma la conquisterò con il mio fascino.»

Darren si chinò a baciarmi. Il calore delle sue labbra si estese a tutto il corpo, accendendo il mio desiderio.

Ma la signora Arden lo aspettava di sotto. Non ero ancora sicura di aver capito il motivo della sua presenza, ma era sicuramente meglio se Darren non la faceva attendere troppo.

Mentre lui parlava con il capo, disfeci la valigia e feci un giro della villa. Peg se n'era già andata, ma ci aveva lasciato una cena di tre portate. Ella e Mindy, le cameriere, erano ancora lì e avrebbero servito in tavola. In realtà avremmo potuto farlo da soli, ma c'era la signora Arden. Inoltre una volta inaugurata la beauty farm il servizio al tavolo sarebbe stata la norma: le nostre ospiti dovevano sentirsi coccolate.

Provai un formicolio di gioia alla sola idea.

Non rividi Darren fino a cena. Sembrava rilassato, quindi l'incontro doveva essere andato bene. Mi sentii sollevata. La signora Arden aveva apprezzato i disegni, ne ero certa, ma non potevo chiedergli nulla perché c'era anche lei. Dopo cena, mentre Ella e Mindy stavano preparando il dessert, la Arden si rivolse a me.

«Posso rubarle un attimo, prima che si ritiri in camera? Immagino che sia stanca per il viaggio, ma vorrei pararle di una cosa.»

Stavo per chiederle se poteva rimandare al giorno dopo. Ma poi, ovviamente, non osai. «Sì, signora Arden, volentieri.»

La seguii nell'ufficio di cui nel frattempo aveva preso possesso. A quanto pareva mi aveva davvero sostituita personalmente, non era di passaggio. Sulla scrivania vidi alcuni documenti, ma anche grossi cataloghi di mobili e riviste. Si era data da fare.

La signora Arden mi fece cenno di sedermi, poi chiuse la porta.

«Le va un bicchiere di limonata?»

«Sì, grazie» risposi, con la lingua incollata al palato per l'agitazione. Per un momento desiderai aver mangiato meno, ma lo stufato di Peg era il migliore che si potesse trovare da quelle parti.

La Arden riempì due bicchieri e me ne porse uno. Poi si sedette di fronte a me.

«Ha fatto davvero un ottimo lavoro» esordì. «È tutto pronto per l'inaugurazione. Non so dirle quanto questo mi renda felice.»

Mi sorrise e tese il bicchiere per brindare.

Ricambiai il sorriso. Forse andava davvero tutto bene.

«Mi fa piacere. Anzi, ho molte idee che potremmo mettere in pratica dopo l'apertura.»

«E sarebbero?»

Era il momento giusto per metterla a parte dei miei desideri?

«Ebbene, pensavo che potremmo aprire un laboratorio qui sul posto. Magari in una delle dependance. Potremmo produrre i cosmetici per la beauty farm e offrirli in esclusiva alle clienti. Così il soggiorno sarebbe ancora più interessante, perché qui avrebbero accesso a prodotti non disponibili altrove.»

La signora Arden mi scrutò attentamente. «Vorrebbe tornare a fare la chimica? Pensavo che gli ultimi anni l'avessero convinta che ha anche altri talenti.»

«La chimica è sempre stata la mia grande passione, fin da piccola.»

«Ma è anche bravissima a organizzare. Come saprà, mi piace assegnare i ruoli ai miei collaboratori a prescindere dalla loro formazione. E lei è anche una delle persone in cui mi rivedo di più.»

Mi guardò negli occhi in modo strano. Non era scontrosa, ma mi fece sentire a disagio.

«Ma è da qualche tempo che sento il desiderio di tornare in laboratorio» confessai. «E penso che sarebbe un'utile supplemento a ciò che sto facendo qui.»

«Sono contenta che la pensi così, ma ho già ottimi chimici. Non voglio mettere in discussione il suo talento, ma preferisco non cambiare le cose. E inoltre sarebbe perfetta come direttrice della beauty farm. Tuttavia…»

«Sì?» Cosa stava per dire?

La signora Arden fece una breve pausa, poi riprese: «Il suo rapporto con il signor O'Connor sembra essere molto intimo».

La guardai sbalordita. Cosa c'entrava questo con la mia capacità di gestire e dirigere la beauty farm?

«Sì, noi… Mi è stato molto vicino da quando ho ricevuto brutte notizie» risposi, confusa. Stavo sudando. Non potevo assolutamente dirle che era stato in Germania con me.

«È sempre bello avere qualcuno vicino. Ma non è quello che intendo. Ho notato il modo in cui la guarda.»

Arrossii. Era così ovvio? E meno male che il mio piano era di procedere per gradi.

La signora Arden non aspettò la mia risposta. «Sta pensando di far diventare la vostra amicizia qualcosa di più?»

La fissai con gli occhi sgranati. Cosa voleva dire? E cosa le importava?

«Non lo so…» risposi evasiva. «Il signor O'Connor è un buon amico.»

Sul viso della Arden comparve un sorriso indecifrabile. Era approvazione o disapprovazione?

«Può essere onesta con me. Arriva il momento in cui ogni donna vuole scegliere un compagno. Per lei è il signor O'Connor?»

«Forse» risposi, un po' incerta. Tutto quel discorso mi sembrava inappropriato. La signora Arden non era un'amica a cui volevo parlare della mia relazione. Perché insisteva tanto? Non erano affari suoi. Forse poteva essere un modo per scoprire se Darren aveva inventato una scusa per venire con me in Germania. Sarei voluta scappare dalla stanza.

La signora Arden rimase in silenzio per qualche istante.

«Non voglio intromettermi nella sua vita privata, ma le sembra davvero il caso di iniziare una relazione in questo momento?»

«Come, scusi?» mi sfuggì.

La Arden mi studiò con un sorriso benevolo. «Ha tutto ciò di cui la nostra azienda ha bisogno. Cervello, bellezza e idee. Potrebbe diventare una personalità di spicco del settore.»

«E intende dire che non posso farlo con un uomo al mio fianco?»

La signora Arden rifletté. «Nella mia esperienza, la maggior parte delle donne non condivide la mia visione del matrimonio.» Fece una pausa per un momento e poi continuò: «Il giorno delle nozze sono andata in comune con mio marito e poi sono tornata al lavoro. Non avevo intenzione di rinunciare alla carriera per un uomo. Eppure molte donne mettono da parte il loro talento quando si sposano, poi se ne pentono quando il matrimonio finisce o il marito viene a mancare e si rendono conto che è stato tutto un grosso errore. Ma a quel punto è troppo tardi».

Di colpo mi sentii un peso sul petto. Quindi la signora Arden credeva che una volta sposata avrei smesso di lavorare?

«Non rinuncerò mai al mio lavoro. I cosmetici sono la mia passione, e la seguirò sempre, anche se un giorno dovessi sposarmi.»

L'evidente scetticismo della signora Arden mi zittì. Come le veniva in mente di farmi quel discorso? Ero tornata con Darren da poco più di una settimana, non avevamo piani per il futuro. E non era certo il tipo di uomo che mi avrebbe proibito di lavorare, al contrario, gli era anche piaciuta la mia idea di aprire un laboratorio…

«D'accordo, non ci resta che vedere come andrà, allora.» Si alzò.

Guardai il bicchiere di limonata che avevo in mano. Non ne avevo bevuto nemmeno un sorso, ma a quanto pareva mi aveva congedata.

«Partirò domani mattina» disse la signora Arden. «Tanto ci pensa lei qui, dico bene?»

«Certo» risposi, alzandomi a mia volta. Non sapevo se sentirmi più delusa o meravigliata. Qual era stato il senso di quel colloquio? Perché non mi aveva chiesto di mia madre e del viaggio in Germania?

Andai alla porta, ma mi girai un'ultima volta verso di lei. «Grazie per avermi fatta ospitare nella sua sede tedesca.»

«Di nulla. È sempre la benvenuta in tutte le mie filiali.»

Uscii dalla stanza, e soltanto quando fui fuori capii come avrebbe fatto a scoprire che Darren era venuto con me, ammesso che non lo sapesse già.

49

La mattina dopo la signora Arden ci salutò. Salì in macchina con il suo autista senza nemmeno fare colazione e partì. Restai a guardare l'auto che si allontanava con un brutto presentimento. Non aveva detto altro, quindi non sapevo come avesse interpretato le mie parole. E non aveva nemmeno convocato di nuovo Darren da lei.

Per prudenza, la sera prima non ero andata da lui. Non volevo che la signora se ne accorgesse; e poi mi sentivo a disagio per la sua presenza.

Forse stavo esagerando, come quando mi era sfuggita l'osservazione su Madame durante la prima visita alla tenuta.

Che diventassi direttrice della beauty farm o meno era davvero irrilevante. Ciò che mi lasciava perplessa era che la signora Arden mi ritenesse uguale alla maggior parte delle donne e credesse che avrei messo fine alla mia carriera non appena trovato marito. Non ci pensavo nemmeno!

Darren mi mise un braccio sulle spalle. «Di nuovo soli, finalmente.»

Mi appoggiai a lui. «Sembra di sì.»

«Cosa c'è?»

«Dobbiamo parlare.»

«Oh, oh! Non suona affatto bene.»

«Non c'entra niente con te. E nemmeno con noi. Però...»

Percepii un movimento e mi zittii. Ella stava attraversando l'atrio. Feci cenno a Darren di seguirmi. Ci spostammo in giardino, sotto i pergolati che a breve avrebbero accolto le nostre ospiti. Lì avremmo potuto parlare indisturbati; in quel momento la maggior parte dei dipendenti era nelle scuderie con i cavalli, le cameriere erano in casa e i giardinieri non erano ancora arrivati.

Ci sedemmo su una delle panchine.

L'espressione di Darren era preoccupata. «Allora? Che succede?»

Feci un respiro profondo. «Per caso la signora Arden ieri ti ha parlato della nostra relazione?»

Darren scosse la testa. «No, come ti viene in mente?»

«Con me lo ha fatto.»

Mi guardò incredulo.

«E cosa ha detto?»

«Voleva sapere se c'è qualcosa tra noi. E poi mi ha chiesto se mi sembrava giusto iniziare una relazione proprio ora che la mia carriera sta per decollare. Teme che smetterò di lavorare non appena sarò sposata.»

Darren mi fissò pietrificato. «Non è possibile! Perché non me l'hai detto?»

«Non c'è stato modo finora.»

«Saresti potuta venire da me.»

«Non osavo. Era… come avere una suocera arcigna sotto lo stesso tetto.»

Darren rise. «In effetti il paragone non è del tutto campato in aria, soprattutto dopo quello che ho appena sentito.»

«Anch'io ho pensato che fosse strano, credimi. Le ho assicurato che non avrei rinunciato alla carriera. E poi non mi sembra che stiamo per sposarci, no?»

Darren mi guardò con aria abbattuta. «No, è vero.»

Aggrottai la fronte. Perché il suo umore era cambiato improvvisamente?

«E poi non mi proibiresti di andare a lavorare, vero?»

Mi prese la mano e mi guardò negli occhi. «Non lo farei mai! Sei una donna meravigliosa e voglio che tu sia felice e se il lavoro fa parte della tua felicità, non ho niente in contrario!»

Gli sorrisi e lo baciai. Dopo un attimo ricambiò il mio slancio e restammo seduti sulla panchina ancora per qualche minuto prima di rientrare alla villa.

I giorni successivi ripresero l'andamento di prima che partissi per la Germania.

Mi occupai delle forniture e degli ultimi mobili per le camere degli ospiti, mentre Darren dava gli ultimi ritocchi alla campagna pubblicitaria. Era come non essere mai andata via.

La strana conversazione con la signora Arden mi sembrava così lontana. Non volendo rendere pubblica la nostra relazione davanti ai dipendenti, io e Darren ci accontentavamo di qualche carezza rubata durante il giorno. Di notte, tuttavia, facevamo a turno a sgattaiolare nella stanza dell'altro e facevamo l'amore appassionatamente. Di tanto in tanto mi assaliva il timore di rimanere incinta. Quando ne parlai a Darren, però, mi abbracciò. «E anche se fosse! Non ti pianterò in asso come quel bastardo!»

Il venerdì Darren mi chiamò nel suo ufficio.

«Cosa ne pensi?» Indicò gli schizzi sulla scrivania.

«Sono meravigliosi.» I colori erano brillanti e avrebbero sicuramente attirato gli sguardi di tutti. Per come la vedevo io, era la degna pubblicità per un club di bellezza. Ero certa che Ray, ma anche Henny, avrebbero avuto voglia di accettare la nostra offerta, pur non essendo imprenditrici ricche e di successo. Nessuna donna avrebbe detto di no.

«Penso che la signora Arden ne sarà molto contenta.»

«Lo era già quando l'ha vista l'altro giorno, ma ho fatto qualche piccola modifica.»

«Credo davvero che non si possa fare di meglio.»

Darren si avvicinò e mi mise un braccio intorno alla vita. «Dovremmo fare un viaggetto nel fine settimana, che ne dici? Solo io e te da qualche parte.»

«Ma il primo giugno ci sarà l'inaugurazione della beauty farm!»

«Appunto, dobbiamo approfittare del momento! Prima di essere invasi dalle riccone… A quel punto probabilmente non avrai più tempo.»

Ero molto indecisa. Potevo lasciare la villa? Soprattutto ora, dopo la strana conversazione con la signora Arden?

C'era ancora molto da fare. Anche se la Arden aveva detto il contrario, avevo la sensazione che fossimo tutt'altro che pronti.

«Va bene!» dissi comunque.

Darren mi sorrise raggiante. «Ecco la mia ragazza!»

«Ma non più di due giorni; torneremo al più tardi lunedì mattina, vero?»

«Promesso. Prepara le valigie, del resto mi occupo io.»

Quella sera aspettavo nella mia stanza con il cuore in gola. Darren non aveva voluto rivelarmi dove saremmo andati. La costa era lontana, ma c'erano tanti piccoli luoghi caratteristici vicino ai laghi.

Quando venne a prendermi era al settimo cielo. «Sei pronta?»

«Dove andiamo?»

«Me lo chiedevi sempre, anche prima.»

«E mi hai sempre risposto all'ultimo minuto!»

«Sono fatto così.»

Sì, era fatto così. E lo amavo anche per quello.

Dopo aver augurato a Peg un buon fine settimana, lasciammo la villa. Darren guidò su diverse stradine di campagna e poco dopo mi resi conto che stavamo andando solo dall'altra parte del lago. Attraversammo boschi e campi che in quel periodo dell'anno erano ancora incolti, mentre sui lati della strada iniziava ad apparire la prima erba verde e tenera.

«C'è una piccola baita in cui possiamo stare da soli» mi disse mentre ci avvicinavamo alla nostra destinazione. «Niente stallieri, niente principe, niente Peg e niente cameriere. Solo noi due.»

«Anche sulla nave lo eravamo, una settimana fa» gli feci notare, ridendo.

«Be', sfortunatamente non ne ho mai abbastanza.»

Raggiungemmo la baita quando il sole era già scomparso dietro l'orizzonte. Era illuminata.

«Sei sicuro che siamo nel posto giusto?» chiesi scettica.

«Perché?»

«La luce! C'è qualcuno, no?»

«Non preoccuparti, sono d'accordo con Hank» spiegò Darren. «Hank è il proprietario di questa piccola perla. Domani mattina, con la luce, vedrai com'è bella. Per fortuna la Arden non l'ha vista, altrimenti l'avrebbe comprata.»

«E Hank avrebbe venduto?»

Darren scosse la testa. «Assolutamente no!»

Quando aprì la porta, la prima cosa che vidi fu una tavola imbandita. Sulla tovaglia a quadretti bianchi e rossi c'erano un paio di cesti con pane e frutta, al centro un'alzata piena di code di aragosta. Il proprietario doveva averle appena portate, perché sembravano molto fresche e appetitose.

«Come conosci Hank?» chiesi stupita mentre entravo. C'era persino una bottiglia di champagne in un secchiello con il ghiaccio.

«L'ho incontrato al pub. Quella volta che abbiamo litigato.»

«Davvero?» Mi sentii arrossire.

«Sì, e mi ha parlato della sua baita. L'ho ascoltato anche se all'epoca non mi era ancora chiaro come usarla, ma ora sì, quindi l'ho chiamato.»

Mi guardai intorno. Non era giusto definire quel posto una baita, era più una piccola villetta per il fine settimana. Ce n'erano parecchie nell'area di Belgrade Lakes. I mobili erano bianchi come le pareti, e probabilmente erano stati introdotti nel corso degli anni.

Ogni sedia era leggermente diversa dalle altre. Una scala stretta conduceva alla camera da letto. I quadri e le vecchie corde da pesca aggiungevano un tocco di colore.

Darren posò le nostre borse vicino alla porta e mi abbracciò da dietro. «Vogliamo prima mangiare o...» sussurrò e mi baciò il collo.

«Mangiamo.» Avevo una fame da lupi. Presi una coda di aragosta, la immersi nella salsa cocktail servita in una piccola ciotola di cristallo e gliela misi tra le labbra. «Tutto il resto può aspettare un attimo.»

Nella notte, mentre eravamo sdraiati fianco a fianco, stremati dalle ore di passione, Darren disse all'improvviso: «Facciamolo!».

«Cosa?» chiesi, perplessa.

«Sposiamoci.»

Alzai le sopracciglia.

«Voglio dire, la signora Arden ha un buon fiuto, altrimenti non ti avrebbe fatto quel discorso.» Mi guardò e mi accarezzò teneramente la guancia. «Cosa pensi? Non dovremmo darle ragione?»

«Sarebbe una proposta?» replicai un po' sorpresa. «Di solito l'uomo si inginocchia davanti alla donna e le dà un anello.»

Darren sorrise. «Ma tu non sei quel tipo di donna, vero? O avresti preferito che facessi le cose alla vecchia maniera?»

Non avevo idea di cosa volessi, ma le sue parole mi avevano scatenato un turbine di emozioni. Fino a ora non avevo pensato molto al futuro. Volevo soltanto godermi il tempo insieme a lui. Il nostro rapporto era bellissimo. Non c'erano più segreti, niente di nascosto. Era liberatorio non dover prestare attenzione a quello che dicevo in ogni momento.

Ma non avevo mentito alla signora Arden: non avevo ancora considerato il matrimonio.

«Pensaci» disse lui, e mi baciò dolcemente. «Se dici di sì, riceverai una proposta vecchio stile, inclusi anello e genuflessione, te lo prometto.»

«Non sei obbligato» risposi sorridendo. «Almeno per la parte in cui ti metti in ginocchio. L'anello lo vorrei.»

«E lo avrai. Ho anche già un'idea.»

«Per l'anello?»

«Sì. Non può essere un anello qualsiasi.»

«Ah, no? E dove li trovi i soldi per qualcosa di originale?»

«Forse non mi servono i soldi. Ma se te lo dico non è più una sorpresa, no?»

«Hai ragione.» Ascoltai per un attimo il battito del suo cuore e continuai: «Mi piacciono le sorprese ma non a tutti i costi».

«Di tutti i tipi o soltanto quelle brutte?»

«Le brutte decisamente meno, ma anche le belle sorprese a volte preferisco vederle arrivare. Così ho tempo di prepararmi.

«Io ti avevo avvertita!» Darren rise. Poi, quando si accorse che ero rimasta in silenzio, chiese: «Stai bene? Sto insistendo troppo?».

Scossi la testa. «No, è solo… la signora Arden…»

Darren emise un sospiro contrariato. «Cosa c'entra lei?»

«Ti ricordi cosa mi ha detto quando siamo tornati da New York?»

Lo sguardo di Darren si oscurò. «Non sono affari suoi. Per caso io vado a chiederle come vanno le cose con Jenkins ultimamente?»

«Ha divorziato da lui tempo fa.»

«Esattamente! Ed è venuta a chiederci se per noi andava bene?»

Si mise a sedere. La sua espressione era tesa.

«Hai ragione. Scusami, mi dispiace aver sollevato la questione.» Sospirai. «Mi è già successo con Madame, che mi aveva ordinato di non sposarmi per dieci anni. Se fosse andata diversamente allora… Voglio dire, se non ci fossimo lasciati, mi avresti chiesto la mano?»

«Era un periodo diverso» rispose Darren. «E quanto alla signora Titus, nemmeno lei aveva il diritto di importi una clausola del genere.»

«Non chiamarla così!»

«Perché no?» Darren inarcò le sopracciglia. «Dopo quello che ti ha chiesto, potrei darle anche della capra.»

«Per favore!» Lo guardai e mi chiesi se già allora sarei stata disposta a rinunciare a tutto per Darren. Lavoravo in un laboratorio. All'epoca, o almeno così mi sembrava, ero più vicina a coronare il mio sogno di produrre cosmetici di quanto non lo fossi ora. La signora Arden aveva ignorato la mia richiesta di mettere su un laboratorio a Maine Chance. Proprio come quando le avevo chiesto di mandarmi in Francia.

«Allora?» chiese Darren con dolcezza, accarezzandomi i capelli. «Riesci a immaginare di diventare mia moglie? Anche se la signora Arden non è d'accordo?»

Lo guardai negli occhi. Sapevo che era una persona suscettibile, ma lo amavo, di questo ero certa. E sentivo che era cambiato dall'ultima volta. Né la signora Arden né Madame avrebbero potuto fermarmi. E avevo imparato una cosa dalla Rubinstein, quando ero stata licenziata: c'erano cose più importanti del lavoro.

«Sì, lo immagino benissimo» risposi con un sorriso. Darren mi abbracciò.

«Proprio questo volevo sentire!»

Mi baciò di nuovo con slancio e passione. *Signora O'Connor*, pensai. L'ultimo passo per staccarmi definitivamente da mio padre. La felicità esplose nel mio petto, mentre eravamo rintanati di nuovo sotto le coperte.

50

Il nostro meraviglioso fine settimana durò troppo poco. Eravamo completamente presi dalla passione per uscire dalla baita, ma alla fine ci decidemmo e andammo a sederci sulla riva del lago, immaginando il futuro. Avremmo comprato una casa per allontanarci dalla beauty farm. Darren avrebbe cercato lavoro a Portland, io avrei imparato a guidare e forse ci sarebbe servita una seconda macchina. Un giorno magari avremmo avuto dei bambini.

Il pensiero di Louis si era affievolito nel corso degli anni. Il signor Martin non si era più fatto sentire, e quindi, probabilmente, non c'era più speranza. Mi spezzava il cuore, ma cercavo di guardare avanti. Forse avere un figlio con Darren mi avrebbe resa felice.

Il lunedì mattina scesi dalla macchina di Darren con le farfalle nello stomaco e la testa piena di progetti.

Presto mi sarei sposata! Ormai non ci speravo più. Volevo gridarlo a tutta Maine Chance!

Ma prima di tutto volevo dirlo a Peg. Si era accorta che io e Darren ci comportavamo in modo diverso la settimana prima? Se era così, aveva tenuto per sé i commenti.

Quando entrai vidi una lettera sul pavimento. Il postino doveva averla spinta sotto la porta da poco.

Era indirizzata a Darren. Una busta elegante con il nome E. Arden come mittente. Cosa aveva da comunicargli la signora Arden?

«Una lettera per te» dissi, porgendogli la busta.

Darren aggrottò la fronte. «Dalla signora Arden?» Voltò la busta. «Cosa può volere?»

«Aprila e lo scoprirai. Forse è un invito.»

In tal caso era strano che non ne avessi ricevuto uno anch'io.

Il senso di inquietudine che mi aveva accompagnata dalla strana conversazione con la Arden, e che si era placato un po' soltanto durante il fine settimana, tornò con tutta la sua forza. Un attimo dopo vidi Darren impallidire.

«Non può essere vero!» sussurrò scioccato.

«Cos'è successo?» Sentii una stretta al petto.

«Mi sta licenziando!»

Spalancai la bocca ma non riuscii a dire una parola. Scossi la testa incredula. Darren mi porse la lettera. La presi e lessi.

Gentile signor O'Connor,

con la presente Le comunico che purtroppo mi vedo costretta a congedarLa. L'ultimo lavoro che mi ha mostrato non è all'altezza degli standard della mia azienda. Le corrisponderò lo stipendio pattuito, ma le chiedo di lasciare immediatamente Maine Chance.
Saluti,

Elizabeth Arden

«Brutta stronza!» ringhiò.

Mindy, che stava entrando in quel momento, si fermò di colpo e ci fissò a occhi sgranati. «Va tutto bene, non parlava con te» dissi, e lei si ritirò in fretta.

«Andiamo» aggiunsi rivolta a Darren, trascinandolo fuori con me.

Nel cortile, Darren alzò la testa al cielo e sbuffò. Percepivo chiaramente la sua agitazione. Sembrava un candelotto di dinamite pronto a esplodere da un momento all'altro.

«Hai idea di cosa sia successo? Non aveva detto...»

«A quanto pare la signora Arden dice tante cose» replicò Darren arrabbiato, poi mi guardò. «A te ha lasciato intendere qualcosa?»

Scossi la testa. «No! Ti ho raccontato tutto della nostra conversazione. Le tue prestazioni lavorative non sono mai state prese in questione.» Mi fermai un momento. Gli occhi di Darren erano scuri come quando aveva scoperto di mio figlio. «Pensavo ti avesse detto che era soddisfatta.»

«Lo ha fatto, ma è stato prima che scoprisse che stavamo insieme.»

«Ma una cosa non ha niente a che fare con l'altra!»

«La Arden sembra intenderla diversamente.» Lo sguardo di Darren fissò un punto in lontananza. La sua mascella si serrò. All'improvviso mi sentii in colpa, anche se non avevo fatto niente. Non sapevo cosa dire.

Gli sfiorai il braccio. «Darren, io...»

Lui si ritrasse. «Ho bisogno di stare un attimo da solo, okay?»

Volevo chiedere perché, ma capii che era meglio lasciarlo andare. Si avviò verso le scuderie. Avrei voluto corrergli dietro e abbracciarlo, ma probabilmente lo avrei soltanto infastidito.

Guardai la lettera che avevo in mano. Provai un moto di rabbia. Fino a un attimo prima era tutto semplicemente perfetto. Perché la signora Arden ci aveva fatto questo? E quando mancava così poco all'inaugurazione di Maine Chance, per giunta!

Poi capii che la nostra conversazione su Darren non era avvenuta per caso. Forse ammettendo la mia relazione con lui l'avevo convinta a licenziarlo!

«Signorina Krohn! È tornata!» sentii gridare alle mie spalle. Era Peg.

Chiusi gli occhi per un momento e cercai di controllare le mie emozioni. Poi mi voltai e mi costrinsi a sorridere.

«Sì, sono qui. Cosa c'è?»

«Vorrei discutere con lei il programma alimentare della prossima settimana, se non le dispiace.» Lanciai un'occhiata nella direzione in cui si era allontanato Darren, ma non riuscivo più a vederlo. Quindi seguii Peg dentro casa.

Darren non si fece vedere per tutto il giorno e non si presentò a cena. Era tornato al pub? Stava camminando per sbollire la rabbia? Avrei voluto che mi parlasse. Perché reagiva sempre così?

Peg, ovviamente, era rimasta sorpresa dalla sua assenza, e anche il resto del personale. Spiegai che aveva ricevuto una lettera. Non dissi nulla del contenuto, erano affari di Darren, così ipotizzarono che si trattasse di un messaggio da parte della sua famiglia. Rimasi in silenzio, senza aggiungere altro. Scoprire che era stato licenziato probabilmente avrebbe scioccato gli altri tanto quanto aveva sconvolto me.

Nel frattempo il sole stava tramontando. Camminavo irrequieta avanti e indietro per l'ufficio, guardando di continuo fuori dalla finestra. Cosa potevo fare? Darren mi era stato vicino a Berlino, e volevo fare lo stesso per lui. Presto sarei stata la sua fidanzata. Perché mi escludeva? Quando sentii la porta d'ingresso che si apriva corsi fuori dall'ufficio. Incrociai Darren in corridoio.

«Dove sei stato?» domandai, ma lui mi abbracciò senza dire una parola e mi baciò sulle labbra.

«Dovevo riflettere.»

«Hai intenzione di parlarle? Forse è soltanto un malinteso.»

Darren scosse la testa. «No, non lo è. E sono sicuro che il problema non sia nemmeno il mio lavoro» disse guardandomi. «Vuole allontanarmi da te. Non so per quale motivo, ma lo scopo è quello.»

«Ma non ha il diritto di farlo. Devi dirglielo!»

«Non credo che servirebbe a molto. La signora Arden diventa una belva quando si arrabbia. Thomas Jenkins può confermarlo, ora che sono separati. Chissà, forse nemmeno lui ha colpe. Forse si vuole sbarazzare di lui e di me in un colpo solo.» Fece una pausa e mi baciò di nuovo. «Vuole che diventi come lei.»

«Non ci riuscirà mai!»

Quando Darren lasciò la villa, la mattina dopo, mi sentii come se una parte della mia anima venisse strappata via. Scoppiai a piangere fra le sue braccia, ma lui mi tenne stretta e mi sussurrò dolcemente: «Possiamo farcela. Ora devo trovare un lavoro, poi capiremo come fare. Forse non sarà lontano da Maine Chance».

«Ma come farai a trovare lavoro qui?» singhiozzai. «Non ci sono aziende abbastanza grandi da permettersi un pubblicitario!»

«Chiederò in giro e non mi fermerò finché non avrò trovato qualcosa. E prima o poi avremo la nostra casa qui, te lo prometto.»

Ci baciammo di nuovo a lungo per salutarci, poi Darren salì in macchina. Avrei voluto accompagnarlo, ma aspettavamo una consegna importante. Cercai di aggrapparmi con tutte le forze alla sua promessa, mentre lo guardavo uscire in macchina dal cortile. Quando non riuscii più a vedere i fanali posteriori, però, caddi in ginocchio e piansi.

Passai la giornata in uno stato di totale alienazione. Non riuscivo a lavorare né a pensare razionalmente.

Non era la fine del mondo, ma ero sicura che il licenziamento di Darren fosse dovuto a un motivo diverso da quello sostenuto dalla signora Arden. E il motivo era il suo rapporto con me.

Quella notte rimasi sveglia a fissare il soffitto della mia stanza. La casa mi sembrava vuota senza Darren, e alla fine la rabbia per l'ingiustizia che aveva subito cominciò a farmi tremare come se fossimo in pieno inverno.

Mi aveva telefonato appena arrivato a New York. Per fortuna non aveva chiuso il contratto di affitto del suo appartamento, quindi non dovevo preoccuparmi: almeno aveva un tetto sopra la testa.

Ma l'ingiustizia che aveva subito mi tormentava, e alla fine mi spinse ad alzarmi dal letto. Cosa avrei potuto fare per convincerla che quella relazione non avrebbe compromesso il mio lavoro? Come le veniva in mente?

All'alba ero distrutta, ma avevo deciso che c'era un'unica strada da percorrere: dovevo andare dalla signora Arden e parlarle.

Forse non avrebbe funzionato, ma valeva la pena fare un tentativo.

Quando Peg entrò in casa, mi trovò già seduta in cucina. Avevo preparato il caffè, ma non reggeva il confronto con il suo.

«Signorina Krohn, che succede?» chiese preoccupata. «Non sta bene?»

«Ho una brutta cera, vero?»

«Sembra che non abbia chiuso occhio stanotte.»

«In effetti...» risposi, e bevvi un altro sorso di caffè dalla tazza. Non era buono, ma stava facendo effetto. Piano piano sentivo svanire la tristezza e avvertivo di nuovo il tremore di rabbia allo stomaco. «Vado a New York.»

«Per via del signor O'Connor?»

Annuii. «Hai visto anche tu i suoi progetti, Peg. Sono perfetti.»

«È vero, ma forse alla signora Arden non sono piaciuti.»

«Se così fosse gli avrebbe chiesto di cambiarli, non lo avrebbe licenziato. No, si tratta d'altro.»

«Di che cosa?»

«Te lo racconterò al ritorno.»

Mi alzai da tavola. Avevo le ossa pesanti come piombo, ma sarebbe andata meglio una volta fuori all'aria aperta.

Tornai in camera e preparai in fretta la valigia. Dovevo trovare un posto dove passare la notte a New York, ma ero sicura che Darren mi avrebbe ospitata. E poi forse gli avrei portato buone notizie.

51

Il mio stomaco era in subbuglio quando entrai nella sede principale dell'azienda, nel tardo pomeriggio. Avevo fatto del mio meglio per calmarmi durante il viaggio, ma non mi era ancora passata la voglia di torcere il collo alla Arden.

Che differenza c'era fra lei e Madame? La Rubinstein mi aveva imposto una clausola che imponeva di non sposarmi per dieci anni e la Arden aveva cercato di separare me e Darren licenziandolo. Ma io non volevo rinunciare a Darren. Mi aveva promesso che avrebbe trovato un altro lavoro, ma dubitavo che saremmo riusciti a restare vicini. E nel peggiore dei casi la signora Arden avrebbe potuto sfruttare la sua influenza per fare in modo che non venisse assunto da nessuno nei pressi di Maine Chance.

Quando entrai nell'ufficio, la segretaria mi accolse calorosamente e avvisò la signora Arden. Ripensai alla prima volta che ero stata lì con il cuore pieno di speranza. Perché adesso mi pareva che tutto cadesse di nuovo a pezzi? Il destino non voleva che fossi felice?

«La signora Arden è pronta a riceverla» annunciò la segretaria pochi istanti dopo. La cosa mi sorprese, ma non dissi nulla e mi affrettai ad alzarmi e a raggiungere l'ufficio.

«Ah, signorina Krohn, cosa la porta da me?» chiese, palesemente di ottimo umore. Davvero non capiva quale poteva essere il motivo della mia visita?

Raddrizzai la schiena con aria determinata. «Devo parlarle del signor O'Connor.» Facevo fatica a contenere la rabbia.

«A che proposito?» La signora Arden si appoggiò allo schienale della poltrona. Un sorriso gelido apparve sul suo volto.

C'era stato un tempo in cui ero ossessionata dall'idea di piacerle. Quando speravo ancora che mi mandasse in Francia. Ma al momento non mi interessava cosa pensasse di me. E come sarebbe finita la conversazione.

«Lo ha licenziato.»

«Non ero soddisfatta del suo lavoro. Mi aspettavo qualcosa di meglio per l'inaugurazione della beauty farm.»

«Ma non la pensava così durante la sua ultima visita. Il signor O'Connor mi ha detto che era rimasta molto colpita.»

«Be',» replicò lei «ho parlato con i miei consiglieri quando sono tornata qui, e loro non erano entusiasti dei progetti.»

La signora Arden mi studiò a occhi socchiusi.

«È strano che sia lei a presentarsi qui e non il signor O'Connor. Lui non si è lamentato del licenziamento. Sicura di non essere venuta per motivi personali?»

Mi sentii soffocare. Certo che ero lì per motivi personali!

«Sa bene che ho una relazione con il signor O'Connor. Mi ha chiesto di sposarlo.»

Le sopracciglia perfette della Arden si sollevarono. «Una proposta di matrimonio?»

«Sì. E ho accettato.» Un brivido gelido mi corse lungo la schiena. Ma sentivo anche di aver ritrovato la determinazione. La Arden non poteva decidere della mia vita privata, non poteva dirmi se dovevo sposarmi o no.

«Bene, in tal caso sono certa che troverete il modo per

mantenere viva la vostra relazione» disse la signora Arden, in tono quasi beffardo.

Serrai le labbra per un momento e strinsi i pugni. «Come può funzionare se non ci vedremo mai? Se io sarò a Maine Chance e lui a New York?»

«Forse può farsi assumere come meccanico. O all'ufficio postale. Mi sembra più adatto a un ruolo del genere. E poi le impedirebbe soltanto di fare il suo lavoro. Non voglio che una mia direttrice sia distratta dal matrimonio e forse anche dai figli.»

Avrei voluto schiaffeggiarla perché anche lei doveva molto a suo marito. Non voleva lasciarmi essere felice soltanto perché lo aveva cacciato via?

«Volevo chiederle di dare al signor O'Connor una seconda possibilità» dissi, esercitando tutto il mio autocontrollo. «Sono certa che possa fare di meglio.»

«Non sono d'accordo» rispose gelida la signora Arden. «Le manderò presto il nuovo pubblicitario. Forse potrà aiutarlo a capire meglio ciò che conta per noi.»

«Non vuole nemmeno pensarci?» Il mio cuore era così pesante che mi sembrava fosse di pietra.

«Certo che no. Ho deciso.»

«Se è così, rassegno le mie dimissioni» mi sentii dire.

Gli occhi della signora Arden lampeggiarono, ma la sua espressione non cambiò. Rimase a lungo in silenzio.

Stava cercando di mettermi in difficoltà? Si aspettava che ci ripensassi e le chiedessi scusa?

Forse era stato un errore, ma non avrei potuto fare altrimenti. Per tutti quegli anni avevo lavorato senza provare una scintilla d'amore. Poteva essere stata una coincidenza, ma la signora Arden aveva riportato Darren da me. Ci eravamo ritrovati e non avevo intenzione di lasciarlo andare di nuovo.

«In questi anni ha acquisito sicurezza, devo riconoscerglielo. Se penso al modo in cui continuava a scusarsi quando è arrivata qui…»

Le sue parole mi sorpresero. Mi aspettavo tutt'altro. Una sfuriata, una valanga di insulti. Ma no, era fredda come il ghiaccio.

«Dal momento che ho un'ottima opinione di lei e sono contenta del lavoro che ha fatto a Maine Chance, le darò l'opportunità di scusarsi e tornare a dirigere la beauty farm. Senza il signor O'Connor.»

«Mi sta chiedendo di scegliere fra lei e lui?» sbottai in tono involontariamente beffardo.

«Sì, esatto» rispose la Arden con calma. Sembrava quasi una statua di marmo.

Abbassai lo sguardo sulle mani che tenevo in grembo e pensai a mia madre, a come era stata prigioniera; a suo marito che le aveva impedito di parlare con me e io non volevo essere prigioniera della signora Arden. Non era lei a decidere se potevo innamorarmi o meno.

Mi alzai lentamente e la guardai negli occhi. «Non cambio idea. Mi licenzio.»

La Arden annuì. I suoi lineamenti si indurirono ancora di più.

«Lascerà immediatamente la tenuta. Manderò una sostituta entro tre giorni, e mi aspetto che lei non ci sia. Le suggerisco anche di non divulgare i segreti aziendali, o non troverà un angolo della terra in cui nascondersi.»

Chiusi gli occhi. La mia mente mi diceva che era meglio andarsene subito, ma il mio cuore insisteva per fare la cosa opposta. E questa volta la mia bocca gli obbedì.

«Mi dispiace per lei. Forse è stato opportuno che sacrificasse suo marito e il suo matrimonio per la carriera, ma per me non sarà così e non ha bisogno di minacciarmi, so benissimo da sola come ci si comporta.»

Mi diressi alla porta, a testa alta e passo fermo.

«Ha mentito» disse la signora Arden alle mie spalle.

«Come, scusi?» Mi voltai.

«Il signor O'Connor. Ha detto che era andato a trovare dei parenti. Ha sentito anche lei.»

Le mie guance si infiammarono. Allora lo aveva scoperto!

«È venuto con lei, no?» Un sorriso gelido balenò sul viso di Elizabeth Arden. «E me l'ha tenuto nascosto.»

«Allora avrebbe dovuto licenziare anche me» risposi, e uscii dall'ufficio.

Una volta fuori dovetti appoggiarmi al muro. Le ginocchia mi tremavano e mentre realizzavo lentamente cos'avevo fatto mi colse un leggero capogiro.

Avevo costruito la beauty farm della signora Arden. Se fosse stata un successo, sarebbe stato grazie al mio lavoro. Ma qualcun altro si sarebbe preso il merito.

Mi venne la nausea. Mi sentivo tradita e sfruttata.

Ma non potevo lavorare per una donna che non voleva che avessi una relazione. Tutti sognavano la felicità, me compresa. E non volevo più farmi portare via Darren.

Dopo essermi ripresa, percorsi il corridoio quasi di corsa. Per l'ultima volta. E più andavo avanti più mi rendevo conto di essermi tolta un peso.

Anche se mi era piaciuto molto lavorare alla beauty farm, non era quello il mio sogno. La Arden non mi aveva mandata a Parigi e non aveva voluto realizzare il mio desiderio di tornare in laboratorio. Forse ora avrei avuto la possibilità di farlo.

Passai davanti alla segretaria con un sorriso, poi uscii dall'ufficio e salii in ascensore per l'ultima volta.

Mezz'ora dopo uscii dalla metropolitana e mi misi in cerca dell'indirizzo di Darren. Mi sentivo un po' come quando, diversi anni prima, camminavo per le strade di Berlino dopo che mio padre aveva scoperto la mia gravidanza e mi aveva cacciata di casa o come quando ero tornata a casa dalla fabbrica della Rubinstein dopo essere stata licenziata.

Soltanto che stavolta ero stata io ad andarmene.

Avevo le ginocchia ancora deboli, il mio corpo tremava e la mia mente era attraversata da pensieri confusi. Allo stesso tempo mi sentivo euforica, come se avessi assunto una sostanza stupefacente. Avevo tenuto testa alla signora Arden. Avevo perso, ma stavolta non ero stata io a scusarmi.

Non ero mai andata a casa di Darren a New York. All'inizio della nostra prima relazione era sempre lui che veniva a prendermi. E non eravamo mai andati a casa sua perché temeva potessi farmi un'idea sbagliata di lui. «Un uomo perbene non porta una giovane donna nel suo appartamento, o lei potrebbe pensare che abbia intenzioni immorali» aveva detto una volta durante un viaggio nel fine settimana, facendomi l'occhiolino.

Darren viveva vicino a Central Park, forse dalle sue finestre si poteva addirittura intravedere il polmone verde di New York. Trovai l'edificio. Era nello stile dei primi anni del diciannovesimo secolo e la vernice marrone ruggine si stava staccando dalla facciata.

Salii i gradini dell'ingresso, suonai il campanello e feci un passo indietro. Darren doveva essere in casa, a meno che non fosse già a qualche colloquio. Ma erano passati solo due giorni da quando era stato licenziato e dubitavo che lo avessero già convocato per un lavoro.

Cosa avrebbe detto vedendomi sotto casa sua? Per non parlare della novità che dovevo raccontargli…

Sopra di me si aprì una finestra. «Sophia?»

Alzai la testa e strizzai gli occhi. Il sole mi accecava, così dovetti farmi schermo con la mano, ma poi lo vidi. Sembrava un po' sottosopra, come se lo avessi svegliato. Aveva i capelli ritti che andavano in tutte le direzioni e si era buttato addosso una vestaglia.

«Posso entrare?»

«Certo, solo un attimo.»

E scomparve di nuovo nell'appartamento. L'attimo durò qualche minuto, ma alla fine sentii dei passi per le scale.

La porta si aprì. Darren si era pettinato e ora indossava una camicia a quadri infilata a casaccio nei pantaloni.

«Ciao» disse, guardandomi. «Cos'è successo? Che ci fai qui a New York? Non dovevamo sentirci al telefono?»

«Ho pensato di venire di persona.» Il mio sorriso sembrava forzato. «Devo dirti una cosa.»

I suoi occhi si spalancarono. «Non vuoi lasciarmi, vero?»

Lo guardai confusa. Davvero temeva che potessi lasciarlo?

Scossi la testa. «No, non ti voglio lasciare. Ho rotto con la Arden.»

«No!» esclamò lui. «Non puoi farlo… la tua carriera!»

«Andiamo di sopra e ti spiego tutto.»

Mi lasciò entrare. Salimmo in silenzio le scale strette ed entrammo nel suo appartamento.

In passato mi ero chiesta spesso come fosse. Ora capivo perché non gli erano dispiaciuti gli arredi spartani della filiale tedesca della signora Arden. Nemmeno il suo appartamento era arredato in modo sontuoso: c'erano due stanze e una cucina, ed era ovvio che non fosse stato abitato per molto tempo. I vestiti erano sparpagliati ovunque, una giacca abbandonata su una sedia, la valigia mezza disfatta al centro della stanza.

«Mi dispiace, non mi aspettavo visite oggi» si giustificò, spostando in fretta i bagagli. Sul divano grigio notai i suoi disegni arrotolati.

Darren spostò i progetti e mi spinse sui cuscini. «Posso offrirti qualcosa? Temo di avere soltanto del tè.»

«Prima siediti.» Gli tesi la mano, lui la prese e si sedette accanto a me.

«Sono stata dalla Arden e le ho chiesto di riassumerti.»

«E lei non ha voluto, immagino.» Darren scoppiò in una risata amara e si passò una mano fra i capelli.

«No, ma avevi ragione. Era soltanto per impedire il nostro matrimonio. E non potevo accettarlo.» Gli riferii la conversazione.

Darren scosse mestamente la testa. «Non avresti dovuto farlo. Troverò qualcosa, vedrai.»

«Non ne dubito, ma io non voglio lavorare per una donna che non accetta che i suoi dipendenti abbiano dei desideri. La signorina Hodgson, ricordi...?»

«Sì, il tuo primo capo nel salone.»

«Esatto, probabilmente c'è un motivo se non è sposata. E non è che gli uomini non siano interessati a lei. È la signora Arden a pretenderlo. Ma io non voglio questo.» Mi portai la sua mano sul cuore, perché potesse sentirlo. «Io desidero sposarmi, non voglio dedicare tutta la mia vita a un capo che sembra non avere la più pallida idea di cosa significhi amare. E Madame non era diversa. Se non fossero rivali, credo che andrebbero molto d'accordo.»

«Sophia...»

Scossi la testa. «No, va bene così. Ho preso la decisione giusta, non voglio pensarci oltre. La Arden ti ha riportato nella mia vita, non ci saremmo ritrovati se non fosse stato per lei. Mi ha delusa sotto molti altri aspetti, ma almeno questo devo riconoscerglielo.»

Guardai Darren, i suoi capelli pettinati, le labbra sensuali. Vidi la stanchezza nei suoi occhi. Il mio cuore scoppiava d'amore per lui.

«Posso diventare tua moglie?» mi sentii chiedere.

«Ma... Meriti una proposta adeguata, con l'anello e...»

Lo baciai. «Non mi importa dell'anello. L'unica domanda è se mi vuoi come io voglio te.»

«Sì» rispose lui, prendendomi tra le braccia. «Voglio solo te!»

52

«Quindi vuole davvero andarsene?» mi chiese Peg in tono avvilito mentre portavo la valigia in cucina e mi avvicinavo al tavolo per la mia ultima colazione a Maine Chance. Peg aveva già preparato tutto. Il mio posto era apparecchiato con cura, con l'aggiunta di un piccolo cestino di vimini pieno di panini. Peg aveva preso l'abitudine di prepararmi la colazione "alla tedesca". Nel tempo i suoi panini erano migliorati e la marmellata fatta in casa era semplicemente divina.

Adesso era ai fornelli, a cuocere i pancakes.

«Devo farlo, Peg. Mi sono licenziata, l'hai dimenticato?»

«Le dimissioni si possono ritirare.»

«Non queste.» Mi lasciai cadere sulla panca, chiusi gli occhi e respirai il profumo di zucchero e burro. «La signora Arden avrebbe dovuto rifiutarle, ma non lo ha fatto, quindi ora non può tornare indietro.»

Peg diede le spalle ai fornelli per guardarmi. «Ha fatto così tanto per questo posto. Non capisco.»

Sospirai profondamente. Avevo sempre parlato tanto con Kate, sapeva persino di Darren. Con Peg no.

«Ho difeso il signor O'Connor perché penso che i suoi progetti siano molto validi. La signora Arden aveva altre ragioni per licenziarlo. Ed è per questo che non posso restare nemmeno io.»

«È innamorata di lui, vero?»

«Sì, lo amo, ma non c'entra niente. Non posso lavorare per una persona che non sa distinguere fra la vita privata e quella professionale. Non sono io a non saperlo fare, è la signora Arden.»

Peg strinse le labbra. Capii che voleva essere leale nei confronti della Arden, e non pretendevo che fosse d'accordo con me. Era una mia decisione.

Feci colazione in silenzio, sentendo che Peg stava per scoppiare a piangere. Per fortuna Ella e Mindy non c'erano ancora. Avevo lasciato dei biglietti per salutarle, il treno partiva molto presto e non volevo perderlo.

«Grazie di tutto, Peg. Forse un giorno verrai a trovarmi a New York.»

Peg sorrise ironica. «Chissà quando riuscirò ad allontanarmi dai fornelli. La villa sarà vuota senza di lei, signorina Krohn.»

«Non per molto» risposi con un sorriso triste. «Arriverà una nuova direttrice, e poi le clienti. Andrà tutto bene.»

Peg annuì e mi abbracciò. «Addio, signorina Krohn. Non la dimenticherò mai.»

«Nemmeno io, Peg.»

Presi la valigia e uscii di casa. Il principe Kader Guirey si era offerto di accompagnarmi alla stazione e io avevo accettato volentieri.

Il binario era vuoto, ma percepivo la presenza del vecchio ferroviere. C'era anche quando ero arrivata la prima volta. La stazione non era mai molto affollata, così passava il tempo occupandosi del giardino alle spalle dell'edificio, dove si trovava anche il suo appartamento.

Per un attimo mi chiesi se non fosse il caso di avviare una

conversazione. Ci eravamo visti spesso ma non ci eravamo mai parlati. Perché?

La risposta era ovvia. Da quando ero arrivata avevo sempre guardato avanti. Tutti i miei pensieri erano concentrati su Maine Chance e non su ciò che mi circondava. Forse era stato un errore.

Alla fine, però, decisi di sedermi sulla panchina. Intorno a me, le cicale frinivano e i fili d'erba ondeggiavano leggeri al vento.

Cosa mi aspettava ora?

Chissà, forse Madame mi avrebbe dato un'altra possibilità. O era tempo di dedicarsi a qualcosa di nuovo? Guardai la mia valigetta per gli esperimenti, ormai inutilizzata da tempo. E se fosse arrivato il momento di iniziare un'attività gestita da me? Lavorare per la signora Arden mi aveva insegnato molto, avevo più esperienza e sapevo come funzionava un'azienda.

Un fischio acuto mise fine alle mie riflessioni. Il treno stava arrivando. Prima vidi soltanto il fumo della locomotiva, ma poi sentii le vibrazioni sotto i piedi mentre il pesante mezzo rallentava e si fermava davanti a me. Mentre i pochi passeggeri scendevano mi guardai indietro un'ultima volta. Poi salii a bordo.

A New York mi accolse un sole splendente. Presi la metropolitana e poi attraversai Central Park, pieno di baby-sitter che spingevano i passeggini. Qualche anziano sedeva sulle panchine e leggeva il giornale, mentre alcuni bambini si scatenavano sotto gli sguardi attenti delle loro madri.

Camminai a grandi passi e finalmente arrivai a casa di Darren. Dalla finestra aperta si sentiva della musica. Gli uccelli cinguettavano. Suonai il campanello con un sorriso. Darren si presentò alla porta di persona, come aveva fatto pochi giorni prima. Stavolta non lo avevo tirato giù dal letto. Indossava una camicia azzurra, dei pantaloni scuri e sembrava pronto a incontrare un cliente.

«Eccoti» disse, tirandomi a sé e baciandomi.

«Eccomi. E non ho intenzione di andarmene.»

53

Un mese dopo, alla fine di una notte di caldo asfissiante, ero alla finestra a guardare l'alba illuminare gli alberi di Central Park. Ero irrequieta. Non avere niente da fare mi innervosiva. Ogni fibra del mio corpo mi esortava a fare qualcosa. Sì, ma cosa? Mi sembrava di avere un sacco di possibilità, eppure ero incerta. L'unica cosa sicura era che presto sarei diventata la signora O'Connor.

Per fortuna Darren non aveva dovuto cercare a lungo prima di trovare un nuovo lavoro. Un'azienda alimentare gli aveva proposto di ridisegnare le confezioni dei cereali. Ultimamente la concorrenza era aumentata e aveva subito un calo delle vendite. Darren avrebbe dovuto salvarli ed era sicuro di poterci riuscire.

«Potrei chiedere se hanno bisogno di una chimica» mi aveva proposto, ma rifiutai. Non avevo alcuna esperienza in quel settore. E probabilmente avrei avuto bisogno di una laurea per candidarmi.

Di tanto in tanto mi domandavo se non fosse il momento di completare gli studi. Avevo dei soldi da parte e forse Darren avrebbe potuto sostenermi...

La porta si aprì alle mie spalle. Sentii i passi familiari di Darren, e un attimo dopo mi raggiunse. Percepii il calore del suo corpo e il profumo del suo dopobarba.

«Guarda qui» disse, porgendomi il giornale. Vidi l'articolo a cui si riferiva.

Elizabeth Arden inaugura la prima beauty farm al mondo, recitava il titolo.

Mi passò subito la voglia di leggerlo. Gli restituii il giornale. «Non mi interessa.»

Darren annuì.

Ci pensai un attimo, poi gli chiesi: «Parla di me? O di uno di noi?».

«No. Accenna alla sua amica Marbury e a quel tipo terribile, come si chiamava? Gaylor?»

«Gayelord Hauser» lo corressi. «Ha parlato di lui?»

«Sì, di lui e del suo piano nutrizionale. E ha detto al giornalista che il progetto degli interni è di Rue Carpenter.»

«Peccato che la Carpenter sia morta da anni. Mi ha dato alcuni suggerimenti, ma molte sono idee mie.» Strinsi le labbra. Mi infastidiva essere stata del tutto ignorata. E soltanto perché volevo il diritto di avere una vita privata.

Darren si avvicinò e mi abbracciò. «Non ti preoccupare. Con la tua esperienza troverai lavoro ovunque.»

«Forse dovrei tornare da Madame. Girava voce che volesse assumere Thomas Jenkins, ma lui non può accettare.»

«Puoi essere contenta che la Arden non ti abbia vietato di lavorare per i prossimi cinque anni. Perché lui ha accettato?»

«Forse era la condizione per ricevere dei soldi. Chissà...» Ribollivo di rabbia.

«Bene, facciamo colazione e poi ci pensiamo.» Darren mi prese per mano e mi trascinò in cucina.

Nell'aria si sentiva profumo di uova e pancetta fritta. Quando era Darren a prepararla, la colazione era sempre sostanziosa. Non mi ero ancora abituata.

«Niente cornflakes?» scherzai.

«Il capo dell'azienda mi ha promesso un anno di fornitura gratuita se i miei disegni l'aiuteranno ad aumentare le vendite.»

«Allora dobbiamo prepararci a mangiare soltanto quelli.» Non sapevo se l'idea mi piaceva. D'altra parte, avevo l'impressione di aver messo su qualche chilo con le colazioni americane di Darren.

«Oppure li regaliamo ai vicini. Il signor Harrison ha detto che i bambini ne vanno pazzi.» Mi guardò. «Oppure li conserviamo per i nostri figli.»

«Temo che non saranno più commestibili quando i nostri figli potranno mangiarli.» Mi piaceva l'idea di avere un bambino con Darren, anche se non ero ancora rimasta incinta.

«E perché? Sono secchi, dureranno un bel po'.»

Rise, mi baciò e mi attirò a sé.

«Dovremmo pensare a quando annunciare il nostro fidanzamento» disse. «Sono sicuro che alcuni dei miei amici saranno felici di venire alla festa.»

Le sue parole mi provocarono un moto di tristezza. Ero felicissima di sposarmi, ma chi ci sarebbe stato dal mio lato in chiesa? Ray avrebbe sicuramente accettato l'invito. Henny… Non sarebbe mai venuta. Chi altri mi restava? Kate forse, e Peg, sempre che la Arden le concedesse un giorno di ferie. Magari anche Ella e Mindy, le cameriere, anche se dubitavo che la nuova direttrice le avrebbe lasciate venire.

«Non vedo l'ora di conoscere i tuoi amici» dissi, sforzandomi di sorridere. «Che ne dici di pubblicare un annuncio questa settimana? Potremmo organizzare la festa per fine agosto. Se il tempo è bello possiamo farla all'aperto.»

Darren sorrise, si chinò e mi baciò. «Mi rendi felice, lo sai?»

«E tu rendi felice me!»

In quel momento suonò il campanello.

Alzai le sopracciglia. «Aspetti qualcuno?»

Lui scosse la testa. «Tu?»

«No.» Mi alzai e uscii dalla cucina.

Anche se era passato tanto tempo, speravo ancora in una lettera del signor Martin. Probabilmente si era dimenticato di me, ma speravo ancora che potesse aver trovato una pista.

Andai alla porta e aprii. Per un attimo, prima che mi crollasse fra le braccia, intravidi una sagoma dall'aspetto lacero.

«Darren!» gridai, mentre mi sforzavo di non lasciar cadere la sconosciuta. Ma non ci riuscii, e mi trascinò a terra con lei. Fu allora che vidi il suo viso.

«Henny?»

Un attimo dopo Darren si precipitò da me e me la tolse di dosso.

«Chi è?»

«La mia amica!» dissi in preda al panico, strisciando verso di lei. C'erano dei solchi profondi sulle sue guance. I capelli erano sporchi e arruffati, i vestiti emanavano un odore indicibile. Chissà quante notti aveva passato all'aperto.

«Henny!» chiamai di nuovo, scuotendola dolcemente. I suoi occhi erano chiusi, aveva perso i sensi.

«Chiama un dottore!» gridai a Darren.

Lui si precipitò al telefono, mentre io cercavo di svegliare Henny. Le accarezzai la guancia, ma lei non si mosse. Gli occhi mi si riempirono di lacrime. Era bello rivederla, ma non capivo per quale motivo fosse svenuta.

«Henny?» sussurrai. «Mi senti? Apri gli occhi, Henny, per favore!»

Mi sfuggì un singhiozzo. Come aveva fatto a trovarmi? Da chi aveva avuto l'indirizzo di Darren? Mi asciugai gli occhi e la scossi di nuovo. Respirava? Un attimo dopo Darren ricomparve nel corridoio.

«Il dottor Epstein sarà qui tra un momento. Gli ho detto di sbrigarsi.»

«Bene.» Tirai su col naso e presi la mano di Henny. Le sue dita, che erano sempre state ben curate, erano rovinate, le unghie mangiate fino a sanguinare. Non l'avevo mai vista così prima.

Poi emise un gemito sommesso.

«Henny?» provai ancora. Stavolta aprì gli occhi.

«Mi senti?» continuai. «Mi vedi?»

Le sue labbra screpolate si mossero, ma sembrava estenuata per riuscire a dire qualcosa.

«Henny, tieni gli occhi aperti per favore!» esclamai quando le sue palpebre accennarono di nuovo ad abbassarsi. «Abbiamo chiamato un dottore, si prenderà cura di te, capito?» Mi chinai su di lei e le baciai la fronte. «Andrà tutto bene!»

Arrivò una macchina. Sentii uno stridio di freni e una portiera che sbatteva. Darren si alzò e corse ad aprire la porta d'ingresso. Un attimo dopo apparve il dottore, un uomo calvo con piccoli occhiali cerchiati di metallo. Con il suo completo beige e la camicia bianca, mi ricordava un esploratore tropicale. Gli mancava soltanto il retino per le farfalle. Misi da parte il pensiero inappropriato e guardai Henny, che stava lottando per tenere gli occhi aperti. Ed era chiaro che le riuscisse sempre più difficile.

«Sono il dottor Epstein» si presentò l'uomo, chianandosi accanto a noi e aprendo la borsa. «Cos'ha la paziente?»

«Mi è crollata fra le braccia» dissi, trattenendo un singhiozzo. «È una mia amica… Deve aver fatto molta strada e…» Esitai e guardai Henny. Probabilmente mi sentiva, ma dovevo dirlo. Era troppo importante, non potevo tacerlo.

«È stata dipendente dall'oppio per un periodo. Non so se sia ancora così.» Accarezzai la fronte di Henny. Il suo sguardo era perso, sembrava che non riuscisse a mettere a fuoco.

«Va bene, lasci che la visiti» disse il dottore, facendomi cenno di arretrare. Lo osservai mentre le sollevava le palpebre e le sentiva il polso. Poi prese uno stetoscopio dalla borsa e spostò i vestiti di Henny. Quando vidi le ossa sporgenti e la pelle sporca e incrostata, rabbrividii e mi voltai.

Darren mi mise un braccio intorno alle spalle. «Andrà tutto bene» mi sussurrò. Volevo tanto credergli. Mi appoggiai a lui.

«La sua amica è fortemente disidratata e malnutrita» annunciò il dottore. «Ha anche la febbre. Avete la possibilità di portarla in ospedale?»

«Sì» rispose Darren senza esitare. «Ho un'auto.»

«Bene. Se me lo permettete, li chiamo per avvertirli che state arrivando. E poi vi aiuto a caricarla in macchina.»

«Ha qualcos'altro? La febbre sarà causata da qualcosa!» Il cuore mi batteva all'impazzata. Avevo ritrovato Henny. Non volevo perderla di nuovo!

«Lo scopriranno i miei colleghi all'ospedale. Non mi pare che abbia la polmonite, ma ha ragione, deve esserci una causa per la febbre.»

Darren accompagnò il dottore al telefono, poi uscì di casa per andare a prendere l'auto, parcheggiata non troppo distante. Io mi rannicchiai accanto a Henny. Soltanto ora mi accorgevo che la sua fronte bruciava.

«Henny, come hai fatto ad arrivare qui?» chiesi, accarezzandole i capelli. Non rispose.

Darren arrivò e caricò Henny in macchina con l'aiuto del dottor Epstein. La sistemarono sul sedile posteriore, e io mi sedetti accanto a lei. Sembrava che stesse peggio, ora aveva gli occhi chiusi.

La paura mi strinse la gola. E se fosse morta? Henny era stata forte quando mi ero presentata da lei bagnata fradicia e tremante. Ora toccava a me.

Darren salutò rapidamente il medico e si mise al volante. Il motore si accese con un rombo.

Mentre ci facevamo strada lentamente nel traffico, appoggiai la testa di Henny sulle mie ginocchia. Cercai di ignorare l'odore aspro che emanava il suo corpo: probabilmente non dormiva in un vero letto da molto tempo. Mille domande si accalcarono nella mia mente. Come era arrivata in America? Perché non mi aveva scritto? La sua compagnia si era esibita a New York e ne aveva approfittato per scappare da Jouelle?

Se non mi avesse accolta a casa sua a Berlino, probabilmente sarei collassata da qualche parte proprio come lei. Ma perché era dovuta arrivare a quel punto?

Darren parcheggiò davanti al pronto soccorso.

«Aspetta qui, vado a dirgli che siamo arrivati.»

Mi voltai di nuovo verso Henny. «Henny? Mi senti?» Nessuna risposta.

Due infermieri corsero alla macchina portando una barella. Scesi e li guardai prelevare la mia amica dal sedile posteriore. Di nuovo la paura mi strinse lo stomaco in una morsa. Avrei voluto dire agli infermieri di sbrigarsi, ma mi trattenni, stavano facendo il possibile. La mia disperazione li avrebbe soltanto ostacolati.

Poco dopo Henny fu portata all'interno. La seguii e incontrai un dottore in corridoio. Aveva i capelli grigi sulle tempie e la barba sale e pepe. Il camice era teso sul ventre rotondo. Sembrava che ci stesse aspettando perché andò subito da Henny.

«Dottore, la prego» ansimai in preda al panico. «Sono Sophia Krohn, questa è la mia amica Henny Wegstein. Lei... Ha assunto l'oppio per un periodo, ma non so se sia stato quello...»

«Per favore, si calmi, signorina Krohn» disse il medico. «Sono il dottor Miller, mi prenderò cura della sua amica. Deve soltanto spiegarmi cos'è successo.»

Glielo raccontai mentre iniziava a visitare Henny.

«Portatela in ambulatorio» disse alle infermiere, poi si voltò di nuovo verso di me. «Deve avere pazienza, farò tutto ciò che è in mio potere.»

Darren mi raggiunse mentre si allontanavano dal pronto soccorso.

«È possibile?» chiesi stordita. «Mi ha trovata davvero?»

«Sì, ce l'ha fatta. Speriamo che i dottori la rimettano in sesto.» Mi baciò sulla fronte, poi chiese: «Vogliamo tornare a casa?».

Scossi la testa. «No, voglio aspettare che torni il dottore.»

«Ma ha detto che potrebbe volerci un po'.»

«Non importa, aspetterò» dissi gentilmente ma con fermezza. Poi andai a sedermi su una delle panche di legno della sala d'attesa.

Rimasi sulle spine tutto il giorno. I pazienti andavano e venivano, camminando o in barella. L'ospedale brulicava di attività come un formicaio.

Con il passare del tempo, però, diventò più silenzioso.

Mi sentivo le membra pesanti come il piombo. Avrei voluto dormire, ma la mia testa non ne voleva sapere di rilassarsi. E proprio quando ero riuscita ad addormentarmi sulla spalla di Darren, qualcuno si avvicinò a noi. Sussultai quando, tra le palpebre socchiuse, intravidi un camice bianco.

Non era lo stesso medico che aveva accolto Henny. Questo

era giovane, con i capelli biondi pettinati all'indietro. Portava degli occhiali moderni di corno.

«Signorina Krohn?» chiese con espressione seria.

«Sì, sono io.»

«Sono il dottor Jackson. La signorina Wegstein mi ha dato il permesso di informarla sulle sue condizioni.»

Era ancora viva, allora!

«Come sta? È cosciente?» Le parole mi sfuggirono di bocca come proiettili.

«Si è svegliata per poco ed era anche cosciente. Ora dorme di nuovo. È esausta e denutrita. E la dipendenza dall'oppio l'ha devastata. Il suo cuore non batte come dovrebbe.»

Mi portai la mano alla bocca, inorridita. Sentii le lacrime bagnarmi il dorso della mano.

«Guarirà?» chiese Darren.

«Lo speriamo, ma dovremo tenerla sotto controllo. Ora torni a casa con sua moglie, le faremo sapere appena avremo altri risultati.»

«Grazie.» Fu Darren a parlare. Il dottore ci salutò. Io mi sentivo del tutto incapace di dire e fare alcunché.

«Hai sentito?» chiese Darren, mettendomi un braccio intorno alla spalla. «Starà meglio, vedrai.»

Come avrei voluto credergli! Ma le parole del dottore mi avevano scossa profondamente. E se il suo cuore si fosse fermato? Se fosse morta?

«Andiamo, tesoro» disse Darren, baciandomi sulla fronte. «Domani andrà meglio, ne sono sicuro.»

Lasciai che mi portasse fuori dall'ospedale, ma cominciai a sentirmi un po' meglio soltanto quando iniziammo ad avvicinarci a casa.

«Andrà tutto bene, vedrai.»

Annuii, sperando che avesse ragione.

Il dottore ci aveva assicurato che si sarebbe fatto sentire se ci fossero state novità, ma ero comunque irrequieta. Come aveva fatto Henny a trovarmi?

La cosa positiva era che sembrava si fosse liberata di Jouelle. L'aveva mollata? Aveva messo insieme tutti i suoi risparmi per venire in America? Da me?

Ma perché non mi aveva scritto? L'avrei accolta a braccia aperte, no, di più, le avrei pagato il viaggio.

Darren si accorse della mia inquietudine e si allungò per accarezzarmi la mano. «Si riprenderà. Non ha fatto tanta strada per mollare adesso.»

Avrei voluto crederci, ma la paura mi bruciava dentro, cancellando ogni traccia di speranza.

«Sono sicuro che domani starà meglio» aggiunse Darren, rimettendo la mano sul volante. «Forse ha soltanto bisogno di mangiare e bere. I dottori faranno tutto il possibile per lei.»

Quando entrammo in casa sentimmo il telefono che squillava. Era l'ospedale? Era troppo presto perché ci fossero novità. A meno che…

Darren e io ci scambiammo un'occhiata, poi corsi a rispondere. Sollevai la cornetta, ansimando e con il cuore che batteva come se avessi corso una maratona.

«Signorina Krohn?» chiese una voce di donna che mi suonò familiare.

«Peg?» chiesi, sorpresa. «Come fai ad avere questo numero?»

«Mi scusi, non volevo disturbare» rispose lei, un po' a disagio. «Il numero era su un biglietto da visita lasciato dal signor O'Connor. Ieri è venuta qui una donna… Henny Wegstein o qualcosa del genere. Non mi sembrava che stesse molto bene. Ha chiesto di lei, le ho detto che non era più qui. A dire il vero volevo mandarla via, ma mi ha implorato di darle il suo nuovo indirizzo. Spero che non vi abbia disturbati. Mi sento in colpa.»

«Hai fatto la cosa giusta, Peg. È una mia amica. Lei... è arrivata, va tutto bene.»

«Davvero?» chiese Peg preoccupata.

«Sì.» Non volevo dirle che Henny era collassata e ora si trovava in ospedale.

«È anche arrivata una lettera di un certo signor Martin da Parigi» continuò la cuoca. «L'ho mandata per posta due giorni fa. Forse arriverà oggi. Non sa quanto mi dispiace che sia andata via, sarebbe stata una direttrice straordinaria.»

Le sue parole da un lato mi scaldarono il cuore, dall'altro mi intristirono. Avevo commesso un errore? Guardai Darren. No. Era l'uomo che amavo.

«Grazie, Peg. Resta sempre la brava persona che sei.»

«Anche lei, signorina Krohn. E forse un giorno ci rivedremo.»

«Lo spero» dissi, e la salutai.

«Chi era?» chiese Darren quando entrai in soggiorno.

«Peg, dalla beauty farm.»

«Ma dài!» Darren sorrise. «Adoravo il suo stufato.»

«Ha detto che Henny è stata lì ieri, e mi cercava. E poi è arrivata una lettera del detective. Ce l'ha spedita per posta, forse arriverà oggi.»

Darren controllò l'orologio. «Il postino dovrebbe arrivare verso mezzogiorno.»

Mi prese fra le braccia, mi baciò e mi tenne stretta a lungo. La sua vicinanza mi diede fiducia e alleviò in parte l'angosciosa sensazione che mi bruciava nel petto.

A mezzogiorno, in effetti, il postino portò la lettera. Aprii con ansia la busta in corridoio ed estrassi il foglio.

Cara mademoiselle Krohn,

sono lieto di poterle inoltrare un messaggio da parte della sua amica, la signorina Wegstein. Qualche giorno fa è venuta a trovarmi. Sembrava piuttosto sconvolta e mi ha chiesto di salvarla da Jouelle. Non è entrata nei dettagli, ma sembra che non stia più con lui. Mi ha chiesto di aiutarla a prenotare un biglietto per una nave. Ovviamente sono stato felice di accontentarla.
In questi tempi folli sono in tanti a voler partire per il Nuovo Mondo, ma c'era un uomo che mi doveva un favore. Oltre ad avermi fatto ottenere un posto, ha anche pagato il biglietto. Spero che questa lettera arrivi prima di lei.
Le auguro il meglio e le assicuro che se mai dovessi scoprire qualcosa su suo figlio mi metterò in contatto con lei.
Con i miei migliori saluti,

Luc Martin

Misi giù la lettera. Non sapevo come ringraziare il signor Martin e lo sconosciuto benefattore!

«Cosa scrive?» chiese Darren, raggiungendomi e abbracciandomi. Il calore del suo corpo contro la mia schiena mi avvolse come una confortante coperta.

«Henny è andata da lui. Ha mollato quel Jouelle. E un amico del signor Martin le ha pagato il viaggio in nave.»

«È una buona notizia, suppongo.»

«Lo è.» Mi voltai a guardarlo. «Quando starà meglio, ti dispiacerebbe ospitarla qui da noi? Almeno per i primi tempi? Ha fatto tanto per me quando ero in difficoltà, non so dove sarei ora se non fosse stato per Henny.»

Darren annuì. «Certo che la possiamo ospitare. E poi potremo aiutarla a trovarle un appartamento. Vorrà un posto tutto suo.»

«Senza dubbio.» Mi venne di nuovo da piangere, ma stavolta erano lacrime di commozione. E anche se in quel momento tutto era incerto, mi concessi di guardare avanti. A Henny, e al fatto che avrebbe potuto essere la mia damigella d'onore quando ci saremmo sposati. Forse il suo arrivo era un segno che le cose sarebbero andate meglio d'ora in avanti.

MISTO
Carta da fonti gestite
in maniera responsabile
FSC
www.fsc.org
FSC® C115118

Stampato presso Elcograf S.p.A.
Stabilimento di Cles